Lea Kampe

Café Altschwabing

PIPER

Lea Kampe

Café Altschwabing

Roman

PIPER

Mehr über unsere Autorinnen, Autoren und Bücher:
www.piper.de

Wenn Ihnen dieser Roman gefallen hat, schreiben Sie uns unter Nennung des Titels »Café Altschwabing« an *empfehlungen@piper.de*, und wir empfehlen Ihnen gerne vergleichbare Bücher.

In der Reihe *Cafés, die Geschichte schreiben* liegen im Piper Verlag vor:
Band 1: Maria Wachter, Café Buchwald
Band 2: Lea Kampe, Café Altschwabing

Von Lea Kampe liegen außerdem im Piper Verlag vor:
Der Engel von Warschau (Irena Sendler)
Die Löwin von Kenia (Karen Blixen)

Unser Versprechen für mehr Nachhaltigkeit
• Klimaneutrales Produkt
• FSC®-zertifiziertes Papier
• Hergestellt in Europa

FSC www.fsc.org MIX Papier | Fördert gute Waldnutzung FSC® C083411

Originalausgabe
ISBN 978-3-492-31809-9
August 2023

Redaktion: Dr. Annika Krummacher
Satz: Satz für Satz, Wangen im Allgäu
Gesetzt aus der Adobe Garamond Pro
Druck und Bindung: CPI Books GmbH, Leck
Printed in the EU

Für Manuela,
für die keine Stadt so leuchtet
wie München

1

München, Dezember 1910

Von draußen klopfte es gegen die Scheibe des großen Rundbogenfensters, auf dem mit geschwungenen Buchstaben *Café Altschwabing* stand. Christine warf einen Blick auf die kleine Traube von Gästen vor der verschlossenen Eingangstür, dann sah sie zu Rosi. Die rundliche junge Frau mit den geflochtenen Zöpfen machte ihr ein Zeichen: Eine Minute noch! Dann hängte sie bedächtig die letzten Engel an den Weihnachtsbaum in der Ecke, zupfte das Lametta zurecht und betrachtete ihr Werk. Die weinroten und goldenen Kugeln glitzerten im einfallenden Morgenlicht, und der Tannenduft mischte sich mit dem von Bohnenkaffee.

Christines Mutter Ricarda trat aus der Küche und begutachtete die Gaststube. In den Vasen auf den dunklen Holztischen standen statt der üblichen Margeriten kleine Tannenzweige, und die Wände waren mit roten Samtschleifen geschmückt. Christine fand, dass auch ihre Mutter heute besonders adrett aussah. Die dunkelblonden Haare hatte sie elegant hochgesteckt, und sie trug das lange blaue Samtkleid, das Christine besonders mochte. Jetzt hängte Ricarda die Schürze, die sie in der Küche getragen hatte, an den Haken, tauschte einen Blick mit Rosi und lief dann zur Tür, um sie feierlich zu öffnen.

»Die erste Tasse Kaffee heute Morgen geht aufs Haus!«, rief

sie strahlend. »Für Ihre Geduld – und zu Ehren unseres wunderschönen Baums.«

Christine kannte alle, die jetzt lachend eintraten. Zuallererst der achtzigjährige Schriftsteller Paul Heyse, der regelmäßig während seiner Spaziergänge im *Altschwabing* einen Kaffee trank. Wie meistens hatte er seinen Hund dabei, einen Rauhaardackel, der auch schon in die Jahre gekommen war. Man sah dem alten Herrn mit dem grauen Bart und der Halbglatze nicht an, dass er erst kürzlich den Nobelpreis für Literatur erhalten hatte und als einer der wichtigsten deutschen Schriftsteller galt.

Hinter ihm drängten zwei junge Maler in viel zu dünnen Mänteln ins Warme. Sie würden mehrere Stunden bleiben, um Kohle zu sparen und der Kälte ihrer kleinen Zimmer und Ateliers zu entgehen. Zum Schluss trat das »Trio« ein – oder zumindest nannte Christines Mutter Ricarda die drei Männer so, die sich häufig auf einen Kaffee oder ein Bier im *Altschwabing* zusammensetzten. Es waren die Verleger Georg Hirth, Albert Langen und Reinhard Piper.

Piper hängte seinen Mantel auf und griff nach der Zeitung, die an einer Holzstange befestigt an einem Wandhaken hing, doch schneller, als man es ihm zugetraut hätte, war Paul Heyse bei ihm und nahm sie ihm ab.

»Piper, Sie werden doch einem alten Mann nicht die Zeitung rauben?«, brummte er. »Die hier ist die einzige, die man als liberal denkender Mensch der Mitte noch lesen kann. Alle anderen sind voll von diesem unsäglich bigotten Chauvinismus und untertäniger Schwanzwedelei vor dem Kaiser, diesem Nichtsnutz. Der wird uns noch irgendwann ins Verderben stürzen.« Damit machte er auf dem Absatz kehrt und trug die ergatterte Zeitung zu seinem persönlichen Stammtisch, wo sein Dackel schon auf ihn wartete. Piper machte sich nichts daraus, sondern setzte sich augenzwinkernd zu den anderen beiden Verlegern an ihren angestammten Tisch.

Christine liebte die ersten Stunden des Tages im *Altschwabing*, das Auf und Ab der Gespräche, die mal bedächtig und fast noch schläfrig, mal laut und erregt geführt wurden. Aber da war auch dieser besondere Duft von Kaffee, warmem Teig und Pfeifentabak, in den sich im Lauf des Tages stärkere Gerüche wie von Suppe und Bier mischen würden. Das Café, in dem sich das Leben jeden Tag aufs Neue entfaltete, war für Christine wie ein Fels in der Brandung. Etwas, das ihr Sicherheit gab und so etwas wie Geborgenheit.

Heute gelang es ihr jedoch nicht, sich ganz zu entspannen. Als die kleine Glocke über der Tür erneut läutete, schreckte sie auf. Es war Luise, die Frau, die für sie und ihren Bruder Peter im Lauf der Jahre wie eine zweite Mutter geworden war. In den Händen trug sie zwei große Taschen, aus denen einige Stangen Lauch und ein Bund Petersilie hervorschauten. Sie zwinkerte ihr im Vorbeigehen zu, stellte die Taschen auf der Theke ab und kramte eine Tafel Schokolade heraus, die sie Ricarda gab. Die drückte Luise einen Kuss auf die Backe, dann steckten die beiden die Köpfe zusammen, tuschelten und lachten.

Wie zwei Backfische, dachte Christine amüsiert. Sie liebte es, ihre Mutter und Luise so unbeschwert zu sehen. Doch jetzt drehte sich Luise zu ihr um und kam auf sie zu.

»Oh, sehe ich da etwa eine steile Sorgenfalte auf dem hübschen Gesicht?«

Christine lächelte schwach. »Die Abschlussprüfung ist in zwei Stunden«, sagte sie kläglich, als ob Luise es noch nicht wüsste. »Ich weiß gar nicht, wie ich die Zeit bis dahin rumbringen soll.«

Luise nahm Christines Hände in ihre und lächelte. »Als Erstes hörst du jetzt mal auf, Kaffee zu trinken, Liebes, und dann sollltest du auch bald los. Die Lehr- und Versuchsanstalt für Photografie ist ja nicht gerade um die Ecke. Hast du Geld für die Tram?«

Christine nickte.

»Die schriftlichen Prüfungen hast du doch schon mit Auszeichnung bestanden«, fuhr Luise fort. »Was also kann beim mündlichen Teil schiefgehen?«

»Ach, ich weiß nicht. Alles kann schiefgehen. Ich kann mich verhaspeln oder die Antworten nicht wissen, oder meine Fotomappe gefällt der Kommission nicht …«

Luise blätterte in der Mappe, in die Christine sorgfältig ihre besten Fotografien eingeklebt hatte.

»Ich habe diese Bilder jetzt schon so oft gesehen, und trotzdem bin ich immer noch beeindruckt«, sagte sie mit fester Stimme. »Du hast ein untrügliches Gespür für die Spannung des Augenblicks. Jedes dieser Bilder ist so echt wie das Leben selbst. Du wirst einmal eine hervorragende Fotografin, und das wissen deine Prüfer auch.«

»Ach, Luise.« Christine beugte sich über den kleinen Tisch und drückte sie kurz. »Du bist die Beste, auch wenn ich weiß, dass du parteiisch bist.«

»Parteiisch oder nicht«, sagte Luise unerwartet ernst. »Eines ist jedenfalls klar. Du, Peter und auch meine Nichte Cläre, die hoffentlich bald die Reifeprüfung machen wird – ihr seid eine neue Generation. Vor allem ihr Mädchen … Ihr seid fähige junge Frauen und werdet euren Weg gehen. Ach, ich wünsche mir so, dass du und Cläre euch einmal kennenlernen könntet …« Das Lächeln verschwand aus Luises Gesicht.

»Wann macht sie denn nun eigentlich ihre Prüfung?«, fragte Christine, doch schon im nächsten Moment bereute sie die Frage, denn ein Schatten legte sich über Luises Gesicht.

»In den Monaten vor dem Tod meiner Schwester lagen

Cläres Prüfungsvorbereitungen auf Eis, und als ich auf der Beerdigung mit meinem Schwager Michael darüber sprechen wollte, hat er jede weitere Einmischung abgelehnt. Ich habe das Geld für die privaten Lehrer auch weiterhin jeden Monat hingeschickt, aber ich fürchte …« Sie sprach nicht weiter und griff noch einmal nach Christines Händen. »Was meinst du … vielleicht sollte ich selbst nach Kaufering fahren und nach dem Rechten sehen?«

Christine nickte ohne große Überzeugung, doch zu ihrer Überraschung wechselte Luise das Thema. »Ach, was belaste ich dich mit solchen Sachen. Denk jetzt besser an deine Prüfung. Wenn du magst, bringe ich dich hin. Ich bin mir sicher, dass Ricarda mich eine Stunde entbehren kann, oder willst du lieber mit ihr gehen?«

Christine lachte. »Am besten mit euch beiden – so wie früher, als ihr Peter und mich zur Schule gebracht habt? Um Himmels willen, Luise, auf keinen Fall. Ich bin erwachsen.«

»Das stimmt. Und nun mach dich auf den Weg. Ich wünsche dir alles Gute.«

Sie standen auf, und Christine gab Luise einen Kuss. »Wenn alles gut geht, habe ich nächstes Jahr um diese Zeit schon eine Stellung. Vielleicht können wir bald mal wieder eine Winterwanderung machen, so wie letzten Dezember? Es war so schön, als wir alle zusammen auf der Hütte Chanukka und Weihnachten zugleich gefeiert haben, oben auf der Neureuth.«

Luise lachte. »So ist's richtig. Immer nach vorne schauen und Pläne schmieden. Aber jetzt los.«

»Drück mir die Daumen.« Christine nahm ihre Mappe und ging zur Theke, um sich von ihrer Mutter zu verabschieden.

Als kurz darauf die Glastür des Cafés hinter ihr zufiel,

blickte sie sich noch einmal um und sah ihre Mutter und Luise, die ihr zuwinkten. Sie winkte zurück. Dann lief sie zur Tram.

Als Christine Stunden später beschwingt die Schellingstraße hinablief, dämmerte es schon. Hauchzarte Schneeflocken schwebten vom Himmel, so vereinzelt, dass sie sie zunächst gar nicht wahrnahm. Die Prüfung war ausgezeichnet gelaufen, und sie hatte ehrliches Lob geerntet, selbst von den Professoren, die sich mit den neuen Studentinnen der letzten Jahre noch schwertaten. Jetzt brannte sie darauf, ihrer Mutter und Luise alles zu berichten. Bestimmt würde ihre Mutter im Lokal einen Punsch ausgeben, wie immer, wenn es etwas zu feiern gab, und mit einem Mal hatte Christine einen Bärenhunger. Ihre Augen suchten die erleuchteten Rundbogenfenster des Cafés, doch ohne Erfolg.

Verwirrt stand sie vor den großen dunklen Scheiben. Sie rüttelte an der Tür, doch die war verschlossen. Christine drückte ihre Nase an das kalte Glas. Im Inneren war es dunkel. Auch aus der Küche war kein Lichtstreif zu erahnen, und die Christbaumkugeln glänzten düster im fahlen Dämmerlicht. Ungläubig zog Christine noch einmal an der Tür, an der kein Zettel hing – nichts. Panik stieg in ihr auf. Ihre Mutter würde das *Altschwabing* nur in einem absoluten Notfall schließen. Was war seit dem Morgen geschehen?

Mit ihrer Mappe unter dem Arm rannte sie die wenigen Schritte zur Haustür, durch die man ins Treppenhaus gelangte, kramte ihren Schlüssel aus der Manteltasche, ließ ihn fallen, fluchte. Im düsteren Treppenhaus donnerten ihre Schritte auf den Holzstufen, während sie, immer zwei auf einmal nehmend, nach oben rannte.

Auf dem Treppenabsatz des zweiten Stocks sah sie Licht.

Nicht auch noch die Sedlmayr, dachte Christine, doch die korpulente Frau stand bereits vor dem erleuchteten Rechteck ihrer Tür.

»Armes Kindl«, grüßte sie Christine mit penetranter Stimme. »Aber Gott straft halt doch das Laster. Glaubt's mir, für euch Kinder ist's am Ende das Beste.«

Obwohl Christine längst an ihr vorbei auf den Treppen zum dritten Stock war und nur mit halbem Ohr hingehört hatte, rannte sie noch schneller. Mit zitternden Händen schloss sie die Wohnungstür auf. Aus dem Schlafzimmer kam leises Weinen. Einen Augenblick stand Christine wie erstarrt im dunklen Flur, unfähig, sich dem zu stellen, was hinter der Tür auf sie wartete, aber schließlich gab sie sich einen Ruck. Sachte schob sie die Tür auf.

Ihre Mutter saß auf dem Bett, vor ihr lag Luise mit geschlossenen Augen und bleichem Gesicht. Die am Morgen noch so makellose Frisur der Mutter hatte sich gelöst, Tränen liefen die Wangen hinunter, während ihre flatternden Hände Luises Haar und Gesicht streichelten.

Als sie ihre Tochter im Türrahmen sah, stöhnte sie auf. »Ach, Christine …«

Mit wenigen Schritten war Christine bei ihr und umarmte sie. »Luise … Was ist mit ihr?«

Ihre Mutter schlang die Arme um sie, ihr Weinen wurde heftiger. »Sie ist tot, einfach so … vor zwei Stunden. Sie fühlte sich nicht gut … hatte Rückenschmerzen und war so müde. Ein bisschen schlecht war ihr auch, und sie wollte sich hinlegen. Als ich eine halbe Stunde später hochkam, um nach ihr zu sehen, lag sie hier. Ich habe mich zu ihr gesetzt, und sie hat meine Hand genommen und gesagt, dass sie uns lieb hat und dass sie sich schon besser fühlt … und dann ist sie gestorben.« Ricarda schluchzte auf.

Christine drückte sie fest an sich. Sie spürte, wie die warmen Tränen ihrer Mutter sich mit ihren eigenen vermischten.

»Ich habe einen Arzt gerufen, aber es war zu spät. Dann habe ich Rosi und Irmi gebeten, das Lokal zu schließen«, erzählte Christines Mutter unter Tränen. »O Gott, was soll ich nur ohne Luise machen?«

Christine hatte keine Antwort, in ihrem Kopf war nur Leere. Ein Leben ohne Luise? Seit ihrer Kindheit war Luise immer für sie da gewesen – mit ihrem herzlichen Lachen, ihrer Großzügigkeit und der innigen Wärme, mit der sie alle Herzen gewonnen hatte. Alle bis auf eines … Christine erinnerte sich an das Gespräch am Morgen, an Luises Jahrzehnte währenden Streit mit der Schwester in Kaufering, an ihre Sorge um die Nichte Cläre und den Wunsch, dort hinzufahren und nach dem Rechten zu sehen. Ob diese Sorgen Luise am Ende …? Christine wollte den Gedanken nicht zu Ende denken, dennoch spürte sie, wie sich etwas in ihr verhärtete und in ihr tiefstes Inneres hinabsank wie ein Stein.

»Ich werde Peter telegrafieren«, sagte sie leise. »Er muss sofort aus Berlin nach Hause kommen.«

Am Tag vor Luises Beerdigung hatte es wieder geschneit, und der Nördliche Friedhof in der Maxvorstadt lag weiß und friedlich da. Umso dunkler und bedrohlicher wirkte die nasse schwarze Erde des Grabs. Christine stand zwischen ihrer Mutter Ricarda und ihrem Bruder Peter, umgeben von so vielen Trauernden, dass sie die Größe der Gruppe kaum erfassen konnte. Nicht nur sämtliche Freunde und Bekannte waren gekommen, auch alle Stammgäste des Cafés standen mit betroffenen Gesichtern am Grab von Luise Wolff, die kaum mehr als fünfzig Jahre alt geworden war. Aus dem Augenwinkel sah sie, dass die Hand ihrer Mutter zitterte, und nahm sie in ihre. Mit der anderen Hand fasste sie nach Peters.

Die Worte des Pfarrers hatten nur wenig mit ihrer Luise zu tun, und Christine fragte sich bitter, ob er sich deshalb so wenig Mühe gab, weil Luise keine Kirchgängerin gewesen war. Dazu hatte sie mit ihrer Mutter, einer Jüdin, zusammengelebt. Dass sie ein herzensguter Mensch war, spielte unter diesen Umständen möglicherweise keine Rolle.

Ricarda drückte ihre Hand ganz fest, und Christine erinnerte sich, dass ihre Mutter erst vor einem halben Jahr zusammen mit Luise auf der Beerdigung von deren Schwester in Kaufering gewesen war. Im Gegensatz zu Luise hatte die Schwester viele Jahre an einem schwachen Herzen gelitten und war nicht plötzlich gestorben. Christine war nicht mit zur Beerdigung gefahren, denn sie hatte Luises Schwester nie kennengelernt. Sie wusste nur, dass ihre Mutter und Luise an jenem Abend noch bis spät in die Nacht in der Küche gesessen und eindringlich miteinander geredet hatten, und Christine hatte sich oft gefragt, wie es kam, dass Luise der Tod ihrer Schwester so naheging. Immerhin hatte diese den Kontakt mit Luise schon vor Jahrzehnten abgebrochen und jede Versöhnung abgelehnt – selbst, als die gemeinsamen Eltern gestorben waren.

Ob meiner Mutter auffällt, dass Luises Nichte Cläre gar nicht hier ist?, dachte sie. Denn natürlich hatte ihre Mutter auch nach Kaufering telegrafiert. Jahrelang hatte sich Luise um diese Cläre gesorgt und Geld geschickt, aber für eine Zugfahrkarte nach München zur Beerdigung der Tante hatte es dann offenbar doch nicht gereicht.

Wie benommen warf Christine mit Peter und ihrer Mutter Erde auf den Sarg. Dann nahmen sie die Beileidswünsche der anderen entgegen. Sogar der alte Paul Heyse war gekommen, die Nase über dem buschigen Bart war rot vor Kälte. Als sie als Letzte den Friedhof verließen, sah sie einen jungen Mann vor der Friedhofsmauer stehen, den sie unter seiner Kappe und dem dicken Schal erst erkannte, als sie schon fast bei ihm waren.

»Das ist Fritz«, sagte sie leise zu den anderen. »Geht schon mal vor, ich komme nach.«

Fritz war einer der Karikaturisten der Satirezeitschrift *Simplicissimus* und, zusammen mit seinen Kollegen und dem Verleger Albert Langen, ein Stammgast im *Altschwabing*. In letzter Zeit hatten er und Christine mehr Zeit miteinander verbracht, und Christine freute sich, dass er auf sie gewartet hatte.

»Es tut mir so leid für dich … für euch … vor allem für deine Mutter«, sagte er unsicher und suchte ihren Blick.

Christine nickte. »Ja, ich weiß selber nicht, was ich denken oder fühlen soll. Erst vor ein paar Tagen wurde der Christbaum im Café geschmückt, und ich hatte meine Abschlussprüfung. Dieses Jahr fällt der Beginn von Chanukka auf den ersten Weihnachtsfeiertag. Was wäre das für ein schönes Fest gewesen. Und Luise ist einfach so … verschwunden.« Eine lautlose Träne rollte Christines Wange herunter, und Fritz nahm sie in den Arm. Es tat gut.

»Luise und ich … wir haben da noch etwas für dich, Christine, etwas, das nichts mit Chanukka oder Weihnachten zu tun hat«, sagte Christines Mutter am nächsten Abend, nachdem sie in ihrer Küche in der Schellingstraße die letzte Chanukkakerze angezündet und kleine Geschenke ausgetauscht hatten.

Die Stimmung war traurig. Seit Jahren feierten sie als »gemischte Familie« sowohl das jüdische Lichterfest als auch das christliche Weihnachten. Zwei Feste, die so eng beieinanderlagen und in denen es wie durch einen Zufall um das Licht ging, das in eine dunkle Welt kam. Aber obwohl die acht Kerzen auf dem Leuchter dasselbe Licht abgaben wie in jedem Jahr, kam die Küche Christine dieses Jahr dunkel und trostlos vor. Daran änderten auch die zwei Petroleumlampen nichts. Die eine hing über dem großen Küchentisch, die andere stand auf einem kleineren Tisch zwischen zwei Sesseln. Und obwohl es in der geräumigen Wohnung auch ein Wohnzimmer gab, konnte Christine sich an keinen Abend erinnern, an dem ihre Mutter und Luise nach der Arbeit im Café nicht auf den beiden Sesseln in der Küche gesessen, gelesen, gelacht und erzählt hatten. Vor allem, als sie und Peter noch in die Schule gingen, hatten sie versucht, leise zu sprechen, um die »schlafenden Kinder« nicht zu stören, doch Christine hatte sie immer gehört. Beunruhigt hätte es sie nur, wenn die Gespräche der beiden ausgeblieben wären. Jetzt war der eine Sessel überflüssig geworden.

Geistesabwesend blickte Christine auf das Paket, das ihre Mutter vor ihr auf den Küchentisch gestellt hatte.

»Was ist das?«, fragte sie mit hochgezogenen Augenbrauen und sah fragend von ihrer Mutter zu Peter.

»Ich weiß es«, meinte ihr Bruder. »Aber ich habe damit nichts zu tun. Das Geschenk ist allein von Mutter und Luise.«

Christines Gesicht verdüsterte sich. »Ich will es nicht. Nicht heute.«

»Bitte«, sagte ihre Mutter nachdrücklich. »Es ist ein Geschenk zur bestandenen Prüfung. Eigentlich wollten wir es dir an jenem Abend geben …« Ihre Stimme schwankte, und sie hielt einen Augenblick inne, dann sprach sie gefasster weiter. »Ich finde es richtig, dass du es heute bekommst. Gerade heute, um dir zu zeigen, dass Luise noch unter uns weilt.«

Christine nickte langsam. Behutsam löste sie das Geschenkband und nahm das Geschenkpapier ab. Ein großer Kasten kam zum Vorschein.

»O nein …«, flüsterte sie. »Eine Eastman Kodak No. 3. Das ist ja …« Dann umarmte sie ihre Mutter heftig.

»Wir haben sie gemeinsam ausgesucht«, erklärte diese. »Und ich weiß, dass du an Luise denken wirst, wenn du deine Fotografien machst. Sie war wie ich davon überzeugt, dass du eine großartige Fotografin wirst.«

Christine schluckte hart.

2

Seit Cläre denken konnte, begann jeder Tag gleich – und das schloss den Morgen des Heiligen Abends nicht aus. Der einzige Unterschied war, dass früher ihre Mutter den Großteil der Aufgaben erledigt hatte, die nach ihrem viel zu frühen Tod Cläre zugefallen waren.

Selbst der Schein der Petroleumlampe war um 6 Uhr morgens trüb, als Cläre ein Bündel Reisig in den Ofen schob und einen brennenden Span darunter hielt, bis die ersten zaghaften Flammen emporzüngelten. Dann setzte sie den Wassertopf für den Kaffee auf. Seit ihr älterer Bruder Max in München studierte, saßen außer ihr und dem Vater nur noch die beiden Dienstboten mit am Frühstückstisch. Rudi, ein junger Bursche mit rötlichem Haar, half dem Vater schon seit Jahren bei der Forellenzucht, Erna dagegen war erst seit ein paar Monaten da und unterstützte Cläre in der Wirtschaft beim Putzen und Kochen. Sobald das Gasthaus öffnete, musste Cläre bedienen, während der Vater am Tresen stand und ausschenkte. So ging es vom frühen Morgen bis in die Nacht hinein, und Cläre wusste, dass der Vater das von ihr erwartete.

Nach dem Frühstück ging sie in die Küche und begann, die verschiedenen Gerichte vorzubereiten. Erna kam zu ihr und stellte eine Milchkanne neben der Anrichte ab.

»Die beiden Küah san g'füttert und g'molken«, erklärte sie.

»Drüben stehen die Essensreste von gestern Abend bereit, für die Schweine«, erinnerte Cläre sie.

»I woaß scho«, sagte Erna. »Kannt i heit Nachmittag wohl um drei gehn?«

Cläre lächelte in sich hinein. Sie wusste, dass es Erna nicht nur um den Weihnachtsabend mit ihrer Familie ging, denn seit einigen Wochen hatte sie auch einen Verehrer.

»Um 3 Uhr heute Nachmittag machen wir zu«, entgegnete sie lachend. »Dann dürfen unsere Stammgäste ausnahmsweise mal einen Abend zu Hause verbringen … Ich hoffe, ihre Ehefrauen erkennen sie überhaupt noch wieder.«

Erna kicherte. »I geh derweil zu den Schweinderln.« Damit war sie aus der Küche.

»Nachher hilfst du mir aber gleich mit dem Weihnachtsessen!«, rief Cläre ihr nach.

Der Vormittag verging wie im Flug. Schon gegen Mittag war die Wirtsstube gefüllt mit all jenen, die zur Feier des Tages ihre Geschäfte früher zugesperrt hatten. Am Stammtisch in der Ecke saßen der Hufschmied und der Schreinermeister mit ihren Söhnen und den beiden Gesellen. Mehrere Bauern der Umgebung hatten sich den Nachmittag freigenommen, tranken eine Maß und tauschten sich aus über die Wintersaat, die unter der Schneedecke ruhte, die Tiere im Stall und die Familie im Haus. Die Rauchschwaden wurden immer dicker. Ein schwerer Geruch von Bier und Essen lag in der Luft. Wer alleinstehend war wie der Schuster oder der Apotheker, aß hier in der Wirtschaft schon sein Weihnachtsessen, das aus Würstln und Kartoffelsalat bestand.

Nachdem die letzten Gäste sich verabschiedet und ihnen frohe Weihnachten gewünscht hatten, überließ Cläre ihrem Bruder, der mit dem Zug aus München gekommen war, das Aufräumen in der Gaststube. Sie zog sich den Mantel an, dazu den roten Schal, die Handschuhe und die passende rote Mütze, die die Mutter ihr vor Jahren zu Weihnachten gestrickt hatte, und lief zum Forellenteich hinter dem Wirtshaus.

Längst war die frühe Dämmerung in Dunkelheit übergegangen. Nur das warme Licht aus den Fenstern hinter ihr ließ die weiche Schneedecke zu beiden Seiten des festgetrampelten Pfades glitzern.

Am Ufer des zugefrorenen Teichs blieb sie stehen. Die Kälte prickelte auf ihrem Gesicht, und ihr Atem stand als weißer Fleck vor ihr. Sie sah in den mit Sternen übersäten Nachthimmel. Die helle Venus schien zum Greifen nah. Sie dachte an ihre Mutter. Zum ersten Mal würde das Weihnachtsessen heuer ohne sie stattfinden. Cläre kämpfte gegen die Tränen an. Wie sehr sie ihr fehlte – und wie sehr sich ihr Leben seit ihrem Tod verändert hatte.

Noch vor einem Jahr hatte ihr Weg klar vor ihr gelegen. Jeden Tag hatte sie sich mit einem privaten Lehrer auf die Reifeprüfung an einem Knabengymnasium vorbereitet, die zwar keine Mädchen aufnahmen, sie aber als externe Prüflinge zuließen. Erst als die Mutter vor einem dreiviertel Jahr zu schwach geworden war, um ihre Aufgaben im Haus zu erledigen, hatte Cläre den Unterricht aufgeben müssen. Anfangs hatte sie abends im Bett noch über ihren Büchern gebrütet und fest daran geglaubt, dass es sich nur um eine Unterbrechung auf Zeit handele. Wenn es der Mutter erst wieder besser ginge, würde sie einfach doppelt so viel lernen und das Versäumte schnell nachholen. Aber dann war ihre Mutter gestorben, und mit ihr hatte Cläre auch ihren Traum begraben. Eines Abends, als sie nach einem langen Tag in ihre Kammer zurückgekommen war, hatten die schon seit Langem ungenutzten Bücher sie so vorwurfsvoll angestarrt, dass sie sie erst in einem Anfall von Wut vom Tisch gefegt und danach weinend in den Kleiderschrank verfrachtet hatte – ganz nach hinten, unter die grüne Strickjacke mit den aufgestickten Gänseblumen, die sie nur zu besonderen Gelegenheiten trug. Und da lagen sie bis heute.

Cläre steckte die kalten Hände in die Manteltaschen und scharrte mit den Füßen auf dem vereisten Boden herum. Wie still es war. Plötzlich schoss ein silberner Faden in weitem Bogen über den dunklen Himmel.

Eine Sternschnuppe! Cläre stand regungslos da. Sollte sie? Du bist doch viel zu groß für so einen Unfug, dachte sie. Dann wünschte sie sich etwas.

»Cläre! Wo bist du? Wir wollen bald essen!«

Die Stimme ihres Bruders klang ungewohnt laut in der Nacht. Cläre seufzte.

»Ich komme!«, rief sie und setzte sich in Bewegung.

Wenige Stunden später hatten sie das erste Weihnachtsessen zu dritt hinter sich gebracht. Über das Lob des Vaters, dass der von ihr hergerichtete Tisch genauso feierlich aussah wie bei der Mutter, konnte sie sich nicht freuen. Still räumte sie die Teller zusammen, da stand ihr Bruder Max auf.

»Ich habe noch etwas aus München mitgebracht. Als Nachtisch sozusagen.«

Er ging nach draußen und kam mit einer Flasche Aprikosenlikör und drei Gläsern wieder. Ihr Vater schenkte ein.

»Der ist gut«, sagte er, als er das erste Glas geleert hatte. Offenbar heiterte der Likör seine melancholische Laune etwas auf, denn er wurde gesprächig. »Na, Max, wie läuft denn das Jurastudium in München?«

Max zuckte mit den Schultern. »Ganz gut, denke ich.«

»Hast dir ein schweres Fach ausgesucht, aber du wirst's schon schaffen. Und deine Studentenverbindung? Hast schon Anschluss gefunden?«

Cläre sah, wie Max das Gesicht verzog. Er wirkte blass, doch das konnte auch nur der Kontrast zu seinen schwarzen Haaren sein, die er, seit er in München lebte, kürzer trug und akkurat scheitelte. Cläre hatte die etwas längere, struppige Frisur besser gefallen, aber sie nahm an, dass sie nicht zum Stil der Studentenverbindung gepasst hätte.

Noch ehe Max antworten konnte, redete der Vater weiter. »Ich hab dem Herrn Schmiedinger aus München ordentlich was zukommen lassen jetzt zu Weihnachten, als Dank, dass er dir einen Platz in der Studentenverbindung beschafft hat. Ohne die Fürsprache eines alten Herrn wärst nicht reingekommen in so ein feines Haus wie diese Victoria – und auch in keine andere Studentenverbindung. Aber mir ist das wichtig, dass ich dich da gut aufgehoben weiß – unter jungen Männern, die die rechte Gesinnung haben. In der Großstadt kann so ein unerfahrener Bub wie du schnell an die falschen Leute geraten.«

Cläre sah ihren Bruder an, der mit verdrießlichem Gesicht in sein noch volles Likörglas starrte. Doch der Vater bemerkte sein offensichtliches Unbehagen nicht.

»Leider ist bei der Victoria das Schlagen ja ned verpflichtend, aber du wirst es doch auf jeden Fall machen, oder?«

»Vater … deswegen wollte ich …«, setzte Max an.

Doch Michael Wiesner ließ sich nicht unterbrechen. »Jetzt bist schon ein paar Monate dort und hast noch gar nix in der Art unternommen.«

»Magst du noch ein Gläschen?«, versuchte Cläre, ihn abzulenken. Ihr Bruder warf ihr einen dankbaren Blick zu, doch Cläres Motive waren nicht ganz uneigennützig. Auch sie hatte noch ein Anliegen, und da war es besser, den Vater bei Laune zu halten.

»Vati …«, hob sie an. Die Koseform benutzte sie nur bei besonderen Anlässen.

Ihr Vater strich ihr über die Wange. »Gut gemacht hast das heut in der Wirtschaft. Hast dich wacker geschlagen.«

»Ja. Und ich schaffe das auch sehr gut mit der Arbeit. Aber gerade deshalb dachte ich, dass ich ja vielleicht doch nebenbei die Prüfungsvorbereitung mit den Lehrern wieder aufnehmen könnte. Ich …«

»Cläre, ich brauch dich in der Wirtschaft. Das Lokal, die Tiere, das Kochen, Saubermachen und Bedienen … Wer soll dich denn in den Stunden ersetzen, die du dann jeden Tag lernen musst? Soll ich etwa noch eine Kraft anstellen? Allein was mich die Erna schon kostet, die ich nach dem Tod von der Mutter hab dazunehmen müssen. Und du weißt doch, wie knapp wir bei Kasse sind. Vor allem jetzt, wo der Bachmaier drüben in Landsberg auch Forellen züchtet und jeder Lackl neuerdings auf die Idee kommt, eine Wirtschaft zu eröffnen.« Seine Stimme war mit jedem Satz härter geworden. Er schenkte sich noch einen Likör ein. »Und außerdem wirst ja sowieso mal das Ganze hier übernehmen, wenn ich ned mehr kann«, fuhr er fort. »Der Max fällt ja jetzt aus mit seiner Juristerei. Aber du … du wirst schon einen Passenden finden, der einheiraten will in so ein alteingesessenes Lokal wie unsres. Viel Arbeit, aber man kann schon was draus machen, wenn man die Müh nicht scheut.«

Jetzt war es also ausgesprochen. Cläre sollte heiraten und das Geschäft übernehmen. Jeden Tag dasselbe machen, jahraus, jahrein. Sicher gab es junge Frauen, die gerne mit ihr getauscht hätten, aber war es wirklich so falsch, dass sie selbst von etwas anderem träumte?

Wie ein Blitz durchfuhr sie die Erinnerung an die Sternschnuppe. Wenn man sich schon auf Sternschnuppen verlassen muss, sieht es wirklich düster aus, dachte sie resigniert.

3

Als es am Neujahrstag gegen Mittag an der Wohnungstür klingelte, sahen Peter und Christine sich überrascht an. Da Christine keine Anstalten machte aufzustehen, erhob Peter sich und öffnete die Tür.

»Ach, Fritz, du bist's. Komm rein«, hörte Christine ihn sagen.

Peter brachte Fritz mit in die Küche.

»Grüß dich, Fritz.« Christine spürte, dass sie errötete. »Wie schön, dass du vorbeischaust.«

Fritz nickte verlegen. »Ich wollte mal hören, wie es euch so geht, und fragen, ob du … also, ob ihr vielleicht mitkommen wollt zum Schlittschuhlaufen auf dem Kleinhesseloher See. Einfach, um euch mal abzulenken.«

Peter schüttelte den Kopf. »Ich habe meiner Mutter versprochen, unten im Café zu helfen. Es hat heute zum ersten Mal seit Luises Tod wieder geöffnet. Und in ein paar Tagen muss ich nach Berlin zurück, da möchte ich mich noch nützlich machen.«

»Ich weiß auch nicht …«, meinte Christine leise.

»Du solltest zum Eislaufen gehen«, riet Peter. »Fritz hat recht. Wir haben in den ganzen letzten Tagen nichts anderes getan, als in der Wohnung zu sitzen und die Wände anzustarren. Ein bisschen frische Luft wird dir guttun.«

Christine nickte. »Also gut, dann hole ich meine Kufen.«

»Ich habe dir noch gar kein frohes neues Jahr gewünscht«, sagte Christine, als sie wenig später auf vereisten Wegen zum Englischen Garten gingen. In den letzten Tagen war es deutlich kälter geworden.

»Ich dir auch nicht«, meinte Fritz. »Es schien mir irgendwie unpassend nach Luises Tod. Trotzdem …« Er blieb kurz stehen und sah sie an. »Ich wünsche dir ein gutes Jahr, Christine.«

»Danke.« Einige Sekunden hielt sie den Blick seiner blauen Augen, dann sah Fritz weg und ging weiter, schneller als zuvor, und Christine hatte Mühe, Schritt zu halten.

Als sie im Englischen Garten ankamen, atmete Christine innerlich auf. Die Luft war glasklar, und die weißen Flächen des Parks glitzerten in der Sonne. Am Kleinhesseloher See war weniger los, als sie gedacht hatte.

Sie schnallten sich die Kufen an. »Fährst du gut?«, fragte Christine.

»Auf den Kufen bin ich ein Gott.« Er warf sich demonstrativ in die Brust, und Christine lachte.

»Schön, dass ich dir ein kurzes Lachen entlocken kann. Genau das hatte ich gehofft«, sagte Fritz. »Zu deiner Frage: Zu Hause in Augsburg bin ich im Winter fast jeden Tag Schlittschuh gefahren.«

»Wie oft siehst du eigentlich deine Eltern?«, wollte Christine wissen.

Ein Schatten fiel über sein Gesicht. »Nicht so oft. Mein Vater wollte, dass ich Medizin studiere und später mal seine Praxis übernehme. Dass ich mich für Germanistik entschieden habe, hat ihn … irritiert. Er meinte, das sei eine brotlose Kunst.«

»Aber du studierst doch gar nicht mehr?«, fragte Christine überrascht.

Fritz grinste schief. »Genau. Der zweite Schlag ins Kontor

war, dass ich mit dem Studium ganz aufgehört habe und nur noch für den *Simplicissimus* zeichne. Jedes Mal, wenn ich nach Hause komme, muss ich mir anhören, dass das kein rechtschaffener Broterwerb sei, und dann auch noch eine Zeitschrift, die Kaiser, Reich und Obrigkeit durch den Dreck zieht! Wir leben einfach in völlig verschiedenen Welten. Mein Vater in der alten, die ihm passt wie ein gut eingelaufener Schuh, und ich … ich weiß auch nicht.«

»Ich weiß, was du meinst. Wir Jungen können nicht mehr hinwegsehen über den großen Unterschied zwischen Arm und Reich, die staatliche Zensur und die Kriegstreiberei unserer Politiker, die versuchen, uns gegen die anderen europäischen Länder aufzuhetzen.«

Fritz nickte zustimmend. »Na ja, jetzt weißt du wenigstens, warum ich so selten nach Hause fahre. Du hast Glück. Deine Mutter und Luise sind so ganz anders …« Erschrocken brach er ab. »Tut mir leid. Es geht einfach noch nicht in meinen Kopf, dass Luise …«

»In meinen auch nicht«, entgegnete Christine. »Komm, lass uns laufen.«

Sie fuhren los. Schweigend drehte Christine ihre Kreise. Mal liefen sie nebeneinander, mal in entgegengesetzte Richtungen. Christine genoss die Anstrengung in der kalten Luft und spürte die Röte in ihren Wangen und Ohren, doch auf einmal blieb sie mit der Kufe an einer unebenen Stelle hängen und stürzte. Ein stechender Schmerz fuhr durch ihr Knie und ihr Handgelenk.

Fritz eilte zu ihr und ging neben ihr in die Hocke. »Hast du dir wehgetan?«, fragte er besorgt. Vorsichtig betastete er Christines Gelenke und bewegte sie sacht hin und her.

»Vielleicht hatte dein Vater recht, und du hättest doch Medizin studieren sollen«, bemerkte Christine grimmig.

Fritz lächelte. »Jedenfalls stelle ich fest, dass die Patientin nicht ernsthaft verletzt sein kann, da sie noch zu Späßen aufgelegt ist. Kannst du aufstehen?«

»Ich denke schon.«

Fritz nahm ihre Hand und zog sie vorsichtig hoch, dabei stützte er sie unter der anderen Achsel. Einen ganz kurzen Augenblick waren sie sich so nah, dass sie seinen warmen Atem spüren konnte. Verwirrt hielt Christine inne, doch da war der Moment auch schon vorbei.

»Also, stehen kann ich jedenfalls«, sagte sie betont munter. »Aber ob ich heute noch weiterfahren sollte?«

»Besser nicht, Madame. Davon rät der verhinderte Arzt an Ihrer Seite ab«, kommentierte er und reichte ihr die Hand. »Ich schleppe dich an Land.« Christine spürte einen Stich in der Herzgegend und sah ihn an, doch er erwiderte ihren Blick nicht.

Im fünfzig Kilometer entfernten Kaufering blieb die Wirtschaft nach einer langen Silvesternacht geschlossen. Cläre hatte sich erlaubt, eine Stunde später aufzustehen als sonst. Da Erna und Rudi freihatten, musste sie sich um die Tiere kümmern. Sie trug die Essensreste zu den Schweinen, mistete aus und schüttete Stroh auf.

Sie war todmüde, denn die letzten Gäste hatten die Wirtsstube erst weit nach Mitternacht verlassen, und danach hatten sie und Erna noch sauber gemacht. Ihr Bruder Max war schon vor zwei Tagen nach München zurückgefahren, um mit seinen Kameraden in der Studentenverbindung zu feiern. Cläre musste sich eingestehen, dass sie ihn beneidete.

Zurück in der Küche schenkte sie sich missmutig eine Tasse Kaffee ein und trank ihn schwarz. Wenigstens hatte sie das Haus heute für sich. Um sich etwas Gutes zu tun, beschloss sie, einen der süßen Lebkuchen zu essen, die sie vor Weihnachten beim Spezereihändler gekauft hatte. Sie waren nicht billig gewesen, aber ihre Mutter hatte das würzige Oblatengebäck geliebt, und für Cläre gehörte es zur Weihnachtszeit dazu. Sie öffnete die Vitrine und zog die Dose heraus. Dabei segelte ein Blatt Papier zu Boden. Sie bückte sich und stellte erstaunt fest, dass es ein Telegramm war. Es bestand nur aus wenigen Zeilen:

Frau Luise Wolff gestern an Herzinfarkt verstorben.
Beerdigung 18. Dezember 1910, 14 Uhr Nordfriedhof.

»Tante Luise ist tot«, murmelte Cläre. Die Beerdigung lag keine zwei Wochen zurück, und der Vater hatte ihr nichts erzählt. Ob ihr Bruder davon wusste? Ärger stieg in ihr auf. In diesem Moment hörte sie den Vater an der Haustür. Er zog sich die Stiefel aus und hängte die Joppe an den Garderobenständer. Kurz darauf stand er in der Küche.

Cläre funkelte ihn böse an. »Tante Luise ist gestorben, und du hast mir nichts davon gesagt. Warum?« Sie hielt ihm das Telegramm hin.

Einen Moment wirkte ihr Vater verlegen, dann fasste er sich wieder. »Wir hatten mit dieser Frau nix zu schaffen«, sagte er betont barsch. »Nicht mal deine Mutter, und die war schließlich ihre Schwester.«

»Du hättest es mir trotzdem sagen müssen und Max auch, oder weiß er es?«

Der Vater schüttelte den Kopf. »Was hättest du denn gemacht, wenn du's gewusst hättest? Zur Beerdigung wärst ohnehin nicht gefahren.«

»Warum eigentlich nicht?«, rebellierte Cläre. »Tante Luise ist schließlich zu Mutters Beerdigung gekommen … trotz ihres Streits!«

»Die konnte ja leicht die Großmütige spielen«, brummte ihr Vater. »Die wurde ja nicht enterbt, sondern hat alles bekommen von ihrer Familie. Allein das Haus in der Schellingstraße ist eine wahre Goldgrube. Weißt du eigentlich, was ein Grundstück in München wert ist heute? Dazu das ganze Vermögen. Die Wolffs waren eine piekfeine Familie, und deine Mutter hat keinen Pfennig gesehen, nur weil sie einen halben Bauern wie mich geheiratet hat, mit einer Forellenzucht und einer Wirtschaft. In einem Landgasthof Bratkartoffeln und Würste zubereiten, das war den gelackten Städtern für ihre Tochter nicht gut genug. Deine Mutter hat das nie verwunden. Ein Leben lang hat sie sich gegrämt. Nicht mal auf den Bestattungen ihrer Eltern war sie, als die gestorben sind. Und du willst auf die Beerdigung von dieser Tante? Na, gute Nacht.«

Die Erinnerung an das Unrecht, das der Mutter widerfahren war, besänftigte Cläre. Vielleicht hatte ihr Vater ja recht. Großmut kostete nichts, wenn man alles bekommen hatte und die andere nichts. Und letztlich hatte sie selbst die Tante nie richtig kennengelernt. Sie dachte an die schlanke Gestalt auf der Beerdigung der Mutter und die fremde Frau neben ihr. Nach der Beisetzung hatte Tante Luise ihren Vater abgepasst und zur Seite genommen. Zunächst hatten sie normal miteinander gesprochen, aber dann waren die Stimmen lauter, die Worte heftiger geworden. Vermutlich war es wieder einmal um das Erbe gegangen.

»Wer war eigentlich die Frau, die auf Mutters Beerdigung neben Tante Luise stand? Gehört sie auch zur Familie?«

Zu Cläres Überraschung lief ihr Vater rot an. »Familie? Die ganz bestimmt nicht. Das ist eine ganz liederliche Person. Die hat deine Tante Luise ausgenommen wie eine Weihnachtsgans. Die Frau hat von ihr ein Lokal im Haus in der Schellingstraße gemietet, so ein neumodisches Café. Und von da an hat sie sich rangemacht an deine Tante und ihr alles abgenommen. Aber das haben die Wolffs nicht besser verdient. Das war die gerechte Strafe, dass sie sich so ein Sodom und Gomorrha ins Haus geholt …« Abrupt brach er ab, offenbar verärgert, dass er so viel gesagt hatte. »Und jetzt Schluss mit dem ganzen Spuk.«

Mit einer heftigen Bewegung riss er Cläre das Telegramm aus der Hand. Bevor sie etwas sagen konnte, hatte er es in zwei Hälften zerrissen. Er öffnete das Türchen des Holzofens und warf die zwei Teile in die Flammen. Dann verließ er die Küche.

Cläre blieb ratlos zurück. Wie oft hatte sie in den letzten Jahren ähnliche Gespräche zwischen ihren Eltern belauscht, doch noch immer konnte sie nichts Genaues damit anfangen.

4

Christine räumte den Tisch ab, und Peter wischte mit einem Lappen darüber. Ihre Mutter saß gedankenverloren am Esstisch. Christine fing Peters Blick auf. Sie wusste, dass er sich Sorgen machte, weil er wieder nach Berlin musste und die Mutter mit ihrem Schmerz zurückließ.

»Ich komme so bald wie möglich wieder auf ein paar Tage zu Besuch«, sagte er, als sie sich wieder an den Tisch setzten.

Die Mutter nahm seine Hand. »Das ist lieb, Peter«, sagte sie. »Aber hetz dich nicht. Ich …« Mit der anderen Hand griff sie nach Christines. »Wir kommen schon zurecht. Und ihr kennt mich ja. Ich schaue nach vorn, auch wenn es wehtut.«

Einen Augenblick blieben sie so sitzen. »Ich möchte noch etwas mit euch besprechen«, sagte die Mutter schließlich. »Etwas, das Luise sehr am Herzen lag und über das wir eigentlich gemeinsam mit euch reden wollten.«

»Oh«, warf Christine ein. »Das klingt aber ominös. Willst du etwa das *Altschwabing* aufgeben … oder sogar umziehen?« Es war als Scherz gemeint, trotzdem schwang Beunruhigung mit.

Die Mutter lachte. »Nein, natürlich nicht. Auch wenn ich ursprünglich Stuttgarterin bin, aus München kriegen mich keine zehn Pferde mehr weg.« Sie wurde ernst. »Es geht um Cläre Wiesner, Luises Nichte. Luise und ich haben oft über sie gesprochen. Wie ihr wisst, ist Luises Schwester im letzten Sommer gestorben. Luise hatte auf der Beerdigung Gelegenheit, mit Michael Wiesner zu sprechen, und dabei kam heraus, dass Cläre sich nicht mehr auf die Reifeprüfung vorbereitet. Seit ihre Mutter so krank wurde, hilft sie nur noch in der Gastwirtschaft.«

»Das wundert mich nicht, dass die als Erstes die Ausbildung ihrer Tochter eingestellt haben«, meinte Christine hitzig. »Denen lag doch eh nie was daran. Wenn Tante Luise den Privatunterricht nicht seit Jahren bezahlt hätte, wäre es erst gar nicht dazu gekommen.«

»Sei nicht so hart«, mahnte Ricarda. »Cläres Mutter ist damals großes Unrecht widerfahren. Sie nach der Hochzeit mit Michael Wiesner zu enterben war eine sehr unglückliche Entscheidung, und ihr Leben in Kaufering wäre anders verlaufen, wenn die finanzielle Lage besser gewesen wäre. Soweit ich weiß, hat Michael Wiesner schon seit Jahren Geldsorgen.«

»Aber Tante Luise hat ihrer Schwester doch nach dem Tod der Eltern die Hälfte des Erbes angeboten! *Die* waren es doch, die plötzlich zu stolz waren, es anzunehmen!«, rief Christine.

»Na ja«, warf Peter ein. »Immerhin haben sie Luises Geld für den Privatunterricht ihrer Tochter angenommen. Das zeigt doch, dass ihnen Cläres Ausbildung nicht völlig egal war.«

»Genau«, bestätigte Ricarda und drückte erneut Peters Hand. »Und deshalb werde ich nach Kaufering fahren. Es war Luises Wunsch, dass wir Cläre nach München holen, wo sie den versäumten Unterricht nachholen und die Reifeprüfung ablegen kann. Welchen Beruf sie danach ergreift, kann sie selbst entscheiden.«

»Was?«, rief Christine entgeistert. Peter trat ihr unter dem Tisch ans Schienbein. »Aber wird ihr Vater sie gehen lassen? Und ausgerechnet hierher, zu uns?«, fügte sie unbeirrt hinzu.

»Du erinnerst dich, wie oft Luise versucht hat, sich mit ihrer Schwester auszusöhnen, wie oft sie sie und Cläre hierher eingeladen hat. Luises Schulgeld haben sie genommen, aber sie sind nie nach München gekommen, und wenn du mich fragst, ging es da nicht nur um den dummen Erbstreit. Dieser Wiesner, den Luises Schwester sich da geangelt hat, das ist ein erzkonservativer Moralapostel, der hatte Angst, dass seine Frau und Tochter sich hier bei uns anstecken mit unserer liberalen Lebensart ...«

»Christine«, unterbrach Ricarda lächelnd ihre Tochter. »Cläre ist zwanzig Jahre alt. Ihr Vater wird auch auf das hören müssen, was sie will. Außerdem werde ich ihm noch einmal Geld anbieten ... für den Fall, dass Cläre hierherkommen darf.«

»Du willst Cläre mit Geld auslösen?«, rief Christine ungläubig.

Auch Peter lachte. »War das Luises Idee? Wirklich? Das grenzt ja schon an Erpressung.«

Ricarda zuckte nur mit den Schultern. »Nennt es, wie ihr wollt. Und ja, es war Luises Idee, aber ich würde es nicht Erpressung nennen, sondern ›Entscheidungshilfe‹. Etwas Eleganteres ist uns leider nicht eingefallen.«

Christine ärgerte sich. Über Jahre hinweg hatte sich Wut in ihr aufgestaut. Ihre herzensgute Luise hatte immer aufs Neue versucht, das Verhältnis zu ihrer Schwester und Nichte zu verbessern, doch vergeblich. Wie sehr Luise unter der Ablehnung gelitten hatte, war Christine erst im Lauf der Zeit klar geworden. Und jetzt sollte diese Cläre, die nicht einmal auf Luises Beerdigung gewesen war, hier in ihre Wohnung in München einziehen? Wenn es nach ihr ging, konnte die gern weiter in Kaufering Forellen füttern.

»Es war Luises Wunsch, und ich finde, dass wir ihr den erfüllen sollten«, sagte Peter.

Na danke, dachte Christine grimmig. Dich betrifft es ja nicht. Du wohnst praktischerweise in Berlin.

»Wann willst du denn nach Kaufering fahren?«, hörte sie Peter fragen.

»Soweit ich weiß, ist Montag in deren Gastwirtschaft Ruhetag. Also hatte ich an nächsten Montag gedacht.«

»Meine Mutter in der Höhle des Löwen«, bemerkte Peter lachend.

»Aus Sicht von diesem Wiesner ist es sicher umgekehrt«, meinte Christine abschätzig. »Du bist der heidnische Löwe, der ihn in seiner ehrbaren Stube aufsucht.«

Nur wenige Personen stiegen mit Ricarda aus, als sie einige Tage später in Kaufering den Zug verließ. Auf der Hauptstraße empfing sie ein beißender Wind, der ihr die Schneeflocken ins Gesicht trieb, und sie war dankbar für die lange Unterhose aus Baumwolle, die sie unter dem Kleid trug.

Bei einem älteren Herrn mit riesigem Schnauzer, der ihr auf der Straße entgegenkam, erfragte sie den schnellsten Weg zum Gasthaus von Michael Wiesner. »Da gehn S' do vor und dann ums Eck, und da sehn Sie's scho.«

Als Ricarda seiner Beschreibung gefolgt war, blieb sie überrascht stehen. Sie erkannte die Straße von einer Fotografie, die Luise gemacht hatte, als sie vor Jahren spontan und ohne Ankündigung beschlossen hatte, ihre Schwester zu besuchen, um ein Gespräch zu erzwingen. Ungefähr bis zu dieser Stelle musste sie damals gekommen sein, denn auf der Fotografie sah man das über der Straße hängende Schild der Gastwirtschaft, unter dem ein Junge und ein Mädchen standen, vermutlich Max und Cläre. Luise hatte mit ihrer Kodak Brownie No. 2 das Bild gemacht – dann hatte sie der Mut verlassen, und sie war zum Bahnhof zurückgegangen. Die Fotografie aber hing seit jenem Tag gerahmt neben den vielen anderen Bildern und Zeichnungen im Gastraum des *Altschwabing*.

Die Fensterscheiben der Gaststube waren dunkel, und ein Schild verriet, dass montags Ruhetag war. Ricarda läutete an der Tür, hinter der sie den Wohnbereich der Wirtsfamilie vermutete. Zunächst geschah nichts, erst als sie zum zweiten Mal an der Glockenschnur zog, hörte sie Schritte im Flur.

Ricarda kannte Michael Wiesner nur von der Beerdigung seiner Frau. In dem langen Gesicht zeichneten sich erste Falten ab, und das Haar war ausgedünnt, obwohl Ricarda wusste, dass er kaum älter war als sie selbst, also Ende vierzig. Dass er sie trotz der ausgebliebenen Antwort auf ihr Telegramm erwartet hatte, sah man nur an seiner überaus sorgfältigen Kleidung. Er trug eine Hose mit Bügelfalten und eine grüne Lodenjoppe mit Hirschhornknöpfen.

»Ich hab nicht gedacht, dass Sie tatsächlich kommen würden«, behauptete er.

»Wollen Sie mich nicht hereinbitten?«, schlug sie vor.

Michael Wiesner hielt ihr die Tür auf.

»Ich weiß, warum Sie hier sind, aber es ist vergebliche Liebesmüh«, sagte er, nachdem er ihr in der guten Stube einen Stuhl angeboten hatte.

»Wo ist Cläre?«, fragte Ricarda.

»Auf ihrem Zimmer.«

»Ich möchte, dass sie bei unserem Gespräch dabei ist«, sagte Ricarda. Von Cläres Beisein hing viel ab, aber erzwingen konnte sie es nicht.

»Aber ich will es ned«, sagte Michael Wiesner bestimmt und setzte sich ebenfalls.

»Es geht um Cläres Zukunft. Sie ist doch kein kleines Kind mehr«, gab Ricarda zu bedenken.

Sie sah, wie ihr Gegenüber ins Wanken geriet, doch noch

ehe er etwas sagen konnte, trat eine junge Frau ins Zimmer. Sie hatte schwarze Haare, die ihr bis zum Kinn reichten. Den hellen Teint und die blauen Augen hatte sie ihrer Mutter und ihrer Tante Luise zu verdanken, während die dunklen Haare offenbar vom Vater stammten. Es war eine ungewöhnliche Kombination.

»Ich bin Cläre«, sagte sie mit klarer Stimme. »Und Sie waren mit meiner Tante auf der Beerdigung meiner Mutter.« Sie setzte sich. Dabei warf sie ihrem Vater einen kühlen Blick zu. Dem war die Situation sichtlich unangenehm. Offenbar hatte er seiner Tochter die unliebsame Besucherin gar nicht angekündigt in der Hoffnung, sie wieder loszuwerden, bevor Cläre überhaupt auf sie aufmerksam wurde.

»Eigentlich wollte deine Tante Luise zu dir kommen«, begann Ricarda und sah dabei Cläre an. »Jetzt, da deine Mutter nicht mehr lebt, wollte sich Luise nach deinen Fortschritten bei den Prüfungsvorbereitungen erkundigen.«

Cläres eben noch so helles Gesicht wurde glutrot, doch bevor sie etwas sagen konnte, fuhr ihr Vater dazwischen. »Es stimmt, die Mutter lebt ned mehr, aber Cläre hat immer noch einen Vater, der sich um sie kümmert. Wir brauchen niemanden, der uns sagt, was wir zu tun oder zu lassen haben.«

Ricarda ignorierte den Kommentar und sah Cläre fragend an.

»Seit dem Tod meiner Mutter fehlt mir fürs Lernen die Zeit«, erklärte das junge Mädchen. »In einer Wirtschaft wie unserer gibt es eine Menge Arbeit.«

»Und … ist es das, was du dir für dein Leben vorstellst?«, fragte Ricarda. »Luise hatte den Eindruck, dass dir der Unterricht Spaß machte. Du hattest gute Noten.«

»Woher wissen Sie das?«, fragte Cläre erstaunt.

»Schluss jetzt«, unterbrach ihr Vater sie und wandte sich an

Ricarda: »Ich möcht, dass Sie gehen. Meine Tochter hat Ihnen alles gesagt, und wir sind Ihnen nix mehr schuldig. Oder habe ich Ihnen ned jeden einzelnen Ihrer monatlichen Beträge zurückgeschickt, seit Cläre nicht mehr zu den Lehrern …« Irritiert brach er ab, als ihm klar wurde, dass er einen Fehler gemacht hatte.

Cläres Kopf fuhr zu ihm herum. »Was für Beträge, Vater?«

Michael Wiesner schwieg.

»Was für Beträge?« Als immer noch nichts kam, setzte sie hinzu: »Hat Tante Luise in all den Jahren das Geld für meinen Unterricht bezahlt?«

»Wir waren knapp bei Kasse«, sagte der Vater, ohne sie anzusehen.

»Und ich dachte, dir und Mutter hätte etwas an meinem Abitur gelegen! Ich dachte, ihr hättet das auch gewollt … für mich. Aber dann stimmt das wohl gar nicht? Jetzt weiß ich auch, warum du nicht willst, dass ich den Unterricht wieder aufnehme. Es ist nicht nur die Arbeit. Mein Abschluss ist dir einfach egal!«

»Wäre es dir lieber gewesen, gar keinen Unterricht zu haben?«, bellte ihr Vater zurück. Dann wandte er sich wieder an Ricarda. »Ist es das, was Sie gewollt haben? Unfrieden stiften?«

Cläre hatte sich erhoben.

»Bitte setz dich, Cläre«, bat Ricarda. »Ich bin nicht hergekommen, um zu streiten oder jemanden zu beschuldigen. Ich will eine gute Regelung für alle.«

»Und wie soll die Ihrer Meinung nach aussehen? Können Sie mir meine Frau zurückgeben? Dann darf Cläre gerne wieder die Nase in die Bücher stecken.«

»Cläre ist nicht Ihre Dienstmagd«, unterbrach ihn Ricarda schärfer als beabsichtigt und fuhr etwas milder fort: »Luise hatte den Plan, dass Cläre zu uns nach München kommt, wo sie sich auf die Prüfung vorbereiten und als externer Prüfling an einem Knabengymnasium das Abitur ablegen kann. Danach entscheidet sie frei, welchen Weg sie beruflich einschlagen möchte, ob sie studieren will oder …«

»Und das soll eine Lösung für alle sein?«, unterbrach Michael Wiesner sie. »Woher soll ich das Geld für eine weitere Kraft in der Wirtschaft nehmen? Da kann ich gleich zusperren … abgesehen davon, dass Cläre niemals zu Ihnen …« Er wurde rot. »Zu Ihnen nie …«

»Sie erhalten Geld für eine zusätzliche Kraft. Oder vielleicht wollen Sie auch renovieren oder umbauen?«

Cläre und ihr Vater sahen Ricarda sprachlos an. »Sie wollen meine Tochter kaufen … mich erpressen …«, brachte Michael Wiesner hervor.

Ricarda dachte an Peters Worte wenige Tage zuvor. »Ich will Ihrer Tochter den Abschluss ihrer Ausbildung ermöglichen, ohne Ihnen dadurch zu schaden. Und ich hoffe, dass Sie das Angebot annehmen. Luise hat ihrer Schwester etliche Male den Teil des Erbes angeboten, den ihre Eltern ihr versagt hatten. Sie und Ihre Frau wollten davon nichts wissen, aus falsch verstandenem Stolz, wie ich finde, aber letztlich war das Ihre Entscheidung. Jetzt aber geht es um Ihre Tochter. Nehmen Sie das Geld für sie. Damit ist allen geholfen … Ihnen und Cläre.«

Wieder starrte Cläre ihren Vater fragend an, und Ricarda ahnte, dass es zwischen den beiden Gesprächsbedarf gab.

Michael Wiesner schien mit sich zu ringen.

»Sie müssen sich nicht sofort entscheiden«, sagte Ricarda. »Besprechen Sie in Ruhe mein Angebot.« Sie wandte sich an Cläre. »Und warte nicht zu lange mit der Entscheidung. Die nächste Reifeprüfung ist im Juni. Das ist nur noch ein halbes Jahr, und du hast einiges nachzuholen. Aber ich bin mir sicher, dass München dir gefallen würde. Und meine Tochter Christine ist nur wenige Jahre älter als du. Ihr würdet euch sicher gut verstehen.« Ricarda stand auf. »Also, Sie lassen es mich dann wissen, wie Sie sich entschieden haben.« Es war nicht als Frage gemeint.

»Ja«, sagte Cläre anstelle ihres Vaters.

Michael Wiesner ließ die Schaufel sinken, mit der er Wasserlöcher in den Forellenteich geschlagen hatte. Trotz der Kälte hatte er die dicke Jacke ausgezogen, der Schweiß rann ihm über die Stirn, und der weiße Atem kam stoßweise. Normalerweise war das Aufschlagen des Eises Rudis Aufgabe, aber in diesen Tagen war Michael Wiesner froh, wenn er allein sein konnte, und die körperliche Anstrengung tat ihm gut.

Er zog sich die Jacke wieder an, setzte sich auf die Bank am Teich, die sein Großvater gezimmert hatte, und steckte sich eine Pfeife an. Es dauerte nicht lange, da setzten die Gedanken wieder ein.

Er wollte Cläre nicht gehen lassen, wollte nicht beide Kinder an die Großstadt verlieren, und das Geld dieser Ricarda Tuchmann wollte er auch nicht. Die saß jetzt auf dem Erbe der Familie Wolff. Es gab ein Testament, das hatte sie ihm gezeigt, und sie hatte tatsächlich alles bekommen, das Geld, das Haus, einfach alles. Aber wenn er und seine Frau Luises Angebote der letzten Jahre abgelehnt hatten, musste er dann das Angebot dieser unsäglichen Person nicht erst recht ablehnen? Im Grunde gab es doch gar nichts zu überlegen!

Doch an dieser Stelle schlichen sich Zweifel ein. Auch wenn er es nicht wahrhaben wollte … seine Frau war einer Versöhnung mit ihrer Schwester in den letzten Jahren immer weniger abgeneigt gewesen. War es am Ende nur sein eigener verletzter Stolz gewesen, der einer Versöhnung der Schwestern im Weg gestanden hatte? Hatte seine Frau nicht die Kraft gehabt, sich ihm entgegenzustellen? Was wäre gewesen, wenn sie den ihr zustehenden Teil des Erbes von Luise angenommen hätten? Sie hätten renovieren können, vor allem aber mehr Personal einstellen. Seine Frau hätte weniger hart arbeiten müssen, und Cläre müsste sich nicht verpflichtet fühlen, den Platz ihrer Mutter im Geschäft einzunehmen.

Schuldgefühle überkamen ihn. Was war das für ein Leben gewesen, das er seiner Frau geboten hatte? Dieser Frau, die in der Stadt aufgewachsen war, unter gebildeten Menschen, die die höhere Töchterschule besucht hatte. Welches Leben hätte sie führen können, wenn sie sich nicht zufällig während einer Sommerfrische kennengelernt hätten? Nein, unglücklich waren sie nicht gewesen. Er hatte seine Frau geliebt und sie ihn. Doch das Leben hier war arbeitsreich gewesen, und ihr Herz von Jugend an nicht das beste. War es ein Zeichen gewesen, dass sie gegen seinen Willen Luises Geld für Cläres Unterricht angenommen hatte? Hieß es, dass sie sich für Cläre ein anderes Leben als das eigene gewünscht hatte?

Michael Wiesner klopfte die Pfeife aus und steckte sie in die Jackentasche. Er hasste es, ausgerechnet dieser Tuchmann nachgeben zu müssen … und seine Cläre in diesem Haus? Diesem Sodom und Gomorrha? Aber Luise war ja nun immerhin nicht mehr da. Cläre würde also nie erfahren, was sich dort abgespielt hatte. Und immerhin wäre sie in der großen Stadt unter Aufsicht. Er ärgerte sich, dass er bereits über die praktischen Aspekte ihres Umzugs nachdachte, bevor er auch nur zu einer Entscheidung gekommen war. Aber konnte er überhaupt zu einer Entscheidung kommen … hier auf der Bank, er ganz allein und über Cläres Kopf hinweg?

Ricarda Tuchmanns Worte kamen ihm in den Sinn. Cläre war zwar noch nicht mündig, aber sie war auch kein kleines Kind mehr. Natürlich, die Tochter hing an ihm, das wusste er. Und bestimmt würde er sie zum Bleiben überreden können, ihren Willen beugen, aber durfte er das wirklich? Hätte seine Frau das gutgeheißen? Und was wollte Cläre selbst? Ein Sonnenstrahl stahl sich durch die Wolkendecke, nur um sofort wieder zu verschwinden. Er ließ den Blick über den Teich mit seinen eingeschlagenen Wasserlöchern schweifen. Aus dem Stall in seinem Rücken kamen die Geräusche der beiden Kühe und Schweine. Rudi pfiff irgendwo eine Melodie. Nein, er selbst wollte hier nicht weg. Kaufering, diese Landschaft, die Arbeit, das war sein Zuhause. Aber das war seine Entscheidung …

Seit einer Stunde schon lag Cläre im Bett, doch der Schlaf wollte nicht kommen. Nun war es schon fast drei Wochen her, dass Ricarda Tuchmann aus München zu Besuch gekommen war, und bislang hatte der Vater jeden von Cläres Versuchen abgeschmettert, mit ihm zu reden. Dabei hatte sie so viele Fragen. Warum hatte Tante Luise den Privatunterricht bezahlt, wenn sie doch so eine geizige, harte Frau war, wie ihr Vater immer wieder hatte durchblicken lassen? Hatte die Tante tatsächlich Versuche unternommen, sich mit Cläres Mutter zu versöhnen? Aber warum waren ihre Eltern dann nicht darauf eingegangen?

Tagsüber stürzte sich Cläre in die Arbeit, um dem Gedankenkarussell Einhalt zu gebieten, doch abends holten die offenen Fragen sie wieder ein. Schließlich hielt sie es nicht mehr aus. Sie warf die Decke zurück, zündete die Petroleumlampe an und tappte barfuß auf den kalten Dielen zu ihrem Kleiderschrank. Die Tür quietschte schmerzlich laut in dem stillen Haus. Cläre griff nach hinten und fand die Schulbücher unter ihrer guten Strickjacke. Den Gedichtband legte sie zurück, ebenso wie die französische Grammatik, Latein und Geschichte. Mit dem Mathematikbuch schlich sie zum Bett und fand die Seite, an der sie zuletzt gearbeitet hatte. Sie las ihre Bleistiftnotizen wie ein Echo aus einem anderen Leben. Als sie die Zeilen geschrieben hatte, hatte für ihre Mutter noch Hoffnung bestanden, und die Reifeprüfung war zum Greifen nah gewesen. Ein paar Monate noch, höchstens ein halbes Jahr. Aber dann war ihre Mutter gestorben und der Traum vom Abitur verflogen. Konnten die Dinge sich tatsächlich noch einmal wenden? Sie wusste, dass der Besuch von Ricarda Tuchmann für ihren Vater demütigend gewesen war, und sie hatte mit ihm gefühlt. Doch ihr spontaner Ärger darüber war längst verraucht, und die Hoffnung hatte sich zurück in ihr Herz geschlichen.

Cläre erschrak, als es leise an die Zimmertür klopfte.

»Herein?«

Bei dem Versuch, aus dem Bett aufzustehen, klatschte das Mathematikbuch auf den Boden. Zögerlich ging die Tür auf.

»Vater?« Cläre setzte sich ins Bett zurück. Trotz der späten Stunde trug ihr Vater noch kein Nachthemd. Sichtlich verlegen stand er in der Tür, doch schließlich gab er sich einen Ruck und trat ein.

»Ich habe das Licht unter der Tür gesehen«, sagte er entschuldigend. Scheu sah er sich um, sein Blick wanderte zum Buch auf dem Boden. Cläre erinnerte sich nicht, wann er das letzte Mal in ihrem Zimmer gewesen war, und wusste nicht, was sie sagen sollte.

Ihr Vater nahm sich den Stuhl von der Wand, stellte ihn neben das Bett und hob das Buch auf. Nachdem er ein paar Seiten umgeblättert hatte, sagte er: »Diese Zahlen und der ganze Kram … Ich war in der Schule kein Held. Wahrscheinlich hätt ich besser sein können, aber ich war faul. Und zu Haus hat das niemanden gekümmert. Bei deiner Mutter war das anders. Die war eine kluge Frau … aber das weißt du ja. Und dein Bruder auch. Ihr kommt beide nach ihr.«

Es waren die ersten persönlichen Worte des Vaters seit Langem, und Cläre war zu perplex, um antworten zu können.

»Dir lag sehr viel an dieser Prüfung, oder?«, fragte der Vater in ihr Schweigen hinein.

Cläre nickte.

»Ich habe nachgedacht«, fuhr er fort. »Es ist nicht allein das Geld. Natürlich kann ich es gut gebrauchen. Ich könnte die Wirtschaft renovieren, konkurrenzfähig bleiben, vielleicht einen Karpfenteich ausheben lassen. Aber das Wichtigste ist, dass deine Mutter … und du … es mir nie verzeihen würdet, wenn ich dich daran hindere, diese Reifeprüfung zu machen. Ich bin noch vom alten Schlag und dachte immer, ein Mädel, das sollte doch dran denken, einen anständigen Kerl zu heiraten, eine Familie zu gründen, dem Mann bei seinem Geschäft zu helfen. In deinem Fall hatte ich gehofft, dass du einen findest, der die Forellenzucht und die Wirtschaft übernimmt – jetzt, wo der Max Jurist wird. Aber kann ich dich dazu zwingen? Deshalb frage ich dich: Willst du später einmal dieses Lokal hier leiten? An meiner statt und aus freien Stücken?«

Cläre schlug einen Augenblick die Augen nieder. So hatte ihr Vater noch nie mit ihr gesprochen.

Schließlich sah sie ihn an. »Nein, Vater. Nicht, wenn ich die Wahl habe. Ich will studieren wie der Max. Ich weiß, dass sie jetzt auch Frauen zum Studium zulassen. Mathematik möchte ich studieren.« Jetzt war es heraus. Noch nie hatte sie diesen Wunsch ausgesprochen, nicht einmal ihrer Mutter gegenüber.

Ihr Vater nickte, und Cläre glaubte, einen Hauch von Enttäuschung in seinen Augen zu erkennen.

»Manchmal ist es doch gut, wenn man fragt«, sagte er schließlich und stand auf. »Es ist spät. Schlaf jetzt. Morgen fahre ich nach München, aber allein. Du bleibst hier. Vielleicht hilfst du mir noch, eine zusätzliche Kraft zu finden, und zeigst mir, wie das geht mit der Buchhaltung. Und dann musst du ja auch deine Sachen packen.« Damit drehte er sich um, und bevor Cläre noch etwas sagen konnte, hatte er die Tür schon hinter sich geschlossen.

5

Konnte man einen Bahnhof zum ersten Mal sehen, auf dem man schon mehrfach gewesen war? Zumindest kam es Cläre so vor, als Eisen auf Eisen kreischte und die Dampflok fauchend zum Stehen kam. Der Gedanke, dass sie nicht schon in wenigen Stunden wieder abreisen, sondern in dieser großen Stadt bleiben würde, ließ sie alles mit neuen Augen sehen. Mitten im Gedränge blieb sie stehen. Am liebsten hätte sie das vertraute Gesicht ihres Bruders gesehen, doch der hatte am nächsten Tag eine wichtige Prüfung, und letztlich würde sie ohnehin nicht bei ihm wohnen, sondern bei Ricarda Tuchmann in der Wohnung ihrer Tante Luise. Frau Tuchmann hatte telegrafiert und wollte sie abholen. Cläre war gespannt, ob sie sie inmitten dieser vielen Menschen überhaupt finden würde.

»Fräulein Cläre? Cläre Wiesner?«

Cläre fuhr herum und sah in das Gesicht eines schlanken, hochgewachsenen Mannes mit kurzen dunkelblonden Haaren, den sie auf Mitte zwanzig schätzte. Hinter ihm stand ein Kofferträger mit einem Karren. Lächelnd hob der junge Mann seinen grauen Hut und deutete eine Verbeugung an.

»Ja, das bin ich. Und wer sind Sie?«, fragte Cläre.

»Ich bin Peter Tuchmann, der Sohn von Ricarda Tuchmann. Meine Mutter konnte leider nicht selber kommen, im

Café gab es viel zu tun. Ist das Ihr gesamtes Gepäck?« Er zeigte auf den Koffer, der neben ihr auf dem Bahnsteig stand. Cläre nickte.

Peter Tuchmann drehte sich zu dem Kofferträger um. »Tut mir leid, dann brauchen wir Ihre Dienste doch nicht.« Er kramte ein paar Münzen aus der Tasche und reichte sie dem Mann, der dankte und mit seinem Karren weiterzog.

»Wie viel Gepäck hatten Sie denn erwartet?«, fragte Cläre und wunderte sich über ihren rebellischen Unterton.

»Meine Schwester hat mehr Gepäck, wenn sie nur einen Tagesausflug macht«, erklärte Peter Tuchmann lachend. »Aber das liegt auch an der Ausrüstung. Christine ist Fotografin. Kommen Sie, bei diesem Lärm kann man ja kein vernünftiges Wort wechseln.«

Er nahm ihren Koffer und streckte ihr den Arm hin. Später wusste Cläre selbst nicht mehr, was es gewesen war – Schusseligkeit oder Aufregung? Statt seinen Arm zu nehmen, griff sie nach seiner Hand. Peter stutzte, und auch Cläre erschrak bei der plötzlichen Berührung. Seine Hand war warm, die Haut angenehm weich, und er unternahm nichts, um sie ihr zu entziehen. Ein Augenblick verging, der Cläre unendlich lang vorkam, dann lächelte Peter, ohne seine Hand zurückzuziehen.

»So geht es natürlich auch«, sagte er amüsiert.

Cläre ließ ihn los, als hätte sie nach einer glühenden Kohle gegriffen. »Bitte entschuldigen Sie, so etwas ist mir noch nie passiert, ich bin einfach so aufgeregt.«

Als Antwort bot er ihr noch einmal seinen Arm, und Cläre hängte sich mit feuerroten Wangen ein.

Als sie aus dem Bahnhofsgebäude traten, steuerte Peter die blau-weißen Trambahnen an, die auf der anderen Seite des lang gestreckten Bahnhofsplatzes standen. Eine Droschke schnitt ihnen von rechts den Weg ab, und er fluchte.

»Die machen das absichtlich!«, rief er irritiert. »Früher hieß es, die Tramways wären gemeingefährlich und würden nur Unfälle verursachen. Dabei sind es vor allem die Droschkenfahrer, die es auf uns abgesehen haben. Das ist die Rache dafür, dass sie immer weniger Kundschaft haben … Kennen Sie sich in München aus?«

In München auskennen? Hatte seine Mutter ihm nicht erzählt, dass sie eine Landmaus war?

»Nein«, sagte sie. »Nur die Innenstadt kenne ich ein wenig von den Besuchen mit meiner Mutter, aber mehr nicht.«

Mittlerweile hatte Peter die richtige Trambahn gefunden, und er stieg ein, den Koffer voraus. Am Ende der zwei Stufen drehte er sich um und streckte ihr erneut den Arm hin. »Diesmal ist tatsächlich die Hand gemeint.« Da war es wieder, das leicht ironische Lächeln.

Cläre konnte nicht anders, als kurz zu lachen. Sie fasste nach seiner Hand, und Peter zog sie mit Schwung die Stufen hinauf. Dann löste er zwei Fahrscheine. Zusammen mit dem Koffer zwängten sie sich durch den Gang und fanden zwei Holzsitze, die Cläre als viel zu eng empfand. Sie drückte sich vorsichtig gegen die Scheibe der Tram.

Peter dagegen wirkte völlig ungezwungen. »Wenn Sie bisher nur die Innenstadt gesehen haben, lernen Sie jetzt etwas Neues kennen, nämlich Schwabing. Und Sie werden sehen, dort schlägt das eigentliche Herz Münchens.« Seine graugrünen Augen lächelten sie an.

Vorsichtig sog Cläre seinen leichten Duft von Eau de Cologne ein.

»Unser Café liegt in der Schellingstraße, was noch zur sogenannten Maxvorstadt gehört«, erklärte Peter. »Aber wir grenzen bereits an Schwabing, und unsere Stammkunden sind fast alle echte Schwabinger. Sie werden sehen, es ist ein guter Ort, um anzukommen. Die Maxvorstadt hat viel zu bieten, und Schwabing selbst ist voller Neuankömmlinge: Berliner, Italiener, Russen. Viele Künstler und Literaten oder solche, die es werden wollen und sich bis dahin die Zeit im Café vertreiben, zum Beispiel in dem meiner Mutter. Das *Café Altschwabing* ist bei der Münchner Boheme sehr beliebt. Im restlichen München wird Schwabing gern als ›Schwabylon‹ bezeichnet, in Anlehnung an die freien Sitten des heidnischen Babylons. Außerdem laufen die Schwabinger bei manchen unter dem Namen ›Schlawiner‹, und das nicht nur, weil viele Slawen in Schwabing wohnen. Sie trauen uns nicht ganz, die alteingesessenen Münchner. Dabei sind die Urmünchner auch ein Völkchen für sich.«

»Das hört sich an, als wären Sie selbst kein Münchner«, meinte Cläre.

»Ich fühle mich als Münchner«, entgegnete Peter lachend. »Meine Mutter kommt aus Stuttgart, aber sie kam mit mir und meiner Schwester nach München, als wir noch Kleinkinder waren. München ist mein Zuhause.«

»Und Ihr Vater?«, fragte Cläre. Peter hatte mit solcher Unbefangenheit erzählt, dass ihr diese persönliche Frage ganz von selbst herausgerutscht war.

»Ich erinnere mich kaum an ihn und meine Schwester gar nicht«, erzählte er. »Meine Eltern haben sich kurz nach Christines Geburt getrennt, und wir haben ihn nie wiedergesehen. Allerdings weiß ich, dass er vor ein paar Jahren gestorben ist.«

»Das tut mir leid«, sagte Cläre erschrocken.

»Ach, das muss es nicht. Nur wenige Jahre nach ihrer Trennung von meinem Vater kam meine Mutter mit uns nach München und mietete das *Café Altschwabing* in der Schellingstraße – und wenig später zogen wir in die Wohnung Ihrer

Tante im selben Haus. Von da an war es für uns, als wäre unsere Familie wieder vollständig – bis jetzt.«

Cläre nickte. So hatten ihre Tante und Ricarda Tuchmann sich also kennengelernt. Bei den letzten Worten hatte Traurigkeit in Peters Stimme mitgeschwungen. Es war seltsam zu wissen, dass dieser unbekannte Mann fast sein ganzes Leben mit Tante Luise verbracht hatte und von ihr wie von einer Mutter sprach, während sie selbst sie nur einmal aus der Entfernung gesehen hatte. Erstaunlich, dass sie in diesen wenigen Minuten von einem Unbekannten mehr persönliche Details erfahren hatte als in den letzten zwanzig Jahren von ihren Eltern.

Längst war die Tram ruckelnd angefahren. Das Kaufhaus Hermann Tietz am Bahnhofsplatz lag hinter ihnen, zu ihrer Linken erhob sich der imposante Justizpalast mit seiner Kuppel, dahinter kam der Stachus in Sicht. Wie immer konnte Cläre sich nicht sattsehen an dem großen Platz mit seinem hübschen baumumstandenen Zeitungskiosk in der Mitte und den Trambahnschienen, die aus allen Richtungen auf ihn zuliefen. Droschken, Fahrradfahrer und sogar vereinzelte Automobile mischten sich unter die zahllosen Fußgänger.

»Da erzähle ich unentwegt von mir wie ein echter Gentleman, statt mich nach Ihnen zu erkundigen«, meinte Peter plötzlich und sah sie lächelnd an. Cläre fand, dass seine Augen trotz ihrer graugrünen Farbe nichts Kühles hatten, was an den winzigen Lachfältchen liegen mochte. »Meine Mutter sagt, Sie werden bald die Reifeprüfung machen, an einem Knabengymnasium hier in München. Und danach? Haben Sie schon Pläne?«

Cläre errötete leicht. Sie war es nicht gewohnt, über ihre Träume zu sprechen, doch Peters Offenheit ließ sie über ihren Schatten springen. »Ich würde gerne an der Technischen Hochschule Mathematik studieren. Dort dürfen sich seit sechs Jahren auch weibliche Studenten immatrikulieren.«

»Mathematik?«, wiederholte Peter.

»Ich weiß, was Sie denken«, sagte sie trotzig. »Sie halten es für Zeitverschwendung, weil Frauen zwar seit ein paar Jahren zum Studium zugelassen sind, aber anschließend ohnehin nur an einer höheren Töchterschule unterrichten dürfen, nicht aber an einem richtigen Knabengymnasium oder gar an der Universität. Mein Bruder meinte auch, dass selbst von den wenigen Studentinnen hier in München so gut wie gar keine Mathematik studieren.«

»Sie schätzen mich falsch ein«, entgegnete Peter mit Nachdruck. »Ich finde es großartig, dass Sie Mathematik studieren wollen. Und von wegen Zeitverschwendung! Denken Sie an Marie Curie. Sie ist nicht nur Professorin an der Sorbonne, sondern hat auch schon einen Nobelpreis erhalten … zwar nicht für Mathematik, aber immerhin in den Naturwissenschaften. Auch in Deutschland werden sich die Dinge irgendwann weiterentwickeln.«

»O ja! Madame Curie ist tatsächlich mein großes Vorbild!« Sie biss sich auf die Zunge. Das klang ja geradezu, als würde sie selbst auf den Nobelpreis spekulieren, wo sie noch nicht einmal das Abitur hatte. »Na ja«, fuhr sie mit leichter Ironie fort. »Ich fürchte trotzdem, dass ich in meinen Seminaren an der Universität eine Art Esel unter Pferden sein werde.«

Zu ihrer Überraschung lachte Peter nicht über ihren Scherz. »Das ist das falsche Bild«, sagte er und sah sie ernst, beinahe streng an. »Wenn schon, dann ein Einhorn unter Pferden.« Wieder hielt er ihren Blick, und Cläre empfand eine Vertrautheit, die sie sich nicht erklären konnte. Seit sie sich kennengelernt hatten, war noch keine Stunde vergangen. Sie dachte an die Berührung ihrer Hände und erschrak bei dem Wunsch, seine Hand noch einmal zu nehmen – in voller Absicht.

»Gut, dann einigen wir uns auf Einhorn«, sagte sie und wechselte schnell das Thema. »Und Sie? Wo arbeiten Sie?«

»Ich bin Ingenieur bei der AEG … der Allgemeinen Elektricitäts-Gesellschaft.«

»Sie sind Ingenieur? Das ist ja interessant!«

»Finden Sie?«

»Sie etwa nicht?« Cläre zog die eine Augenbraue hoch, und Peter musste lachen.

»Doch, ich finde meine Arbeit sogar sehr interessant. Aber wie gesagt, wenn man unter lauter kreativen, unkonventionellen Schwabingern aufwächst, fällt man mit dem Ingenieurwesen ein wenig aus der Art. Selbst meine eigene Schwester hält mich für einen biederen Langweiler … bei meiner Mutter bin ich mir noch nicht ganz sicher.« Er lächelte verschmitzt, doch plötzlich verkündete er: »Wir sind gleich da. Da vorne liegt die Schellingstraße, und die nächste Haltestelle ist schon unsere.«

Als sie kurz darauf auf der Straße standen, sah Cläre sich neugierig um. Die drei- und vierstöckigen Wohnhäuser mit ihren Erkern und dem hübschen Fassadenschmuck ähnelten den Gebäuden, die sie aus dem übrigen München kannte.

»Ich weiß, was Sie denken«, sagte Peter, der ihrem Blick gefolgt war. »Sie glauben, ich habe maßlos übertrieben, und die Maxvorstadt oder Schwabing sind auch nicht anders als der Rest der Stadt.«

»Erraten«, antwortete Cläre keck.

»Bei Gelegenheit machen wir einen Spaziergang«, verkündete Peter. »Dann zeige ich Ihnen die vielen hohen Fenster in den Dachgeschossen. Die haben die Wohnungsbesitzer extra einbauen lassen, um mehr Licht hereinzulassen, für die Ateliers, die die Künstler anmieten. Und in Schwabing selbst werden wir immer wieder und ganz plötzlich auf das alte Schwabing stoßen … windschiefe kleine Häuschen und Bauernkaten mit Gärten voller Blumen, wackligen Zäunen und Hühnerställen. Aber jetzt kommen Sie, vielleicht treffen wir ja den ein oder anderen Künstlerkauz im Café meiner Mutter.«

Cläre nickte nur. Der Gedanke, mit Peter einen Spaziergang zu machen, war ihr überraschend angenehm, ebenso wie das Wort »wir«, das er mehrfach gebraucht hatte. Sie folgte ihm durch die Straße.

»Hier ist es!«, sagte er schließlich und zeigte auf ein großes ovales Schild, das an einer geschwungenen Halterung über dem Bürgersteig hing. *Café Altschwabing* stand darauf. Das Glöckchen über der Tür klingelte, als Peter sie öffnete. Sie traten ein.

»Es sind kaum welche da von den üblichen Verdächtigen, die ich angekündigt hatte«, raunte er. »Nur da hinten in der Ecke sitzen ein paar Mitarbeiter der Satirezeitschrift *Simplicissimus*, dem bissigsten Blatt in unserem ach so untertänigen, kaisertreuen Deutschland. Kennen Sie es? Der *Simplicissimus* hat ziemlich Furore gemacht mit seinen Beiträgen in den letzten Jahren. Ein paar seiner Zeichner und Autoren waren sogar schon wegen Majestätsbeleidigung im Gefängnis in Stadelheim. Aber das ist schon eine Weile her.«

»Servus, Peter«, grüßte einer der Männer.

»Grüß dich, Thomas«, rief Peter zurück.

Auch die anderen hoben die Hand zum Gruß.

»Thomas Theodor Heine«, erklärte Peter leise. »Wenn Sie mich fragen, der genialste Karikaturist unserer Zeit. Die anderen sind Albert Langen, der Verleger der Zeitschrift, und mein Freund Fritz, der zeichnet auch für den *Simplicissimus*.«

Cläre nickte nur. Sie kannte keinen der Namen, nicht einmal den Titel der Zeitschrift, und fragte sich, hinter welchem

Mond sie in den letzten Jahren gelebt hatte – aber das würde sich jetzt ändern. Sie sah sich um. Mehrere Säulen im römischen Stil prägten den Innenraum, und obwohl das helle Vormittagslicht durch die bodentiefen Rundbogenfenster fiel, leuchteten die Kronleuchter im warmen Glanz. Das *Altschwabing* war sehr viel kleiner als das prunkvolle *Café Luitpold* in der Brienner Straße, in das ihre Mutter sie immer mitgenommen hatte, wenn sie in München Besorgungen gemacht hatten, trotzdem strahlte es eine Eleganz aus, mit der Cläre nicht gerechnet hatte.

»Cläre! Wie schön!«

Ricarda Tuchmanns Stimme riss sie aus ihren Gedanken. Nach dem ersten angespannten Treffen in Kaufering wenige Wochen zuvor hatte das bevorstehende Wiedersehen mit der fast unbekannten Frau sie nervös gemacht, doch Cläres Sorgen waren unbegründet gewesen. Mit weit ausgebreiteten Armen und strahlendem Gesicht kam Ricarda Tuchmann auf sie zu und nahm sie kurz, aber fest in die Arme.

»Dass du tatsächlich hier bist«, sagte sie mit plötzlichem Ernst. Cläre sah, dass sie – wie schon bei ihrer ersten Begegnung – Schwarz trug, und auch die dunklen Augenringe waren noch da, ein Zeichen, dass Ricarda Tuchmann wenig schlief. Doch der Blick aus ihren ebenfalls graugrünen Augen war warm und herzlich. »Deine Tante Luise wäre so glücklich. Hattest du eine gute Reise?«

»Ja, der Zug ist ganz nach Plan eingetroffen. Danke, dass Sie mir Ihren Sohn geschickt haben.«

»Bitte sag doch Du zu mir, jetzt, da du bei uns wohnen wirst? Peter und du, ihr duzt euch doch sicher auch, oder?«

Peter schüttelte verlegen den Kopf, und Ricarda gab ihm einen kleinen Klaps auf den Arm. »Steif wie ein Spazierstock, mein eigener Sohn«, rügte sie scherzend. »Ich bin jedenfalls

Ricarda … Und das sind Peter und meine Tochter …« Sie drehte sich um und rief: »Christine!« Es blieb still. »Christine!«, wiederholte sie lauter. »Cläre ist hier!«

In der Tür hinter der Theke erschien eine junge Frau mit wilden braunen Locken, die sie offen trug – anders als die meisten Frauen, die Cläre kannte. Ihr Kleid saß locker, die Taille war nur angedeutet, und wie ihre Mutter trug sie kein Korsett.

Christine kam nicht näher, sondern lehnte sich an den Türrahmen. »Guten Morgen«, sagte sie ohne große Begeisterung.

»Christine, kannst du kurz im Café für mich übernehmen? Ich will mit Cläre nach oben in die Wohnung und ihr alles zeigen.«

Christines Gesicht verschloss sich. »Du weißt doch, dass ich gleich wegmuss. Kann Peter nicht …«

»Peter kommt mit uns. Er muss bald zum Bahnhof, das weißt du doch. Und es ist ja nur für eine halbe Stunde, dann kannst du los«, überging Ricarda den Einwand ihrer Tochter, band sich die Schürze ab und drückte sie Christine in die Hand. Dann wandte sie sich Cläre zu: »So, und jetzt zeige ich dir, wo du von nun an wohnen wirst.«

Auf dem Weg in die Wohnung fragte sich Cläre, wohin Peter wohl reisen musste.

»Wo ist eigentlich der Sitz der AEG?«, erkundigte sie sich wie beiläufig.

»In Berlin«, antwortete Peter. »Mein Zug geht in zwei Stunden. Mehr als das kurze Wochenende konnte ich für meinen Besuch leider nicht herausschlagen, denn ich habe keinen Urlaub. Aber ich wollte unbedingt nach meiner Mutter sehen, und außerdem kann ich die Reise mit einem Geschäftstermin verbinden. Ich steige heute nämlich schon in Halle aus, wo ich noch einen Zwischenstopp bei einem Kunden der AEG mache. Morgen Nachmittag bin ich dann zu Hause.«

»Ja, gerade noch rechtzeitig, denn in zwei Tagen feiert die Mutter seiner Verlobten einen runden Geburtstag, und die Feier seiner zukünftigen Schwiegermutter verpasst man nicht«, meinte Ricarda lachend.

»Ah«, entfuhr es Cläre. Peter lebte also in Berlin und hatte eine Verlobte, und das mit dem Spaziergang hatte er dann wohl nur so dahingesagt. »Berlin, das ist ja aufregend«, sagte sie, doch es klang lahm. Um es nicht dabei zu belassen, fügte sie hinzu: »Schreiben Sie mir, also, ich meine, schreib mir doch mal eine Postkarte ...« Eine Postkarte? Was redete sie da für einen Unfug!

Zum Glück waren sie angekommen. Ricarda Tuchmann blieb vor einer dunklen Holztür stehen. »Das ganze Gebäude ist das Elternhaus deiner Mutter und deiner Tante. In der Wohnung, in die du jetzt einziehst, Cläre, sind sie aufgewachsen. Auch damals gab es schon ein Café im Parterre, aber das hieß anders, und zu jener Zeit war ich noch gar nicht in München. Hat Peter dir erzählt, dass ich aus dem Schwabenland komme?«, plauderte sie munter, während sie ihnen voraus die Treppen hinaufstieg.

»Guten Morgen, Frau Sedlmayr. Die junge Frau hier heißt Cläre und ist die Nichte von Luise Wolff. Nur, damit Sie das nicht mehr ausspionieren müssen!«, rief sie laut auf dem Absatz zum zweiten Stock, obwohl niemand zu sehen war.

»Frau Sedlmayr wohnt in dieser Wohnung dort«, erklärte Peter mit einem Kopfnicken. »Eine Klatschbase, die immer entweder vor oder hinter der Tür steht und schaut, wenn einer vorbeigeht. Du wirst sie ja kennenlernen.«

Inzwischen waren sie im dritten Stock angekommen. »Hier ist es auch schon«, sagte Ricarda. »Natürlich bekommst du einen eigenen Schlüssel.« Sie öffnete die Tür und ließ Cläre vorangehen.

Die Wohnung war größer, als Cläre sie sich vorgestellt hatte. Sie hatte immer geglaubt, dass die Menschen in der Großstadt beengt lebten, aber das traf offenbar nicht auf alle zu. Und hier, in diesen hohen, weitläufigen Räumen, war also ihre Mutter aufgewachsen.

Ricarda zeigte ihr die Küche. Zwar gab es noch Petroleumlampen, doch wie im Café war auch in der Wohnung schon Elektrik gelegt worden, und in dem halbhoch gekachelten Bad stand eine Badewanne auf Löwenfüßen. Cläre erinnerte sich, dass ihre Eltern sich verschuldet hatten, um fließendes Wasser und eine Toilette mit Spülung im *Vier Jahreszeiten* installieren zu lassen. Und sie fragte sich, ob die dadurch noch größer gewordenen Geldsorgen dem schwachen Herzen ihrer Mutter wohl den Rest gegeben hatten.

»So, und jetzt zeige ich dir dein neues Zimmer«, sagte Ricarda. »Hier ist übrigens das von Peter, und ganz dahinten im Gang liegt mein eigenes Schlafzimmer.«

Cläre lugte in das Zimmer, in dem Peter gerade ein paar Kleidungsstücke in einen Koffer legte. An der Wand hing ein Plakat. Cläre blieb stehen und las die Aufschrift. Es kündigte die *Grande Semaine d'Aviation Rouen* an, die große Flugwoche in Rouen, die im Juni des vergangenen Jahres stattgefunden hatte. Im Hintergrund sah man die Kathedrale, davor strebte eine Art fliegender Mann zum Himmel, den einen Arm hoch vor sich ausgestreckt. Ob Peter dort gewesen war? Aber sie hatte keine Gelegenheit zu fragen, denn Ricarda war schon weitergegangen und stand nun vor einer anderen Tür.

»So, Cläre, das ist von heute an dein neues Reich. Ich hoffe, du wirst dich wohlfühlen bei uns … Ach, wenn Luise jetzt nur hier sein könnte.«

Cläre trat ein. Das Zimmer war hell mit einem großen Fenster, das auf die Straße hinausging. Als sie nach unten sah, verließen die beiden Männer, die Peter ihr als Thomas Theodor Heine und Fritz vorgestellt hatte, gerade das Café. Staunend betrachtete Cläre die Häuserzeile der Schellingstraße mit ihren Geschäften und Passanten. Zwar würde sie bisweilen das Grün der Wiesen in Kaufering vermissen, doch sie fühlte sich schon jetzt sehr wohl hier.

6

Es ging schon auf den Spätnachmittag zu, und die tief stehende Wintersonne funkelte nur noch schwach durch die dunklen Wälder. Peter war gegen Mittag in Halle aufgebrochen und hatte die Fahrt durch die wechselnden Landschaften genossen, Zeitung gelesen, ein wenig geschlafen – soweit das bei dem Rumpeln, Pfeifen und Fauchen der Lokomotive möglich war. Durchs Fenster betrachtete er das endlose Grün der Kiefern. Auf dem Boden lagen nur noch wenige Schneereste, dafür blitzte ab und zu etwas in der Ferne auf, ein See vielleicht, dessen Oberfläche sich in der letzten Sonne spiegelte. Seit Peter die Strecke zum ersten Mal gefahren war, faszinierte ihn die Idee, dass eine pulsierende Großstadt wie Berlin so verborgen in dieser weiten Wald-und-Seen-Landschaft lag, ganz so, als wollte sie sich dem Besucher erst auf den letzten Blick zu erkennen geben. Wie anders war da München, das frei und stolz in seiner Ebene lag, hinter sich die Alpen wie eine letzte Festung vor dem Sprung in den Süden.

Peters Gedanken wanderten zu Gisela, seiner Verlobten. Schnell war es gegangen zwischen ihnen, seit sie sich vor einem dreiviertel Jahr bei einem Empfang kennengelernt hatten. Gisela, die einzige Tochter eines Bankiers, hatte ihm Berlin von seiner glamourösen Seite gezeigt. Aus dem Feierabendbier in der Kneipe mit Kollegen war Weißwein in eleganten Tanzcafés geworden, aus Koteletts und Buletten Kalbsschnitzel in teuren Restaurants. Noch vor seiner Abreise waren sie im erst kürzlich eröffneten luxuriösen Admiralspalast eisgelaufen, in einer Halle, die an die Ballsäle der russischen Zaren denken ließ.

Plötzlich musste er an Cläre denken, die Nichte der Frau, die ihn zusammen mit seiner Mutter großgezogen hatte. Ob sie wohl eislaufen konnte? Genug Gelegenheit hatte sie auf dem Land sicher gehabt. Er dachte an ihre blauen Augen, die so ungewöhnlich mit den schwarzen Haaren kontrastierten. Wie seine Schwester trug sie ihre Haare nicht hochgesteckt, sondern offen, allerdings wesentlich kürzer, nur bis zum Kinn. Er dachte daran, wie erschrocken sie gewesen war, als sie aus Versehen nach seiner Hand gegriffen hatte. Er hatte die unerwartete Berührung als verwirrend angenehm empfunden, und vielleicht war das der Grund, warum er selbst nicht losgelassen hatte. Seine Schwester fiel ihm ein, ihre unfreundliche Begrüßung im *Altschwabing*, und er hoffte inständig, dass sie sich zusammenriss und Cläre nicht das Leben schwer machte. Er hatte es ihr eindringlich ans Herz gelegt, aber wann hatte seine Schwester je auf ihn gehört? Er konnte sich beim besten Willen nicht erinnern. Selbst seine vorlauten Schulfreunde hatten gespurt, wenn die kleine Christine im Raum erschienen war. Wieder sah er Cläres Gesicht vor sich und ertappte sich bei dem Gedanken, dass er eine Postkarte für sie aussuchen musste – aber nicht irgendeine. Es musste etwas Besonderes sein.

Die Dampflok stieß einen lang gezogenen Pfiff aus. Erst jetzt wurde Peter gewahr, dass sie nicht mehr durch den Wald fuhren und die Lok an Geschwindigkeit verloren hatte. In Kürze würden sie im Bahnhof einfahren. Während draußen die trüben Mietskasernen im grauen Dämmerlicht vorbeiglitten, holte Peter seinen Koffer aus dem Gepäcknetz. Ächzend und kreischend kam die Lok zum Stehen, und vor dem Fenster verdichtete sich der weiße Dampf.

Peters Augen schweiften suchend über den Bahnsteig. Als er seine Verlobte entdeckte, lächelte er. Gisela strahlte über das ganze Gesicht, und Peter sah, dass sie sich noch feiner gemacht hatte als sonst. Kurz darauf zog er sie an sich. Ihr Körper war ihm vertraut, die Haut ihrer Wangen seidig an seinem Gesicht. Einige Sekunden erwiderte sie seine Umarmung, dann löste sie sich lachend von ihm.

»Du zerknitterst mein neues Kleid! Wie findest du es? Gefällt es dir?« Sie drehte sich einmal um sich selbst.

Auch Peter lachte. »Du siehst wunderschön aus.« Der dunkelblaue Stoff und der dazu passende Hut fingen das Blau ihrer Augen auf und kontrastierten mit ihrer hellen Haut und den gewellten hellblonden Haaren. »Nobel«, hatte ein Kollege einmal bemerkt, nachdem er Peter und Gisela auf dem Potsdamer Platz getroffen hatte. »Nobel wie eine von diesen nordischen Schönheiten, die man eher in Hamburg erwartet als hier in Berlin.«

Peter drückte ihr einen Kuss auf den Mund und sog ihren Duft ein, dabei erinnerte er sich, dass Cläre Wiesner kein Parfüm getragen hatte. Es verwirrte ihn, dass er schon wieder an sie dachte.

»Du guckst so abwesend, freust du dich denn gar nicht?«, fragte Gisela.

»Aber natürlich, sehr sogar«, sagte Peter schnell und fügte leiser hinzu: »Begleitest du mich in mein bescheidenes Junggesellenheim? Ich erinnere dich daran, dass wir offiziell verlobt sind.«

»Sollten wir nicht erst noch etwas essen gehen?«, fragte Gisela kokett.

»Ein anderes Mal.« Peter kam ihrem Gesicht noch näher

und streifte ihr Ohr mit den Lippen. »Es ist noch nicht spät. Ich koche uns etwas.«

»Wie du meinst.« Gisela machte einen kleinen Schmollmund, der, wie Peter wusste, nicht ernst gemeint war.

Eine halbe Stunde später hatte die Elektrische, wie sie in Berlin genannt wurde, die beiden im Hansaviertel abgesetzt. Peters Zweizimmerwohnung lag im vierten Stock eines Mietshauses, in dem überwiegend Beamte und höhere Angestellte lebten. Vor der Tür kehrte der Hausmeister den Bürgersteig, sein Gesicht war von der Kälte und der Arbeit gerötet. Als er Peter sah, hörte er auf zu fegen, hob die Kappe zum Gruß und hielt ihm die Haustür auf. »Kommse rin, könnse rauskieken«, sagte er in breitem Berlinerisch und fügte hinzu: »Bei dem Wetter det reene Vergnüjen.« Peter dankte lächelnd.

Ein Fahrstuhl brachte ihn und Gisela nach oben. Der Hausmeister hatte nur bedingt recht gehabt, denn die Februarkälte hatte die leere Wohnung ausgekühlt. An Giselas Gesicht sah er, dass sie wieder an das Restaurant dachte.

»Warte, gib mir ein paar Minuten.« Er stellte sein Gepäck ab, warf Hut und Mantel auf einen Sessel und schaufelte Kohle in die kleinen Öfen.

»So …« Er war wieder bei ihr. »Und bis es warm wird, hätte ich da eine Idee.« Er wollte sie umfassen, doch Gisela kreischte auf: »Deine Hände sind ganz schwarz!«

»Die wasch ich mir gleich, keine Sorge«, murmelte Peter und umarmte sie, ohne die Hände zu benutzen. »Mein Gesicht ist sauber, siehst du?« Er küsste sie, erst zärtlich, dann intensiver, und sie erwiderte seinen Kuss. Mit kleinen Schritten schob er sie Richtung Schlafzimmer.

7

Hinter Christines Rücken schepperte es heftig, dann schlug etwas klirrend auf dem Boden auf. Christine stellte den Marmorkuchen in die Kuchentheke zurück und eilte im Laufschritt in die Küche, wo Rosi wie erstarrt vor einem Häufchen Scherben stand.

»Ach, Rosi«, seufzte sie. »Wieder zwei Teller vom Lieblingsgeschirr meiner Mutter … das mit den Veilchen. Wenn du so weitermachst, sind bald gar keine mehr da.«

Aus Rosis Augen rollten die ersten Tränen.

»Na komm, wein nicht. Letztlich ist es trotzdem nur Geschirr. Und wenn wir Glück haben, merkt meine Mutter es gar nicht.«

»Danke«, murmelte Rosi.

»Servus, kriegt man in diesem Café für Geld auch was zu essen?«, erklang eine Männerstimme aus dem Gastraum.

»Ich muss …« Christine lief eilig hinaus. An der Theke wartete Reinhard Piper. Christine kannte den Mann mit der markanten Nase und der hohen Stirn gut. Sein Verlag befand sich nördlich des Cafés in der Römerstraße in Schwabing.

»Guten Tag, Christine.« Er lächelte. »Können Sie sich vorstellen, dass ich aus dem Büro gelaufen bin und meine Tasche vergessen habe? Nur das hier habe ich zum Glück dabei.« Er griff mit beiden Händen in seine Manteltaschen. Aus der einen zog er ein kleines bronzefarbenes Feuerzeug, aus der anderen mehrere Geldscheine. »Kaum die dreißig überschritten und schon so vergesslich«, fügte er lächelnd hinzu.

Christine lachte. »Lassen Sie mich raten. Sie brauchen Zigaretten, Schreibblock und Stift – und außerdem einen starken Bohnenkaffee?«

»Fast … ein Stück von dem Marmorkuchen dort hinten dürfen Sie mir auch noch dazulegen.«

»Kommt sofort!«

Piper ging auf einen Ecktisch zu, an dem bereits sein Kollege Georg Hirth saß, der die illustrierte Wochenschrift *Jugend* herausgab, ein Magazin für Kunst und Kultur.

»Was, es ist noch nicht mal Mittag, und du isst schon Suppe?«, fragte Piper in gespielter Empörung.

»Solange es bei dir Kuchen neuerdings zum Frühstück gibt«, gab Hirth schlagfertig zurück.

»Zum *zweiten* Frühstück, Georg, zum zweiten.«

Piper nickte Paul Heyse zu, der gerade seinen Hund mit einer Wurstsemmel fütterte. Über ihm hing eine gerahmte Zeichnung, die über zehn Jahre zuvor im *Simplicissimus* erschienen war und die Schriftsteller Paul Heyse, Max Halbe und Ernst von Wolzogen mit Zigarettenspitze im Mund bei ihrer Lieblingsbeschäftigung zeigte: dem Diskutieren im Kaffeehaus. Heyse erwiderte den Gruß, dann widmete er sich wieder seinem vierbeinigen Begleiter, der gierig zu ihm aufschaute.

In dem Moment kündigte das Glöckchen über der Tür einen neuen Gast an. Es war Fritz.

»Na, gerade erst aufgestanden?«, neckte Christine ihn und fuhr ihm spielerisch über den wirren blonden Haarschopf. Seit sie am Neujahrstag auf dem Kleinhesseloher See eisgelaufen waren, hatten sie sich fast täglich gesehen, wenn auch meistens nur im Café, was Christine bedauerte.

Fritz grinste. »Ich gestehe, dass ich heute tatsächlich spät aufgestanden bin. Mein Kollege Roland hatte Geburtstag, und wir haben ein bisschen bei ihm gefeiert. Ich war übrigens gestern Abend hier und wollte dich fragen, ob du mitkommst, aber du warst nicht da, und deine Mutter hatte keine Ahnung, wo du steckst.«

»Oh«, entfuhr es Christine, und die Enttäuschung stand ihr ins Gesicht geschrieben. »Wie schade. Ich war auf einem Treffen des Vereins für Fraueninteressen. Es ging um den Internationalen Frauentag, der letztes Jahr in Kopenhagen ins Leben gerufen wurde. Du weißt schon, jetzt geht es um alles. Wir Frauen wollen endlich das Wahlrecht.«

»Ts, ts, ts«, machte Fritz mit gespielt biederer Miene. »Kaum drei Jahre ist es her, seit ihr das Recht habt, an Vereinen oder Versammlungen teilzunehmen, und schon versammelt ihr euch, um das Wahlrecht zu bekommen … wenn das nicht der Stoff ist, aus dem Satire gemacht wird.«

»Untersteht euch!« Christine hob drohend den Zeigefinger.

»Aber im Ernst«, sagte Fritz plötzlich wieder mit normaler Stimme. »Ein Kollege von mir arbeitet gerade an einem Beitrag über die Absurditäten unseres kaiserlich gestrengen Versammlungsrechts. Ich finde, es trifft den Nagel auf den Kopf, willst du es hören?«

»Natürlich!« Christine war Feuer und Flamme.

»Also«, meinte Fritz. »Die Frau eines Töpfers bekommt irgendwo in Preußen auf der Landstraße Wehen und bringt Drillinge zur Welt. Sie überlebt es gerade so und liegt tagelang im Hospital. Als es ihr wieder besser geht, muss sie aufs Polizeirevier zur offiziellen Befragung, und siehe da, drei Tage später erhält sie ein Strafmandat … Vierzig Mark, weil sie unangemeldet eine Volksversammlung unter freiem Himmel abgehalten hat.«

Christine lachte laut. »Ihr schafft es auch immer wieder, unserem Polizeistaat den Spiegel vorzuhalten. Tatsächlich bin ich mir sicher, dass auch beim Frauentag wieder haufenweise Polizisten und Spitzel dabei sein werden, um Namen von verdächtigen Subjekten und gemeingefährlichen Weibsbildern und Revoluzzern zu notieren. Anschließend werden sie dann Geldstrafen kassieren – wegen vermeintlich staatsfeindlicher Reden.« Inzwischen hatte Christine Fritz einen Mokka zubereitet, den sie ihm hinschob. Dabei streiften ihre Finger wie zufällig seine.

Überrascht wich Fritz zurück und schlug die Augen nieder.

»Wie lange bist du noch im Café?«, fragte er schnell. »Ich dachte, du wolltest heute Nachmittag fotografieren?«

Christine zuckte mit den Schultern. Fritz' Reaktion auf die Berührung hatte sie verwirrt, doch sie ließ sich nichts anmerken. »Wollte ich auch. Aber jetzt habe ich es mir anders überlegt. Ich …« Sie schwankte, ob sie Fritz von ihrem Termin erzählen sollte.

In dem Moment ging die Tür zum Café auf, und Cläre kam herein. Als sie Christine und Fritz sah, verlangsamte sie ihren Schritt, doch Christine würdigte sie keines Blickes.

»Servus, Cläre«, sagte Fritz freundlich.

Überrascht sah Cläre ihn an und wollte stehen bleiben, doch Christine zog seine Aufmerksamkeit auf sich: »Also, wegen nachher … Ich habe so eine Art Termin, aber was, das verrate ich dir erst, wenn ich weiß, wie er gelaufen ist.«

Fritz grinste. »So, so.«

Cläre ging weiter und verschwand in der Küche.

»Du weißt also auch schon, wie unser Neuzugang heißt«, konstatierte Christine, als Cläre weg war. Es klang spitzer, als sie beabsichtigt hatte.

Fritz kniff prüfend die Augen zusammen. »Ist sie eigentlich

ganz spontan bei euch aufgekreuzt oder …« Er ließ das Ende offen.

»Definitiv haben wir es Ende Januar erfahren, und kurz darauf war sie hier.«

»Ich meine nur, weil du gar nichts erzählt hattest.«

Christine zuckte trotzig mit den Schultern. »Ich hatte bis zum Schluss gehofft, dass sie doch nicht kommt.«

Fritz lachte. »Das klingt ja alles andere als begeistert … Warum?«

Christine rollte demonstrativ mit den Augen. »Weil es mich stört, dass wochenlang nur von ihr die Rede war. Cläre hier, Cläre da … darf sie jetzt kommen? Will sie überhaupt? Aber wie sollte sie nicht wollen, wo sie doch so intelligent ist! Sogar in einem Knabengymnasium hier in der Nähe hat Mutter schon vorgesprochen – wegen der Abiturprüfung für Externe.«

»Du klingst ja, als wärst du eifersüchtig. Dabei hast du doch selbst das Abitur an einem Knabengymnasium abgelegt, oder nicht?«

»Ja. Und danach habe ich entschieden, mich nicht unter die ersten weiblichen Studenten Münchens und ganz Deutschlands zu gesellen, sondern Fotografie zu lernen. Manchmal glaube ich, Luise und Mutter haben alles auf diese Cläre gesetzt, damit wenigstens die zweite weibliche Hoffnungsträgerin in der Familie zur echten Pionierin wird und an der Universität studiert.«

»Ich glaube, jetzt bist du ungerecht«, unterbrach Fritz sie. »Deine Mutter und Luise haben deine Wahl immer unterstützt, und zwar, weil du echtes Talent hast. Außerdem bist du doch über Luise überhaupt erst zur Fotografie gekommen, weil die selbst gerne fotografiert hat, oder erinnere ich mich da falsch?«

Christine nickte widerstrebend, ihr Ärger war noch nicht

verklungen. »Wenn du wüsstest, wie oft Luise ihre Schwester und diese Cläre in den letzten Jahren hierher eingeladen hat. Glaubst du, diese arrogante Person wäre je gekommen? Aber um jahrelang Luises Geld für Cläres Privatunterricht anzunehmen, dazu waren sie sich nicht zu schade. Und jetzt haben wir diese Göre hier bei uns.«

»Ich glaube, die sogenannte Göre ist nur zwei, drei Jahre jünger als du, und außerdem kennst du sie doch noch gar nicht«, wandte Fritz ein, halb belustigt über Christines unvermutete Schimpftirade.

»Wie soll sie schon sein?«, gab die sofort zurück. »Ihr Vater ist sicher so ein Erzkonservativer. Mutter sagt, in der Gaststube seiner Wirtschaft hing ein gerahmtes Bild des Kaisers – und das war keine Karikatur aus eurer Zeitschrift! Und ihr Bruder ist in einem Studentenkorps … Victoria oder so. Und wie die gesinnt sind, weiß man ja. Nein, glaub mir, zu den Treffen vom Verein für Fraueninteressen kommt die bestimmt nicht mit.«

»Du siehst aus wie eine Löwin, wenn du wütend bist«, sagte Fritz unerwartet. »Obwohl ich eigentlich Löwe sagen müsste, wegen der wilden Mähne.« Es klang wie ein verstecktes Kompliment.

Christine sah ihn prüfend an, doch in seinem Lächeln war keine Spur von Ironie zu erkennen. Sie schob sich die braunen Locken hinters Ohr und blies sich eine Strähne aus der erhitzten Stirn. Hatte sie sich zu sehr aufgeregt? Aber jetzt fühlte sie sich besser. Der aufgestaute Ärger der letzten Jahre über Luises verbohrte Schwester und diese undankbare Cläre war zumindest kurzfristig abgeflaut. Aber dass sie in Bezug auf die biedere Landmaus unrecht hatte, das musste die ihr erst mal beweisen.

Der letzte Rest Irritation verflog erst, als Christine zwei Stunden später vor einem hübschen Gebäude stand, dessen Fassade mit Figuren im Jugendstil geschmückt war. Neben der Eingangstür hing ein schlichtes Messingschild:

Bertha Girmer & Anna Lenbach
Fotoatelier

Während sie die Tür aufdrückte, atmete Christine tief ein.

»Guten Tag. Sie sind Frau Tuchmann?«, fragte eine junge Dame freundlich.

Christine nickte. »Ja, guten Tag.«

»Kommen Sie herein. Sie sind unser letzter Termin heute. Frau Lenbach wird Sie fotografieren. Müssen Sie sich noch umziehen?« Sie sah an Christine hinunter.

»Äh, nein.« Christine spürte, dass sie errötete. »Ich … wollte eigentlich nur mit Frau Lenbach oder Frau Girmer sprechen.«

»Oh«, sagte die junge Frau überrascht. »Na, dann bringe ich Sie zu Frau Lenbach.«

Christine folgte ihr ins Atelier.

»Frau Tuchmann ist nicht für Porträtaufnahmen hier«, verkündete die junge Frau, kaum dass sie das Atelier betreten hatte.

»Ach nein?« Frau Lenbach, eine schlanke, hochgewachsene Frau mit dunklen, gewellten Haaren, kam ihr lächelnd entgegen. »Wie schade, ich hätte Sie gerne fotografiert.«

Wieder errötete Christine, diesmal noch heftiger. Die junge Empfangsdame verließ das Atelier, und die sonst so wortgewandte Christine suchte nach einem passenden Einstieg.

»Ich bin hier wegen einer Stelle«, platzte sie schließlich heraus.

»Ach«, sagte Anna Lenbach verblüfft. Dann deutete sie auf ein paar Sessel mit grünsamtenem Bezug.

»Ja, Frau Tuchmann«, fuhr sie fort, als sie sich gesetzt hatten. »Eigentlich haben wir im Augenblick gar nichts frei. An was hatten Sie denn gedacht? Eine Stelle als Gehilfin für alles? Oder haben Sie eine spezifische Ausbildung zur Kopistin oder Retoucheuse?«

»Nein«, sagte Christine. »Ich bin voll ausgebildete Fotografin. Ich habe meinen Abschluss erst vor Kurzem an der Lehr- und Versuchsanstalt für Fotografie hier in München gemacht.«

»Oh, ich gratuliere!«, rief Anna Lenbach erfreut. »Dann habe ich also die Ehre, mit einer der ersten Absolventinnen dieser Lehranstalt zu sprechen.«

»Ja«, sagte Christine stolz. »1905 wurden die ersten beiden Frauen zugelassen. Ich habe mich 1907 angemeldet. Da waren von insgesamt dreiundsechzig Schülern immerhin schon siebzehn Frauen.«

»Und Sie haben die Ausbildung regulär nach drei Jahren beendet?«, fragte die Fotografin.

»O ja«, versicherte Christine. »Ich habe alle Bereiche durchlaufen. Natürlich die praktische Ausbildung, aber auch die theoretische. Unterricht in Experimentalchemie, fotografische Prozesse, Optik, Elektrizitätslehre, Anatomie … und ich habe mit Auszeichnung bestanden.«

Anna Lenbach nickte. »Und was schwebt Ihnen jetzt vor?«

Christine schluckte. »Ich würde Ihnen und Frau Girmer gerne als Fotografin zur Hand gehen, wenn das möglich wäre.«

Anna Lenbach nickte bedächtig. »Wie gesagt, eine reguläre Stelle ist nicht zu besetzen. Aber vielleicht können Sie uns bei der Porträtfotografie helfen. Wie Sie sicher wissen, bekommen wir viele Aufträge von Frauen und Müttern. Die wählen nämlich gern Fotografinnen für ihre Kinderbilder oder Mutter-Kind-Porträts, und manchmal kommen wir kaum mit der Arbeit hinterher. Natürlich bräuchten wir eine Probe Ihres

Könnens. Wie gut kennen Sie sich denn mit der Mutter-Kind-Fotografie aus?«

Christine seufzte innerlich, dann begann sie vorsichtig: »Wir haben sie natürlich behandelt, aber ich habe gehört, dass Sie in Ihrem Atelier Frauen zu echten Porträtfotografinnen ausbilden … in dreimonatigen Kursen.«

Nervös blickte sie in die Mitte des Raums, wo verschiedene Stative und Fotoapparate aufgebaut waren. An der Wand lehnten Hintergründe, auf denen Landschaften oder edel eingerichtete Räume aufgemalt waren, und in einer Ecke stand ein Wandschirm, hinter dem sich die Kunden bei Bedarf umkleiden konnten.

»Und an einem solchen Kurs wäre ich sehr interessiert«, fuhr Christine fort. »Allerdings liegt mein Interesse weniger auf Mutter-Kind-Bildern als auf Fotografien von Menschen in Aktion. Von Malern, die gerade malen, zum Beispiel, oder von Menschen auf Demonstrationen … jedenfalls von Personen, die mitten in einer Tätigkeit begriffen sind.«

»Das klingt ja ganz interessant«, sagte die Fotografin nach einer kurzen Pause. »Aber ob Sie für diese Art der Fotografie genügend Kunden haben werden … auch später, meine ich, wenn Sie sich eines Tages selbstständig machen wollen. Ich weiß nicht …«

»Ich auch nicht«, sagte Christine offen. »Aber das ist es, was mich am meisten interessiert.«

Anna Lenbach lachte herzlich. »Wissen Sie was, junge Frau, lassen Sie mir mal Ihre Zeugnisse da … Sie haben sie doch dabei, oder?«

»Natürlich. Und auch Mappen mit Fotografien, die ich selbst gemacht habe.«

»Sehr gut. Lassen Sie alles hier. Ich werde meiner Geschäftspartnerin Bertha Girmer folgenden Vorschlag unterbreiten:

Sie könnten uns unentgeltlich als Fotografin zur Hand gehen. Und im Gegenzug bilden wir Sie zur Porträtfotografin aus. Allerdings werden Sie um Mütter und Kinder nicht herumkommen, das sage ich Ihnen gleich.« Sie hob den Zeigefinger. »Na, wie klingt das?«

»Frau Lenbach, das klingt wunderbar!«, rief Christine impulsiv. »Ich danke Ihnen von ganzem Herzen.«

Die Fotografin wiegelte ab. »Wie gesagt, ich entscheide nicht allein. Aber …« Sie zwinkerte. »Bertha ist eine pragmatische Frau, genau wie ich, und sie erkennt einen guten Pakt, wenn sie einen sieht.«

Christine lachte.

Als Christine das *Altschwabing* betrat, schlug ihr sofort der Duft von Bier, Tabak und Bratwürsten entgegen, die am heutigen Abend auf der Karte standen. Das Café bot abends wechselnde Gerichte an, nur die allseits beliebten Suppen waren den ganzen Tag zu haben.

Einen Augenblick ließ Christine die Augen über die abendlich voll besetzten Tische schweifen. Etwas abseits saß der Maler Wassily Kandinsky mit seiner Gefährtin Gabriele Münter, während in der Mitte des Raums ein paar Theaterleute mehrere Tische zusammengeschoben hatten, um beieinandersitzen zu können. Einer von ihnen war aufgestanden und schien etwas zu deklamieren, oder ahmte er jemanden nach? Seine Kollegen jedenfalls lachten herzlich und spornten ihn zu weiteren Darbietungen an. Fritz oder seine Kollegen vom *Simplicissimus* konnte sie nirgends entdecken. Schnell ging Christine auf die Theke zu, grüßte Irmi, eine junge Frau, die zusätzlich mithalf, und ging nach hinten in die Küche.

»Mutter!« Christine bedachte Rosi und Wastl, den Koch, mit einem Kopfnicken und drängte sich zu Ricarda durch.

»Uh«, rief die lachend und versuchte, das Gleichgewicht zu halten, als Christine sie stürmisch umarmte. »Was ist denn in dich gefahren?«

»Ich habe Neuigkeiten. Ich komme gerade aus dem Atelier Girmer & Lenbach.« In kurzen Worten berichtete sie von ihrem Gespräch mit der Fotografin.

»Das ist ja wunderbar!« Ricarda strahlte. Dann kniff sie Christine zärtlich in beide Wangen. »Das hast du gut gemacht, mein Mädchen. Ich freue mich so für dich.«

»Ganz sicher ist es natürlich noch nicht«, erinnerte Christine sie, doch ihre Mutter winkte ab.

»Wenn sie deine Fotomappe sehen, werden sie dich auf jeden Fall haben wollen. Und wer weiß, vielleicht kommt ja am Ende sogar eine Festanstellung dabei heraus.«

»Ja, wer weiß …«

»Isst du mit uns?«, fragte Ricarda plötzlich.

Christine schwieg.

»Was ist denn? Liegt es etwa an Cläre, dass du in letzter Zeit nicht mehr gemeinsam hier in der Küche mit uns zu Abend isst?«

Christine wusste nicht, was sie sagen sollte. Es stimmte – sie mied Cläres Gesellschaft, auch wenn diese ihr seit ihrer Ankunft keinen konkreten Grund geliefert hatte.

Ihre Mutter fasste sie bei den Armen. »Ich weiß, es ist alles sehr viel in diesen Wochen. Luise ist nicht mehr bei uns, dafür ihre Nichte Cläre, und ich weiß, dir wäre es andersherum lieber. Aber ihr werdet euch schon kennenlernen. Komm, gib ihr eine Chance und iss mit uns.«

Christine nickte schwach. Während sie drei Teller auf den Tisch im hinteren Teil der Küche stellte, kam Cläre herein und begann sofort, beim Tischdecken zu helfen.

Schließlich setzten sie sich zum Essen. Es gab eine kräftige

Brühe, die Ricarda selbst zubereitet hatte, anschließend dieselben Bratwürste mit Kartoffelsalat, die auch in der Gaststube angeboten wurden. Christines Mutter löffelte mit der Kelle die dampfende Brühe in die Teller, von denen jeder einzelne anders aussah, denn es war eine Eigenart von ihr, das Geschirr nicht im Service, sondern einzeln bei Krämern oder sogar in Antiquitätenläden zu kaufen. Ihre liebsten Stücke waren nur für die Familie da.

»Schau«, meinte sie jetzt zu Cläre. »Du bekommst heute Peters Lieblingsteller mit den kleinen Hasen am Rand.«

»Das war sein Lieblingsteller, als er fünf Jahre alt war«, bemerkte Christine trocken.

»Wie geht es Peter eigentlich?«, fragte Cläre. »Wird er bald mal wieder zu Besuch kommen?«

»Ich hoffe es«, meinte Ricarda und seufzte. »Jedenfalls hat er es versprochen.«

»Kommt ganz darauf an, was er seiner Verlobten so alles verspricht«, spottete Christine.

»Mit wem ist er denn verlobt?«, wollte Cläre wissen.

»Oh, sie muss eine absolute Schönheit sein, ein nordischer Typ mit hellblonden Haaren, wie es Peter gefällt«, erklärte Christine nicht ohne Sarkasmus. »Außerdem ist sie wohl eine ziemlich feine Dame aus besseren Kreisen. Berliner Geldadel. Ihr Vater ist Bankier. Ich würde sagen, da hat er eine richtig gute Partie gemacht.«

Mit einer gewissen Schadenfreude sah Christine, wie Cläre errötete.

»Wie läuft denn der Unterricht bei den Professoren Hartwig und Bachmann?«, fragte Ricarda, die Cläres Verlegenheit nicht bemerkt hatte.

»Gut«, antwortete Cläre. »Bei Professor Hartwig sprechen wir gerade über Goethes *Torquato Tasso*, das könnte Prüfungsstoff sein. Aber er hat mir auch ein Buch zur Privatlektüre empfohlen, eine Novelle. Sie heißt *Gladius Dei* und spielt in München. Der Autor heißt Thomas Mann und soll ebenfalls hier in der Stadt wohnen.«

»Thomas Mann!«, rief Ricarda erfreut. »Aber natürlich! Ich habe ihn schon mehrfach im literarischen Zirkel einer Bekannten getroffen. Ein sehr kultivierter Herr.«

»Steif wie ein Stock«, bemerkte Christine.

»Seine *Buddenbrooks* musst du unbedingt lesen«, fuhr Ricarda fort, ohne auf die Bemerkung ihrer Tochter einzugehen.

»Sind auch nur ein paar Hundert Seiten ...«, kommentierte die erneut.

»Christine!«, rügte Ricarda kopfschüttelnd. »Manchmal übertreibst du es mit deiner ewigen Gegenrede.«

Christine lenkte ein. »Die Novelle kannst du schon lesen, Cläre. Die ist eigentlich nicht schlecht. Vor allem der erste Satz: ›München leuchtete.‹ Damit verbinde ich die Erinnerung daran, wie ich im letzten Herbst mit einer Freundin auf der Sendlinger Höhe stand. Da war es wirklich, als würde die Stadt mit den Alpen dahinter um die Wette leuchten.«

»Christine hat übrigens eine Stelle bei einem hervorragenden Fotoatelier in Aussicht«, sagte Ricarda. »Willst du nicht davon erzählen?«

Christine tat ihrer Mutter den Gefallen. »Was ich aber viel lieber möchte«, schloss sie ihren Bericht, »ist, Menschen in Aktion zu fotografieren. Bei der Porträtfotografie in den Ateliers hat man es immer mit gut angezogenen Bürgern und ihren Sprösslingen zu tun, die steif vor irgendeinem künstlichen Hintergrund sitzen und gequält in die Kamera lächeln. Ich weiß, dass die meisten Fotografen damit ihr Geld verdienen, aber viel interessanter ist es doch, Menschen bei dem zu fotografieren, was sie antreibt ... vielleicht sogar, ohne dass sie davon wissen. Bei der Arbeit zum Beispiel oder bei einer künstlerischen Tätigkeit.«

»Authentische Momente also«, warf Cläre ein. »Bilder, die die Belange unserer Zeit und unserer Gesellschaft einfangen und die Persönlichkeit der Fotografierten unverfälscht zum Ausdruck bringen.«

»Genau das!«, rief Christine impulsiv. »Die Belange unserer Zeit – Arbeiter in der Druckerei oder unsere Münchner Verleger, die im *Altschwabing* ihre neuesten Vorhaben und Pläne diskutieren.«

»Vielleicht wäre der Journalismus eher etwas für dich als ein Atelier«, meinte Cläre.

Christine nickte, doch im nächsten Moment spürte sie, wie sich die alte Wand zwischen sie und Cläre schob. War es jetzt schon so weit, dass Luises Nichte ihr Ratschläge gab, was sie mal werden sollte?

»Meine Lieben, ich muss ins Café zurück«, sagte ihre Mutter in das kurze Schweigen hinein.

Erleichtert stand Christine auf und begann die Gläser abzuwaschen.

»Ich könnte doch eigentlich auch im Café helfen … ich meine ganz allgemein«, hörte sie Cläre sagen.

Alarmiert sah Christine ihre Mutter an, doch die wirkte von der Idee ganz angetan. »Warum eigentlich nicht? Genug Erfahrung hast du ja. Allerdings nur, wenn es deine Prüfungsvorbereitungen nicht behindert. Auf keinen Fall möchte ich, dass du dich verpflichtet fühlst.«

»Nein, wirklich, es würde mir große Freude machen!«, sagte Cläre, während sie die Teller einsammelte.

»Natürlich nicht umsonst«, fuhr Ricarda fort. »Aber darüber sprechen wir morgen noch mal.« Dann klappte die Tür zur Gaststube hinter ihr zu.

Irritiert schrubbte Christine die Teller. Was musste diese Cläre sich in ihre Angelegenheiten drängen?

»Wäre das nicht gut, Christine? Wenn ich deine Mutter im Café unterstütze, hättest du mehr Zeit fürs Fotografieren und die Arbeit im Atelier«, sagte Cläre hinter ihr. Es war offensichtlich, dass sie Christines Stimmungsumschwung nicht bemerkt hatte. »Wenn du mir den Lappen gibst, wische ich den Tisch ab.«

Wortlos reichte Christine ihr einen triefenden Lappen, ohne ihn auszuwringen. Cläre stutzte einen Augenblick, dann tat sie es selbst und machte sich ans Werk.

8

Bis vor wenigen Stunden hatte es geregnet, doch dann war die Wolkendecke unerwartet aufgebrochen, und als Cläre auf den Bürgersteig trat, fiel das schräge Nachmittagslicht in die Türkenstraße. Die eine Hälfte lag im Schatten, auf der anderen spiegelten sich die Schaufenster des Kolonialwarenladens in der Sonne. Etwas weiter vor ihr spannte ein Mann in Hemdsärmeln einen stämmigen Haflinger vor der Werkstatt des Hufschmieds ab und übergab ihn dem Lehrling, der ihn durchs Hoftor führte. Es war eine Szene, die Cläre an zu Hause erinnerte, doch der Augenblick der Wehmut dauerte nicht lange an. Sie hob das Gesicht der Sonne entgegen und genoss die erste Frühlingswärme. Wie immer hatte sie den Dienstagnachmittag in der mit Möbeln vollgestopften Wohnung des pensionierten Gymnasialprofessors Hartwig verbracht, der sie in Deutsch, Französisch und Geschichte auf die Reifeprüfung vorbereitete. Jetzt tat die frische Luft gut.

Deutsch geht ganz passabel, dachte sie. Auch wenn die alten Dramen nicht mein Geschmack sind. Sie fand es schade, dass keine modernen Bücher in der Schule gelesen wurden. Der Roman *Buddenbrooks* von diesem Thomas Mann, den Ricarda ihr empfohlen hatte, war interessant, auch wenn sie mit der Lektüre noch längst nicht fertig war. Ob die bessere Gesellschaft dort im Norden wirklich Tauben aß? Sie ging die anderen Fächer durch. Geschichte war reines Auswendiglernen, das konnte sie gut. Und Mathematik war ohnehin ihr bestes Fach … aber Latein, das wollte einfach nicht in ihren Kopf. Sie seufzte, doch dann dachte sie an den Abend. Heute würde sie zum ersten Mal im *Altschwabing* helfen, und sie konnte es kaum erwarten.

Bald darauf stand sie vor der Haustür in der Schellingstraße. Das Treppenhaus war düster, und Cläre versuchte, leise aufzutreten, trotzdem knarrten die alten Holztreppen. Für den Fall, dass auch dieses Mal die Tür im zweiten Stock aufgehen sollte, sobald sie vorbeigegangen war, wollte sie sich umdrehen und dieser neugierigen Sedlmayr betont frech zuwinken. Doch heute ließ die Nachbarin sich nicht blicken. Gerade als Cläre den Schlüssel in die Wohnungstür stecken wollte, hörte sie dahinter ihren Namen.

»Ich habe dir so oft angeboten, ein paar Stunden mehr pro Woche im Café zu helfen, aber du hast abgelehnt«, hörte sie Christines Stimme. »Und jetzt soll Cläre kellnern? Warum?«

Cläre wusste, dass es sich nicht gehörte zu lauschen, trotzdem stand sie wie angewurzelt da.

»Warum nicht?«, fragte Ricarda. »Sie hat viel Erfahrung, und sie möchte es so gern. Ich weiß gar nicht, was du dagegen hast.«

»Sie drängt sich einfach in alles rein!«

»Christine, ich verstehe dich nicht!« Ricardas Ton war eine Spur strenger. »Ihr seid nur ein paar Jahre auseinander. Ich hatte gehofft, dass ihr Freundinnen werdet. Stattdessen bist du so kühl. Ich erkenne dich gar nicht wieder!«

Einen Augenblick herrschte Stille. Cläre erwachte wie aus einer Starre. Schnell steckte sie den Schlüssel ins Schloss und trat ein. Christine kam ihr aus der Küche entgegen. Sie mied ihren Blick, nuschelte einen Gruß und nahm ihren Mantel vom Haken. Im nächsten Moment war sie aus der Tür.

Cläre hatte an diesem Tag keine Zeit mehr, über das nachzudenken, was sie zufällig mitgehört hatte, denn im *Altschwabing* herrschte ab Nachmittag Hochbetrieb. Während es an manchen Tischen laut und fröhlich zuging, saßen an anderen Männer und Frauen alleine, lasen Zeitungen und Bücher oder brüteten vor einem leeren Heft, den Stift zwischen den Fingern, das Kinn in die Hand gestützt. Als Cläre in den Gastraum trat, war die Luft bereits schwer von Kaffee, Wein, Suppe und geröstetem Brot. »Noch einen Roten und zwei Helle«, hörte sie, kaum dass sie sich die Schürze umgebunden hatte. Sie blickte in Richtung der Stimme und nickte einem russischen Schriftsteller zu, dessen Namen sie sich nicht merken konnte.

»Wer sind die anderen beiden Herren?«, fragte sie Ricarda, die neben ihr an der Theke stand.

»Der mit dem Zwicker und dem wilden Bart ist Erich Mühsam, ein Schriftsteller und politischer Anarchist, der andere, Frank Wedekind, schreibt auch, aber nichts eigentlich Politisches, sondern Dramen, die unsere Theaterkritiker Gift und Galle spucken lassen und dem braven Besucher den Schlaf rauben. Außerdem war er Mitbegründer der Satirezeitschrift, für die Fritz arbeitet. Vor Jahren hat er mal wegen Majestätsbeleidigung in Festungshaft gesessen. Leise gemacht hat ihn das aber nicht. Auch beim satirischen Kabarett der *Elf Scharfrichter* war er dabei.«

»Oh!«, rief Cläre, während sie das zweite Helle zapfte. »Wo gibt es denn Aufführungen der *Elf Scharfrichter*?«

»Leider gar nicht mehr. Sie haben sich vor ein paar Jahren aufgelöst.«

»Wie schade …« Cläre lud die Gläser auf ein Tablett und brachte sie den Gästen. »Bitte sehr, ein Roter und zwei Helle.«

Die Männer nahmen ihre Getränke dankend in Empfang.

»Schwarze Haare und blaue Augen.« Frank Wedekind, der Mann mit den kurz geschorenen Haaren und den markanten Zügen, sah sie mit solch unverhohlener Bewunderung an, dass Cläre rot wurde. »Ich überlege, ob es in meinen Stücken eine Rolle gibt, die auf Sie passen würde. Wenn nicht, müsste ich eine schaffen. Wären Sie interessiert?«, fragte er, ohne im Geringsten daran zu zweifeln, dass Cläre bereits wusste, wer er war.

»Ich will Mathematik studieren«, war das Einzige, was ihr einfiel.

Frank Wedekind lachte. »Frauen, die nicht nur mit ihren Reizen arbeiten, sondern mit dem Kopf, machen die besten Schauspielerinnen.«

»Lassen Sie sich von unserem verheirateten Schwerenöter nicht verunsichern«, kam ihr der Mann mit Bart und Zwicker zu Hilfe. »Er kann einfach nicht aus seiner Haut: Wenn er eine schöne Frau sieht, stellt er sie sich sofort in einem seiner Dramen vor.«

Cläre lachte unsicher. »Ich bin erst seit Kurzem in München und gestehe, noch keines Ihrer Theaterstücke zu kennen.«

»Dann wird es mir eine Ehre sein, Ihnen ein Buch zu schenken«, versprach Wedekind.

»Junges Fräulein, noch eine Erbsensuppe!«, hörte Cläre in ihrem Rücken.

Die Erbsensuppe ging an einen gut aussehenden Mann mit dunklen Haaren und kleiner ovaler Brille, der mit russischem Akzent sprach. Mit ihm am Tisch saßen ein weiterer Mann und Christines Freund Fritz, der sie schon einmal so freundlich gegrüßt hatte. Cläre stellte die Erbsensuppe ab und dazu ein Schälchen gerösteter Sonnenblumenkerne, die Ricarda ungefragt mitgeschickt hatte, weil sie wusste, wie gerne ihr Stammgast sie dazu aß.

»Es war richtig, den Vorsitz bei der Neuen Künstlervereinigung München aufzugeben«, sagte der Russe gerade zu Fritz und dem anderen Mann. »Und fürs Erste bin ich ja weiterhin einfaches Mitglied der NKVM.«

Cläre lud ein paar leere Gläser aufs Tablett. Aus dem Augenwinkel sah sie, dass Fritz sie beobachtete.

»Die anderen Mitglieder machen unseren Prozess nicht mit, Wassily«, gab der andere Mann zu bedenken. »Wenn du mich fragst, treten sie künstlerisch auf der Stelle. Es gefällt ihnen nicht, dass meine Pferde und Kühe in Blau- und Gelbtönen leuchten und du zunehmend abstrakt malst. Ganz ehrlich, ich weiß nicht, wie viel wir tatsächlich noch mit der Gruppe gemeinsam haben.«

»Sie sind Cläre, oder?«, fragte Fritz, als sie gerade gehen wollte.

»Ja, und Sie sind Fritz … Ihren Nachnamen weiß ich nicht.«

»Fritz Wagner, freut mich sehr.« Er hielt ihr die Hand hin.

Cläre nahm sie.

»Cläre Wiesner.«

Fritz schien zu überlegen, was er sagen könnte.

»Wissen Sie eigentlich schon, wer die anderen beiden Herren hier am Tisch sind?«

»Ehrlich gesagt gehen die vielen Namen in meinem Kopf ziemlich durcheinander«, gestand Cläre.

»Das hier sind die Maler Franz Marc und Wassily Kandinsky, die …«

»Fritz, hier bist du!«

Überrascht drehte Cläre sich um, als sie hinter sich die Stimme von Christine hörte. Die beiden Maler unterbrachen ihr Gespräch und begrüßten sie freundlich.

»Jetzt mach schon, Fritz, hol noch einen Stuhl!«, rief Kandinsky. Fritz erhob sich. Einige Sekunden stand Cläre noch am Tisch, doch Christine machte keinerlei Anstalten, sie den beiden Männern vorzustellen. Als Ricarda nach ihr rief, drehte sie sich beinahe erleichtert um.

Die folgenden Stunden vergingen wie im Flug. Überrascht sah Cläre auf die Uhr, als die Tür zum Café aufging und ihr Bruder Max eintrat. Tatsächlich, es war kurz vor zehn. Sie winkte ihm, doch er blieb unschlüssig am Eingang stehen.

»Warum kommst du nicht kurz rein? Ich bin gleich fertig.« Cläre nahm ihn am Ärmel.

»Ist nicht so mein Lokal«, wich er aus.

Doch Cläre zog ihn ungeduldig mit sich. »Unfug. Du kannst doch nicht an der Tür stehen bleiben. Komm an die Theke. Ich geh mich schnell umziehen, dann können wir los.«

Als sie Minuten später wiederkam, wurde ihr klar, was Max gemeint hatte. Er trug die Jacke und Kappe seines Studentenkorps, und immer wieder sahen einige der Gäste zu ihm hin. Zum ersten Mal war ihr der Aufzug ihres Bruders unangenehm. Warum mussten diese Studenten ihre Korpszugehörigkeit auch immer so demonstrativ zur Schau stellen? Selbst abends, wenn man ausging, um gemütlich beisammenzusitzen oder, wie in ihrem Fall, eine Stunde mit seiner Schwester zu verbringen.

Max wirkte selbst wie ein begossener Pudel. Nervös spielte er mit der Kappe, die er beim Eintreten abgenommen hatte. Erstaunt stellte Cläre fest, dass er verstohlen Christine musterte, die den Rest des Abends im Café arbeiten würde.

Offenbar hatte auch Christine es bemerkt. »Bei euch in der Verbindung sieht man wohl nicht allzu viele Frauen«, spöttelte sie. »Aber lass dir gesagt sein, ich bin nichts für dich.«

»Christine!«, rügte ihre Mutter, aber Christine lachte nur vergnügt, zog den Knoten ihrer Schürze zu und griff nach einem Tablett mit gefüllten Gläsern.

Max war blutrot angelaufen. »Die hält sich wohl für was Besseres«, zischte er, als sie bald darauf auf der Straße standen. Vor lauter Ärger hatte er vergessen, seine Kappe aufzusetzen, und die schwarzen Stirnhaare, die er als Einziges etwas länger ließ, fielen ihm wirr ins Gesicht.

Innerlich stimmte Cläre ihm zu, andererseits ... Hielten sich die Korpsstudenten nicht ebenfalls für etwas Besseres? Doch sie wollte Max die Stimmung nicht noch mehr verderben.

Eine Weile liefen sie nebeneinanderher. Trotz der ersten Frühlingswärme tagsüber war es in den Nächten noch empfindlich kalt.

»Lass uns in ein Lokal gehen«, schlug Max vor. »Eines, in dem nicht so viele Möchtegerngenies sitzen. Oder wir gehen zu dir in dein Zimmer.«

»Ich hatte die ganzen letzten Stunden Trubel und würde gerne ein paar Schritte in der Stille laufen«, entgegnete Cläre. »Da vorne ist doch der Englische Garten. Lass uns dort ein bisschen spazieren gehen.«

»Im Dunkeln?«, fragte Max zweifelnd.

Cläre lachte. »Wir leben in der Zeit der Straßenlaternen, schon vergessen?«

Max grinste. »Also gut.«

Die Bäume im Park waren noch kahl, und über den Rasenflächen schwebten Nebelschwaden. Tief sog Cläre den nächtlich erdigen Duft ein. Als sie das Kichern und Flüstern eines Pärchens hörte, sah sie sich um, doch die Bank musste hinter Büschen oder Bäumen verborgen sein.

Gemächlich folgten Cläre und Max den geschwungenen Wegen. »Es ist ungewohnt, dich hier in München zu wissen, Schwesterchen«, sagte Max plötzlich.

»Ungewohnt gut oder ungewohnt schlecht?«, neckte ihn Cläre.

Doch Max blieb ernst. »Ehrlich gesagt war ich nicht begeistert, als Vater mir von deinen Plänen erzählt hat. Ich hatte geglaubt, dass wenigstens du bei ihm bleibst und ihm zur Hand gehst.«

»Nachdem du ja darauf keine Lust hattest«, sagte Cläre hitzig.

Max wechselte schnell das Thema. »In der Verbindung sagen sie, die Schwabinger, das wären alles Schlawiner, und diese Cafés in Schwabing und der Maxvorstadt seien das reinste Sodom und Gomorrha. Jeder macht, was er will, und keiner hat eine geregelte Arbeit. Weißt du, wie Schwabing im Rest Münchens genannt wird?«

»Schwabylon«, sagte Cläre kurz. »Aber das ist doch nur die Furcht vor dem Unbekannten. In Schwabing leben viele Schriftsteller, Künstler und …«

»… politische Agitatoren, Anarchisten, militante Frauenrechtlerinnen«, führte Max die Liste halb ernst, halb belustigt weiter, aber Cläre ließ sich nicht beirren.

»Und deine Kameraden, die nie einen Fuß in so ein Café setzen würden, wissen das natürlich ganz genau, oder? Du würdest dich wundern, wie hart die Menschen dort arbeiten. Es können nicht alle Juristen oder Bäcker sein. Eine Gesellschaft braucht auch solche, die schreiben oder malen … oder über unsere Gesellschaft nachdenken und Veränderungen herbeiführen.«

Zu ihrer Überraschung verteidigte Max sich nicht. »Kann man nicht Jurist sein und trotzdem schreiben?«, fragte er nach einer langen Pause.

Cläre sah ihn an. »Schreiben? Was meinst du?«

Max setzte sich auf eine Parkbank, und Cläre tat es ihm gleich.

»Hier im dunklen Park mit den leichten Nebelschwaden

fallen mir jedenfalls gleich ein paar Zeilen von Paul Heyse ein«, erklärte Max und zitierte:

Dort am Weg der weiße Streif –
Zweifelnd frag' ich mein Gemüte:
Ist's ein später Winterreif
oder erste Schlehenblüte?

»Höre ich recht? Zitiert da jemand im dunklen Park den ›Vorfrühling‹ von Paul Heyse?«, erklang die sonore Stimme eines Mannes, den Cläre gar nicht hatte kommen sehen. Erst als er sich neben ihnen auf die Bank fallen ließ, erkannte sie den politischen Aktivisten Erich Mühsam, der sie nur wenige Stunden zuvor im Café gegen Frank Wedekind in Schutz genommen hatte.

»Ein schönes Gedicht eigentlich, aber ein bisschen veraltet vom Stil her«, fuhr er fort. »Das hier ist meine Version:

Wollte nicht der Frühling kommen?
War nicht schon die weiße Decke
von dem Rasenplatz genommen
gegenüber an der Ecke?«

Es war ein langes Gedicht, das er ihnen vortrug. Schließlich kam er zum Ende:

Ja, es waren schöne Tage.
Doch sie haben uns betrogen.
Frost und Sturm und Schnupfenplage
sind schon wieder eingezogen.
Zugeknöpft bis an den Kiefer
flieht der Mensch die Gottesfluren,

wo ein gelblichweißer, tiefer
Schnee versteckt die Frühlingsspuren.
Sturmwind pfeift um nackte Zweige,
und der Rasenplatz ist schlammig.
In mein Los ergeben neige
ich das Auge. Gottverdammich!

Leicht schwankend stand er auf. Der Rotwein im *Altschwabing* hatte seine Wirkung getan. »Fräulein Cläre, richtig? War mir ein Vergnügen.« Er deutete eine Verbeugung an und wandte sich dann an Max: »Lassen Sie sich von der Poesie leiten, mein Herr, nicht von den Farben Ihrer Verbindung. Empfehle mich – und bis bald mal wieder im *Altschwabing*.«

Cläre und Max erwiderten den Gruß.

»Da hast du deine Antwort«, sagte sie zu Max, als Erich Mühsam außer Hörweite war. »Dieser Mann ist politischer Aktivist und Schriftsteller im Nebenberuf, wenn du es so nennen willst. Übrigens ist Paul Heyse, von dem du die Zeilen zitiert hast, Stammgast bei uns.«

»Was? Tatsächlich?«

»Natürlich. Er ist eines von den ach so gefährlichen Subjekten, vor denen deine Kameraden dich so eindringlich gewarnt haben.« Sie lächelte in die Dunkelheit. »Ich wusste gar nicht, dass du dich für Gedichte interessierst.«

»Meine kleine Schwester muss auch nicht alles wissen.«

»Würde ich aber gerne.« Cläre kniff ihn durch den Mantel in den Arm.

»Au«, sagte Max lächelnd. »Du hast dich verändert, und das in so kurzer Zeit. Ich erkenne dich kaum wieder. Wie läuft es eigentlich mit den Prüfungsvorbereitungen?«

»Es läuft gut, bis auf Latein.«

Max lachte. »Gut in Mathe, aber nicht in Latein? Unmöglich. Vielleicht hattest du einfach nicht den richtigen Lehrer. Wenn du magst, biete ich mich an.«

»Tatsächlich? Hast du denn Zeit?«

Max zuckte mit den Schultern. »Für dich immer. Ich will doch, dass meine Schwester bei der Prüfung brilliert.«

»Abgemacht.« Cläre drückte ihn kurz und heftig.

Im *Altschwabing* war es am Vorabend spät geworden. Christine sah auf ihren Wecker, den sie bewusst nicht gestellt hatte, und war froh, dass die neue Arbeit im Atelier noch nicht begonnen hatte. Demnächst würde Schluss sein mit dem Aufstehen um 10 Uhr morgens.

In der Wohnung war es still. Ihre Mutter war sicher schon im Café oder machte Besorgungen. Und Cläre? Prüfungsvorbereitungen, nahm sie an. Christine stand auf und strich sich in aller Ruhe zwei Marmeladenbrote. Während sie ihren Morgenkaffee trank, genoss sie die Stille. Sie freute sich auf die Arbeit als Fotografin, für die sie inzwischen die Zusage bekommen hatte. Allerdings fragte sie sich, warum sie Fritz noch gar nichts davon erzählt hatte. Wahrscheinlich lag es daran, dass sie sich immer nur im Café zusammen mit den anderen sahen. Wenn sie ehrlich war, wollte sie ihm in Ruhe von ihren neuen Aussichten berichten. Sie dachte an ihren Nachmittag auf dem Kleinhesseloher See, den Augenblick, an dem ihre Gesichter sich ganz nahe gekommen waren. Obwohl seither über zwei Monate vergangen waren, hatte es keine vergleichbaren Situationen mehr gegeben. Vergeblich hatte sie darauf gewartet, dass er noch einmal spontan bei ihr vorbeikam oder sie zu einer Unternehmung einlud. Dennoch war sie sich sicher, dass er sie häufiger ansah als früher, vor allem, wenn er sich unbeobachtet glaubte.

Christine sah auf die Uhr, es war fast Mittag. Sie beschloss,

Fritz spontan zu Hause zu besuchen. Es war vielleicht nicht das, was sich für eine Dame schickte, aber als Dame fühlte sie sich ohnehin nicht.

Nur wenig später klopfte sie an Fritz' Wohnungstür in der Hohenzollernstraße in Schwabing. Durch das dünne Holz konnte sie einen Stuhl auf den Dielen rutschen hören.

»Ja? Wer da?«

»Christine.«

Fritz öffnete. »Nanu? Waren wir verabredet?«

»Kein bisschen«, sagte sie fröhlich und trat ein. »Aber es gibt etwas, was ich dir erzählen möchte, und im Café ist immer so viel los, dass ich nie dazu komme.«

»Oh, ich liebe Neuigkeiten.« Fritz lächelte, doch Christine spannte ihn auf die Folter.

Sie war schon einmal bei Fritz gewesen, allerdings nur, um ihn zusammen mit anderen zu einem Fest abzuholen. Heute hatte sie zum ersten Mal Gelegenheit, sich in Ruhe umzuschauen. Am Fenster des großen Raums stand ein Schreibtisch, der mit Zeichnungen übersät war. In einer Ecke befanden sich ein gelbes Sofa und zwei blaue Sessel. Außerdem gab es mehrere vollgestopfte Bücherregale und eine Kochecke mit kleinem Tisch und zwei Stühlen. Eine Tür führte in das zweite Zimmer, in dem Fritz schlief.

»Magst du einen Tee?«, hörte sie ihn fragen.

»Warum nicht.«

»Er ist ziemlich stark und kommt aus Russland.« Fritz öffnete die Tür zum Hausflur, füllte den Teekessel mit Wasser aus dem Gemeinschaftsanschluss und kam wieder zurück.

»Wenn ihr im Café mal von einer freien Wohnung mit eigenem Wasseranschluss hört, vielleicht sogar mit eigener Toilette, dann sagt mir Bescheid. Ich zahle auch gerne mehr. Nur in Schwabing sollte sie liegen.«

»Wir hören uns um, versprochen.« Christine betrachtete die unzähligen Zeichnungen, die mit Reißzwecken an den Wänden befestigt waren. Manche waren beschriftet, andere nicht.

»Die sind aber nicht alle von dir?«, fragte sie interessiert.

Fritz trat neben sie. »Die da vorne sind von mir.« Er zeigte auf eine Gruppe von Porträtkarikaturen, die verschiedene Münchner Honoratioren darstellten.

»Stimmt, deinen Zeichenstil kenne ich mittlerweile. Und die da sind von deinem Kollegen Olaf Gulbransson und die anderen da hinten von Thomas Theodor Heine.« Sie zeigte auf mehrere Blätter.

»Richtig!«

Christines Blick blieb an einer Zeichnung hängen, die den Titel *Die Lösung der sozialen Frage* trug und einen Polizisten darstellte, der mit einem ausgezehrten Arbeiter vor zwei Brücken stand, von denen die eine zu einer monströsen Fabrik mit rauchenden Schloten führte und die andere ins Zuchthaus.

»Die ist großartig«, meinte Christine.

»Ja, finde ich auch. Es ist die Vorarbeit zu einer Karikatur, die vor über zehn Jahren im *Simplicissimus* erschienen ist. Vor meiner Zeit … Heine hat sie mir selbst geschenkt.«

»Der *Simplicissimus* nennt die Dinge beim Namen. Es gibt so viel soziale Ungerechtigkeit und Verlogenheit in unserem Staat, aber wehe, man spricht es aus oder möchte gar etwas ändern, dann schlägt die Zensur zu.«

»Ja, und im schlimmsten Fall sogar das Zuchthaus wie bei Heine und Wedekind. Sechs Monate wegen Majestätsbeleidigung – nicht zu fassen.«

Christine nickte. Mit der staatlichen Zensur war nicht zu spaßen, und was machte eine Satirezeitschrift anderes, als sie Woche für Woche aufs Neue herauszufordern?

Fritz brühte den Tee auf und trug die Tassen zu dem kleinen Tisch vor dem Sofa. Christine setzte sich, doch Fritz kramte noch in einer Schreibtischschublade. Mit einem Blatt in der Hand kehrte er zurück und setzte sich neben Christine.

»Hier, das schenke ich dir. Ich habe mehrere davon.« Er reichte ihr die bedruckte Seite. »Das Maskottchen des *Simplicissimus*.«

»Wie schön!«, rief Christine erfreut. »Die grimmige rote Bulldogge mit der zerrissenen Kette, bereit, dem Sumpf aus wilhelminischer Aggression und bürgerlicher Bigotterie an die Kehle zu springen … Danke, das ist lieb von dir.«

Unerwartet trat Schweigen ein. Fritz' Gesichtsausdruck war schwer zu deuten. Einem Impuls folgend beugte Christine sich vor und drückte ihre Lippen auf seinen Mund. Einige Augenblicke erwiderte Fritz den Kuss, doch als Christine ihre Hand auf seinen Rücken legte und ihn enger an sich ziehen wollte, wich er zurück. Verwirrt richtete sie sich auf. Plötzlich wusste sie nicht wohin mit ihrem Blick, und auch Fritz hatte Mühe, mit der Situation umzugehen.

»Du hattest doch noch Neuigkeiten für mich«, sagte er heiser.

»Neuigkeiten?« Im ersten Moment wusste Christine nicht, was er meinte, doch dann fiel es ihr ein. Erleichtert griff sie nach dem Strohhalm und begann von ihrer neuen Arbeit zu erzählen.

9

Die Tür des Gebäudes, in dem Peter sein Büro hatte, fiel sacht hinter ihm ins Schloss, und er hielt auf das sogenannte Beamtentor mit seinem Spitzbogen und zwei flankierenden Türmchen zu, durch das die Angestellten und Ingenieure das Werksgelände der *Allgemeinen Elektricitäts-Gesellschaft* betraten und verließen. Hinter dem Tor wartete Gisela auf ihn. Zwei Kollegen, die eben an ihr vorbeigingen, drehten sich bewundernd nach ihr um. Sie trug ein langes zartgelbes Kleid, das ihre hochgewachsene Gestalt perfekt betonte. Auf ihren nach hinten gesteckten hellblonden Haaren saß ein Hut mit Blumenschmuck.

»Schön, dass du da bist.« Peter drückte ihr einen leichten Kuss auf die Wange.

»Wo ist denn nun diese neue Turbinenhalle, die du mir zeigen wolltest?«, fragte Gisela ein wenig ungehalten. »Ich sehe gar nichts.«

»Die wird drüben in Moabit gebaut. Wir nehmen den Bus.«

»Ach, Peter.« Gisela blieb stehen.

»Komm schon«, drängte er. »So weit ist es nun auch wieder nicht.«

Gisela seufzte demonstrativ. »Wenn ich das gewusst hätte …«

»Und genau deshalb habe ich dir nichts gesagt«, antwortete Peter vergnügt und zog sie an sich.

Gisela verdrehte die Augen, aber Peter sah, dass sie ein Lächeln unterdrückte.

Tatsächlich waren sie schneller da als erwartet.

»Na, was sagst du?«, fragte Peter begeistert, als sie vor dem brandneuen Bau standen.

»Das war's? Dafür bin ich jetzt hergefahren? Das ist ein Backsteinbau, zugegebenermaßen ein großer. Aber sonst? Keine Dekoration, keine Ornamente …«

»Aber das ist es doch gerade!«, rief Peter. »Eine völlig neue Formensprache! Was hier zählt, ist die Konstruktion selbst. Riesige Fensterfronten, ein Dach aus Glas, die neueste Skelettbauweise. Das Innere ist eine einzige monumentale Halle, vergleichbar nur mit einer Kirche oder einem Tempel. Luftig, funktional, minimale Stilelemente. Mit dieser Halle hat unser Architekt, Peter Behrens, einen Meilenstein der Architektur geschaffen. Er ist auch für das Design unserer ganzen Produktreihe verantwortlich. Auf der nächsten Firmenfeier würde ich ihn dir gerne vorstellen.«

»Wenn er so ist wie diese Turbinenhalle, brenne ich geradezu darauf«, kommentierte Gisela spöttisch.

»Na ja, dann lass uns zu mir gehen. Das Hansaviertel ist gleich nebenan«, sagte Peter ein wenig enttäuscht. »Ich habe den ganzen Tag gesessen. Ein Spaziergang wäre schön. Und dann kochen wir etwas.«

»Ach, Schatz, du weißt doch, dass ich Kochen hasse. Und ich bin auch gar nicht dafür angezogen.« Jetzt war sie es, die ihn kurz an sich zog. »Wenn wir erst mal verheiratet sind, brauchen wir unbedingt eine Köchin. Versprich mir das, sonst wird das nichts mit uns zweien.« Sie zog ihm neckisch den Hut ins Gesicht.

»Auf keinen Fall, ich koche doch so gern«, meinte Peter lachend.

»Ja, Weißwurst, Leberkäs und Knödel.« Gisela verzog in gespieltem Entsetzen den Mund. »Komm, lass uns ins Restaurant im Adlon gehen, da waren wir schon lange nicht mehr.«

»Aus gutem Grund«, seufzte Peter und überschlug, wie viel Geld er dabeihatte.

Gut, dass Christine mich jetzt nicht sieht, sonst würde sie mir eine Brandrede über meine neue Dekadenz halten, dachte er zwei Stunden später nach einem zugegebenermaßen ausgezeichneten Essen. Allerdings fragte er sich, ob seine Schwester nicht sogar recht hatte. Entwickelte er sich seit der Verlobung mit Gisela tatsächlich zu einem dekadenten Snob? Aber er konnte ihr einfach nichts abschlagen, auch wenn ihre Ansprüche ans Leben um einiges höher waren als seine eigenen. Einen Augenblick blitzte wieder das Bild in ihm auf, das ihn in den ganzen letzten Monaten nicht mehr verlassen hatte: Cläre Wiesner am Münchner Bahnhof, auf den schwarzen, kinnlangen Haaren eine selbst gestrickte rote Wollmütze, in der Hand ein kleiner Koffer. Er schob es beiseite und sah zu der Tür, hinter der Gisela verschwunden war, um sich frisch zu machen.

Der Ober erschien und setzte dezent den silbernen Teller mit der Rechnung vor ihm ab. Mit ungerührter Miene zahlte Peter den absurd hohen Betrag – und musste schon wieder an Cläre denken. Sie hatte so natürlich gewirkt. Nichts an ihr war berechnend gewesen, nichts darauf ausgerichtet zu gefallen oder etwas zu repräsentieren, einem bestimmten Bild zu entsprechen. Gleichzeitig war eine große Energie von ihr ausgegangen.

Auch im letzten Brief an seine Mutter hatte er sich nach Cläre erkundigt und in der Antwort erfahren, dass ihre Reifeprüfung unmittelbar bevorstand. Ich bin ihr noch immer diese verdammte Postkarte schuldig, dachte er. Nein, vergessen hatte er sie nicht. Jedes Schreib- und Kolonialwarengeschäft in Berlin hatte er schon nach einer geeigneten Karte durchforstet, aber nie eine gekauft, denn er wollte ihr keine Ansicht von der Promenade Unter den Linden oder vom Potsdamer Platz schicken – ebenso wenig wie eine Landschaft oder ein Stillleben. Er wollte etwas Besonderes, ohne zu wissen, was genau – oder warum es ihm so wichtig war.

»Wo bist du denn mit deinen Gedanken?« Gisela war unbemerkt neben ihn getreten. »Hast du schon bezahlt?«

Peter nickte zerstreut, stand auf und nahm Mantel und Hut, die ihm von einem Kellner gereicht wurden.

Die Antwort auf seine Frage erhielt Peter ganz unverhofft ein paar Tage später, als er im Kaufhaus des Westens am Wittenbergplatz auf dem Weg in die Herrenabteilung an den Kinderspielzeugen vorbeikam. Auf einem Ständer waren kleine gerahmte Bilder ausgestellt, die wohl dazu gedacht waren, die Wände von Kinderzimmern zu schmücken. Eines davon zeigte ein zierliches, mit zarten Farben koloriertes Einhorn. Unwillkürlich nahm Peter es in die Hand.

»Ihre Tochter liebt Einhörner?«, fragte plötzlich eine Verkäuferin neben ihm.

Erschrocken sah er die lächelnde Frau an. »Ja … nein, kann man das Bild auch ohne Rahmen kaufen?«

»Leider nicht.« Die Verkäuferin schüttelte erstaunt den Kopf. »Es soll ja an der Wand hängen.«

Peter nickte, dann drehte er den Rahmen um. Man konnte ihn öffnen und das Bild herausnehmen. »Ich kaufe es«, sagte er und folgte der Angestellten zur Kasse.

In seine Wohnung zurückgekehrt, löste er den Druck aus

dem Rahmen und griff nach einer unbeschriebenen Ansichtskarte von Berlin. Mit Bleistift und Lineal maß er das Bild ab und beschnitt die Seiten des Drucks so, dass er den Ausschnitt mit dem Einhorn auf die Bildseite der Postkarte kleben konnte. Es sah hübsch aus, und er war mit seinem Werk zufrieden. Auf die leere Seite schrieb er:

Liebe Cläre, liebes Einhorn,
Ricarda sagt, Du seiest gut vorbereitet, also mach Dir keine Sorgen. Denk daran, ein Einhorn gibt sich zu erkennen, wem und wann es möchte. Ich habe es bereits gesehen, jetzt ist der Moment, es auch anderen zu zeigen!

Einen Augenblick zögerte er noch, die Spitze seines Stifts schwebte über der Karte, dann fügte er hinzu:

Ich denke an Deinem Prüfungstag an Dich.
Peter, das ganz normale Pferd

Kaum hatte er das letzte Wort geschrieben, erschrak er. Schnell las er die Karte noch einmal und schüttelte den Kopf. Woher nahm er diese Worte? Das war wirklich der albernste Text, den er je geschrieben hatte. Und nicht nur das, er hatte den gesamten Raum der Karte beschrieben und keinen Platz für die Adresse gelassen. Er öffnete die Schreibtischschublade auf der Suche nach einem Umschlag, da fiel sein Blick auf die Schachtel mit seinen Lieblingspralinen. Nussnugat! Er packte eine aus ihrem Seidenpapier und schob sie sich in den Mund. Dann nahm er eine zweite und legte sie auf die Karte. Er griff zu einem Stück Packpapier. Umständlich formte er ein Päckchen, das er zusätzlich verklebte und verschnürte. Die Karte würde zerknicken, die Praline wahrscheinlich zerbrechen, und die Adresse konnte man nur mit gutem Willen lesen. Eine wahre Glanzleistung für einen studierten Ingenieur, dachte Peter halb verärgert, halb amüsiert. Doch so war es nun mal, und da die Prüfung unmittelbar bevorstand, würde er das Ding zur Post bringen, sofort, bevor er es sich anders überlegte und noch mal von vorn anfangen musste.

Cläre hatte ihre schriftlichen Prüfungen am Gymnasium mit Auszeichnung bestanden. Sogar durch die Lateinprüfung hatte sie sich dank Max' Hilfe ohne größere Blessuren hindurchgeschlängelt. Jetzt stand ihr noch die mündliche Prüfung in Mathematik bevor. Eigentlich ihr Paradefach, trotzdem war sie nervös.

Neben ihr saßen drei weitere junge Frauen, die alle als Externe zu den Prüfungen zugelassen worden waren.

»Hattet ihr auch Privatlehrer?«, fragte ein blondes Mädchen mit Pausbacken, das Cläre auf etwa achtzehn Jahre schätzte. »Ich hatte welche«, fügte sie hinzu. »Die haben meine Eltern ein Vermögen gekostet. Durchfallen sollte ich also besser nicht.«

»Ich hatte auch Privatlehrer«, bestätigte Cläre.

»Ich nicht«, meinte eine sehr schlanke junge Frau mit ungewöhnlich kurz geschnittenen braunen Haaren. »Ich habe nach der Höheren Töchterschule an Gymnasialkursen zur Abiturvorbereitung teilgenommen. Ich frage mich nur, warum sie solche Kurse nur separat anbieten und nicht gleich in der Schule, auf die man geht.«

»Die Höheren Töchterschulen bereiten nun mal nicht auf das Abitur vor«, meinte die Pausbackige lapidar. »Man besucht sie ja nur bis zum fünfzehnten oder sechzehnten Lebensjahr, und die meisten Mädchen dort wollen das Abitur auch gar nicht machen – was mich zu meiner nächsten Frage bringt:

Warum macht ihr euch die Mühe?« Eine kurze Stille entstand, weshalb die Blonde ihre Antwort zuerst anbot: »Meine Eltern sind der Ansicht, dass ich meine mangelnde Schönheit mit Bildung wettmachen muss. Und wenn trotzdem kein Mann anbeißt, soll ich wenigstens einen besseren Beruf haben. Was meint ihr, werden die Männer aufgrund meiner Kenntnisse in Latein und Mathematik darüber hinwegsehen, dass ich aussehe wie ein Kugelfisch?« Sie blies ihre Backen auf und öffnete die Augen weit. Cläre und die anderen lachten herzlich über ihren trockenen Humor.

»Sehen die Männer denn so viel besser aus als wir?«, kommentierte die Kurzhaarige. »Dazu sind die meisten noch völlig humorlos.« Sie grinste. »Also, wenn ich es wäre … deine Lateinkenntnisse würden mich nicht interessieren, aber für deinen Humor würde ich dich schon nehmen.«

Die junge Frau mit den Pausbacken lachte verlegen. Ihre Wangen färbten sich rot.

»Ich habe Spaß an Mathematik. Das ist es, was ich machen möchte«, sagte Cläre, die sich plötzlich in der Gesellschaft der Frauen ganz leicht fühlte.

»Mathematik, geh mir bloß fort«, erwiderte die Kurzhaarige lachend. »Aber jeder das Ihre. Ich für meinen Teil sehe nicht ein, warum wir Frauen nicht dieselben Rechte haben sollten wie die Männer. Meine Eltern haben alles versucht, um mir diesen haarsträubenden Unsinn auszureden, aber irgendwann haben sie aufgegeben.« Wieder lachten alle.

»Cläre Wiesner?«

Die Tür zu einem der Klassenräume ging auf. Cläres Herz sackte in die Kniekehlen. Langsam stand sie auf.

»Viel Glück, du schaffst das«, hörte sie die Stimmen der anderen in ihrem Rücken. Intuitiv ging ihre Hand in die Manteltasche und fand die zerknickte Postkarte mit dem Druck des

Einhorns. »Ich denke an Deinem Prüfungstag an Dich«, hatte Peter geschrieben. Ob es wohl stimmte? Und woher kannte er überhaupt das genaue Datum? Nervös betastete sie die Karte. Zu Hause lag noch eine Nussnugatpraline, aber die hatte sie nicht mitgebracht. Es reichte schon, dass sie abergläubisch genug war, die Karte als Maskottchen in der Tasche herumzutragen.

Fünfundzwanzig Minuten später schrieb Cläre eine letzte Zahl auf die schwarze Wandtafel und unterstrich sie zwei Mal.

»So lautet der Beweis«, sagte sie und drehte sich beinahe schwungvoll um. Ihr Gesicht war vor Konzentration gerötet.

»Hervorragend.« Die beiden Prüfer sahen sich an, dann stand einer von ihnen auf.

»Dürfen wir Ihnen noch eine zusätzliche Knobelaufgabe vorstellen?« Er winkte ab. »Nur eine kleine Spielerei am Ende dieser höchst erfreulichen Prüfung. Nichts, was die Note noch beeinflussen könnte. Sehen Sie es eher als eine Ehre an, denn wir spielen dieses Spiel nur mit unseren besten Prüflingen. Möchten Sie?«

Cläre nickte konzentriert. Natürlich wollte sie.

»Also, ein Bettler erkundigt sich bei einem Bauern nach dem Alter seiner drei Söhne. Der Bauer antwortet ihm wie folgt: ›Wenn man ihr Alter miteinander multipliziert, kommt man auf 36, addiert man es, erhält man unsere Hausnummer.‹ Der Bettler antwortet: ›Jetzt kenne ich Ihre Hausnummer, aber …‹ Der Bauer unterbricht ihn. ›Hören Sie nur, wie gut unser Ältester Geige spielt!‹ ›Danke‹, ruft der Bettler. ›Jetzt weiß ich, wie alt sie sind!‹«

Cläre stand ganz still. Die beiden Prüfer sahen sich schmunzelnd an, dann blickten sie wieder zu ihr.

»Machen Sie sich keine Sorgen«, meinte der eine schließlich. »Es ist nur ein Spiel.«

»Aber ich weiß die Lösung«, platzte Cläre heraus. »Die Söhne des Bauern sind zwei, zwei und neun Jahre alt. 2 mal 2 mal 9 macht 36, und addiert ergeben sie 13. Das ist die Hausnummer.«

Auf dem Gesicht des Prüfers erschien ein schlaues Lächeln. »Das könnte natürlich sein. Aber so leicht ist es nicht. Bedenken Sie, auch 1 mal 3 mal 12 gibt 36, dann wäre die Hausnummer 16. Und bei 2 mal 3 mal 6 wäre sie 11.« Warum sollte also ausgerechnet die 13 richtig sein?«

»Weil es noch eine zweite Kombination gibt, die 36 und 13 ergibt«, antwortete Cläre schlagfertig. »Nämlich 1 mal 6 mal 6. Der Bettler sagt, er kenne die Hausnummer, aber noch nicht die Lösung. Das bedeutet, dass es die 13 sein muss, für die es zwei verschiedene Kombinationen gibt. Und da der Bauer von einem ältesten Sohn spricht, muss es die 2 mal 2 mal 9 sein, denn bei der anderen gäbe es zwei gleichaltrige ältere Kinder.«

»Bravo!«, rief der Prüfer.

»Was haben Sie eigentlich vor … jetzt, nach der Prüfung?«, fragte der andere, der bisher weniger gesprochen hatte.

»Mathematik studieren. Und danach wäre es mein Traum, selbst zu unterrichten. Vielleicht an einer Höheren Töchterschule, aber noch lieber an einem richtigen Knabengymnasium wie diesem hier – oder an der Universität! Aber natürlich weiß ich, dass das Frauen nicht gestattet ist.« Bei den letzten Worten war ihre Stimme leiser geworden.

Die beiden Männer sahen sie erstaunt an, schließlich sagte der eine: »Ich sehe, das Fräulein Wiesner will hoch hinaus.« Er nahm ein Taschentuch aus der Hosentasche und fuhr sich über die Stirn.

»Was mein geschätzter Kollege damit sagen will, ist, dass wir Ihnen viel Glück wünschen.« Der andere reichte Cläre die

Hand. »Auch wenn wir aussehen, als gehörten wir längst zum alten Eisen, sind wir noch jung genug für ein paar Neuerungen. Und gegen ein paar weibliche Kollegen hätten wir überhaupt nichts einzuwenden.«

10

Christine stand am Englischen Garten. Schon vor zehn Minuten war sie mit Fritz verabredet gewesen. Ob er vergessen hatte, dass sie sich nicht bei ihr zu Hause treffen wollten, sondern hier?

Noch einmal sah sie auf die Armbanduhr, die ihre Mutter und Luise ihr zum letzten Geburtstag geschenkt hatten. Sie hatte den neutralen Treffpunkt am Englischen Garten mit Bedacht gewählt, damit Fritz nicht etwa auf die Idee kam, Cläre zu ihrem Picknick einzuladen. Es war schon schwer genug gewesen, ihn von seiner *Simplicissimus*-Clique loszueisen.

Nach dem Kuss in seiner Wohnung hatte sie ihn nur noch zusammen mit seinen Freunden und Kollegen gesehen. Sie hatte viel darüber nachgedacht, was eigentlich geschehen war. Der Kuss war nicht geplant gewesen. Sie hatte spontan die Initiative ergriffen, und zunächst war es schön gewesen – immerhin hatte er den Kuss erwidert. Aber dann hatte er sich zurückgezogen, und Christine hatte sich gefühlt wie unter einer eisigen Dusche. Hatte sie ihn überrumpelt? Sie hatte sich vorgenommen, ein paar Schritte zurückzutreten und ihn nicht zu bedrängen. Sollte er doch selbst entscheiden, wann, wo und wie … Bevor sie erneut auf die Uhr schauen konnte, sah sie ihn mit einem gut gefüllten Rucksack auf sich zukommen.

»Hm, das sieht vielversprechend aus«, grüßte sie ihn mit einem harmlosen Kuss auf die Wange.

Fritz grinste. »Und du, was hast du in der Tasche?«

»Den Fotoapparat, den meine Mutter und Luise mir zum Abschluss der Ausbildung geschenkt haben.«

»Und ich dachte, wir wollten uns amüsieren«, neckte Fritz sie.

»Oh, das werden wir auch, wart's nur ab!«

Sie fuhren ein Stück mit der Tramway, die um diese Zeit nicht mehr so voll war wie in den ersten Morgenstunden. Nachdem sie ausgestiegen waren, liefen sie den Fluss entlang in Richtung Isarauen. Mittlerweile stand die Sonne hoch am Himmel, und der Junitag versprach warm zu werden. Der weißgraue Kies knirschte unter ihren Füßen. Je mehr sie in die Isarauen eindrangen, desto stärker verzweigte sich der Fluss.

»Das ist ein schönes Plätzchen«, meinte Fritz schließlich. »Wollen wir hierbleiben?«

Christine war einverstanden.

»Ich gehe mich abkühlen«, verkündete sie, kaum dass sie die Decke ausgerollt hatten.

»Jetzt?«

Christine sah ihn groß an. »Was hast du denn gedacht? Wir sind schließlich nicht nur zum Essen hier. Oder brauchst du ein offizielles Bad zum Schwimmen?«

Noch bevor Fritz antworten konnte, hatte sie sich die Kleider abgestreift, unter denen sie schon den blau-weiß gestreiften Badeanzug trug, und trippelte vorsichtig über den scharfkantigen Kies zum Wasser.

»Kein Wunder, dass du so geschwitzt hast bei dem, was du alles anhattest!«, rief Fritz ihr nach.

»Kommst du jetzt?«, antwortete Christine und ließ sich genüsslich in das seichte Wasser gleiten. Fritz knöpfte sich das Hemd auf und schlüpfte aus der Hose.

»Hey!«, protestierte er, als Christine ihm mit beiden Händen Wasser entgegenspritzte. Die Strömung an dieser Stelle war nicht besonders stark. Mit weit ausgestreckten Armen trieben sie gemächlich auf dem Rücken, doch plötzlich wurde Christine von einer stärkeren Strömung erfasst.

»Oh!«, rief sie erschrocken. »Ich nehme Fahrt auf!« Alarmiert drehte sich Fritz auf die Brust und schwamm ihr hinterher. Er bekam ihre Hand zu fassen und zog sie zurück ins Flache.

»Danke«, meinte sie, als sie triefend auf der großen Decke ankamen. Erst jetzt ließ sie seine Hand los.

»Gern geschehen.« Sie setzten sich und ließen die Sonne auf ihre kühlen Körper scheinen. Schließlich zog Fritz Brot, Käse und ein Stück geräucherten Speck aus dem Rucksack. Zum Schluss kamen ein paar Äpfel zum Vorschein. Unerwartet warf er ihr einen davon zu, den sie im letzten Moment auffing.

»Ich wollte nur mal deine Reaktion prüfen«, grinste er.

»Meine Reaktion ist einwandfrei, und deine?« Blitzschnell warf sie den Apfel zurück. Er schlug Fritz an die Brust.

»Ins Herz getroffen«, stöhnte er.

»So war es gedacht«, neckte Christine, doch statt darauf einzugehen, wurde Fritz wieder ernst, und sein Blick wanderte in die Ferne.

Ich werde aus ihm nicht schlau, dachte Christine enttäuscht. Gerne hätte sie seinen blonden Haarschopf zerzaust, der schon unter der starken Sonne trocknete. Auf seinen kräftigen Schultern zitterten noch einige letzte Wasserperlen.

»Woran denkst du?«, fragte sie, als das Schweigen zu lange dauerte.

Fritz schnitt sich ein Stück Käse ab. »An nichts Besonderes«, sagte er zögerlich. »Deine neue Mitbewohnerin hat ihre Reifeprüfung bestanden, wie ich höre.«

»Ja, stimmt«, antwortete Christine knapp und öffnete ihre Tasche. »Schau, das ist die Eastman Kodak No. 3. Sie arbeitet mit Rollfilmen«, sagte sie stolz.

Fritz bewunderte das Gerät gebührend. »Und? Was willst du jetzt machen?«, fragte er dann. »Im Badeanzug herumlaufen und die Isarauen fotografieren?« Er zeigte auf den Fluss vor ihnen, doch Christine lachte ihn an.

»Mittlerweile müsstest du es besser wissen«, meinte sie schmunzelnd. »Ich ziehe Menschen vor … und zwar in allen Lebenslagen.«

»In allen Lebenslagen … Warte, damit kann ich dienen.« Fritz stand auf. »Wie wär's mit dieser hier?« Er suchte nach einer flachen, grasbewachsenen Stelle und machte einen Handstand.

»Fantastisch. Warte, wie lange kannst du ihn halten?«

Fritz stand schon wieder auf den Füßen.

»Mit dir ist das Leben immer eine Herausforderung«, sagte er lachend. »Gib mir Bescheid, wenn du bereit bist.«

Christine errötete. Was für ein schönes Kompliment er ihr gemacht hatte. Mochte er sie vielleicht doch ein bisschen mehr? Verlegen nestelte sie am Apparat und brachte ihn in Position.

»Jetzt zeig, was du kannst.«

Kraftvoll schwang sich Fritz in den Handstand, und Christine drückte den Auslöser.

11

Es duftete nach Kaffee und frischem Brot, als Cläre in die Küche trat. Ricarda saß am Tisch und blätterte in einer Ausgabe der *Jugend*. Als sie Cläre sah, legte sie die Zeitschrift beiseite.

»Guten Morgen. Heute ist dein großer Tag. Setz dich und iss erst mal was.«

»Ich habe kaum Hunger«, meinte Cläre mit Blick auf den Honig und die Marmelade.

»Aufgeregt?«, fragte Ricarda.

Cläre nickte. Heute würde sie sich an der Technischen Hochschule in Mathematik einschreiben. Eigentlich eine reine Formalität, doch für sie war es viel mehr als das!

Ricarda schenkte ihr Kaffee ein und bestrich sich in aller Ruhe eine Semmel mit Butter. Cläre lächelte. Auch ihre Mutter hatte Semmeln geliebt, doch wie in den meisten Haushalten hatte dieses Gebäck in ihrer Familie als Luxus gegolten, den man sich höchstens bei besonderen Gelegenheiten gönnte. Bei Ricarda dagegen gab es jeden Tag Semmeln, denn das Frühstück war der einzige Moment, der nur ihr gehörte, wie sie Cläre schon an ihrem ersten Morgen erklärt hatte. Entgegen ihrer ursprünglichen Absicht griff auch Cläre zu.

»Was machst du heute?«, fragte sie Ricarda.

»Die Brauerei will die Bierpreise erhöhen. Ich fürchte, ich

werde mal ordentlich auf den Tisch hauen müssen. Kathi Kobus, die Wirtin vom *Café Simplicissimus*, und ich haben uns zusammengetan. Dieses Mal hat der Brauer seine Rechnung im wahrsten Sinne des Wortes ohne seine Wirtinnen gemacht.«

Cläre lachte. »Wieso heißt das Café eigentlich auch *Simplicissimus*, wie die Satirezeitschrift?«

»Kathi hat es so genannt, als sie sich vor einigen Jahren mit dem Café selbstständig gemacht hat. Ganz problemlos war das nicht. Albert Langen, der Verleger der Zeitschrift, war ziemlich erbost. Aber als er seine Rechte einfordern wollte, hat Kathi ihn darauf aufmerksam gemacht, dass sie schon alle Schilder fürs Café mit dem Namen *Simplicissimus* bestellt hatte, und irgendwie hat sie ihn rumgekriegt. Typisch Kathi. Die kriegt, was sie will … immer. Deshalb mache ich mir auch keine Gedanken wegen des Brauers heute. Im Gegenteil, die Gedanken sollte sich lieber der Brauer selbst machen.«

Wieder lachte Cläre. Sie hatte schon viele Geschichten über die legendäre Kathi Kobus gehört, die so derb und zupackend sein konnte wie ein Bierkutscher, um im nächsten Moment wieder zu einer gebildeten und eleganten Frau zu werden. Genau genommen war Ricarda da nicht viel anders. Cläre betrachtete sie verstohlen. Seit Luises Tod trug sie Schwarz, was ihrem Aussehen eine Strenge verlieh, die ihrem eigentlichen Wesen fern war.

Cläre dachte an die Tante, die sie nie kennengelernt hatte. Sie und Ricarda mussten sehr eng befreundet gewesen sein – immerhin hatte Luise Ricarda und ihre Kinder zu sich in die Wohnung geholt und ihr nach ihrem Tod ihr gesamtes Vermögen hinterlassen. Wie gerne hätte sie Ricarda über ihre Tante ausgefragt. Warum waren sie und Cläres Mutter so verfeindet gewesen? Hatte es wirklich nur an der Heirat mit Cläres Vater gelegen? Sie hatte das Gefühl, dass Ricarda irgendetwas zurückhielt.

»Zwei Ratschläge gebe ich dir für heute mit«, sagte Ricarda. Überrascht horchte Cläre auf. »Lass dich nicht aus der Ruhe bringen, wenn du dich einschreibst. Wappne dich mit Stärke und Geduld und denk daran: Männer sind auch nur Menschen. Und Ratschlag Nummer zwei: Nimm eine Butterbreze mit. Die hilft in allen Lebenslagen.«

Damit griff sie zu einer Breze und schnitt sie auf. Bevor Cläre noch darüber nachdenken konnte, wofür sie Stärke und Geduld brauchen würde, erklangen Schritte auf dem Flur, und Christine kam herein.

»Morgen«, grüßte sie knapp. Ihr Blick wanderte zur Breze in der Hand ihrer Mutter. »Was muss man tun, um eine Breze geschmiert zu bekommen?«, fragte sie gespielt fröhlich, doch sie ließ ihrer Mutter keine Zeit zu antworten. »Keine Sorge. Ich bin ein großes Mädchen und kann das allein.«

»Setz dich doch zu uns«, bat Ricarda. »Was hast du heute vor?«

»Erzähle ich dir heute Abend, jetzt muss ich wirklich los.« Sie angelte nach einer Breze und steckte sie in ihre Tasche. Dann griff sie nach dem Rucksack mit der Fotoausrüstung und verschwand in Richtung Wohnungstür.

Cläre sah, wie sich eine Mischung aus Irritation und Enttäuschung über Ricardas Gesicht legte, und wie so oft in den letzten Wochen fühlte sie sich schuldig, denn es gab nur einen Grund, der die ursprüngliche Nähe zwischen Christine und ihrer Mutter belastete … und das war sie.

Was, um Himmels willen, habe ich ihr getan?, fragte Cläre sich halb betroffen, halb verärgert, als sie kurz darauf die Königinstraße entlangging. Zu spät bemerkte sie, dass das Haus der

Studentenverbindung Victoria, in dem ihr Bruder wohnte, schon fast vor ihr lag. Eigentlich hatten sie sich wie immer an der Ecke Veterinärstraße treffen wollen. Cläre blieb stehen. Jetzt wieder zurückzugehen wäre Unsinn, dachte sie und beschloss, ihren Bruder herauszuklingeln.

Das schmiedeeiserne Tor war geöffnet, die Beete im Vorgarten mit sommerlichen Blumen bepflanzt, der Kiesweg geharkt. Nobel wohnt mein Bruder, das muss man ihm lassen, dachte Cläre, die das beinahe herrschaftliche Gebäude bisher immer nur aus einiger Entfernung gesehen hatte. Sie stieg die Treppenstufen zur Tür hinauf und klingelte. Zunächst blieb alles still, dann hörte sie Schritte, die Tür wurde geöffnet.

»Was wollen Sie?«, fragte ein junger Mann mit schwarzen Haaren.

»Mein Bruder wohnt hier. Max Wiesner«, sagte sie freundlich.

Der junge Mann runzelte die Stirn, und Cläre bemerkte, dass seine noch jugendlichen Pickel sich röteten.

»Hat Ihr Bruder Ihnen nicht gesagt, dass Frauen hier keinen Zutritt haben, oder sind Sie eine von denen, die sich über alles hinwegsetzen?«

»Wie bitte?«, fragte Cläre. Spontaner Ärger stieg in ihr auf, wie sie ihn nur selten empfand. Was wollte dieser Lackl von ihr? »Von Höflichkeit steht in Ihren Korpsregeln offenbar nichts«, gab sie bissig zurück. »Ich …«

»Cläre, was machst du hier?« Max wandte sich an seinen Verbindungsbruder: »Meine Schwester hat recht, Wilhelm. Ein bisschen Höflichkeit schadet nie.«

Der junge Mann lief rot an, doch Cläre vermutete, dass es eher Zorn statt Scham war. Auch ihr Bruder war rot im Gesicht. Erst jetzt bemerkte sie, dass er ausgehfertig war. Er nahm sie am Arm und führte sie auf die Straße.

»Du kannst mich loslassen, ich kann alleine gehen«, sagte sie giftig. Eine Weile liefen sie wortlos nebeneinanderher.

»Das ist also der Grund, warum wir uns immer irgendwo anders treffen«, sagte sie schneidend, aus ihrer Stimme klang Enttäuschung. »Christine hat recht. Diese Studentenverbindung tut dir nicht gut.«

Von der Seite sah Cläre, dass der Hieb gesessen hatte. Immer wieder hatte Max sie in den letzten Wochen wie beiläufig nach Christine gefragt, und ein inneres Stimmchen hatte ihr zugeflüstert, dass sie ihn mit dieser Bemerkung treffen konnte, ungeachtet ihrer eigenen Probleme mit Ricardas Tochter.

Max schwieg. Schließlich sagte er leise: »Ich habe die Regeln nicht gemacht. Aber es ist auch nicht alles schlecht da. Du kennst die Kameraden nicht.«

»Das ist ja auch eher schwierig, wenn sie sich vor Frauen so zieren«, bemerkte Cläre spöttisch. Etwas versöhnlicher fuhr sie fort: »Stell mir halt mal ein paar Freunde vor bei Gelegenheit … ein paar nette.«

Max nickte nur.

Vor ihnen tauchte die Technische Hochschule auf, und die bevorstehende Immatrikulation ließ Cläre die unschöne Begegnung vergessen. Gemeinsam betraten sie die Halle. Sofort fiel Cläre die Schlange auf, die sich in einem Seitengang des Parterres vor dem Immatrikulationsbüro gebildet hatte.

»Da bin ich wohl heute nicht die Einzige«, sagte sie belustigt.

»Das nicht. Nur die einzige Frau«, bemerkte Max. »Ich warte mit dir.«

»Ich fürchte, das wird dauern. Hast du nicht noch einen Termin?«, fragte Cläre.

»Schon, aber erst in einer halben Stunde.«

Mittlerweile hatten sie die Wartenden erreicht und stellten

sich an. So standen sie mehrere Minuten, ohne dass sich die Schlange weiterbewegt hätte. Immer wieder drehten sich andere Wartende zu ihnen um.

»Geh nur. Ich komme allein zurecht«, sagte Cläre fest.

Max nickte widerwillig. »Ja, ich muss wohl, tut mir leid.« Er tippte ihr auf den Arm und wollte sich verabschieden, da hörte er seinen Namen.

»Das ist der Max Wiesner. Der studiert an der Ludwig-Maximilians-Universität, also schreibt sich wohl der kleine Blaustrumpf ein«, war eine leise Stimme nur wenige Meter vor ihnen zu hören.

»Solange die hübschen Fräuleins uns mit ihren Federhütchen den Blick auf die Tafel nicht versperren, können sie sich ruhig dazusetzen«, antwortete ein anderer, den Cläre nicht sehen konnte. »Dann haben wir Burschen wenigstens was zu schauen, wenn's mal langweilig wird.«

Cläre spürte, dass ihr Bruder gern etwas gesagt hätte. Jetzt war sie diejenige, die ihn am Arm fasste. »Lass sie doch reden«, sagte sie so laut, dass die Männer es hören mussten. »Hunde, die bellen, beißen nicht. Und wir wollen doch mal sehen, ob sie im Unterricht noch genau so viel zu sagen haben.«

»Name?«, wollte die Frau mit der zierlichen ovalen Brille wissen, als Cläre über eine Stunde später endlich im Immatrikulationsbüro saß. Wenigstens sie hatte nicht mit der Wimper gezuckt, als Cläre eingetreten war.

»Sie möchten sich für ein Fach in den Geisteswissenschaften immatrikulieren?«, fragte sie, als Cläre Name, Geburtsdatum und Anschrift genannt und ihr Abiturzeugnis vorgelegt hatte.

»Nein, Mathematik.«

Die Augenbrauen der Dame schnellten in die Höhe.

Cläre tippte auf das vor ihr liegende Zeugnis. »Meine beste Note …«

Die Dame beachtete den Hinweis nicht, ihre Augenbrauen waren wieder gesunken. »Na ja«, sagte sie. »Wir hatten vor ein paar Jahren auch schon eine Studentin in Elektrotechnik. Sie hat ihr Studium mittlerweile abgeschlossen.« Mit flinker Feder füllte sie die Formulare aus und ließ Cläre unterschreiben. »Während der Semesterferien findet ein Vorbereitungskurs für neue Studenten der Mathematik statt, der im Juli beginnt und zweieinhalb Monate dauert. Die meisten Abiturienten finden ihn hilfreich. Sie treffen sich zweimal die Woche. Er wird von Herrn Professor Loibl geleitet.«

»Oh«, machte Cläre. »Kann ich mich sofort einschreiben?«

»Aber natürlich.« Die Dame lächelte sie an. »Deshalb habe ich Sie ja darauf hingewiesen.«

Cläre lächelte zurück. »Haben sich dieses Semester eigentlich noch andere weibliche Studenten für Mathematik eingeschrieben?«, fragte sie zaghaft.

»Nein, Sie sind die Erste.« Die Dame sah nicht von ihrer Arbeit auf.

Also doch ein Esel unter Pferden, dachte Cläre und korrigierte sich sofort. Nein, nicht Esel. Sie war das Einhorn. Plötzlich verspürte sie den großen Wunsch, Peter wiederzusehen. Wie gerne hätte sie ihm von allem berichtet … der Abiturprüfung, der Immatrikulation, dem Vorbereitungskurs, der bald beginnen würde. Natürlich konnte sie ihm schreiben, aber wie sähe das aus? Schließlich hatten sie sich nur einmal gesehen. Ob er wohl bald wieder zu Besuch kam? Sie nahm sich vor, Ricarda danach zu fragen.

12

»Wie viel heute wieder los ist«, stöhnte Rosi, die zweite Kellnerin an diesem Abend, während sie ein Tablett mit leeren Bierkrügen auf der Theke abstellte. »Drei Maß und einen Schnaps«, fügte sie hinzu.

Cläre nickte nur und machte sich an die Arbeit. Immer wieder sah sie hinüber zu dem Tisch, der nur wenige Schritte vor dem Tresen stand. Zum ersten Mal seit Wochen waren Franz Marc und Wassily Kandinsky wieder im Lokal, und Christine hatte sich mit ihrem Freund Fritz zu ihnen gesetzt. Wenn sie es über den Lärm richtig verstanden hatte, hatte Christine den russischen Maler, der in München lebte, gefragt, ob sie ihn beim Malen »in Aktion« fotografieren dürfe, und er hatte zugestimmt. Marc dagegen, dessen fast immer ernstes Gesicht mit den dunklen Augen und tiefschwarzen Haaren etwas Rätselhaftes hatte, hatte Christine sogar zu sich und seiner Frau nach Sindelsdorf eingeladen, wo er lebte.

Ich hätte eh keine Lust, nach Sindelsdorf zu fahren, dachte Cläre verdrossen, doch natürlich wusste sie, dass sie nur neidisch war – nicht, weil Christines Freunde außergewöhnliche Menschen waren, sondern weil es ihr in den Monaten in München überhaupt noch nicht gelungen war, Freundschaften zu schließen. Christine ließ sie bei jeder nur erdenklichen Gelegenheit abblitzen, Ricarda hatte notorisch wenig Zeit, und in ihrem Vorbereitungskurs an der Technischen Hochschule konnte sie froh sein, wenn sie keine bissigen oder spöttischen Bemerkungen von den männlichen Kommilitonen kassierte. So blieb nur ihr Bruder Max.

Cläre füllte den letzten Bierkrug, schenkte den Schnaps ein und stellte die Gläser aufs Tablett.

In diesem Moment ging die Tür zum Café auf, und Reinhard Piper kam herein. Wassily Kandinsky, der den Verleger zuerst gesehen hatte, winkte ihn zu sich.

»Unser üblicher Tisch war besetzt«, erklärte er und zog ihm einen Stuhl heraus.

Als hätte Fritz gemerkt, dass Cläre das Geschehen am Tisch verfolgte, drehte er sich zu ihr um. Sie fühlte sich ertappt und wandte sich schnell wieder ab.

»Sie haben es ja ziemlich spannend gemacht«, nahm der Verleger sofort das Gespräch mit den beiden Malern auf.

Marc hob den Arm, und Cläre erinnerte sich daran, dass sie eigentlich im Café arbeitete. Mit wenigen Schritten war sie am Tisch. Statt des üblichen Biers wurde Kaffee bestellt. Fritz, dem Christine gerade von ihrer Arbeit im Atelier erzählte, kritzelte währenddessen Karikaturen auf Servietten und Bierdeckel und sah nicht zu ihr auf.

»Wir arbeiten an einer Art Almanach«, hörte sie Kandinsky in ihrem Rücken sagen, als sie wieder zum Tresen ging, um den Kaffee einzuschenken.

»Ein Büchlein für diese merkwürdige Zeit«, ergänzte Marc. »Überall erleben wir Umbruch und Neuerungen. In Technik, Kunst, Musik, Literatur, und zwar in ganz Europa! Unsere Politiker rasseln mit den Säbeln und versuchen, uns gegen Russland, Frankreich und England aufzuhetzen. Aber wenn wir uns die Menschen ansehen, die Schriftsteller, Musiker und bildenden Künstler, stellen wir fest, dass uns alle das Gleiche bewegt … ein neuer Geist!«

Piper nickte Cläre dankend zu, als sie die Tasse vor ihm abstellte.

»Was wir in unserem Almanach zeigen wollen«, fuhr Kandinsky fort, »ist der gemeinsame Wellenschlag der geistigen Bewegungen in Europa.«

Piper nahm einen Schluck Kaffee. »Theoretisch hört sich das nicht schlecht an«, sagte er mit gerunzelter Stirn. »Aber was haben Sie sich inhaltlich konkret vorgestellt?«

»Verschiedenste Beiträge von Künstlern aller Sparten«, sagte Marc schnell. »Reproduktionen gegenwärtiger Kunst, aber auch theoretische Beiträge über das, was gerade geschieht, unsere moderne Zeit, unser neues Kunstverständnis.«

»Darüber hinaus auch Verbindungslinien zu unseren Wurzeln, zur Gotik, der sogenannten primitiven Kunst, sogar zu Kinderbildern«, unterbrach ihn Kandinsky. »Nicht zu vergessen musikalische Beiträge. Wir wollen den Komponisten Arnold Schönberg bitten, eine kleine Komposition beizusteuern, und sogar Einblicke in die moderne Bühnenkunst geben.«

»Ein ehrgeiziges Vorhaben«, meinte Piper. Obwohl Cläre ihn nur von seinen Besuchen im Café kannte, glaubte sie zu sehen, dass er angebissen hatte, es aber noch nicht zeigen wollte. »Von welchen bildenden Künstlern soll es Reproduktionen geben?«

»Wir haben noch nicht alle angesprochen«, gab Marc zu. »Aber im Idealfall natürlich wir, dazu August Macke und die Speerspitzen der modernen Strömungen wie Delaunay, Gauguin, Arp, und hoffentlich Picasso und Matisse.«

Piper schmunzelte. »Ein gemeinsamer Aufbruch ins Unbekannte, der die nationalen Grenzen überschreitet.« Er spielte mit einem Bierdeckel. »Das gefällt mir. Es ist ein großer Wurf, aber wenn Sie die nötigen Kontakte haben und eine große Zahl an Beiträgen sammeln, könnte es ein starkes Plädoyer werden.«

»Ein Plädoyer für geistige Erneuerung«, sagte Marc begeistert.

»Ein Credo!«, rief Kandinsky.

»Einen Namen haben Sie aber noch nicht für das Buch, das ich, um jetzt mal zum Praktischen zu kommen, höchstwahrscheinlich verlegen soll?«

»Wir hatten in der Tat an Sie gedacht. Der Almanach würde in Ihr Programm passen, das ja jetzt schon an Kunst orientiert ist. Der Titel steht noch nicht fest, aber er sollte die Farbe Blau enthalten. Blau, die Farbe des Geistigen, Übersinnlichen, des Unendlichen, der Sehnsucht«, erklärte Marc.

»Sie werden aber Geldgeber brauchen«, hörte Cläre Piper noch sagen, doch in diesem Moment standen Fritz und Christine auf und verabschiedeten sich voneinander. Ein paar der Servietten, auf denen Fritz zuvor gezeichnet hatte, steckte er ein und wandte sich zum Gehen, doch plötzlich sah er noch einmal zu Cläre herüber. Wieder trafen sich ihre Blicke, und sie erschrak. Er musste ja den Eindruck haben, dass sie ihn unentwegt anstarrte.

Zu ihrer Überraschung trat Fritz an den Tresen und lächelte sie freundlich an. »Da sehen wir uns fast jeden Tag, und trotzdem haben wir uns noch nie richtig vorgestellt. Sie wohnen jetzt bei Christine und ihrer Mutter, stimmt's?«

»Ja, das ist richtig.« Vor lauter Nervosität fiel ihr nicht ein, was sie noch sagen könnte.

»Und Sie machen gerade einen Vorbereitungskurs an der Hochschule, nicht wahr? Wie läuft es denn?«

»Eigentlich ganz gut, wenn man von den Kommilitonen absieht, die offenbar der Meinung sind, dass ich bei einem Nähkurs besser aufgehoben wäre«, gab sie zu.

Fritz lachte. »Damit mussten Sie rechnen.«

»Ich weiß«, seufzte Cläre. »Aber das macht es nicht einfacher.«

Eine kurze Pause trat ein, und Cläre hatte das Gefühl, dass Fritz etwas auf der Zunge lag, aber in diesem Moment hörte sie einen Ruf.

»Fräulein, mir ham an g'scheiten Durscht, gibt's do no was zu trinken, oder müass ma ins *Stefanie*?«

Cläre sah sich um, aber Rosi war an einem anderen Tisch beschäftigt. »Ich muss …«

»Sieht ganz so aus!« Cläre und Fritz wechselten einen amüsierten Blick, dann lief sie los.

Zwei Stunden später hatte Cläre es geschafft. Ein junger Italiener und ein Serbe waren bis zum Ende geblieben. Sie hatten ihren eigenen Wein getrunken mit der Auflage, etwas zu essen zu bestellen. Die Bohnensuppe und das dazu gereichte Brot hatten sie verschlungen, als hätten sie den ganzen Tag noch nichts gegessen.

Cläre und Rosi trugen die leeren Gläser ab. Aus der offenen Küchentür strömte der Geruch von Seifenlauge in den Gastraum, und der Boden glänzte nass. Irmi putzte und summte dabei vor sich hin, Rosi polierte die leere Kuchenvitrine, und Ricarda machte sich an der Kasse zu schaffen. Wastl, der Koch, stand rauchend an der Theke. Müde wischte Cläre über das blank gescheuerte Holz der Tische und prüfte, ob die Blumen in den Vasen noch frisch waren. Dabei sammelte sie die Bierdeckel ein. An dem Tisch, an dem zuvor die Maler mit Reinhard Piper und Fritz gesessen hatten, hielt sie inne. Auf einem Bierdeckel befand sich eine zierliche Zeichnung.

Fritz!, dachte sie und legte den Bierdeckel vor sich hin. Sie betrachtete das dünne Männchen mit dem übergroßen Kopf, das an seinem preußischen Helm mit der charakteristischen Gewitterspitze und dem gezwirbelten Bart leicht als Kaiser Wilhelm II. zu erkennen war. In beiden Händen hielt er Säbel, die er in alle Richtungen schwang. Spontan griff Cläre nach einem Bleistift, legte dem Kaiser eine eiserne Hundekette um den Hals und schrieb darunter: Grrr, wuff, wuff, grrr!

Dann legte sie ihn auf den Stapel zu den anderen Bierdeckeln und fuhr mit der Arbeit fort.

»Der Kuchen war gut«, sagte Cläre, als sie nur wenige Tage später mit Max über den Marienplatz ging, vorbei am Rathaus in Richtung Residenz. »Danke für die Einladung.«

Ihr Bruder lachte. Verstohlen musterte sie ihn von der Seite. Täuschte sie sich, oder hatte er es in den letzten Wochen versäumt, zum Friseur zu gehen?

»Meine Schwester auf ein Stück Kuchen einzuladen, das kann ich mir gerade noch leisten«, erklärte Max.

»Wie läuft es eigentlich inzwischen mit Ricarda und mit Christine?«, fragte er plötzlich.

»Fragst du, weil du etwas über mich oder etwas über Christine erfahren willst?«, neckte Cläre ihn, um von der unliebsamen Frage abzulenken, aber Max ging nicht darauf ein.

»Ich frage mich, was Christine gegen dich hat«, bohrte er weiter. »Dass sie Korpsstudenten nicht leiden kann, das wundert mich nicht. Das sind ja für eine wie sie die Feinde schlechthin. Nationalkonservativ, reaktionär …«

»Na ja, so ganz unrecht hat sie damit ja nicht«, warf Cläre ein.

»Findest du nicht, dass sie es sich da ziemlich einfach macht? Sie schert uns alle über denselben Kamm. Einen, der die Jacke einer Studentenverbindung trägt, muss man nicht persönlich kennenlernen, wie wird der schon sein? Wie alle anderen auch, oder nicht?«

Cläre sah ihn überrascht von der Seite an. Die Wangen ihres Bruders waren gerötet, er hatte sich regelrecht in Rage geredet.

»Aber was ihr an dir nicht passt, verstehe ich nicht«, fuhr er fort. »Habt ihr denn schon mal richtig geredet?«

Cläre zuckte mit den Schultern. Beinahe war sie es leid, über das Thema nachzudenken, geschweige denn, es zu diskutieren. »Wie denn?«, meinte sie trocken. »Wann immer sich unsere Wege kreuzen, tut sie, als hätte sie es noch nie eiliger gehabt. Wenn du nicht wärst, ich würde mich in München ziemlich einsam fühlen. Und das, obwohl ich jetzt schon seit Monaten hier bin.«

»Was ist mit Ricarda?«, fragte Max, der fürchtete, Cläre könnte über die nicht ganz einfache Situation an der Hochschule sprechen. Er fühlte sich schuldig, weil er ihr so gar nicht helfen konnte.

»Ricarda ist wunderbar«, sagte Cläre lebhaft. »Ich mag sie sehr. Aber natürlich hat sie durch das *Altschwabing* nur wenig Zeit, und selbst wenn wir beide zusammen dort arbeiten, haben wir immer so viel zu tun. Viel Zeit zum Reden bleibt da nicht. Nur morgens, da frühstücken wir oft zusammen. Aber auch das scheint Christine nicht recht zu sein … zumindest hatte ich neulich dieses Gefühl, als sie zu uns in die Küche kam.«

»Vielleicht ist sie eifersüchtig?«

»Eifersüchtig? Auf mich? Wieso denn? Ricarda ist schließlich *ihre* Mutter.«

»Eben«, sagte Max. »Sie ist *ihre* Mutter. Und wer weiß, vielleicht war das Frühstück früher genau der Moment, in dem auch sie mit ihrer Mutter zusammen war.«

Cläre sah ihren Bruder mit gerunzelter Stirn an. »Auf wessen Seite stehst du eigentlich? Außerdem könnte sie sich ja dazusetzen. Am Küchentisch gibt es mehr als zwei Stühle …«

Max lachte. »Du bist ganz schön angriffslustig geworden, seit du hier bist.«

Cläre schwieg. Vielleicht hatte Max recht. Doch das hatte sicher auch mit ihren täglichen Erlebnissen in der Hochschule zu tun, wo sie immer wieder ihre Entscheidung für ein Mathestudium verteidigen musste. Auf einmal blieb sie stehen. Aus dem Augenwinkel hatte sie im Schaufenster einer Galerie ein Bild gesehen.

»Ach, schau mal!«, rief sie.

Max kam näher, doch er wusste nicht, worauf sie hinauswollte.

»Das Bild stammt von Franz Marc«, erklärte sie. »Er lebt außerhalb Münchens, aber wenn er in der Stadt ist, treffen er und seine Freunde sich oft im *Altschwabing*. Erst neulich waren sie wieder da.«

»›Drei rote Rehe‹«, las Max und betrachtete das Gemälde. »Die Rehe sind ja ganz hübsch, auch wenn man nicht viele Details erkennen kann, aber diese blau-gelb-orangene Landschaft im Hintergrund sieht nicht gerade gekonnt aus.«

»Sollen wir kurz reingehen?«, fragte Cläre und sah auf ihre Armbanduhr. »Es ist knapp, aber ein paar Minuten habe ich vielleicht noch.«

Max zuckte mit den Schultern und folgte ihr. Im Inneren der Galerie war niemand zu sehen.

»Hier ist auch ein Bild von Wassily Kandinsky, einem Freund von Franz Marc«, sagte Cläre.

»Die Farben sind schön, aber erkennen kann man darauf noch weniger als auf dem anderen.«

»Ich höre sie immer über Umbrüche und Neuerungen in der Kunst sprechen«, meinte Cläre und ging weiter.

Nachdem sie sich ein paar andere Gemälde angesehen hatte, kam sie zu Max zurück, der noch immer vor dem Kandinsky stand. »Ich frage mich, warum ich nicht längst versucht habe herauszufinden, welche Art von Bildern die Künstler aus Ricardas Café eigentlich malen«, wunderte sie sich.

»Wassily Kandinsky ist einer der Künstler der Neuen Künstlervereinigung München«, hörte sie plötzlich eine Männerstimme. »Herr Kandinsky hat sich abgewandt vom sklavischen Festhalten am Objekt. Er versucht, zum Kern dessen vorzudringen, was wir äußerlich sehen. Seine Farben sind voller Assoziationen, voller tief liegender Bedeutung. Seine Kunst müssen Sie mit allen Sinnen auf sich wirken lassen.«

Vor ihnen stand der Mann, der offenbar der Besitzer der Galerie war. Gerade wollte sie ihm von Marc und Kandinsky im Café ihrer Tante erzählen, da fiel ihr der Vorbereitungskurs ein. Ein Blick auf die Uhr bestätigte es: Sie würde zu spät kommen!

»Entschuldigung, aber ich muss gehen«, sagte sie.

»Soll ich mitkommen?«, wollte Max wissen.

Cläre sah ihn überrascht an. Sie hatte ganz selbstverständlich damit gerechnet, dass Max die Galerie mit ihr verlassen würde, doch dann sagte sie: »Das musst du nicht. Allein bin ich sogar schneller.«

Sie verabschiedete sich von ihm und dem Galeristen, durchquerte die geräumige Vorhalle und öffnete die Tür. *Moderne Galerie Thannhauser* stand auf dem Glas, ein Name, den sie beim Eintreten gar nicht wahrgenommen hatte. Dann eilte sie davon.

Verschwitzt und mit aufgelösten Haaren riss Cläre zwanzig Minuten später die Tür zu ihrem Hörsaal auf. Über dreißig Köpfe drehten sich zu ihr um. Auch der Professor hielt kurz inne. Ein paar der jungen Männer lachten leise, andere flüsterten sich etwas zu.

»Sie musste ihrem Verlobten noch das Essen machen«, rief einer etwas lauter.

»Ja«, antwortete ein anderer. »Und den Abwasch. Für den hat sie ihn noch nicht gut genug dressiert.«

»I wo, Verlobter!«, rief ein Dritter dazwischen. »Solche verkopften Weibsbilder will doch keiner.« Die Bemerkung löste allgemeine Heiterkeit aus.

»Ruhe, meine Herren«, mischte sich erst jetzt Professor Loibl ein, während Cläre mit glühenden Wangen eine der hinteren Reihen ansteuerte. »Und unserer einzigen Dame kann ich nur empfehlen, demnächst nur noch durch Pünktlichkeit aufzufallen – auch wenn ja die Damenwelt gerade hierfür eigentlich nicht bekannt ist.«

Gelächter und Applaus. Cläre schluckte. Von denen würde sie sich ihre Ziele nicht kaputtmachen lassen. Trotzdem hatte sie Mühe, den Ausführungen des Professors zu folgen. Immer wieder empfand sie Scham und Zorn über die Bemerkungen der Kommilitonen und des Professors. Was um Himmels willen war so schlimm daran, wenn auch Frauen studierten und richtige Berufe ergriffen? Immer wieder kreisten ihre Gedanken um dieselben Dinge, da wurde erneut die Tür aufgerissen. Der Hausmeister trat ein und schrie: »Deutschland steht für seine Rechte ein! Das Kanonenboot *Panther* ist vor Agadir eingelaufen. Endlich nehmen wir nicht mehr hin, dass die Franzosen sich auch noch Marokko greifen! Unser Kaiser sagt: Es reicht!«

Wie angestochen sprangen alle auf. Nur Cläre und einige andere blieben sitzen. Der Professor sagte etwas, doch seine Worte gingen im allgemeinen Jubel unter.

»Wir holen uns einen Teil von Marokko!«

»Jetzt zeigen wir's den Franzosen!«

»Und den Engländern und den Russen!«

»Auf geht's, wir machen mobil! Ich bin dabei!«

Eine spontane Euphorie schien den Großteil der jungen Männer ergriffen zu haben. Cläre wusste, dass schon im Mai französische Truppen in Marokko einmarschiert waren, angeblich, um dem dortigen Sultan gegen aufständische Stämme beizustehen. Deutschland sah sich durch die französischen Kolonialisierungserfolge in Afrika benachteiligt. Man wollte mitmischen, zumal es gerade in Marokko reiche Erzvorkommen gab. Die Lage war angespannt.

Wenn Deutschland einen bewaffneten Konflikt mit Frankreich anfängt, wird England sich als französischer Bündnispartner einmischen, und schon gibt es Krieg, dachte Cläre erschrocken. Fassungslos sah sie in die vor Begeisterung geröteten Gesichter ihrer Kommilitonen. Nur einige wenige wirkten so betreten wie sie selbst.

Plötzlich verstummte der Tumult. Professor Loibl hatte hinter seinem Pult die Arme gehoben.

»Ich sehe mit Genugtuung, meine Herren«, sagte er feierlich, »dass Sie Stellung beziehen. Niemand soll dem Deutschen Reich mehr Feigheit vorwerfen. Wenn es zum Krieg kommt, sind auch wir Akademiker bereit. Kaiser und Vaterland können auf uns zählen.«

Jubel brach aus. Cläre stand auf und stahl sich aus dem Saal.

Max hatte auf dem Weg zur Bibliothek von der Ankunft des deutschen Kanonenboots vor Agadir erfahren. Die Nachricht verbreitete sich wie ein Lauffeuer in der Stadt, Hüte und Kappen flogen in die Luft. Danach hatte er sich im Lesesaal nur noch schwer konzentrieren können. Als er ins Haus seiner Studentenverbindung zurückkehrte, fand er seine Kameraden aufbruchbereit im Flur.

»Komm mit, wir sind auf dem Weg zum *Augustiner*, wir feiern unsere Männer vor Agadir!«, rief einer.

Max legte schnell seine Bücher ab, dann zogen sie los.

Als die erste Maß vor ihnen stand, erhob sich ein älterer Kamerad namens Ernst. Die anderen verstummten, und auch die restlichen Gäste des Lokals sahen neugierig zu ihnen hin.

»Kameraden«, hob Ernst an. »Es gab vor fünf Jahren schon einmal eine Marokkokrise. Damals hat sich Deutschland als schwach erwiesen. Wir haben zugelassen, dass Frankreich immer mehr erstarkt ist und seinen Einfluss in Marokko ausbauen konnte. Aber mit der Besetzung von Rabat und Fès sind sie zu weit gegangen. Und diesmal wird Deutschland reagieren. Ich sage euch: Krieg liegt in der Luft. Es lebe unser Kaiser Wilhelm!« Er hob seinen Maßkrug. Nicht nur seine Kameraden standen auf, auch an anderen Tischen erhoben sich Männer, die zugehört hatten. »Es lebe Wilhelm II.!«, wiederholten sie laut und prosteten sich zu. Dann nahmen alle wieder Platz.

Ein Verbindungsbruder namens Roland wandte sich an Max. »Russland, Frankreich und Großbritannien haben mit ihrem lächerlichen Bündnis, dieser Triple-Entente, geglaubt, uns einschüchtern zu können. Aber jetzt wird ihnen das Lachen vergehen. Was meinst du, Max?«

»Die *Panther* vor Agadir ist auf jeden Fall eine Provokation«, stimmte Max zu. »Auch wenn die Triple-Entente sich ja eher als Defensivbündnis versteht.«

»Defensivbündnis?« Roland lachte böse. »Du glaubst wohl noch ans Christkind. Die wollen uns einkreisen. Angst sollen wir haben und uns ducken. Aber nicht mit unserem Kaiser. An dessen Kriegsbereitschaft ist nicht zu zweifeln. Außerdem haben wir Österreich-Ungarn fest an unserer Seite.«

»Genau«, mischte sich ein anderer Kamerad ein. »So, wie wir Österreich-Ungarn im Balkankonflikt unterstützt haben, so werden sie jetzt zu uns stehen. Erinnert ihr euch, was der Kaiser damals gesagt hat? Die Balkankrise sei eine wunderbare Probe für den Ernstfall.«

»Allerdings hat der Kaiser bei einem Besuch in London versichert, dass er die Interessen Großbritanniens wahren will«, warf Max ein.

»Von wegen«, meinte Ernst, der sich zu ihnen gesellt hatte. »Das Gerede in London war reine Taktik, damit die Briten nicht wieder aufmucken, nur weil wir unsere Flotte aufrüsten.«

»Genau, und daran wird uns niemand hindern«, ergänzte Roland. »Oder glauben die, nur sie hätten ein Recht darauf, die Weltmeere zu beherrschen?«

Er erntete allgemeine Zustimmung.

Max fühlte sich unwohl. Er hatte schon immer gewusst, dass er viele Ansichten seiner Kameraden nicht teilte, aber bisher war es ihm gut gelungen, über ihre Reden hinwegzuhören und sich irgendwie damit zu arrangieren. Erst seit er so viel Zeit mit seiner Schwester verbrachte, dachte er häufiger über Politik nach. Deutschland und Österreich-Ungarn waren der Triple-Entente aus Frankreich, Russland und Großbritannien kräftemäßig unterlegen, weshalb ein Krieg notwendigerweise in der Niederlage enden musste. Doch er wagte es nicht, diese Überlegung vor seinen Kameraden auf den Tisch zu bringen – dabei hätte er gerne ihre Meinung dazu gehört. Vielleicht gab es ja triftige Gegenargumente?

»Was glaubt ihr denn, wie es jetzt weitergeht?«, fragte er in die Runde.

»Genau so, wie Kaiser Wilhelm es gesagt hat«, antwortete Ernst, als hätte Max etwas wirklich Dummes gefragt. »Sie werden unseren eisernen Willen fühlen, und sie werden sich beugen – wenn nicht …« Er machte eine eindeutige Handbewegung, die die anderen zum Lachen brachte.

»Wir müssen ihnen nur klarmachen, was sie bei einem Krieg zu verlieren hätten«, ergänzte Roland.

»Aber rein von den Zahlen her«, gab Max zu bedenken, »meint ihr wirklich, dass die anderen bei einem Krieg mehr zu verlieren hätten als wir?«

»Bismarck wurde für diese Art von Feigheit vom Kaiser als Reichskanzler abgesetzt«, grölte einer vom Tischende herüber. »Max, wir wollen keine Friedenssicherung um jeden Preis mehr. Was wir wollen, ist Weltgeltung!«

Max wollte etwas erwidern, doch da fuhr ihn Roland von der Seite an: »Was ist eigentlich los mit dir, du Waschlappen? Verbringst wohl zu viel Zeit mit deiner Schwester?« Er sah ihn herausfordernd an.

»Was hat meine Schwester damit zu tun?«, gab Max hitzig zurück.

»Na, die arbeitet doch in diesem Café, in dem die ganzen Schlawiner verkehren, dieses licht- und arbeitsscheue Künstlerpack. Bei denen hat man keinen guten Ruf, wenn man nicht schon mal wegen Majestätsbeleidigung in Stadelheim gesessen hat. Färben die jetzt schon auf dich ab?«

»Du spinnst wohl!« Max' Gesicht färbte sich dunkelrot. Er dachte an den Mann auf der Parkbank im Englischen Garten, der Stammgast im *Altschwabing* war. Sein wilder Bart und Blick hatten schon etwas anarchistisch gewirkt, doch sein Frühlingsgedicht … Max hatte es, so gut es ging, noch in derselben Nacht aufgeschrieben. Leider fehlten ihm viele Verse. Er suchte nach einer passenden Antwort auf den Vorwurf seines Kameraden, doch in diesem Moment stand Ernst erneut auf.

»Unser Max ist erst ein Jahr bei uns«, sagte er spöttisch. »Und da draußen auf dem Land hat er bei Wasser mehr an Forellen gedacht als an Kriegsschiffe. Sehen wir es ihm nach und helfen ihm, die Stärke zu finden, die uns ausmacht. Mit unserer neuen Flotte können wir bald jedem auf den Weltmeeren die Stirn bieten. Und jetzt lasst mich noch einmal unseren Kaiser zitieren, bevor wir den heutigen Tag ausgiebig feiern: ›Zu Großem sind wir noch bestimmt, und herrlichen Tagen führe ich euch noch entgegen!‹«

Seine Kameraden grölten begeistert, doch Max konnte sich nicht dazu durchringen. War es nötig gewesen, ihn und die Forellenzucht seines Vaters vor allen anderen herunterzumachen? Und dieses Große, dem sie da entgegengingen, brauchte das nicht trotz allem Hand und Fuß? Er wollte Jurist werden, da zählten Fakten, Gesetze, Beweise. Warum konnte das in der Politik nicht auch so sein?

Sein Tischnachbar Roland stieß ihn versöhnlich an. »Noch eine?« Er nickte in Richtung von Max' fast leerer Maß.

»Gerne.« Max lächelte schief. »Auf uns«, sagte er und hob den Krug.

»Nein, auf unser Vaterland!«, antwortete Roland. Die Bierkrüge klirrten.

13

In den Tagen danach blieb die Stimmung im Reich aufgeheizt, und die Presse nahm den »Panthersprung«, wie er mittlerweile genannt wurde, zum Anlass, wieder einmal heftig mit den Säbeln zu rasseln – doch es gab auch andere Stimmen. Im *Café Altschwabing* überwogen Sorge und Wut. Man diskutierte über die Kriegstreiberei und versuchte, die reale Gefahr eines bewaffneten Konflikts einzuschätzen. Cläre schnappte Verschiedenes davon auf, während sie zwischen den Tischen hin und her ging oder am Tresen Bier zapfte und Kaffee einschenkte.

Es war noch früh am Nachmittag, das *Altschwabing* war nur mäßig gefüllt, und Cläre gönnte sich gerade einen Mokka, als die Eingangstür aufging. Es war Fritz. Einen Augenblick blieb er in der Tür stehen und nickte zu ihr herüber, dann ließ er seine Augen durchs Lokal schweifen. Cläre ahnte, zu wem er gehen würde. Olaf Gulbransson, einer der bekanntesten Karikaturisten des Satiremagazins *Simplicissimus*, saß allein an einem Fenstertisch, über verschiedene Zeichnungen gebeugt. Der kräftig gebaute Mann mit dem runden, beinahe glatt rasierten Kopf hatte seinen jungen Kollegen noch nicht gesehen. Inzwischen hatte Fritz ihn entdeckt und ging auf ihn zu, doch dann zögerte er, blickte unschlüssig auf seine Schuhe, als müsse er sich zu etwas überwinden, und drehte dann um. Überrascht stellte Cläre fest, dass er direkt auf sie zusteuerte.

»Was hätten Sie denn gern?«, fragte sie lächelnd.

»Servus, Cläre … ich …« Fritz stockte, doch plötzlich öffnete er seine abgenutzte Ledermappe und kramte einen Bierdeckel heraus. »Das ist ein Bierdeckel mit einer Zeichnung von mir«, sagte er.

»Stimmt, Sie haben ihn neulich auf dem Tisch zurückgelassen«, entschuldigte Cläre sich. »Aber er war noch sauber, nur die Zeichnung war drauf. Deshalb habe ich ihn nicht weggeworfen.«

»O nein, das meinte ich gar nicht. Ich frage wegen der Hundekette und der Beschriftung, die hinzugefügt wurden. Die sind nicht von mir, aber sie sind gut. Genau so ein Einfall hat mir an jenem Abend gefehlt. Können Sie mir vielleicht sagen, wer das gemacht hat?«

Cläre spürte, dass sie errötete. Einen Augenblick erwog sie, sich dumm zu stellen, dann sagte sie: »Das war ich.«

»So, so.« Fritz lächelte wieder. »Dann weiß ich ja, wen ich fragen muss, wenn mir mal die Ideen ausgehen … Natürlich unter Erwähnung Ihres Namens.« Er warf einen schnellen Blick über seine Schulter zu Olaf Gulbransson, der ihn nun ungeduldig zu sich winkte. »Arbeitslos wird man als Karikaturist nicht, wenn die Herrscher sich täglich wie kleine Kinder benehmen«, fuhr er fort. »Seit dem Panthersprung laufen unsere Vorbereitungen für die neue Ausgabe auf Hochtouren.«

»Das kann ich mir vorstellen. Ich bin schon gespannt«, sagte Cläre.

»Ich muss zu meinem Kollegen.« Fritz machte eine Kopfbewegung. »Aber wie sieht es aus? Gehen Sie auch auf die Friedensdemonstration morgen? Sie haben doch sicher davon gehört?«

Cläre nickte unschlüssig. »Eigentlich würde ich schon gerne. Aber am Nachmittag ist mein Vorbereitungskurs an der Hochschule, den kann ich leider nicht …«

»Natürlich können Sie«, unterbrach Fritz sie. »Was ist wichtiger als der Frieden? Wir müssen den hohen Herren zeigen, dass wir den Krieg nicht wollen … und dass wir viele sind!« Seine blauen Augen sahen Cläre auffordernd an.

Cläre überlegte. Es war anzunehmen, dass ihre Kommilitonen ihre Abwesenheit mit der Demonstration in Verbindung bringen würden, und die Hetze mochte sie sich gar nicht ausmalen. Aber wenn sie sie nicht deswegen anpöbelten, dann eben, weil ihr Kleid zu blau oder ihr Haar zu schwarz war, dachte sie resigniert und erinnerte sich an die widerwärtige Kriegsbegeisterung ihrer Mitstudenten am Tag des Panthersprungs.

»Ich komme mit«, sagte sie entschlossen.

»Wunderbar! Ich warte morgen um 2 Uhr vor der Paulskirche auf Sie. Dann können wir gemeinsam zur Theresienwiese gehen. Ich freue mich, dass wir uns endlich einmal außerhalb des Cafés kennenlernen werden.«

Cläre suchte noch nach einer Antwort, da fügte Fritz schon hinzu: »Ich habe heute noch viel zu tun, aber Sie sehen doch später sicher Christine? Vielleicht möchte sie ja mit uns gehen?« Damit winkte er ihr kurz zu und drehte sich um.

Cläre sah ihm hinterher. Sie wusste nicht, warum die letzte Bemerkung sie so verdross. Lag es daran, dass ausgerechnet sie ihre unnahbare Mitbewohnerin auf die Demonstration einladen sollte, oder daran, dass Christines Anwesenheit alles verändern würde? Denn natürlich würde Christine Fritz sofort für sich vereinnahmen, und Cläre verspürte wenig Lust, den ganzen Nachmittag als fünftes Rad am Wagen neben den beiden herzulaufen.

Trotzdem blieb sie am Abend pflichtschuldig in der Küche sitzen und wartete auf Christine, die ausgegangen war – doch niemand kam. Endlich drehte sich ein Schlüssel in der Wohnungstür, und Cläre stand auf.

»Ach, Ricarda, guten Abend.«

»Guten Abend, Cläre, so spät noch auf?«

Cläre nickte nur.

»Ich hoffe, du nimmst es mir nicht übel, wenn ich gleich ins Bett gehe«, meinte Ricarda. »Ich bin hundemüde.«

»Nein, natürlich nicht, gute Nacht.« Cläre setzte sich wieder, doch eine halbe Stunde später gab auch sie auf und ging schlafen.

Als sie am Morgen aufwachte, hörte sie, wie Christine sich in der Küche mit ihrer Mutter unterhielt. Wenige Minuten später verabschiedete sich Ricarda, und die Wohnungstür klappte zu.

Cläre seufzte. Sie wusste, dass der Augenblick gekommen war, aufzustehen und Christine auf die Demonstration anzusprechen, doch etwas hielt sie im Bett fest. War es nicht wahrscheinlich, dass Christine längst eigene Pläne für die Demonstration hatte? Oder vielleicht hatte sie Fritz ja am Vortag doch noch getroffen ... oder tat es an diesem Morgen? In diesem Fall mochte es Fritz wundern, dass sie Christine nichts ausgerichtet hatte, aber schließlich hatte sie es am Vorabend lange genug probiert. Mehrere Minuten haderte Cläre noch mit sich selbst, bis die Geräusche in der Küche verstummten, die Wohnungstür aufging und wieder zuklappte.

Das leichte Schuldgefühl verging schnell, als Cläre ein paar Stunden später auf die Paulskirche zulief. Sie war keineswegs die Einzige. Aus allen Richtungen kamen Menschen, die dasselbe Ziel hatten. Schon von Weitem sah sie Fritz' wirre blonde Haare vor dem Kirchenportal. Er trug ein weißes Hemd, dazu braune Hosen und ein braunes Sakko. Einen Hut oder eine Krawatte hatte sie noch nie an ihm gesehen. Als er sie entdeckte, kam er ihr lächelnd entgegen.

»Schön, Sie zu sehen.«

»Ich habe Christine wider Erwarten nicht mehr angetroffen«, sagte Cläre statt eines Grußes. »Gestern Abend muss sie sehr spät nach Hause gekommen sein, und heute Morgen war sie schon weg, als ich aufstand.«

»Na, dann gehen wir alleine los«, meinte Fritz. »Ich habe Christine immer gesagt, dass Sie keine Nationalkonservative sind, und heute hätte sie sich davon überzeugen können.«

»Denkt sie das etwa, weil mein Bruder Max in einer Studentenverbindung ist?«, fragte Cläre erstaunt.

»Vermutlich«, antwortete Fritz.

»So viele Menschen!«, rief Cläre begeistert, als sie am Rand der Theresienwiese standen. Es freute sie, dass so viele anders dachten als ihre Mitstudenten, und sie bereute, Max nicht zum Mitkommen überredet zu haben. Er ist doch eigentlich gar kein typischer Korpsstudent, dachte sie. Dazu ist er viel zu intelligent und sensibel.

Dann sah sie das Aufgebot an Polizei und Kavallerie. Die schwarzen Helme saßen den Männern tief in der Stirn, ihre Mienen waren versteinert. Doch mit Fritz an ihrer Seite und umgeben von so vielen anderen fühlte Cläre sich sicher.

»Sie suchen immer nach einem Grund, Andersdenkende zu schikanieren und auf ihre langen Listen zu setzen«, bemerkte Fritz düster, als hätte er Cläres Gedanken erraten.

»Ihre Listen?«

»Die Listen von Menschen, die sie unter besonderer Beobachtung halten, die nicht mal sonntags in einem Ausflugslokal eine Maß trinken können, ohne dass der Staat weiß, wo, wann und mit wem.«

»Stehen Sie auch unter Beobachtung?«

Fritz lachte kurz. »Na klar. Bisher ist mir noch nichts passiert. Aber alle Mitarbeiter des *Simplicissimus* stehen unter Beobachtung, genau wie die Zeitschrift selbst.«

Cläre dachte an Peter. In Berlin musste es in diesen Tagen auch große Friedensdemonstrationen geben. Ob er wohl hinging? Was sagte er zu der angespannten Situation? Immerhin arbeitete er für die AEG. Sie konnte sich nicht vorstellen, dass Peter einen Krieg in Europa befürwortete, doch die AEG war ein rüstungsrelevantes Unternehmen. Ob sie wohl am Arbeitsplatz über die Krise diskutierten? Plötzlich traf sie eine Entscheidung. Sie würde Peter eine Postkarte schreiben – als späte Antwort auf seine. Der Gedanke kam ihr nicht zum ersten Mal, doch bislang hatte sie ihn immer wieder verworfen. Ihm eine Postkarte zurückzuschreiben war der Beginn eines Dialogs, und wer weiß, ob Peter das überhaupt wollte. Sie sah ihn vor sich, wie er ihr aus der Tram heraus die Hand gereicht hatte. Ich tue es einfach, beschloss sie. Sie würde …

»Kommen Sie«, sagte Fritz in ihre Überlegung hinein. »Da vorne ist das Rednerpult. Lassen Sie uns ein bisschen näher rangehen.« Cläre spürte seine Hand auf ihrem Rücken, während er sie vorwärtsschob. »Die Demonstration wurde auf einen Sonntag gelegt, damit auch die Arbeiter teilnehmen können. Ohne die wären wir hier nur ein kleines Häufchen«, erklärte er dabei.

Cläre sah sich um. Tatsächlich waren viele Menschen einfach gekleidet. Sozialdemokraten, fuhr es ihr durch den Kopf. Sie erinnerte sich an die abschätzigen Bemerkungen, die im Lokal ihres Vaters in Kaufering über die Sozis und Vaterlandsverräter gefallen waren, wenn in der Zeitung mal wieder von einer ihrer Versammlungen die Rede gewesen war. Und jetzt war sie mitten unter ihnen und von Vaterlandsverrat keine

Spur – denn waren sie nicht alle hier, um ebendieses Vaterland vor dem Krieg zu bewahren? Sie griff nach Fritz' Arm, als sie in der Menge das Gleichgewicht verlor.

»Hoppla.« Er lachte, und einen Augenblick waren ihr seine blauen Augen ungewohnt nah. Schnell ließ sie ihn wieder los. Da fiel ihr Blick auf Christine. Sie stand zwischen einigen anderen Frauen, die Stangen mit Plakaten trugen, welche Cläre nicht lesen konnte. Christines Gesicht war vor Begeisterung gerötet, und sie unterhielt sich angeregt. Also hatte sie tatsächlich schon Pläne gehabt. Cläre spürte einen Anflug von Erleichterung, wenngleich das Schuldgefühl nicht völlig verschwand.

»Cläre!«

Das war eine Männerstimme gewesen. Überrascht drehte sie sich um und sah einen Kommilitonen aus ihren Vorlesungen – einer der wenigen, die am Tag des Panthersprungs nicht mitgejubelt hatten. Als sich ihre Blicke trafen, zwinkerte er ihr verschwörerisch zu. Cläre winkte fröhlich zurück.

»Wer war das?«, fragte Fritz neugierig.

»Oh, nur ein Mitstudent«, antwortete Cläre.

Es war schon früher Abend, als Cläre nach der Demonstration glücklich und erschöpft die Treppen zur Wohnung ihrer Tante hochging. Fritz hatte sie noch bis zur Haustür gebracht und beinahe verlegen erklärt, dass man sich ja wiedersehen könnte – auch außerhalb des Cafés und ganz ohne politischen Anlass. Zu spät hörte sie, dass hinter ihr die Tür im zweiten Stockwerk aufgegangen war.

»Eine Schande ist das, was aus Ihnen geworden ist in so kurzer Zeit, junges Fräulein, aber das war ja absehbar!«

Cläre fuhr herum.

In der Tür auf dem Treppenabsatz stand Frau Sedlmayr, die ergrauten Haare zu einem ordentlichen Dutt hochgesteckt.

»Ein ordentliches und bescheidenes Madl waren Sie, als Sie hier ankamen«, fuhr sie fort. »Aber ich hab's ja gleich zu meinem Sepp gesagt, wart nur, die Weibsbilder da oben mit ihrer Sauwirtschaft werden sie schnell genug verderben, die kleine Unschuld vom Land. Und ich hab recht gehabt. Sehen Sie sich an, wie Sie jetzt schon rumlaufen am helllichten Tag, mit aufgelösten Haaren und zerknittertem Kleid. Auf der Demonstration wird das Fräulein gewesen sein, bei den Sozis und Anarchisten. Eingesperrt gehören die allesamt! Ihr Vater da auf dem Land, der weiß wohl nicht, in welche Lottergesellschaft er Sie geschickt hat.«

»Ich komme zurecht, aber danke für Ihre Besorgnis«, unterbrach Cläre sie mit vor Zorn bebender Stimme und hastete die restlichen Treppen hinauf.

»Früher war das hier noch eine anständige Gegend und ein anständiges Haus! Das war, bevor dieses unsägliche Café aufgemacht hat und die ganzen Schlawiner hier eingefallen sind!«, schrie Frau Sedlmayr ihr hinterher. Dann knallte sie die Tür zu.

Mit zitternder Hand schloss Cläre die Wohnungstür auf. Zu ihrer Überraschung stand Christine in der Küche.

»Du siehst aus, als hättest du eine Erscheinung gehabt«, rutschte es ihr heraus.

»Ach, nur die Frau Sedlmayr von unten«, sagte Cläre atemlos.

Christine lachte. »Sie kann einem ganz schön zusetzen. Ich nenne sie den dicken Zerberus, weil sie wie ein Höllenhund hinter ihrer Wohnungstür auf der Lauer liegt und alle abfängt, die das Pech haben, an ihr vorbeizumüssen.«

Cläre lachte ebenfalls. »Zerberus! Das trifft es gut.«

Zum ersten Mal spürte sie eine Art Verbindung, etwas wie Sympathie. Sollte sie Christine sagen, dass sie sie auf der Demonstration gesehen hatte?

»Also, ich muss dann …« Schon nahm Christines Gesicht wieder den gewohnten verschlossenen Ausdruck an. Sie griff nach der Kaffeetasse und ging an Cläre vorbei in ihr Zimmer.

Enttäuscht goss auch Cläre sich eine Tasse ein und setzte sich an ihren Schreibtisch. Plötzlich fiel ihr die Postkarte ein, die sie Peter schreiben wollte. Sie zog die Schreibtischschublade auf, und da lag sie, die Nussnugatpraline. Sie hatte die weite Reise erstaunlich gut überstanden, und dass sie noch nicht gegessen worden war, verdankte sie vor allem der Tatsache, dass Cläre kein Nussnugat mochte. Außerdem schaute sie sich die Praline gern an.

Cläre holte die Postkarten heraus, die sie auf Vorrat zu Hause hatte und von denen sie ihrem Vater regelmäßig eine schickte. Während sie die Karten durchsah, dachte sie daran, dass ihr Vater nun tatsächlich auch bald ein Telefon für das *Vier Jahreszeiten* bekommen würde. Im *Altschwabing* stand bereits ein sogenannter Marty, bei dem man mithilfe einer Kurbel den Bediener rufen musste. Cläre hatte ihrem Vater erklärt, dass ein solches Telefon gerade auf dem Land einen Dienst am Kunden darstellte und ihm zusätzliche Gäste bescheren konnte. Sie freute sich, dass sie ihn nun schon bald am Telefon würde sprechen können, denn besucht hatte sie ihn seit ihrer Ankunft in München nur ein einziges Mal.

Cläres Augen blieben an einer Postkarte vom Glaspalast hängen. Obwohl es viele imposante Gebäude in München gab, liebte sie die ebenso schlichte wie elegante Glas-Eisen-Konstruktion am Botanischen Garten am meisten. Beim Besuch einer Ausstellung hatte ihr Bruder ihr erklärt, dass sein Vorbild der Crystal Palace in London war und dass der Glaspalast mit seinen regelmäßigen Ausstellungen und Veranstaltungen Münchens Ruf als Stadt der Kunst und Künstler förderte, doch für Cläre war das eigentliche Kunstwerk die moderne, lichtdurchflutete Konstruktion selbst.

Sie packte die anderen Karten in die Schublade zurück. Peter war Ingenieur. Wenn jemand diese Karte bekommen sollte, dann er.

14

Peter nippte an seinem Kaffee, der ihm zu dieser frühen Stunde noch bitterer vorkam als sonst. Im Raum versammelt waren mehrere AEG-Vorstandsmitglieder und Ingenieure aus verschiedenen Sparten des Unternehmens. Auch hier ging es um das Gesprächsthema Nummer eins: das Einlaufen des deutschen Kanonenboots *Panther* vor Agadir vor einigen Wochen.

»Wie real schätzen Sie die Gefahr eines Krieges in nächster Zukunft ein?«, wandte sich Heinrich Albrecht, Peters Abteilungsleiter, an den Kollegen, der eben gesprochen hatte.

»Das kommt darauf an, was Sie mit nächster Zukunft meinen«, antwortete der und fuhr, an alle gewandt, fort: »Diesmal scheint die deutsche Strategie noch darauf hinauszulaufen, durch unsere Anwesenheit vor Agadir Druck zu machen, um Frankreich zur Abtretung einiger Kolonialgebiete an das Deutsche Reich zu zwingen. Dass es also in den nächsten Wochen oder Monaten zu einem Krieg kommt, halte ich für unwahrscheinlich.«

»Das mag sein«, äußerte sich Peters Kollege Dietrich Kühn. Er war erst vor einem Jahr eingestellt worden und zu Peters Leidwesen demselben Aufgabenbereich zugeteilt wie er. Peter wusste nicht, was er an dem nur wenige Jahre älteren Kollegen nicht mochte. War es die Tatsache, dass er seine Augen überall hatte? Dass er es gewesen sein musste, der mehrere Mitarbeiter angeschwärzt hatte, weil sie die Pause überzogen? Dass er ständig seine Krawatte glatt zog und nach jedem Imbiss auf der Herrentoilette prüfte, ob sie noch fleckenfrei war?

»Ob der Krieg jetzt kommt oder in einem oder zwei Jahren, ist irrelevant«, erklärte Kühn. »Früher oder später wird er kommen, meine Herren, er liegt geradezu in der Luft, denn die Fronten in Europa sind verhärtet. Wir hangeln uns von Krise zu Krise. Die Triple-Entente hat uns isoliert und drängt uns und Österreich-Ungarn immer mehr in die Ecke. Frankreich, England und Russland setzen uns die Pistole auf die Brust.«

Peter rollte innerlich mit den Augen, doch er schwieg, während Kühn fortfuhr: »Wenn Sie mich fragen, ist der Krieg nur noch eine Frage der Zeit. Dann werden die Verhältnisse in Europa ein für alle Mal neu geordnet. Es wird ein reinigendes Gewitter sein.«

Peter konnte nicht mehr an sich halten. »Ein Krieg ist nie reinigend, sondern immer nur schmutzig, und diejenigen, die ihn sich am meisten herbeisehnen, haben seine Konsequenzen selten bis zum Ende durchdacht.«

Sein Kollege wurde rot im Gesicht, doch bevor er antworten konnte, sprang Albrecht ein: »Wir sind doch hier, verehrter Herr Tuchmann, um die Konsequenzen für unser Unternehmen auszuloten. Die AEG bietet Starkstromtechnik, Dynamomaschinen, Diesel- und Elektromotoren, Dampfturbinen, Automobile, Leuchtmittel aller Art. Nicht zu vergessen unsere Kabel- und Metallwerke sowie die Gummiproduktion. Ich habe nachgedacht, aber mir ist kein einziges Produkt eingefallen, das nicht kriegsrelevant wäre … bis hin zu unseren elektrischen Teekesseln.« Mehrere seiner Kollegen lachten leise. »Die Frage, die wir uns stellen müssen, lautet: Sind wir auf einen Krieg eingestellt? Wie effektiv sind unsere Transportwege, um schnellstmögliche Lieferungen zuzusichern? Ist die Rohstoffbeschaffung im Kriegsfall gewährleistet, und können wir die Produktion kurzfristig steigern?«

»Unsere Maschinenfabrik im Werk Brunnenstraße ist an das Berliner Schienennetz angebunden«, warf jemand ein. »Die Apparatefabrik allerdings nicht. Immerhin ist sie mit einer Untergrundbahn mit dem Maschinenwerk verbunden. Aber ob das ausreicht?«

Albrecht nickte und machte sich Notizen.

»Die Rohstoffbeschaffung dürfte im Kriegsfall schwierig werden«, bemerkte Peter. »Die anderen Länder werden versuchen, uns von den Rohstoffen abzuschneiden. Und was das Hochfahren der Produktion angeht, dazu bräuchten wir mehr Arbeiter. Ebendie werden aber als Soldaten unabkömmlich sein. Wie ich sagte, im Krieg laufen die Dinge selten so, wie man sie vorher …«

»Hervorragende Anmerkungen!«, rief Albrecht. »Diese Punkte sollten wir beim Kriegsministerium geltend machen. Da sind Planung und Kooperation auf höchster Ebene nötig.«

Peter biss sich auf die Lippen. Er hatte die Einwände vorgebracht, um die offensichtliche Kriegsbegeisterung seiner Kollegen zu ernüchtern, aber Albrechts Reaktion zeugte nicht gerade von Skepsis.

Kühn bedachte ihn mit einem spöttischen Lächeln. »Was sind Sie, Tuchmann? Ein Sozi und Vaterlandsverräter? Oder vielleicht doch nur ein jüdischer Feigling?«, zischte er so leise, dass nur er es hören konnte.

Peter ballte die Fäuste unterm Tisch. Diesem Kühn würde er bei Gelegenheit ordentlich die Meinung geigen müssen.

»Zum Flugzeugprogramm«, hatte Albrecht schon den nächsten Punkt angesprochen. »Das ist ja tatsächlich erst letztes Jahr angelaufen.« Er wandte sich an die verantwortlichen

Ingenieure. »Was glauben Sie, meine Herren, wann wird unser erstes Modell fertig sein? Schaffen wir es dieses Jahr noch? Und wie schnell können wir mit kriegstauglichen Entwicklungserfolgen rechnen?«

Die zuständigen Kollegen trugen ihre Einschätzungen vor, doch Peter hörte nur noch mit halbem Ohr hin. Zu viel ging ihm durch den Kopf. Wenn er nur jemanden hätte, mit dem er sich austauschen konnte. Cläre … Cläre würde meine Zweifel verstehen, dachte er spontan und fragte sich, woher er das so sicher wusste, zumal derartige Gespräche selbst mit seiner Schwester schwierig waren, da sie in ihrer Hitzigkeit dazu neigte, alles schwarz-weiß zu sehen, und seine berufliche Bindung als Ingenieur bei der AEG nicht gelten ließ. Gisela dagegen … Er dachte an seine bisherigen Versuche, mit seiner Verlobten über die nationale Lage und seine eigene zu sprechen, die nicht besonders erfolgreich verlaufen waren. Dennoch wollte er es erneut probieren.

Die Gelegenheit dazu bot sich nach der Arbeit. Gisela war vor ihm im Café gewesen und hatte einen hübschen Tisch auf der Empore des eleganten *Café Bauer* Unter den Linden ausgesucht. Trotz der luftigen Räumlichkeit des Lokals war es warm, und Peter hätte gerne draußen gesessen, doch der Fensterplatz ermöglichte den Blick auf die unter ihnen liegende Promenade, und das bunte Treiben des Berliner Sommerabends beruhigte ihn. Für einen Augenblick schienen die düsteren Gedanken, die ihn seit der morgendlichen Sitzung verfolgten, in den Hintergrund zu treten.

Peter küsste Gisela auf die Stirn. »Du hast einen neuen Hut«, sagte er lächelnd.

Giselas blaue Augen strahlten ihn an. »Steht er mir?«

»Wie alles, was du trägst. Ich glaube, du würdest mir sogar

im gestreiften Badeanzug gefallen«, entgegnete Peter grinsend.

»Das wird nicht geschehen«, erwiderte Gisela schelmisch. »Aber wenn wir schon beim Thema sind. Meine Eltern haben beschlossen, eine Woche an die Ostsee zu fahren, und ich denke, ich werde sie begleiten.«

»Aha, und wohin fahrt ihr?«

»Nach Rügen, ins Seebad Sellin.«

Peter nickte.

»Du sagst ja gar nichts«, bohrte Gisela. »Tut es dir denn nicht leid, dass wir uns eine Woche nicht sehen werden?«

»Natürlich«, erwiderte Peter schnell. »Aber letztlich ist es ja nur eine Woche. Und es freut mich, dass du dich erholen kannst.«

»Falsche Antwort, mein Lieber.« Gisela machte einen Schmollmund. »Wenn du den Hochzeitstermin nicht immer so hinauszögern würdest, könntest du vielleicht sogar mitkommen.«

»Ich zögere gar nichts hinaus«, protestierte Peter. »Aber wir kennen uns doch erst …« Er brach ab. »Es ist einfach so, dass eine Hochzeit bei dieser angespannten politischen Lage … Ich meine, ich habe im Augenblick einfach ganz andere Probleme.«

»Probleme?« Gisela sah ihn alarmiert an. »Was meinst du, Schatz?«

Plötzlich war sich Peter nicht mehr sicher, ob er davon sprechen wollte, doch dann rang er sich durch.

»Ich weiß nicht, ob die Anstellung bei der AEG noch das Richtige für mich ist.«

Gisela verschlug es sichtbar die Sprache. Mit großen Augen sah sie ihn an.

»Wenn es zum Krieg kommen sollte, wird die AEG einer der Hauptrüstungslieferanten des Reichs werden, daran besteht kein Zweifel.« Peter machte eine kurze Pause und sah seine Verlobte eindringlich an. »Ich weiß einfach nicht, ob ich Teil dieser Maschinerie sein möchte.«

»Als Ingenieur wirst du überall Teil dieser Maschinerie sein«, gab Gisela kühl zurück. »Nur dass du in einem anderen Betrieb wahrscheinlich weniger verdienen wirst. Außerdem ist es keine Schande, seinem Land im Kriegsfall zu dienen.«

»Im Augenblick ist es ja nur eine Erwägung«, meinte Peter schwach.

»Eine, die du erst gar nicht aufkommen lassen solltest. Denk auch an meine Familie, die dich so herzlich aufgenommen hat, trotz aller Unver…« Sie brach ab. »Mein Vater ist Bankier«, fuhr sie dann fort. »Er hat ein Gesicht zu verlieren.«

»Unvereinbarkeiten? Ist es das, was du sagen wolltest? Ich soll deinen Eltern dankbar sein, weil sie mich als Schwiegersohn akzeptieren, obwohl ich Jude bin und meine Mutter nur Kaffeehausbesitzerin? Obwohl meine Schwester und ich ohne Vater aufgewachsen sind …«

»Hör auf«, fuhr Gisela dazwischen. »Immer musst du alles schlechtmachen. Du weißt genau, dass die meisten anderen Eltern in einer solchen Position einer Heirat zwischen uns niemals zugestimmt hätten. Das ist nun mal eine Tatsache, ob es dir gefällt oder nicht. Aber meine haben zugestimmt. Das Mindeste, was du tun kannst, ist doch, deine gute Anstellung zu behalten, oder nicht?«

Erregt gabelte sie ein Stück Torte auf, das der Kellner wortlos vor ihnen abgestellt hatte, und schob es sich in den Mund.

Peter war sprachlos vor Zorn. Irritiert schob er den Kuchenteller von sich und sah auf die Straße. Aus einiger Entfernung hörte er die Rufe von Menschen. Das auch noch, dachte er bitter. Ausgerechnet heute musste die Friedensdemonstration in Berlin stattfinden. In München waren die Menschen schon vor einer Woche auf die Straße gegangen. Seine Schwester Christine hatte teilgenommen und ihm eine Postkarte geschrieben, die am Vorabend angekommen war. Vor lauter Begeisterung hatte sie sogar ein Postskriptum hinzugefügt: »Sogar Cläre habe ich gesehen. Wer hätte das gedacht?«

Was mache ich hier?, dachte Peter resigniert. Ich wusste, dass heute Abend die Friedenskundgebung stattfinden würde, und habe keine Sekunde in Erwägung gezogen hinzugehen. Stattdessen sitze ich in einem feinen Café bei Kirschtorte. Was ist mit mir passiert?

Er wusste keine Antwort.

»Liebling ...« Peter schreckte auf, als er Giselas Hand auf seiner fühlte. »Es tut mir leid. Ich war grob. Komm, lass uns nicht mehr streiten, bitte.«

»Hm.« Peter wusste nicht, was er sagen sollte. Wieder spürte er etwas an Gisela, das er schon häufig bemerkt hatte, aber immer wieder verdrängte. War es Kälte? Eine gewisse Berechnung? Was war er eigentlich für sie?

Stumm zog er den Tortenteller zu sich heran und begann zu essen. Gisela nahm es als Friedensangebot. Dass Peter sie nach dem Café nicht fragte, ob sie noch einen Spaziergang machen oder gar zu ihm nach Hause kommen wollte, übersah sie geflissentlich.

Alleine streifte er durch die Straßen. Die Augusthitze hielt sich auch am Abend noch hartnäckig. In der Nähe des Brandenburger Tors tränkte ein Droschkenfahrer sein müdes Pferd unter einer Linde. Kein Lüftchen regte sich in den Blättern des Baums. Vor dem Reichstag blieb Peter stehen. Er schwitzte, und bis zu seiner Wohnung im Hansaviertel war es noch ein gutes Stück zu Fuß. Er beschloss, wenigstens ein Stück mit dem Omnibus zu fahren, und machte sich zur nächsten Haltestelle auf. Unterwegs fiel sein Blick auf die Auslage eines Geschäfts mit kleinen mundgeblasenen Glasfiguren. Peter trat näher und begutachtete die Auswahl.

Besonders gut gefielen ihm ein deutscher Schäferhund und ein Pinguin. Eine elegante Frauenfigur in einem leuchtend blauen langen Kleid erinnerte ihn an Gisela. Dann blieb sein Blick an einem galoppierenden Pferd hängen. Es musste ein Mustang sein. Sein Körper war hell, Mähne und Schwanz hingegen schwarz. Damit die Figur stehen konnte, war sie auf einem kleinen Sockel befestigt. Ein Einhorn schien es nicht zu geben. Sollte er das hübsche Pferd …? Er wusste, dass es keinerlei Anlass gab, Cläre, dieser beinahe unbekannten Frau, ein Geschenk zu machen, dennoch betrat er das Geschäft. Niemand sagt, dass ich es Cläre geben muss, dachte er. Schließlich konnte er das Pferd genauso gut Gisela schenken, aber noch während er sein Portemonnaie öffnete, wusste er, dass er das nicht tun würde. Du könntest zwei Figuren kaufen, dachte er noch. Ein Geschenk für Gisela würde das für Cläre zwar nicht rechtfertigen, aber zumindest seine Bedeutung mindern.

Der Verkäufer schien seine Gedanken zu erraten, als Peter über seine Schulter zurück zur Vitrine sah.

»Sie wünschen eine weitere Figur?«, fragte er höflich, doch Peter schüttelte den Kopf.

»Nein, danke, nur diese hier.«

Als Peter das Geschäft verließ, musste er laufen, um den Bus noch zu erreichen.

Eine halbe Stunde später war er zu Hause. Erschöpft von dem langen Tag und der Hitze, öffnete er den Briefkasten. Eine Postkarte vom Glaspalast? Hatte seine Schwester ihm etwa schon wieder geschrieben?

Doch die Karte war von Cläre. Das war also ihre Schrift, dachte er. Zierlich, aber energisch mit einem großen geschwungenen C am Beginn ihres Namens.

Lieber Peter, liebes Pferd,
vielen Dank für die schöne Postkarte und die Praline. Vielleicht war das Einhorn ja mein Maskottchen, denn alle Prüfungen sind gut gelaufen. Hier in München ist seit dem Panthersprung die Hölle los. Heute war ich sogar auf einer Friedensdemonstration. Dabei musste ich an Dich denken, denn ich nehme an, dass deutsche Werke wie die AEG sich für den Krieg rüsten. Das muss schwierig sein für Dich. Ich hoffe jedenfalls, es geht Dir gut. Vielleicht kommst Du ja bald mal wieder nach München?
Cläre alias das Einhorn
PS: Hoffentlich hast Du nicht schon so viele Postkarten vom Glaspalast. Gefällt er Dir auch so gut wie mir?

Langsam stieg Peter die Treppen zu seiner Wohnung hoch. Intuitiv hatte Cläre im fernen München sein inneres Dilemma bei der AEG erkannt. Er hängte Hut und Jacke an den Ständer und las die Karte noch mal. *Vielleicht kommst du ja bald mal wieder nach München?* Das war keine simple Frage, sondern eher eine Bitte oder Aufforderung. Oder las er in ihre Worte nur seinen eigenen Wunsch hinein, Cläre wiederzusehen?

Er zog das Päckchen mit dem Pferd hervor, löste das Papier und stellte es auf den Tisch. Er freute sich über den Kauf. »Dieses Pferd, das bin ich«, sagte er laut. Gab es vielleicht doch eine Möglichkeit, vor dem fünfzigsten Geburtstag seiner Mutter, der Anfang Oktober war, nach München zu fahren? Plötzlich kamen ihm die Wochen bis dahin sehr lang vor. Er beschloss, Cläre sofort zurückzuschreiben.

15

Eigentlich ist es ein Jammer, bei diesem herrlichen Sommerwetter in die Dunkelkammer zu gehen, dachte Christine, als sie mit ihrem eigenen Schlüssel, den die Fotografinnen Anna Lenbach und Bertha Girmer ihr gegeben hatten, die Tür zum Atelier aufschloss, das an diesem Sonntagvormittag verwaist war. Die Arbeit und der Kurs in Porträtfotografie hatten sie in den letzten Wochen so in Anspruch genommen, dass sie fast nicht mehr dazu gekommen war, eigene Fotografien zu machen, geschweige denn, ihre Filmrollen zu entwickeln. Ihre Eastman Kodak No. 3 hatte sie seit ihrem Ausflug mit Fritz in die Isarauen nicht mehr benutzt. Ach, Fritz …

Christine seufzte und lenkte ihre Gedanken wieder auf die Arbeit. Sie bereitete ihr Freude, keine Frage, und von den beiden Fotografinnen erhielt sie viel positive Bestätigung, was sie darüber hinwegtröstete, dass ein Großteil der Atelierkunden Mütter mit ihren herausgeputzten Sprösslingen in frisch gestärkten Matrosenanzügen oder Spitzenkleidchen waren. Ach ja, und dann waren da noch die gutbürgerlichen Herren im Frack, die sich mit streng zurückgekämmten Haaren und vorgeschobenem Kinn fürs Familienalbum oder für offizielle Zwecke ablichten ließen. Mittlerweile war Christine sicherer denn je, dass sie ihr Leben nicht mit dieser Art von Fotografie verbringen wollte. Aber ließ sich mit anderen Bildern überhaupt ein Lebensunterhalt verdienen? Vielleicht tatsächlich bei der Presse?

Christine machte sich an ihrer Kamera zu schaffen und bereitete den Film für die Entwicklung vor. Eine Weile arbeitete sie konzentriert, und ein Gefühl der Zufriedenheit überkam sie, als sich die ersten Konturen auf dem Fotopapier abzeichneten: Ein Bierbrauer beim Abladen der Fässer kam zum Vorschein, zwei streitende Passanten auf dem Marienplatz, eine Bäuerin auf dem Viktualienmarkt, die eine Kartoffel nach ihrer Dienstmagd warf. Und dann kam Fritz … Wie lange er den Handstand gehalten hatte! Dabei hatte er noch übers ganze Gesicht gelacht. Wehmütig betrachtete Christine seinen schlanken Oberkörper und die kräftigen Arme. Es war ein schöner Ausflug gewesen – und gleichzeitig die letzten Stunden, die sie zu zweit verbracht hatten.

Christine hatte sich seitdem mit Vorschlägen zurückgehalten, doch auch von seiner Seite war nichts gekommen, sodass sich ihre Treffen auf das *Altschwabing* beschränkten. Sie wusste nicht, was sie dabei empfand. Traurigkeit ja, aber war sie wirklich unglücklich? Sie mochte Fritz immer noch. Ihr gefiel sein struppiges Haar, die Tatsache, dass er nie Hut oder Krawatte trug – und dass er für die Satirezeitschrift arbeitete. Er war unkonventionell, und der Kuss hatte sich gut angefühlt. Aber war sie tatsächlich in ihn verliebt? Ich wäre es gerne, dachte sie. Und wahrscheinlich könnte ich mich in ihn verlieben, wenn er das auch wollte.

Vorsichtig legte sie die entwickelte Fotografie zur Seite und begann, die Dunkelkammer aufzuräumen und die Kamera einzupacken. Plötzlich fasste sie einen Entschluss. Sie würde bei Fritz vorbeigehen und ihm offen ihr Interesse gestehen. Wenn er sie abwies, hätte sie wenigstens Gewissheit.

Tatsächlich klopfte sie nur wenig später an seine Wohnungstür, die sich beinahe im selben Moment öffnete. Fritz trug ein leichtes Sommersakko, das sie noch nicht oft an ihm gesehen hatte, und war offenbar im Begriff, die Wohnung zu verlassen.

»Hallo«, sagte Christine plötzlich unsicher.

»Ach, Christine, wolltest du zu mir?«, fragte Fritz, obwohl nichts offensichtlicher sein konnte.

»Wonach sieht es denn aus?« Christine grinste, doch Fritz wirkte verlegen.

»Leider muss ich los …«, sagte er schnell. »Ich … also, wir wollten etwas besprechen, wegen der nächsten Ausgabe des *Simplicissimus*.«

»Heute am Sonntag?«, fragte Christine in dem Wissen, dass es so etwas wie geregelte Arbeitszeiten für die Mitarbeiter der Zeitschrift nicht gab.

»Ja, tut mir leid.«

Na, das ist ja gehörig schiefgelaufen, dachte Christine, als sie sich kurz darauf auf der Straße trennten. Enttäuscht bog sie in die Schellingstraße ein. Was tun mit dem angefangenen Sonntag? Da fiel ihr die Kodak ein, die sie in einer Tasche bei sich trug. Komm schon, dachte sie. Mach was aus dem Tag!

Sie beschloss, in die Innenstadt zu gehen – überall dorthin, wo Menschen waren – und endlich mal wieder ein paar wirklich interessante Fotomotive zu finden. München und seine Menschen an einem Sonntagnachmittag im August – der Gedanke ließ wenigstens einen Teil ihrer trüben Stimmung verfliegen.

Cläre stand vor dem Haupteingang der Bayerischen Staatsbibliothek. Fritz hatte sie am Vorabend im Café gefragt, ob sie am nächsten Tag Lust auf einen Spaziergang mit ihm habe. Ein wenig überrumpelt hatte sie zugestimmt, und jetzt freute sie sich.

Umso erstaunter stellte sie fest, dass Fritz verdrossen wirkte, als er kurz darauf um die Ecke des Gebäudes kam.

»Servus, Fritz.« Cläre lächelte.

»Servus«, sagte er, ohne ihr Lächeln zu erwidern. »Wollen wir gehen?«

Cläre bemühte sich, mit ihm Schritt zu halten. Ob es an seiner Arbeit lag? Vielleicht war irgendetwas schiefgelaufen in der Redaktion?

Schweigend gingen sie ein Stück nebeneinanderher. Mehrfach sah Cläre ihn von der Seite an.

»Laufen wir einfach nur so in der Gegend herum?«, fragte sie schließlich. »Oder haben wir ein Ziel?«

Als Fritz den ironischen Unterton in ihrer Stimme hörte, blieb er stehen. »Bitte entschuldigen Sie, Cläre. Ich gebe zu, dass mich noch etwas beschäftigt hat, als ich hierherkam. Aber jetzt …« Bevor Cläre nachfragen konnte, zog er zwei Karten aus seiner Sakkotasche. »Ich habe mir die Freiheit genommen, die Initiative zu ergreifen und diese hier zu kaufen«, sagte er ungewöhnlich steif.

Cläre nahm die Karten, die er ihr hinhielt. »Gabriels Tonbildtheater«, las sie laut. »Das ist doch … ein Kino?«

Fritz nickte. »Mögen Sie? Heute bringen sie einen Film mit Asta Nielsen.«

»Aber natürlich!« Cläre wurde rot vor Freude. Wie oft hatte sie sich schon vorgenommen, einmal in ein Kino zu gehen, es aber nie getan. Fritz wirkte erleichtert.

»Wunderbar. Dann los, es ist nicht weit von hier!«

Gabriels Tonbildtheater befand sich in einem ehemaligen Varietétheater unweit des Deutschen Museums. Cläre und Fritz ließen sich in die roten Plüschsitze sinken. Mit rötlichem Stoff bezogene runde Deckenlampen spendeten schummeriges Licht. Dann wurde es dunkel, und der Film begann. Cläre kannte die dänische Filmdiva Asta Nielsen von Fotografien auf Plakaten und in Zeitschriften und war nicht überrascht, dass die Handlung – wie fast immer in Nielsens Filmen – auf eine Tragödie für die Protagonistin zusteuerte. Fasziniert folgte sie den Bildern auf der Leinwand, als sie eine Bewegung wahrnahm. Fritz' Hand hatte sich auf die Sessellehne neben ihre gelegt, doch die Finger berührten sich nicht, und sein Blick war geradeaus gerichtet. Die ungewohnte körperliche Nähe machte Cläre nervös. Unter einem Vorwand zog sie ihre Hand weg und legte sie in den Schoß. Kurz darauf nahm auch Fritz seine Hand von der Lehne.

»Sie sind wahrscheinlich die einzige Frau, die am Ende des Films nicht geweint hat«, sagte er amüsiert, als sie nach einer knappen Stunde den Saal verließen.

»Der Film hat mich sehr wohl gerührt«, protestierte Cläre. »Aber letztlich ist es nur ein Film.«

»Höre ich da die rationale Mathematikerin?«, neckte Fritz sie. Einen Augenblick fielen Cläre die gehässigen Bemerkungen ihrer männlichen Kommilitonen ein, für die alle weiblichen Studenten verkopfte Mannweiber waren. Aber nein, so war Fritz nun wirklich nicht.

»Finden Männer es denn tatsächlich so attraktiv, wenn Frauen am Ende eines Films weinen?«, gab sie zurück. »In so einem Fall könnte man es in ausgewählten Momenten ja mal probieren.«

Fritz lachte. Mittlerweile standen sie vor dem Theater auf dem Bürgersteig. Ein Baum spendete grünen Schatten. »Ich weiß gar nicht, ob es attraktiv ist«, sinnierte er. »Aber wir Männer sind berechnend. Einer Frau ein Taschentuch reichen zu können schafft Berührungspunkte und lässt uns einfühlsam wirken.«

Jetzt lachten sie beide, aber plötzlich wurde Fritz still. Als

Cläre seiner Blickrichtung folgte, sah sie Christine, die mit ihrem Fotoapparat auf der anderen Straßenseite stand. Einige Sekunden lang sahen die beiden sich an, dann wandte Christine sich ab und ging eilig weiter.

»Wo gehst du hin?«, fragte Ricarda, als Christine ein paar Tage später nach einem schnellen Frühstück auf die Wohnungstür zustrebte.

»Runter ins Café, mithelfen.«

»Aber Christine …« Ricarda stand auf und ging ihr nach. »Du hast doch gestern Morgen schon geholfen. Warum heute wieder? Du hast doch deine Arbeit im Atelier. Die beiden Mädchen da unten schaffen das allein, und in einer Viertelstunde bin ich auch noch da.«

»Es macht mir Freude, Mutter, wirklich.« Damit war Christine aus der Tür.

Sie hatte nicht ganz die Unwahrheit gesagt. Allein der Duft von eben aufgebrühtem Bohnenkaffee und frischem Kuchenteig in der Caféküche hatte eine beruhigende Wirkung auf sie. Rosi stand mit hochgerollten Ärmeln und geröteten Wangen am Küchentisch und schnitt die Äpfel für den Kuchen. Christine grüßte und nahm sich ein Tuch, um ein paar abgespülte Gläser zu polieren. Dann ging sie in den Gastraum und kontrollierte die Tische, doch die waren sauber.

Draußen hielt ein Fuhrwerk, und Christine lief hinaus.

»Servus, Christl, i bring eich die Erdäpfel!«, rief der beleibte Mann in Lederhosen, während er vom Kutschbock kletterte.

»Danke, Ludwig!« Christine öffnete ihm ein Kellerabteil, in dem er den Sack ablud.

»A Sauhitzn is des, und des so friah am Tag«, brummte er und wischte sich mit einem Taschentuch über die Stirn.

Christine verstand den Wink und bat Ludwig Eder ins Café, wo sie ihm ein Glas Bier einschenkte.

Als er gefahren war, setzte sie sich an den Ecktisch am Fenster. Ihr Blick wanderte über die unzähligen Bilder an den Wänden. Unter den Fotografien von München waren sogar einige, die sie selbst gemacht hatte. Außerdem hingen dort Zeichnungen und kleine Gemälde von Besuchern des Lokals. Die meisten waren Geschenke an ihre Mutter und Luise, doch es waren auch einige darunter, mit denen säumige Gäste ihre ausstehenden Rechnungen beglichen hatten. Nur eines hatten sie alle gemeinsam: Sie waren gerahmt – dafür hatte ihre Mutter gesorgt.

Christines Blick blieb an einer Fotografie hängen, die eine ländliche Straße mit einer Wirtschaft zeigte. »Da wohnt meine Schwester jetzt«, hatte ihr Luise einmal vor Jahren erklärt. »Das ist ihr Gasthaus, das *Vier Jahreszeiten*. Und die beiden auf den Stufen, das sind ihre Kinder, Cläre und Max. Oder zumindest glaube ich das.« Luise hatte ihr erzählt, dass sie nach Kaufering gefahren war, um mit ihrer Schwester zu sprechen. Aber dann hatte sie der Mut verlassen.

Luise fehlte ihr so sehr. Mit ihr hatte sie immer reden können, selbst über Dinge, die sie ihrer Mutter lieber verschwieg, und Luise hatte zugehört, ohne ihr Ratschläge aufzudrängen. Dabei hätte sie gerade heute nichts gegen einen Rat einzuwenden gehabt. Damals war meine Welt noch in Ordnung, dachte Christine wehmütig. Aber Luise war gestorben, und an ihrer statt war Cläre aufgetaucht. Würde sie jetzt auch Fritz als Freund verlieren? Ausgerechnet an Cläre? Wieder verspürte sie einen Anflug von Wut auf diese Frau, die in ihre Familie eingedrungen war. Doch wie schon in den letzten Tagen mischte sich ein Zweifel in ihre Überlegungen. War tatsächlich Cläre schuld an allem, was sie unglücklich machte, oder hatte sie sich am Ende selbst ins Abseits manövriert?

Da schreckten Schritte sie auf. Ihre Mutter kam mit einem kleinen Tablett auf sie zu. »Einen Kaffee mit Schlagobers und eine Butterbreze, die Dame?«

Christine lächelte sie dankbar an. »Hunger habe ich mittlerweile tatsächlich.«

Ricarda setzte sich ihr gegenüber. »Selbst als du noch in der Volksschule warst, hast du diesen Tisch bevorzugt«, sagte sie. »Und unsere Gäste wussten das und ließen ihn für dich frei, damit du hier deine Hausaufgaben machen konntest.«

»Die ich eigentlich im Café gar nicht machen durfte«, erinnerte Christine sie.

»Natürlich nicht. Bei dem Lärm kann sich ja keiner konzentrieren.«

»Ich konnte das«, meinte Christine.

Ihre Mutter sah sie schmunzelnd an. »Oder lag es eher daran, dass du immer ein williges Opfer gefunden hast, das dir bei den Hausaufgaben half? Dieser Italiener zum Beispiel, der ursprünglich Mathelehrer gewesen war.«

Christine nickte. »Ja, er hieß Giovanni. Und irgendwann war er einfach weg. Auch Paul Heyse hat mir oft geholfen.«

»Bei deinen Deutschaufsätzen.«

Christine lächelte. »Und ich dachte, du hättest das alles gar nicht mitgekriegt.«

»Ich bekomme mehr mit, als du denkst«, sagte Ricarda ernst. »Auch, dass es dir in letzter Zeit nicht gut geht. Was bedrückt dich? Gefällt dir deine Arbeit bei Girmer & Lenbach nicht mehr?«

Christine schüttelte stumm den Kopf.

»Hat es mit Cläre zu tun?«

Christine presste die Lippen aufeinander. Gegen ihren Willen kullerten Tränen aus ihren Augen. »Ja … also, nein. Es ist nur …«

Sie berichtete ihrer Mutter von ihrem Besuch bei Fritz, seiner Lüge und wie sie die beiden vor dem Lichtspielhaus getroffen hatte.

»So eine dämliche Schnulze mit Asta Nielsen hat er sich mit ihr angesehen«, setzte sie verächtlich hinzu.

»So etwas würdest du dir natürlich nie anschauen. Und trotzdem, mit Fritz hättest du es gerne getan, oder?«, fragte ihre Mutter traurig.

Christine nickte.

»Ach, mein Mädchen.« Ricarda stand auf, zog Christine zu sich und drückte sie. Christine ließ es geschehen. Es war lange her, dass sie sich ihrer Mutter anvertraut hatte – und auch das lastete sie Cläre an.

»Das ist also der Grund, warum du an den letzten Abenden gar nicht mehr im Café warst«, stellte Ricarda fest, als sie sich wieder gesetzt hatten.

Christine wischte sich die Augen. »Ich glaube, ich will einfach mal raus … was anderes sehen. Ich habe überlegt, ob ich Peter in Berlin besuchen könnte – nur für ein paar Tage. Frau Lenbach und Frau Girmer geben mir sicher frei.«

Ricarda nickte. »Das ist eine ausgezeichnete Idee. Aber wenn du zurückkommst, wird Cläre immer noch hier sein.« Sie machte eine kurze Pause. »Christine, du willst das vielleicht nicht hören, aber Cläre ist eine Gute, gib ihr eine Chance, auch wenn es dir schwerfällt. Ich glaube, sie leidet darunter, dass du sie abweist. Und was den Kinobesuch mit Fritz angeht … wer weiß. Am Ende hat das gar nicht so viel zu bedeuten.«

Christine nickte grimmig. »Ja, vielleicht. Aber eines scheint klar zu sein: An mir ist er jedenfalls nicht interessiert. Und glaub mir, damit komme ich zurecht. Aber ich fände es schlimm, wenn ich ihn jetzt auch noch als Freund verlieren würde.«

»Das wird nicht geschehen«, sagte Ricarda fest. »Und wenn, werde ich ihm den Zutritt zum Café verbieten.«

Christines Gesicht war noch immer verweint, trotzdem rang sie sich ein Lächeln ab. »Gut so. Strafe muss sein.« Sie putzte sich die Nase, schob sich die lockige Mähne hinter die Ohren und trank einen Schluck von ihrem Kaffee, in dem die Sahne mittlerweile zerlaufen war. Sie dachte an die Karte, die sie Peter schreiben musste. Karte? Ach was, sie würde ihm telegrafieren! Bei dem Gedanken, ein paar Tage nach Berlin zu fahren, fühlte sie sich besser.

16

Ich finde den Fehler nicht«, gab Cläres Kommilitone Paul Reinhardt an der großen Wandtafel des Hörsaals zu. Da auch er in der Vergangenheit spöttische Bemerkungen über sie gemacht hatte, hielt sich Cläres Mitleid in Grenzen. Zwar waren die Kommentare ihrer Mitstudenten mittlerweile abgeflaut, an ihrem Status als bunter Hund im Hörsaal hatte sich allerdings nichts geändert.

Selbst Großschwätzer wie er sind offenbar nervös, wenn sie an der Tafel stehen, dachte sie befriedigt. Denn nur mit Nervosität ließ es sich erklären, dass Paul Reinhardt den Fehler nicht fand, obwohl er normalerweise zu den Besten gehörte.

»Fräulein Wiesner, kommen Sie bitte nach vorne?«

Cläre schreckte aus ihren Gedanken. Mit weichen Knien erhob sie sich und ging die Stufen zur Tafel hinunter. Paul, der ihr entgegenkam, quetschte sich in seine Bankreihe, ohne sie anzusehen. Diese Demütigung wird er mir irgendwann heimzahlen, dachte Cläre.

»Bitte schön.« Der Professor reichte ihr die Kreide, aber Cläre legte sie beiseite und griff zum Schwamm. Ohne zu zögern, wischte sie das letzte Drittel der langwierigen Berechnungen aus. Dann konzentrierte sie sich auf die Zahlengefüge vor ihr, schrieb schnell und sicher. Nach jedem Schritt hielt sie einen Moment inne und erklärte, was sie getan hatte. Endlich war sie fertig und drehte sich zu Professor Loibl um. Falls sie auf ein Lächeln gehofft hatte, suchte sie vergeblich.

»Quod erat demonstrandum«, sagte der nur und wandte sich an den Hörsaal. »Weiterer Erklärungen bedarf es wohl kaum. Fräulein Wiesner hat den Hergang ausreichend dargelegt … Danke, Sie können sich setzen.«

Cläre stieg die Treppen hinauf. Nein, gelächelt hatte der Professor nicht, dennoch hätte das Kompliment nicht eindeutiger ausfallen können. Die Freude darüber begleitete sie durch den Rest des Unterrichts, bis der Professor verkündete, dass sich die Studenten am Ende wieder paarweise für die nächsten Referate zusammenfinden sollten. Dass sie eine ungleiche Zahl waren, hatte Cläre schon beim ersten Referat schmerzhaft zu spüren bekommen, weil sie als Einzige allein präsentieren musste. Sich an eine bereits bestehende Zweiergruppe anzuschließen hatte ihr der Stolz verboten.

Der Professor legte die Liste mit den Themen auf sein Pult und schloss die Sitzung ab. Sofort standen die Ersten auf und gingen auf andere zu. Rufe und Blicke wurden ausgetauscht, während die Paare sich fanden. Cläre saß unbeteiligt auf ihrem Platz. Ein paar Anstandssekunden würde sie noch warten, dann konnte sie gehen. Plötzlich traf sie etwas an der Schulter, und sie erschrak. Auf dem Boden lag eine zusammengeknüllte Papierkugel. Sie hob sie auf und glättete den Zettel.

Sollen wir miteinander das Referat machen?,

las sie leise. Es stand kein Name darauf. Ihr Blick schweifte durch den Saal. Da! Einige Reihen vor ihr hatte sich Paul Reinhardt zu ihr umgedreht und sah sie fragend an.

Der?, dachte Cläre. Doch warum eigentlich nicht? Sie stand

auf und ging nach unten. Gemeinsam trugen sie sich in die Liste ein und besprachen ihr weiteres Vorgehen.

Als Cläre kurz darauf in der Nachmittagssonne stand, fühlte sie sich so beschwingt wie schon lange nicht mehr. Sie beschloss, einen Spaziergang durch den Englischen Garten zu machen. Unwillkürlich gingen ihre Gedanken zu Fritz – nicht zum ersten Mal seit ihrem Kinobesuch. Irgendetwas war schiefgelaufen … nur was? War Christine zufällig in der Straße gewesen, um zu fotografieren? Wahrscheinlich ja. Und natürlich hatte sie sie gesehen. Fritz und Christine hatten Blicke getauscht, und danach war Fritz wortkarg gewesen. Dazu kam, dass er seither nicht mehr im Café aufgetaucht war.

Auch Christine hatte sie kein einziges Mal gesehen. Sie schien früh aus dem Haus zu gehen, und in der Wohnung war sie fast immer in ihrem Zimmer. Irgendetwas ist da, dachte Cläre zum wiederholten Mal. War Christine in Fritz verliebt? Oder beide ineinander? Wie sie es drehte und wendete, sie kam nicht weiter. Aber wenn Fritz an Christine interessiert wäre, hätte er doch sie ins Kino einladen können.

Eine Weile genoss Cläre die Sonne auf ihrem Gesicht. In einiger Entfernung glitzerte der Kleinhesseloher See. Als sie auf einem Seitenweg eine Bank sah, setzte sie sich. Sie dachte an Paul Reinhardt und das Referat. Sollte sie Peter davon schreiben? Sei nicht kindisch, schalt sie sich. Demnächst kommst du noch auf die Idee, ihm zu berichten, was du am Abend gegessen hast! Was soll er denken, wenn du ihm andauernd schreibst? Andererseits …

Sie öffnete ihre Ledermappe und nahm die Postkarte aus der Seitentasche, die Peter als Antwort auf ihre Karte geschickt hatte. »Liebe Cläre«, stand da. »Leider ist es nicht leicht, grundlos Urlaub zu nehmen, und durch die lange Fahrt reicht ein Wochenende für einen Besuch nicht aus …« Sie überflog den Rest der Zeilen, die sie längst auswendig kannte. Sie hatte recht gehabt. Er fühlte sich tatsächlich unwohl in der AEG, jetzt, da das Damoklesschwert eines Krieges über ihren Köpfen hing. Dennoch blieben ihre Augen immer wieder an seiner ausführlichen Erklärung hängen, warum er vor Ricardas Geburtstag nicht nach München kommen konnte. Er hatte seine Karte sogar damit eingeleitet, als wäre diese Information die eigentlich wichtige. Hatte sie ihn mit ihrer Frage irritiert? Sie kannten sich kaum – da war es schon etwas dreist, ihn zu fragen, wann er wiederkommen würde.

Sie schüttelte den Kopf. Ach was, wenn ihn die Frage verärgert hätte, hätte er mir doch überhaupt nicht zurückschreiben müssen, dachte sie und steckte die Karte in die Tasche zurück.

Ihr Blick fiel auf zwei junge Frauen in ihrem Alter, die mit Fahrrädern auf den ruhigen Seitenweg gekommen waren, um ungestört zu üben. Cläre beobachtete sie neugierig. Natürlich war es nicht das erste Mal, dass sie Frauen auf Fahrrädern sah – München war voll von ihnen. Aber ihre Mutter hatte ihr erzählt, dass es keine zwanzig Jahre her war, dass man Frauen vom Fahrradfahren abgeraten hatte. Es würde gesundheitliche Schäden hervorrufen, hatte es geheißen, und die Frauen, die trotzdem fuhren, waren verspottet und angefeindet worden. Mittlerweile war das zum Glück nicht mehr so. Selbst im kleinen Kaufering fuhren jetzt einige Rad. Cläre versuchte, nicht zu auffällig zu den beiden Frauen hinzusehen. Ganz leicht sah es nicht aus.

»Autsch!« Eine der beiden war hingefallen, doch sofort stand sie wieder auf und warf einen kurzen Blick zu Cläre.

»Wollen Sie auch mal? Oder genügt es Ihnen, anderen bei ihren missglückten Versuchen zuzusehen?«, rief sie fröhlich.

Cläre fühlte sich ertappt. Schon kam die Frau näher, die andere folgte ihr.

»Ich habe es ernst gemeint«, sagte sie, als sie Cläre erreicht hatte. »Sie schauen uns schon eine ganze Weile zu, und ich brauche eine Pause. Ich heiße übrigens Hannah, und das ist meine Freundin Paula.« Auch die zweite Frau grüßte.

»Ich bin Cläre.«

Damit war es besiegelt. Cläre stand auf, doch im nächsten Augenblick sah sie an sich hinunter. »Ach, ich habe ja gar nicht das Richtige an«, sagte sie enttäuscht. Tatsächlich trugen die beiden Radlerinnen die charakteristischen Pluderhosen, die sich Bloomers nannten. Cläres eigenes Kleid ließ dagegen nur wenig Bewegungsspielraum.

»Für einen ersten Versuch müsste es trotzdem reichen«, widersprach Hannah zuversichtlich. Bevor Cläre es sich anders überlegen konnte, hatte sie ihr den Lenker in die Hand gedrückt. Als Cläre auf dem schmalen, harten Sattel saß und nur noch ihre Fußspitzen den Boden berührten, wurde ihr mulmig.

»Können Sie mich am Anfang halten?«, fragte sie bang.

»Das würde es nur noch schlimmer machen«, erklärten die beiden Freundinnen beinahe gleichzeitig.

»Je mehr Schwung du hast, desto besser«, fügte Hannah hinzu, die vor lauter Eifer vergaß, sie zu siezen. »Ich schiebe dich nur ein bisschen von hinten an, und du trittst in die Pedale, schön gleichmäßig. Schau nur nach vorne, wo du hinwillst.«

Cläre wollte noch sagen, dass sie auf keinen Fall bereit war, da schob Hannah das Rad kräftig von hinten an. Cläre stieß einen kurzen Schrei aus. Einen Augenblick zappelten ihre Beine in der Luft, dann fanden ihre Füße die Pedalen und traten zu.

»Sehr gut … treten, treten …«, hörte sie die beiden hinter sich rufen. Tatsächlich. Einige Meter ging es, und Cläre überkam ein ungeahntes Glücksgefühl. Wie schnell sie war, was für eine ungewohnte Bewegung auf zwei Rädern und ohne die Erde zu berühren. Ein Lachen stahl sich aus ihrer Kehle, doch im selben Moment verlor sie das Gleichgewicht und kippte zur Seite.

»Hihi, die Feuertaufe ist bestanden!«

Hannah und Paula waren bei ihr und hoben sie auf. Cläre konnte nicht aufhören zu lachen.

»Es war wunderbar«, stieß sie hervor. »Ich werde Fahrrad fahren. Ich muss einfach.« Die anderen beiden lachten mit. Cläre sah an sich herunter. Ihr Kleid war schmutzig, der Saum leicht eingerissen, doch das kümmerte sie nicht im Geringsten.

Nur wenige Tage nach dem Gespräch mit ihrer Mutter saß Christine am großen Küchentisch des Cafés und löffelte einen Teller Kartoffelsuppe. Vor ihr lag Peters Antworttelegramm, in dem er seine Vorfreude über ihren Besuch zum Ausdruck brachte. Er hatte ihr vorgeschlagen, gleich Anfang September nach Berlin zu kommen.

Jetzt, am frühen Abend, war das Café gut gefüllt. Rauchschwaden hingen in der Luft, und Stimmen wogten hin und her, die immer wieder durch Lachen und Zurufe unterbrochen wurden. Nach dem Essen spülte Christine den Teller ab und stellte sich in die Tür zum Gastraum.

An einem Fenstertisch diskutierten Fritz' Kollegen Olaf Gulbransson und Thomas Theodor Heine heftig miteinander. Am Klavier in der Ecke schlug ein junger Mann in Hosenträgern einige Töne an. Der Dramatiker Frank Wedekind lehnte mit dem Ellenbogen auf dem Instrument und sah unzufrieden aus. Kaum hatte der junge Mann ein paar weitere Noten gespielt, unterbrach Wedekind ihn mit heftigen Handbewegungen. Christine konnte nicht verstehen, was er sagte, aber sie nahm an, dass es um eine Musikeinlage in einem seiner Stücke ging, die nicht dem entsprach, was er sich vorstellte.

Plötzlich spürte Christine von hinten zwei Hände auf den Schultern. »Hat die Suppe geschmeckt?«, fragte ihre Mutter.

»Sehr gut.«

Christine fasste ihre Hände und drückte sie kurz. In diesem Moment kam Rosi aus der Küche gelaufen.

»Frau Ricarda«, sagte sie mit gerötetem Gesicht. »Die Semmeln san aus.«

»Was?«, rief Christines Mutter alarmiert. »Wie kann das sein? Das ist ja noch nie passiert. Wo ist die Irmi? Die muss sofort zum Bäcker laufen und fragen, ob es noch welche gibt. Hat denn der Rossmann heute Morgen zu wenig geliefert? Habt ihr nicht nachgezählt?«

»Heut leider ned«, gab Rosi kleinlaut zu.

»Ach, Rosi«, seufzte Ricarda. Zusammen verschwanden sie in der Küchentür.

Christine wollte sich ebenfalls umwenden, da klingelte das Glöckchen über der Eingangstür, und Fritz kam herein. Er sah sich um und entdeckte seine Kollegen, doch seine Augen wanderten weiter. Christine tat, als bemerke sie ihn gar nicht, und machte sich hinter dem Tresen zu schaffen. Aus dem Augenwinkel sah sie, dass Fritz noch immer unschlüssig an der Tür stand, doch schließlich gab er sich einen Ruck und kam auf sie zu.

»Servus, Christine.«

»Servus.« Sie wischte weiter am Schankhahn herum. Auf gar keinen Fall würde sie ihm den Einstieg erleichtern.

»Also, Christine«, fing Fritz unbeholfen an. Sein betretenes Gesicht sprach Bände. »Wegen neulich … als du bei mir warst und ich gesagt habe, dass ich zu einer Redaktionssitzung müsste …« Er brach ab.

»Ja, genau, zu einer Redaktionssitzung in Gabriels Tonbildtheater«, konnte Christine sich nicht verkneifen. »War sie produktiv?« Sie hatte nicht vorgehabt, sarkastisch zu werden. Es war ihr einfach so herausgerutscht.

Fritz errötete. »Ich habe dich angelogen. Das tut mir leid. Es ist unverzeihlich. Du warst plötzlich vor meiner Wohnungstür, und ich wollte nicht, dass du …«

Dass ich von deinem Kinobesuch mit Cläre erfahre?, dachte Christine. Oder dass ich mitkomme? Doch sie sprach es nicht aus, und Fritz redete weiter.

»Ich wollte nicht, dass du dich hintangestellt fühlst. Dass du denkst, dass ich mit dir weniger gern Zeit verbringe.«

Statt Ärger überkam Christine Traurigkeit. Genau das war doch das Problem. Denn ganz offensichtlich unternahm er lieber etwas mit Cläre als mit ihr. War sie selbst jetzt nur noch eine gute Bekannte?

»In ein paar Tagen fahre ich für eine Woche zu meinem Bruder Peter nach Berlin«, meinte sie sachlich.

»Ah, das wird sicher schön.«

»Ja, das denke ich auch.«

Schweigen trat ein.

»Christine, es tut mir leid. Es war wirklich dumm von mir und wird auch nicht mehr vorkommen. Bitte … sind wir wieder gut?«, bat Fritz eindringlich.

Christine sah ihm in die Augen. Noch immer spürte sie etwas Unausgesprochenes zwischen ihnen, doch auch Fritz' ehrlichen Wunsch, ihre Freundschaft nicht zu verlieren.

»Ja, wir sind wieder gut«, sagte sie.

Fritz lächelte erleichtert. »Ich bin so froh.« Er griff nach ihren Händen, aber Christine entzog sie ihm. »Ich muss hier noch helfen. Wir sprechen uns dann, wenn ich wieder zurück bin.«

17

Abgesehen davon, dass Deutschland jetzt noch einen Kreuzer nach Marokko geschickt hat, ist in den ganzen letzten Wochen nichts passiert«, presste Max' Verbindungsbruder Roland ärgerlich hervor. »Die Franzosen lachen sich doch tot über uns zahnlose Deutsche. Wir sollten endlich mal ein richtiges Zeichen setzen und uns Gehör verschaffen. Gehör und Respekt ...«

Max hörte Roland nicht mehr zu, denn unweit des *Altschwabing* war Christine mit einem Koffer zugestiegen. Hastig hatte sie sich von ihrer Mutter verabschiedet, die sie offenbar zur Haltestelle gebracht hatte, dann fuhr die Tram an.

»Mach ein paar schöne Fotografien«, hörte er Christines Mutter noch rufen. »Und drück Peter von mir.«

Max fürchtete Christines Blick. Mitleidig würde er sein oder spöttisch, mit diesem scharfen Blitzen in den graugrünen Augen, die so wunderbar zu ihrem kastanienbraunen Haar passten. Anders als er hatte sein Kamerad sogar einen Schmiss. Max ärgerte sich über sich selbst. Eigentlich konnte es ihm doch egal sein, was Christine über ihn oder Roland dachte. Über ihre Uniformjacken mit den polierten Knöpfen, die Kappen oder eben den Schmiss. Neben ihm ereiferte sich sein Kamerad immer noch über die verpatzte Chance, Frankreich und England zu zeigen, wozu das Deutsche Reich fähig war.

Christine hatte sich erst gar nicht die Mühe gemacht, den Koffer zu einem freien Sitz zu tragen, sondern war in der Nähe der Tür stehen geblieben. Nur einmal hatte sie kurz in Max' Richtung gesehen, aber sie schien ihn nicht entdeckt zu haben.

Als die Tram vor dem Bahnhof hielt und Christine ihren Koffer aus dem Waggon hievte, fasste Max einen Entschluss.

»Ich steige aus«, verkündete er seinem verdutzten Kameraden. »Ich hatte ganz vergessen, dass ich hier in der Gegend noch eine Besorgung zu machen habe.«

»Und unser Treffen mit den anderen? Kommst du nach?«, fragte Roland.

»Wahrscheinlich!«, rief Max, dann sprang er aus dem Wagen. Draußen ging Christine bereits auf das Bahnhofsgebäude zu.

»Darf ich den für Sie übernehmen?«, fragte Max, als er sie einholte, und zeigte auf ihren Koffer.

Christine drehte sich zu ihm um. Sie wirkte weniger überrascht, als er erwartet hatte. »Wenn Sie gerne schwer tragen möchten?« Da war es wieder, das scharfe Blitzen in ihren Augen.

Max griff nach dem Koffer, der gar nicht so schwer war. »Wo soll es hingehen?«, fragte er, obwohl er die Antwort schon kannte.

»Ich fahre eine Woche nach Berlin zu meinem Bruder«, sagte Christine und fügte hinzu: »Mein Zug geht um Punkt elf von Gleis eins.«

»Erst um elf? Da haben Sie ja noch eine Stunde«, meinte Max erstaunt.

Christine zuckte mit den Schultern und schüttelte ihre Locken. »Ich komme nicht gern auf die letzte Minute«, meinte sie nur.

»Dann lade ich Sie auf einen Kaffee ein. Hier gleich neben dem Bahnhof in der Bayerstraße ist ein nettes Café. Sehr klein, aber gemütlich.«

Christine sah ihn erstaunt an. Eine Einladung war offenbar das Letzte gewesen, mit dem sie gerechnet hatte. Schließlich war sie bislang alles andere als nett zu Max gewesen. Oder hatte sie ihm die Initiative schlichtweg nicht zugetraut?

»Na gut«, sagte sie nur.

Max hatte Mühe, sich seine Freude nicht anmerken zu lassen. Leg ihre Reaktion bloß nicht auf die Goldwaage, ermahnte er sich. Es gehört nicht viel dazu, eine Frau zum Kaffeetrinken zu bewegen, die auf den Zug wartet und nichts Besseres zu tun hat.

In der Tat kam das Gespräch nur langsam in Gang. Täuschte er sich, oder war Christine ebenso unsicher wie er? Nach ein paar Allgemeinplätzen über das anhaltend schöne Wetter und die bevorstehende fast neunstündige Fahrt nach Berlin trat eine Flaute ein.

»So, und Sie studieren also Jura und streben eine Karriere als Paragrafenreiter an?«, fragte Christine mit einem Mal betont forsch in das Schweigen hinein.

Der kleine Seitenhieb kam so überraschend, dass Max nur lachen konnte. »Reiten habe ich als Kind bei den Bauern im Dorf gelernt«, gab er zurück. »Der Berufszweig bot sich also an.«

Jetzt lachte auch Christine.

»Aber wenn Sie darauf anspielen, dass Jura eine staubtrockene Angelegenheit ist, da gebe ich Ihnen recht. Allerdings heißt das nicht, dass alle, die es studieren, ebenso trocken sind«, fuhr er lebhaft fort.

»So, so. Sprechen Sie für sich selbst?«

»Natürlich.«

Christine sah ihn herausfordernd an, und Max hielt ihren Blick. Er ahnte, was jetzt kommen würde.

»Beweisen Sie es. Was machen Sie in Ihrer Freizeit, das nicht staubtrocken ist?«

»Ich schwimme, ich wandere, und ich lese gern gute Literatur.«

»Hm, was denn für Literatur?«

»Eben habe ich eine Novelle von Stefan Zweig gelesen. Sie heißt *Brennendes Geheimnis* und handelt von einem Jungen und seinem holprigen Weg ins Erwachsenenleben. Das Buch ist gerade erst erschienen.«

»Stefan Zweig? Den kenne ich nicht. Aber ich lese gern Hermann Hesse. *Unterm Rad* ist einer meiner Lieblingsromane.«

»Meiner auch!«, rief Max erfreut. »Und dann dieser norddeutsche Autor, der in München lebt, Thomas Mann. Kennen Sie die *Buddenbrooks*? Meine Schwester hat sie mir empfohlen.«

»Meine Mutter liebt die *Buddenbrooks*. Sie meint, der Roman sei ein Geniestreich. Aber ich habe mich, ehrlich gesagt, noch nicht herangetraut … der Wälzer ist mindestens sooo dick.« Sie zeigte es ihm mit den Händen.

Max lachte. Plötzlich fühlte er sich völlig entspannt.

»Aber einfach nur Romane lesen zählt noch nicht«, fuhr Christine fort. »Das ist nicht ungewöhnlich genug, um Sie vom Stigma des Paragrafenreiters zu befreien. Wenn Sie jetzt etwas so Romantisches tun würden, wie Gedichte zu schreiben …«

Max spürte, dass er errötete.

Christine hielt inne und sah ihn prüfend an, dann lachte sie laut. »O nein, ich habe aus Versehen richtig geraten, oder? Sie schreiben Gedichte! Ist das wirklich wahr?«

Max war verunsichert. Niemand wusste, dass er Gedichte schrieb, nicht einmal seine Schwester. Und nun hatte es ausgerechnet Christine erraten. Er versuchte, das Beste daraus zu machen.

»Offenbar bin ich jetzt für Sie kein Paragrafenreiter mehr … aber was dann?«

Wieder dieser unergründliche Blick aus den graugrünen Augen, dem er nur so schwer standhalten konnte. »Das weiß ich noch nicht«, sagte Christine zögerlich. »Mal sehen. Würden Sie mir denn ein Gedicht zeigen?«

Max erschrak. »Ungern«, meinte er knapp.

»Ich sage es nicht, weil ich mich über Sie lustig machen will. Es würde mich wirklich interessieren.«

Du hast dir die Suppe selbst eingebrockt, als du vorhin Hals über Kopf aus der Tram gesprungen bist, dachte Max belustigt. Er kramte in seiner Jackentasche, fand eine alte Quittung und bat den Kellner um einen Stift. Dann schrieb er etwas darauf, faltete das Blatt zusammen und reichte es Christine.

»Hier, Ihre Reiselektüre.«

Christine nahm den Zettel lächelnd in Empfang. »Ich glaube, ich muss los«, sagte sie dann.

In der Tat war die Zeit wie im Flug vergangen. Max zahlte, und wenig später standen sie am Bahnsteig. Er reichte Christine den Koffer in den Zug, und sie hob die Hand zum Abschied. Dann verschwand sie im Gang, und Max schlenderte beschwingt in Richtung Bahnhofsvorhalle.

Cläres und Max' Schritte hallten in dem großen Saal der Neuen Pinakothek, die, wie Max es respektlos ausgedrückt hatte, so aussah wie eine überdimensionale, mit bunten Bildern versehene Keksdose.

»Diese ganzen heroisierenden Landschaften, du meine Güte, nimmt das denn gar kein Ende?«, klagte er.

Cläre hörte nur mit halbem Ohr hin. Die Gemälde, die sie bislang gesehen hatten, interessierten auch sie nicht wirklich. Ihre Gedanken schweiften nach Berlin. Seit Christine zu ihrem Bruder gereist war, dachte sie noch öfter an Peter. Sie fragte sich, was die beiden wohl miteinander unternahmen und ob Christine auch seine Verlobte kennenlernen würde. Berlin musste aufregend sein, groß, wild und lebendig.

»Schau mal, da vorn hängen die Bilder, von denen dir Ricarda erzählt hat … diese französischen Impressionisten. Sollen wir die Stillleben hier überspringen und gleich da rüber?« Max sah Cläre an, die überhaupt nicht auf seine Worte reagierte.

»Cläre, hörst du mir überhaupt zu?«

»Was?«

Max blieb stehen und lächelte. »Wo bist du denn mit deinen Gedanken? Bei den heroisierenden Landschaften ja wohl kaum.«

»Hm, ich habe nur gerade an Berlin gedacht.«

»Weil Christine dort ist?«

»Ja«, sagte Cläre. Es war ihr unangenehm, von Max bei ihren Gedanken ertappt worden zu sein, deshalb lenkte sie ab. »Christine war so komisch vor ihrer Abreise. Ich frage mich, ob es damit zu tun hat, dass sie Fritz und mir begegnet ist, als wir aus dem Kino kamen. Danach war Fritz tagelang nicht mehr im Café.« Sie brach ab. Jetzt hatte sie Max schon wieder zu viel erzählt. Sicher würde er nun neugierige Fragen zu ihrer Freundschaft mit Fritz stellen, doch zu ihrer Überraschung schien ihn dieser Punkt nicht zu interessieren.

»Willst du sagen, dass Christine auf dich eifersüchtig ist?« Max war abrupt stehen geblieben. »Ist Christine etwa in Fritz verliebt? Oder waren die beiden früher mal ein Paar?«

»Woher soll ich das wissen?«, fragte Cläre lauter als beabsichtigt. Ein älteres Ehepaar auf der anderen Seite des Saals drehte sich zu ihnen um und warf ihnen tadelnde Blicke zu.

»Komm, wir gehen zu den französischen Impressionisten«, sagte Max.

Schweigend betrachteten sie die Bilder. »Das gefällt mir«, meinte Cläre. »Und schau mal, dieser Künstler verwendet auch Farben, die nicht realistisch sind, und spielt mit den Formen – ähnlich wie Franz Marc.«

Doch Max sah auf die Uhr. »Ich glaube, ich sollte los. Ich muss noch an einer Arbeit schreiben, die ich gleich zu Beginn des neuen Semesters abgeben soll.«

»Aber …«, wandte Cläre überrascht ein. Doch Max verabschiedete sich und ging. Verwundert blieb sie allein vor den modernen französischen Malern stehen. Ob sie auch gehen sollte? Doch sie entschied sich dagegen. Von den sogenannten französischen Impressionisten gab es nicht besonders viele in der Sammlung des Museums, und Cläre nahm sich Zeit. Schließlich schlenderte auch sie auf den Ausgang zu.

In einem Saal mit Gemälden aus der Mitte des 19. Jahrhunderts saß ein Mann vor einem Bild, das zwei Pferde in einer idyllischen Landschaft zeigte. Auf seinem Schoß lag ein Block, neben ihm auf der Bank eine Mappe mit Zeichenutensilien. Cläre erkannte ihn sofort. Es war Franz Marc, der Stammgast aus dem *Altschwabing*. Sie blieb stehen. Sein Blatt war noch leer.

Ob er die Pferde abzeichnen wollte? In diesem Augenblick drehte sich Marc zu ihr um. Cläre, für die sein markantes Gesicht mit der starken Nase immer schon etwas Strenges gehabt hatte, wurde verlegen. Mit einem Kopfnicken wollte sie weitergehen, doch Marc hielt sie auf.

»Sie sind doch das Fräulein Cläre aus dem *Altschwabing*? Die Nichte von Ricarda Tuchmann?«

Cläre blieb wieder stehen. »Die Nichte von Luise Wolff, aber ja, aus dem *Altschwabing*.«

Einen Augenblick betrachtete Marc sie aufmerksam, dann sagte er: »Die Nichte von Luise Wolff, natürlich! Ihre Augen, das hätte ich gleich sehen müssen. Frau Tuchmann hatte es mir auch gesagt, aber in mancher Hinsicht bin ich ein schusseliger Mensch.« Jetzt lächelte er, und sofort verlor sein Gesicht die Strenge. »Wir haben Ihre Tante alle sehr geschätzt, geradezu verehrt. Dass sie so früh von uns gegangen ist, war ein herber Schlag, sicher auch für Sie.«

Cläre nickte nur. Herrn Marc zu erzählen, dass sie ihre Tante nicht gekannt hatte, führte zu weit.

»Ich habe Bilder von Ihnen und Herrn Kandinsky in der Galerie Thannhauser gesehen«, lenkte sie das Gespräch auf ein anderes Thema.

»Oh, Sie waren bei Heinrich Thannhauser?« Marc lachte kurz. »Die Neue Künstlervereinigung München, der Wassily und ich angehören, hat vor zwei Jahren zum ersten Mal in seinen Räumen ausgestellt. Das war keine Selbstverständlichkeit. Ich glaube, Hugo von Tschudi, der Direktor dieser Pinakothek, musste Thannhauser ein wenig dazu überreden, aber letztes Jahr gab es schon eine zweite Ausstellung in seiner Galerie und jetzt im Dezember wieder eine.«

»Ich werde sie mir auf jeden Fall ansehen«, versprach Cläre. »Ehrlich gesagt, hatte ich erwartet, auch hier im Museum Ihre Bilder zu finden …« Sie ließ den Satz unvollendet, als das Lächeln auf Marcs Gesicht verschwand.

»Da suchen Sie vergeblich, Fräulein Cläre. Die Neue Pinakothek hat von Tschudi allerdings viel zu verdanken. Er hat endlich neuen Wind durch diese verstaubten Hallen wehen lassen. Haben Sie die französischen Impressionisten gesehen?«

»O ja, und sie gefallen mir sehr.«

»Mir auch«, sagte Marc nachdenklich. »Allerdings hat sich Herr von Tschudi, mit Verlaub, vielleicht ein wenig zu sehr auf die französische Kunst konzentriert. Wir deutschen Künstler stehen da im Vergleich nicht ganz so hoch im Kurs – und das, obwohl er uns damals zu der Ausstellung bei Thannhauser verholfen hat.«

»Umso wichtiger, dass Sie in seiner Galerie ausstellen«, meinte Cläre. »Je mehr Erfolg Sie dort haben und je mehr Menschen Ihre Bilder kennenlernen, desto eher greifen auch die großen Museen zu.«

Marc lächelte sie an. »Sie sind Optimistin, Fräulein Cläre. Aber wenn man neue Wege geht und so malt wie meine Freunde und ich, kann man mit Zustimmung und Beliebtheit erst mal nicht rechnen. Nach der ersten Ausstellung vor zwei Jahren hielten uns die Kritiker für geisteskrank, nach der zweiten erinnere ich mich an den Ausdruck ›konzentrierter Unsinn‹.«

»Mir und meinem Bruder gefallen Ihre Bilder«, protestierte Cläre. »Und das, obwohl wir eigentlich eher rationale Menschen sind. Mein Bruder studiert Jura und ich Mathematik. Aber Ihre Farben …«

»So, so, Sie studieren Mathematik, da wissen Sie ja, was es heißt, ein Außenseiter zu sein – oder besser gesagt, eine Außenseiterin. Kommen Sie, setzen Sie sich einen Augenblick.«

Als Cläre neben ihm saß, deutete er auf das Bild an der Wand. »Für mich sind die Pferde ein Symbol der Energie und Vitalität. Sie stehen fest auf dem Boden verankert und haben doch nichts Irdisches, sondern eher etwas Geistiges, Himmlisches«, sinnierte er. »Selbst in diesem realistischen Bild kann man es sehen. Trotzdem versuche ich, es in meinen Bildern mit meiner eigenen Formensprache und meinen Farben noch deutlicher zu machen.«

Er nahm einen Stift und begann mit schnellen Strichen auf dem Block zu zeichnen. Es entstanden erst zwei, dann drei Pferde. Schließlich fügte er mit bunten Kreidestiften Farben hinzu.

»Für Sie …« Er wollte ihr das Blatt reichen, doch dann zog er es noch einmal zurück und setzte seine Unterschrift darunter. »Man soll die Hoffnung nie aufgeben, dass der Name irgendwann mal etwas wert sein könnte«, sagte er und gab es ihr lächelnd.

18

Ich bin mir sicher, dass deine Schwester dich ganz und gar vereinnahmen wird und für mich nichts mehr übrig bleibt«, raunte Gisela in Peters Ohr und schmiegte sich auf dem kleinen Sofa in seiner Wohnung enger an ihn. »Außerdem ist morgen Sonntag – dein einziger freier Tag, den du jetzt nur mit ihr verbringen willst.«

»Christine war noch nie in Berlin, und letztlich sind es doch nur wenige Tage«, gab Peter beinahe irritiert zurück.

»Gib's zu, du bist froh, dass du mich mal los bist.«

»Aber wieso denn? Montagabend sollt ihr euch doch kennenlernen.«

»Hast du schon ein Restaurant reserviert?«, fragte Gisela nun wieder lebhaft.

»Nein, ich dachte …«

»Oh, bitte, lass mich das machen. Es soll deiner Schwester doch gefallen in Berlin.«

»Hm …«

»Ich habe da schon eine Idee. Wir müssen ihr schließlich etwas bieten, während sie hier ist.«

»Wir?«

»Natürlich wir.« Auf Giselas Stirn entstand eine steile Falte.

Peter erkannte, dass er etwas Falsches gesagt hatte, und

lenkte ein. »Jedenfalls freue ich mich, dass du meine Schwester kennenlernst.«

»Ich auch«, sagte Gisela versöhnt. »Ich dachte schon, du willst mich deiner Familie gar nicht mehr vorstellen.«

»Was du alles denkst ... Meine Familie wohnt eben in München, da ist das nicht so einfach.«

»Aber du fährst ja oft genug hin, da hättest du mich schon mal bitten können, dich zu begleiten«, insistierte Gisela. »Deine Mutter hat doch im Herbst Geburtstag, oder nicht? Das wäre doch ein würdiger Anlass. Und wie ich höre, gibt es auch in München wunderschöne Kaufhäuser, die denen in Berlin in nichts nachstehen. Den Oberpollinger zum Beispiel ... und Hermann Tietz!«

»Ach, darum geht es dir eigentlich. Du willst gar nicht zum Geburtstag meiner Mutter, sondern zum Oberpollinger!«, rief Peter und war erleichtert, dem Gespräch eine scherzhafte Wendung geben zu können.

Gisela lachte. »Natürlich! Deine Mutter und ich beim Einkaufen. Kannst du dir das nicht vorstellen? Wenn du willst, zeige ich Christine, was Berlin diesbezüglich zu bieten hat.«

»Ich glaube, ich muss los, wenn ich Christine rechtzeitig vom Bahnhof abholen will«, sagte Peter statt einer Antwort und richtete sich auf.

Widerwillig ließ Gisela ihn los. »Ich rufe dich am Montag in der AEG an und sage dir Bescheid wegen des Restaurants.«

»Ich melde mich bei dir.« Peter drückte ihr einen Kuss auf die Stirn. Es wurde nicht gerne gesehen, wenn Mitarbeiter sich im Büro anrufen ließen.

Als er Minuten später auf die nächstgelegene Straßenbahnhaltestelle zulief, waren seine Gedanken nur halb bei Christines bevorstehendem Besuch. Was Gisela gesagt hatte, beschäftigte ihn. In der Tat hatte er Gisela seiner Mutter noch nicht vorgestellt, obwohl sie seit Monaten offiziell verlobt waren. Während er regelmäßig bei Giselas Familie zum Essen eingeladen wurde, kannte seine eigene Mutter seine Verlobte nur vom Hörensagen – und das, obwohl sie ihn mehrfach aufgefordert hatte, Gisela doch einmal mitzubringen. Eigentlich war der fünfzigste Geburtstag seiner Mutter, den sie offiziell im *Altschwabing* feiern wollte, der perfekte Anlass für ein Kennenlernen. Aber was würde Gisela zu den Schwabinger Gästen sagen, den Künstlern und Anarchisten? Zu den ausgelassenen Tänzen und lauten Gesprächen? Selbst die große Wohnung seiner Mutter war klein und unscheinbar im Vergleich zur Kristall- und Mahagonipracht in der Villa von Giselas Eltern im vornehmen Charlottenburg.

Einen Augenblick blieb er mitten auf dem Bürgersteig stehen. Schämte er sich etwa für seine Familie oder für das Café mit den Stammkunden? Nein, gestand er sich ein, es war viel schlimmer. Er war sich nicht sicher, dass Gisela vor seiner Familie und seinen Freunden bestehen würde.

Beinahe im Laufschritt legte er das letzte Stück zum Bahnhof zurück. Christines Zug war bereits eingefahren, als er sich durch die Menschentrauben in der Bahnhofshalle drängte. Am Ende des Gleises sah er seine Schwester auf ihrem Koffer sitzen.

»Christine!« Er hob die Hand und winkte.

Sofort rannte sie auf ihn zu und fiel ihm um den Hals.

Nachdem sie sich ausgiebig begrüßt hatten, nahm Peter ihren Koffer, und sie gingen zusammen zur Straßenbahn.

Christines Augen leuchteten. »Berlin!«, rief sie. »Endlich! Ich will alles sehen … den Ku'damm, den Potsdamer Platz, ich will in die Varietés und ins Theater.«

Peter legte den freien Arm um ihre Schulter. So kannte und liebte er seine Schwester: offen, natürlich und immer bereit, sich begeistern zu lassen.

»Ich habe meinen Fotoapparat dabei«, verkündete sie. »Das wird ein Fest!«

»Ich hoffe, du hast auch etwas Elegantes zum Anziehen mitgenommen«, erwiderte Peter. »Am Montagabend gehen wir mit Gisela essen, und wie ich meine Verlobte kenne, wird es nicht in irgendeiner Spelunke sein.«

»Ach, du kennst doch meine Sachen. Ein, zwei nette Stücke werden schon dabei sein«, meinte Christine unbeeindruckt.

Peter schüttelte den Kopf. Ja, er kannte ihre Kleider, und genau das machte ihm Sorgen.

Seine Vermutungen bestätigten sich, als Christine am Montagabend in einem einfachen blauen Batistkleid vor ihm stand, das sie, wenn er sich richtig erinnerte, schon zu ihrem zwanzigsten Geburtstag getragen hatte.

»Zeitlos schön«, meinte Christine grinsend, als sie seinen Blick bemerkte. »Und außerdem kaum getragen. Im Übrigen kannst du froh sein, dass ich noch keine Hosen anziehe. Ich hätte gute Lust, es einmal auszuprobieren.«

Peter schüttelte nur den Kopf, stellte aber befriedigt fest, dass eine erste Scheu seine burschikose Schwester ergriff, als sie vor der prunkvollen Fassade des fünfstöckigen *Hotels Bristol* standen.

»Ich nehme an, du zahlst?«, bemerkte sie halb im Scherz, während sie das elegante Hotelrestaurant betraten.

Gisela saß schon an einem Tisch mit einer blütenweißen Damasttischdecke. Sie trug ein Kleid aus dunkelgrüner Seide und einen Hut in derselben Farbe, dazu lange seidenweiße Handschuhe.

»Das ist Gisela?« Christine blieb verunsichert stehen, als Peter ihr seine Verlobte von Weitem zeigte. »Ich hatte immer gedacht, du übertreibst.«

Als sie den Tisch erreichten und Peter die beiden einander vorstellte, musterte Gisela seine Schwester von oben bis unten. Christine wurde unfreiwillig rot.

»Christine … wie schön, ich darf Sie doch so nennen?« Lächelnd hielt Gisela ihr die Hand hin, um ihre Mundwinkel zuckte es leicht.

»Ja, ich war auch schon sehr gespannt … und Christine ist vollkommen in Ordnung.«

Gisela strich Peter über den Ärmel seines schwarzen Anzugs. »Setzen wir uns doch.«

Nach ein paar ersten Worten vertieften sie sich schweigend in die Speisekarten.

»Keine Preise«, stellte Christine fest. »Machen die das absichtlich, weil einem sonst der Appetit vergeht?«

Peter konnte sich ein Lachen nicht verkneifen. Er selbst hatte schon mehrfach das Gleiche gedacht. Auch Gisela lächelte höflich. Der Kellner kam, und sie wählten. Sofort lenkte Peter das Gespräch auf die Sehenswürdigkeiten, die er und Christine bereits besichtigt hatten. Christine berichtete lebhaft. Dann kam das Essen.

»Peter sagt, Ihr Vater sei Bankier … und Ihre Mutter?«, lenkte Christine schließlich das Gespräch auf ein persönlicheres Thema.

Gisela hob erstaunt die Augenbrauen. »Meine Mutter kommt ihren gesellschaftlichen Verpflichtungen nach«, erklärte sie etwas spitz. »Außerdem haben wir mehrere Angestellte, die geführt werden wollen. Das ist fast wie ein kleiner Betrieb.«

»O ja, mit einem Betrieb kennt sich meine Mutter auch aus. Wir haben drei Angestellte. Rosi im Gastraum, Wastl ist unser Koch, und Irmi macht, was gerade anfällt. Meine Mutter ist überwiegend am Tresen, und ich helfe auch mit.«

»Das hört sich an, als hätten Sie alle wenig freie Zeit«, warf Gisela ein.

»Eigentlich gar keine«, sagte Christine fröhlich. »Vielleicht hat Peter Ihnen erzählt, dass ich nach meiner Ausbildung zur Fotografin jetzt in einem Atelier in München arbeite.«

»Das ist ein schöner Beruf«, sagte Gisela aufrichtig. »Und ich finde, dass er sich im Gegensatz zu den meisten Berufen, die die Frauen heute glauben ergreifen zu müssen, auch gut mit den Bedürfnissen eines Mannes und denen der Kinder vereinbaren lässt.«

Christine sah sie überrascht an. »Ich wollte Fotografin werden, weil ich gut fotografiere. Und einen Mann mit sogenannten Bedürfnissen, der sich benimmt, als wäre er selber ein kleines Kind, nehme ich mir sicher nicht.« Christine bemerkte selbst, dass ihr Tonfall reichlich patzig ausgefallen war. Lächelnd fügte sie hinzu: »Wer mich überzeugen will, muss sich schon selbst ein Spiegelei braten können – und für die Kinder am besten gleich mit. So einen wie Peter brauche ich später mal. Hat er schon für Sie gekocht? Das macht er großartig.«

»O ja, schon oft.« Gisela tupfte sich die Lippen mit einer Serviette ab. »Peter ist wirklich ein außergewöhnlicher Mann.«

»Das ist er. Und ein außergewöhnlicher Mann braucht eine außergewöhnliche Frau.« Christine hielt abrupt inne, als sie begriff, wie unglücklich sie sich ausgedrückt hatte. »Eine Frau wie Sie«, schob sie schnell hinterher.

Gisela lächelte gequält.

Warum musste Christine immer solche Bemerkungen machen? Peter beschloss, die Situation zu retten, indem er dem Kellner winkte und um die Rechnung bat.

»Sofort, gnädiger Herr.«

Schweigen legte sich über die Tischgesellschaft. Als der

Kellner mit der Rechnung kam, versuchte sich Christine wieder an einem Scherz.

»Puh. Ich weiß ja, dass die Lebensmittelpreise steigen. Das bekommen selbst wir im *Altschwabing* zu spüren. Aber hier übertreiben sie es doch etwas, oder?« Sie grinste in die Runde.

Gisela zog leicht die Mundwinkel nach oben, doch es gelang ihr nicht, auf den Scherz einzugehen. »In einem Etablissement wie diesem zahlt man natürlich auch für die Qualität der Zubereitung. Und wie kommen Sie darauf, dass die Lebensmittelpreise steigen?«

»Na ja, das sieht man doch beim Einkaufen, oder nicht? Es liegt an dem neuen Freihandel«, antwortete Christine trocken. »Die globalen Importe und Exporte setzen den heimischen Landwirten zu. Der Preis für Getreide zum Beispiel steigt immer mehr. Das bekommen vor allem die ärmeren Menschen zu spüren. Gerade die Kosten für Grundnahrungsmittel wie Brot, Fleisch oder Butter sind in den letzten zehn Jahren deutlich gestiegen.«

Peter war die Situation mehr als unangenehm. Er versuchte, Christine warnende Blicke zuzuwerfen, doch seine Schwester ignorierte ihn geflissentlich.

»Wir können dann«, sagte er, nachdem er gezahlt hatte.

Doch Christine wollte das Gespräch offenbar noch nicht beenden. »Das Durchschnittsgehalt eines Arbeiters liegt bei gerade mal neunzig Mark pro Monat«, sagte sie mit ihrer angenehmsten Konversationsstimme. »Das gilt für die Festangestellten und Vollbeschäftigten. Die Massen von Tagelöhnern verdienen wesentlich weniger. Eine Teuerung von fünfzig Pfenning bei Lebensmitteln des täglichen Bedarfs hat für eine mehrköpfige Familie fatale Folgen.«

Gisela wusste offenbar nicht, was sie erwidern sollte, und nahm das leichte Sommercape entgegen, das Peter ihr reichte.

»Die SPD hat in den letzten Jahren schon einiges erreicht«, fuhr Christine fort. »Und in München werden immer wieder Proteste und Demonstrationen organisiert.«

»Sie sind doch nicht etwa in der SPD?« Gisela wandte sich ihr erschrocken zu.

»Nein. Aber auf Protestmärsche gehe ich durchaus.«

Auf Giselas Wangen zeigten sich rote Flecken. »Da müssen Sie aber sehr aufpassen, dass Sie nicht in die falschen Kreise geraten«, presste sie hervor.

»Meinen Sie die Kreise der Menschen, die hart für ihren Lebensunterhalt arbeiten müssen?«

Jetzt starrten die beiden Frauen sich böse an. Gut angezogene Damen und Herren an den umliegenden Tischen drehten sich nach ihnen um.

»Lasst uns gehen, ja?«, sagte Peter und bugsierte Christine und Gisela eilig zum Ausgang.

19

Cläre studierte das große Messingschild, bevor sie in die schattige Toreinfahrt trat.

Münchs Fahrräder für den Herrn und die Dame
Im Hinterhof links

Sie folgte dem Hinweis, und tatsächlich standen dort mehrere neue Räder vor einem Ladengeschäft, das offenbar auch Reparaturen ausführte. Ein junger Mann mit schmutzigen Hosen und Schiebermütze fingerte mit ölverschmierten Händen an der Kette eines Rads herum. Als er Cläres Schatten vor sich auf dem Pflaster bemerkte, sah er auf.

»Gnädige Frau?«

Cläre, die noch nie so angeredet worden war, brauchte eine Sekunde, dann sagte sie: »Ich möchte ein Fahrrad kaufen … für mich.« Der Mann stand auf, wischte sich die schwarzen Hände an einem verschmierten Lappen ab und rief: »Meister! Kundschaft!«

Aus dem Laden kam ein älterer Mann, dessen rot gepunktete Fliege nicht zu den blau-grünen Streifen seiner Weste passte. Das musste Herr Münch sein.

»Die junge Dame möchte ein Fahrrad erwerben? Ja, können S' denn scho fahrn?«, fragte er.

»Das kann ich«, antwortete Cläre, die in den letzten Wochen regelmäßig mit ihren Bekannten Hannah und Paula aus dem Englischen Garten geübt hatte. Jetzt wollte sie endlich ein eigenes Gefährt, und da sie das Geld, das Ricarda ihr für die Arbeit im Café bezahlte, immer gespart hatte, war die Anschaffung kein Problem.

Meister Münch sah prüfend an ihr herunter, um ihre Größe und Statur abzuschätzen.

»Eins siebzig, schätz ich?«

Cläre nickte. »Nicht ganz.«

»Bitte warten S' an Moment.« Er öffnete ein Tor neben dem Geschäft, in dem eine Vielzahl weiterer Fahrräder stand, und suchte eines heraus. Der Rahmen war schwarz glänzend, es hatte Flügelpedale, und die Reifen waren aus blendend weißem Gummi. Das Rad gefiel Cläre auf Anhieb.

»Kann ich es mal ausprobieren?«, fragte sie, und als sie Herrn Münchs Blick bemerkte, fuhr sie fort: »Die Bloomers habe ich schon an.«

Herr Münch lachte. Tatsächlich hatte Cläre die weiten Pumphosen, welche speziell für das Radfahren angeboten wurden, schon am Vortag gekauft. Herr Münch drückte ihr den Lenker in die Hand, Cläre schwang sich in den Sattel und drehte ein paar Runden auf dem Hinterhof.

»Ich nehme es!«, rief sie lachend, als sie wieder abstieg.

»Reparaturen werden S' da erst mal keine brauchen. Das ist gute Qualität«, versicherte Herr Münch. »Aber wenn mal wos sein sollte, san mir ja do. I hob früher Droschken repariert, aber man muss mit der Zeit gehn. Umg'sattelt hob i im wahrsten Sinne des Wortes.« Er freute sich über seinen eigenen Scherz.

Cläre stellte das Fahrrad ab und zahlte.

Als sie kurze Zeit später auf ihrer neuen Errungenschaft in

die Schellingstraße einbog, sah sie schon von Weitem jemanden vor ihrer Haustür stehen. Fritz staunte nicht schlecht, als Cläre neben ihm bremste.

»Ich wusste gar nicht, dass Sie Fahrrad fahren!«, rief er erfreut.

»Warum nicht?«, gab Cläre zurück. »Zu wem wollten Sie?«

»Zu Ihnen.«

»Oh.«

Ohne ihn anzusehen, schob sie das Fahrrad in den angrenzenden Hof. Unschlüssig folgte Fritz ihr durch den Torbogen.

»Ich wollte mich entschuldigen«, meinte er schließlich, während sie das Fahrrad abstellte. »Unser Kinobesuch neulich … ich glaube, ich war etwas seltsam … ja, vielleicht sogar unfreundlich zu Ihnen.«

»Stimmt.«

Nervös fuhr sich Fritz durch die blonden Haare. »Also, ich hatte gehofft, dass ich mein Verhalten wiedergutmachen kann. Ich würde Sie gerne einladen.«

»Fahren Sie Fahrrad?« Der Gedanke war Cläre ganz spontan gekommen.

»Fahrrad? Ja, natürlich.« Jetzt hatte Fritz begriffen, und ein Lächeln erschien auf seinem Gesicht. »Wir könnten einen Ausflug machen. Vielleicht heute Nachmittag?«

»Gerne.«

»Abgemacht.« Fritz strahlte.

»Sie fahren ja, als säßen Sie schon ewig im Sattel!«, rief Fritz Cläre zu. Als Antwort überholte sie ihn. Ihre Haare bewegten sich im Fahrtwind, und sie trat kräftig in die Pedale. Der Weg an der Isar entlang war eben, und erst als sie in Thalkirchen ankamen, ging es den Berg hinauf.

»Wohin jetzt?«, fragte Cläre, als sie auf dem höchsten Punkt der Anhöhe schwer atmend neben Fritz stand.

»Wir könnten über die Villenkolonie Prinz-Ludwigs-Höhe und dann weiter nach Großhesselohe. Da gibt es auch ein schönes Ausflugslokal.«

»Na, dann nichts wie los!« Cläre stieg wieder auf, doch diesmal ließ sie Fritz vorausfahren, denn in dieser Gegend kannte sie sich nicht aus. Teile des Wegs verliefen am Wald entlang. An den Laubbäumen zeigten sich bereits die ersten gelben und roten Blätter, glänzende Kastanien und die verschrumpelten braunen Schalen von Walnüssen lagen auf der Straße. Mehrfach blieben sie stehen, um ein paar von ihnen aufzusammeln.

»Trotz der Wärme duftet es nach Herbst«, sagte Cläre, als sie auf dem Fußweg über die Grosshesseloher Eisenbahnbrücke gingen und in das milchig blaue Wasser der Isar unter ihnen blickten. Vor ihnen lag die leuchtende Silhouette der Stadt.

»Was für ein herrlicher Ausblick!«, rief Fritz. »Man könnte meinen, das Septemberlicht würde alles vergolden, was es berührt.«

Cläre stimmte ihm zu. Eine Weile blieben sie stehen und lauschten dem Gurgeln des Wassers unter ihnen. Erst als sie aus der Ferne das Geräusch eines nahenden Zugs hörten, verließen sie die Brücke auf der anderen Isarseite.

»Die Schlosswirtschaft liegt in Grünwald«, verkündete Fritz. »Bis dahin ist es nicht mehr weit.«

Er hatte recht. Verschwitzt und glücklich entdeckten sie wenig später einen Tisch unter einer ausladenden Kastanie und bestellten sich Bier und Schweinswürstl.

»Wie schön, sich mal bedienen zu lassen«, meinte Cläre und seufzte wohlig. »Danke für diesen wunderschönen Tag.«

»Danke?«, fragte Fritz erstaunt. »Der Vorschlag kam von Ihnen. Außerdem muss ich mich bedanken, dass Sie überhaupt noch mit mir reden.«

»Jetzt übertreiben Sie aber«, protestierte Cläre. Sie überlegte, ob sie ihn nach dem Grund für sein seltsames Verhalten am Kino fragen sollte, doch sie verzichtete darauf.

Als die Kellnerin das Bier vor ihnen absetzte, hob Fritz seinen Krug und schien etwas sagen zu wollen, doch dann setzte er ihn wieder ab. »Darf ich Ihnen das Du anbieten?«, fragte er viel zu ernst. Seine Augen suchten ihre.

»Gern«, antwortete Cläre lächelnd und hob ihren Bierkrug. »Prost!«

Fritz lachte. Die Bierkrüge klirrten, und sie tranken in langen, durstigen Zügen.

»Ist dein Vorbereitungskurs an der Hochschule schon vorbei?«, fragte Fritz, als das Essen vor ihnen stand.

»Noch zwei Sitzungen, dann fängt im Oktober das reguläre Semester an. Ich kann es kaum erwarten … auch wenn ich dann mit neuen Kommilitonen zusammensitzen werde, die sich wieder erst mit einer Frau in ihrer Mitte abfinden müssen.«

»War es so schlimm in dem Vorbereitungskurs?«

Cläre zuckte mit den Schultern. »Angenehm war es nicht, aber gegen Ende schienen sie sich einigermaßen an mich gewöhnt zu haben. Ich fürchte nur, dass es mit jeder neuen Vorlesung und jedem neuen Seminar wieder von vorne losgeht … ein bisschen wie Spießrutenlaufen.«

Einen Augenblick schwiegen sie, dann meinte Fritz: »Falls du einen Ausgleich brauchst – ich wollte dich fragen, ob du ab und zu beim Texten für unsere Karikaturen helfen möchtest.«

»Für den *Simplicissimus*? Texte für die richtigen Ausgaben?«, fragte Cläre ungläubig.

Fritz lachte. »Natürlich für die richtigen Ausgaben. Sozusagen als freie Mitarbeiterin.«

»Warum nicht? Wenn ihr eine staubtrockene Mathematikerin gebrauchen könnt?«

»Was wir gebrauchen können, ist dein staubtrockener Humor.« Er grinste.

Schließlich war es Zeit, sich auf den Heimweg zu machen. Am Himmel zeichneten sich goldene Streifen ab, und weil mit Fußgängern nicht mehr zu rechnen war, erlaubten sie sich, auf dem Waldweg zu fahren, was eigentlich verboten war. Die tief stehende Sonne blitzte durch die Stämme und tauchte den Waldboden in rötliches Licht. Plötzlich hörte Cläre hinter sich einen Fluch, dann traf Fritz' Fahrrad krachend auf dem harten Boden auf.

Cläre bremste ab. »Was ist passiert? Hast du dir wehgetan?«

Fritz schnitt eine Grimasse und rieb sich das Schienbein. »Mein Reifen ist in einer harten Rille stecken geblieben.«

Cläre half ihm auf. »Du hast dir den Ellenbogen aufgeschlagen«, stellte sie fest.

»Nicht so schlimm.«

Cläre wollte ihn loslassen, doch er griff nach ihrer Hand. Ohne sie anzusehen, hielt er sie in der seinen und streichelte leicht ihre Finger. Cläre hatte das Gefühl, am ganzen Körper zu vibrieren. Die Berührung war angenehm, die Nähe seines Körpers ungewohnt und aufregend. Einem spontanen Impuls folgend, lehnte sie sich an ihn, spürte seine Wärme und seinen Herzschlag. Im Gegensatz zu Peter schien Fritz kein Eau de Cologne zu tragen, doch der Vergleich ärgerte sie. Sie musste endlich aufhören, ständig an einen Mann zu denken, den sie seit Monaten nicht mehr gesehen hatte. Trotzdem löste sie sich hastig.

»Wir sollten zurück«, sagte sie.

»Ja«, entgegnete Fritz ohne Begeisterung. »Aber ich habe ein paar Karikaturen, bei denen ich Hilfe beim Texten bräuchte. Hast du morgen Zeit?«

»Ist das die neue Masche bei euch Männern?« Cläre lachte spontan.

Fritz seufzte demonstrativ. »Ich wünschte, wir wären noch bei der alten. Da konnte man eine Dame zum Tanztee einladen und wusste, dass man nichts falsch macht. Aber heutzutage seid ihr ja nur noch über berufliche Herausforderungen zu ködern.«

»Ihr Ärmsten«, neckte Cläre ihn. »Kannst du denn überhaupt tanzen?«

»Ehrlich gesagt, nein.« Einen Augenblick sahen sie sich an, dann lachten sie beide.

20

Ach, Max, wie schön, Sie zu sehen.« Ricarda begrüßte Cläres Bruder mit einem Lächeln.

»Guten Tag, Frau Tuchmann.« Max nahm seine Kappe ab, sah sich kurz in dem nur mäßig besuchten Café um und trat an den Tresen.

»Ich wollte zu meiner Schwester«, erklärte er.

»Oh, Cläre ist nicht hier. Sie macht einen Fahrradausflug mit einem Freund. Wart ihr etwa verabredet?«

»Äh, nein … Cläre fährt Fahrrad?«, entfuhr es Max.

»Ja, sehr gut sogar. Sie hat es sich zusammen mit ein paar jungen Damen im Englischen Garten beigebracht und heute Morgen ein eigenes Rad gekauft.«

»Ach …« Max kam sich dumm vor, weil er als Bruder von all dem keine Ahnung hatte.

»Möchten Sie einen Kaffee?«, fragte Ricarda.

»Gerne.«

»Ich finde, wir sollten Du zueinander sagen«, bemerkte Ricarda, als sie ihm die Tasse hinschob. »Immerhin sind wir doch eigentlich so etwas wie Familie.«

Max nahm erfreut an.

Als er wenig später das Café verließ und Richtung Königinstraße ging, dachte er an Cläre. Wie schnell sie sich in München eingelebt hatte. Sie wirkte glücklich, schuf sich neue Räume und Möglichkeiten – ganz im Gegenteil zu ihm. Er fühlte sich unwohl und eingeengt in der Gemeinschaft seiner Kameraden – manchmal geradezu unter Beobachtung. Selbst das obligatorische Tragen der Kappe und Uniform, das ihn anfangs gleichgültig gelassen hatte, war ihm mittlerweile unangenehm. Und warum hatte Cläre ihm eigentlich nicht erzählt, dass sie nun Fahrrad fuhr? Warum wohl?, gab er sich selbst die Antwort. In der Neuen Pinakothek vor ein paar Tagen hätte sich vielleicht eine Gelegenheit ergeben, aber er hatte sie ja mitten im Museum stehen lassen und war davongelaufen – und das nur, weil sie angedeutet hatte, dass da irgendetwas in der Luft lag zwischen Christine und diesem Fritz. Anfangs hatte er sich noch davon zu überzeugen versucht, dass ihn das gar nichts anging, doch über diesen Punkt war er mittlerweile hinaus. Er mochte Christine – obwohl, oder vielleicht gerade weil sie so ganz anders war als er. Wo er zurückhaltend, ja sogar schüchtern war, sprach sie aus, was sie dachte, und ihr ironischer, manchmal sogar spöttischer Humor konnte verletzend sein. Trotzdem hatte er sich noch nie so zu einer Frau hingezogen gefühlt. Was, wenn jetzt tatsächlich etwas zwischen ihr und dem Karikaturisten vom *Simplicissimus* war, von dem auch Cläre ihm schon erzählt hatte? Er hatte sich ein paar Ausgaben besorgt und sich ein Lachen nicht verkneifen können. Jetzt lagen die Hefte in einer Schublade unter seinen Socken, denn seine Kameraden durften sie auf gar keinen Fall bei ihm finden.

Mittlerweile war Max in der Königinstraße angekommen. Leise schloss er die schwere Holztür auf und ging, so vorsichtig er konnte, die knarzenden Holzstufen in den ersten Stock hinauf, wo sein Zimmer lag. Er legte Kappe und Jacke ab, knöpfte sich das Hemd auf und ließ sich auf den Schreibtischstuhl fallen. Was sollte er mit dem angebrochenen Nachmittag anfangen? Lustlos blätterte er in einem seiner Studienbücher, als es klopfte. Im nächsten Moment wurde die Tür geöffnet.

»Ah, habe ich doch richtig gehört. Du bist da.«

Max drehte sich um. In der Tür stand Roland, sein Zimmernachbar.

»Ja, ich muss lernen«, log Max.

»Das Semester hat doch noch nicht mal angefangen.«

»Ich möchte einfach gut vorbereitet sein.«

Ein kurzes Schweigen entstand, doch Roland blieb hartnäckig. »Na komm schon, sondere dich nicht ab. Ein paar von uns sind unten im Gemeinschaftsraum und üben Fechten. Du könntest uns wenigstens ab und zu Gesellschaft leisten, wenn du schon selber nicht mitmachst. Fast könnte man meinen, du wärst keiner von uns.« In Rolands Stimme lag eine gewisse Schärfe.

Einen Augenblick zögerte Max. »Ich kann ja meine Bücher mit hinunterbringen«, sagte er schließlich und räumte ein paar Sachen zusammen. An Rolands Blick sah er, dass es nicht die richtige Antwort war. Er drehte sich um und ging Max voraus nach unten.

Im Gemeinschaftsraum der Studentenverbindung war es laut. Zwei Kameraden trainierten im Nebenraum. Ihre Füße trippelten rhythmisch auf dem Boden, Metall klickte auf Metall, und mehrere Kameraden spornten sie johlend an.

Max setzte sich zu ein paar anderen an den langen Tisch des Gemeinschaftsraums. Ein paar Minuten vergingen mit Gesprächen über Belangloses. Roland hatte Bier geholt, und sie prosteten sich zu. Als die Kameraden über die Pläne für den Abend zu reden begannen, nutzte er den Moment und schlug sein Buch auf. Nach und nach wanderten die anderen ins Fechtzimmer ab, und als Max das nächste Mal aufsah, war er allein im Raum. Unwillkürlich wanderten seine Gedanken zu Christine. Bald würde sie nach München zurückkommen. Sollte er versuchen, ihr im Café ihrer Mutter zufällig zu begegnen? Und dann? Konnte er es wagen, sie zu einem Spaziergang oder zu einem Stück Kuchen in ein anderes Café einzuladen?

Aus dem Nebenraum drangen die Rufe seiner Kameraden, doch niemand schickte sich an, zu ihm zurückzukommen. Max zog einen Block unter dem Buch hervor, drehte die Kappe von dem Füllfederhalter, den Cläre ihm vor zwei Jahren zu Weihnachten geschenkt hatte, und schrieb.

Fragst du mich, was du bist für mich?
Du bist die Geschichte, von der die leere Seite träumt,
Der Fisch, ohne den selbst das Meer nur Wasser wär,
die …

»Fragst du mich, was du für mich bist? Das hat aber nichts mit Jura zu tun. Was schreibst du denn da?« Unbemerkt war sein Kamerad Werner hinter ihn getreten.

»Nichts.« Erschrocken legte Max die Hand über das Gedicht, doch Werner hatte blitzschnell nach dem Block gegriffen.

»Ein Liebesgedicht!«, grölte er triumphierend.

Die anderen, die in der Tür gestanden hatten, kamen näher.

Werner lachte. »Aber ob das was wird? Er vergleicht seine Angebetete mit einem Fisch … Hört mal …«

Max war aufgesprungen. Vergeblich versuchte er, Werner den Schreibblock zu entreißen.

»Fragst du mich, was du bist für mich?«, deklamierte Werner. Max machte einen neuen Versuch, aber sein Kamerad lief weiter, den Block hoch erhoben. »Du bist die Geschichte, von der die leere Seite träumt!«, rief er dabei.

»Hört, hört!« Die anderen klatschten Beifall.

Endlich gelang es Max, Werner den Block aus den Händen zu reißen.

»Sind wir hier im Kindergarten?«, schrie er erbost. An seinen heißen Wangen konnte er ahnen, wie rot er war. »Das ist privat! Wie würde es euch gefallen, wenn …«

»Jetzt hab dich doch nicht so«, unterbrach Ernst ihn. »Ist doch nur ein Spaß unter Männern.«

»Wenn man nicht gefoppt werden will, darf man keine Liebesgedichte im Gemeinschaftsraum schreiben«, erklärte Wilhelm grinsend. »Nichts für ungut. Aber erzähl doch mal, wer ist denn die Dame? Ist sie hübsch? Kennen wir sie?«

»Nein«, sagte Max unwirsch. Mit fahrigen Handbewegungen raffte er seine Bücher zusammen und verließ grußlos den Raum.

»Ist der vielleicht mal humorlos«, hörte er in seinem Rücken, während er, immer zwei Stufen auf einmal nehmend, die Treppe hochlief.

In seinem Zimmer warf er Bücher und Block aufs Bett und schloss die Tür hinter sich ab. Dann lehnte er sich an die Wand. Seine Hände zitterten. Als sein Blick auf das zerknickte Blatt mit den Gedichtzeilen fiel, riss er es vom Block, zerknüllte es in der Faust und warf es in den Papierkorb. Es fiel daneben.

Cläre stand neben Irmi in der Küche des *Altschwabing* und half, die italienische Salami in Scheiben zu schneiden. Für heute Abend stand eine etwas andere Brotzeit auf der Karte, denn Ricarda hatte italienische Spezialitäten eingekauft. Es duftete nach Oliven, hartem Schafskäse, Parmaschinken und eingelegter Paprika. Dazu gab es Weißbrot und italienischen Rotwein. Die ersten Portionen waren bereits an den Verlegertisch zu Albert Langen und Reinhard Piper gegangen. Der politische Aktivist Erich Mühsam, der, wie Ricarda erzählt hatte, schon mehrere Reisen nach Norditalien unternommen hatte, hatte sogar schon zwei Portionen vertilgt.

»Ja mei, mir san halt international«, sagte Irmi stolz, als wäre das Schneiden der Salami und das Kosten der Oliven einer Italienreise so gut wie ebenbürtig.

»Jetzt hörst aber mal auf damit«, schimpfte Wastl, als Irmi sich eine zweite Olive in den Mund schob.

Doch sie lachte nur. »Du wirst mich aber ned verraten bei der gnädigen Frau, gell?«

Damit war Ricarda gemeint, die gerade im Gastraum am Tisch von Frank Wedekind stand. Cläre schmunzelte. Sie mochte Irmis unbekümmerte Art. Die junge Frau arbeitete hart für sich und ihr uneheliches Kind, um das ihre Mutter sich kümmerte, wenn Irmi im Café war. Der Vater des kleinen Mädchens lebte irgendwo in der Stadt, aber da unehelich geborene Kinder dem Gesetz nach als vaterlos galten, hatte sie außer ihrer eigenen Hände Arbeit keinerlei finanzielle Unterstützung. Trotzdem war Irmi immer gut gelaunt, und Cläre gönnte ihr auch die dritte Olive, von der Wastl zum Glück nichts mitbekam.

»Irmi, eine italienische Brotzeit bitte auch für Frank Wedekind und Ernst von Wolzogen!«, rief Ricarda, die gerade die Küche betrat. Ihr Blick fiel auf Cläre. »Deine Arbeitszeit ist doch schon um … Fritz wartet im Café auf dich!«

Erstaunt sah Cläre auf die Uhr. Tatsächlich. Seit fast fünfzehn Minuten hatte sie frei. Schnell schnitt sie die restliche Salami auf, band sich die Schürze ab und wollte in den Gastraum gehen, doch bevor sie die Flügeltür aufdrückte, blieb sie noch einmal stehen. Im schwachen Spiegelbild der Glasscheibe, die in die Tür eingelassen war, fuhr sie sich durch die Haare und zupfte sich die Bluse zurecht.

Fritz saß an einem kleinen Ecktisch, vor sich eine Menge Blätter und verschiedene Stifte.

»Da bist du ja, ich dachte schon, du würdest mich versetzen«, bemerkte er grinsend. Cläre lächelte entschuldigend. Dass sie tatsächlich die Zeit vergessen hatte, sagte sie ihm nicht. Gut sah er aus, fand sie. Er trug ein Hemd, das neu zu sein schien.

»Was möchtest du trinken?«, fragte er. »Ich lade dich ein.«

»Danke, aber die Getränke hole ich selbst. Ich werde mich doch nicht in unserem eigenen Café bedienen lassen.« Auf dem Weg zum Tresen fragte sie sich, ob sie tatsächlich eben »in unserem eigenen Café« gesagt hatte. Sie dachte an Christines Vorwurf. Machte sie sich tatsächlich etwas zu eigen, das ihr gar nicht zustand? Trotzdem empfand sie einen gewissen Stolz. Ricarda hatte sie nach München geholt und bei sich aufgenommen. Sie arbeitete gern im Café und machte ihre Sache gut. Warum also sollte es nicht auch ein wenig »ihr« Café sein? Schließlich nahm sie es niemandem weg – schon gar nicht Christine.

Als sie mit den Kaffeetassen wiederkam, hatte Fritz bereits die Zeichnungen ausgebreitet, bei denen er Hilfe mit den Texten brauchte. Mehrere Stunden steckten sie die Köpfe zusammen, lachten, diskutierten, verglichen ihre Vorschläge. Cläre war so in die Arbeit vertieft, dass sie das Stimmengewirr der Gäste um sie herum kaum mehr hörte. Doch schließlich waren sie fertig.

»Danke«, sagte Fritz. »Du hast eine scharfe Zunge. Dabei dachte ich immer, Mathematikerinnen könnten nicht mit Sprache umgehen.«

»Kennst du denn viele?«

»Touché. Du bist die Erste.« Fritz lachte. »Aber das liegt wohl kaum an mir. Gibt es denn außer dir sonst noch welche?«

»Das Gerücht geht um, dass es immer mehr werden!«

»Ja, in Berlin sollen es jetzt schon dreieinhalb sein. London und Paris ziehen nach.«

»Du Kindskopf.« Beinahe wäre Cläre ihm mit der Hand durch den blonden Haarschopf gefahren, doch ihre Schüchternheit hielt sie zurück, und sie sah auf die Uhr.

»Es ist schon ganz schön spät, und ich will morgen früh aufstehen und mir die Bücher für die Vorlesungen ansehen, die ich gestern gekauft habe. Vielleicht sollte ich …«

Fritz zögerte, doch als Cläre aufstand, tat er es ebenfalls.

»Wie dumm, dass du im selben Haus wohnst, in dem auch das Café ist«, meinte er, als sie draußen auf der Straße standen.

»Warum?«, fragte Cläre.

»Weil ich so keine Gelegenheit habe, dich nach Hause zu begleiten.«

Cläre lachte, doch Fritz blieb ernst.

»Komm, lass uns noch ein paar Schritte gehen«, sagte er. »Nach der lauten Stimmung da drinnen tut uns ein bisschen Stille gut.«

»Ja, du hast recht.«

Schweigend gingen sie Richtung Nordwesten zu jenen Teilen von Schwabing, die erst Mitte des vorigen Jahrhunderts bebaut worden waren. Dort befanden sich immer noch Straßenzüge, in denen man sich unversehens in eine andere, ländliche Welt katapultiert wähnte. Während ein großer Teil der Münchner Altstadt und etwa die Hälfte der Schwabinger Straßen seit ein paar Jahren mit elektrischer Straßenbeleuchtung ausgestattet worden waren, brannten hier noch die grünlich leuchtenden Gaslaternen, und zwischen den einzelnen Häusern lagen Gärten, Wiesen, ja sogar Felder. Mittlerweile waren die gelben Stoppeln untergepflügt, der Boden bereit für die Wintersaat.

»Es duftet nach Gras und Erde. Ein Herbstgeruch, wie ich ihn aus Kaufering kenne. Danke, dass du diesen Spaziergang vorgeschlagen hast.«

»Vermisst du dein Zuhause?«

»Weniger, als ich anfangs befürchtet hatte. Mein Vater beschwert sich schon, dass ich ihn so selten besuche.«

Fritz schwieg und sah sie an. »Weißt du, dass du wunderschön bist?«, fragte er plötzlich.

Cläre erschrak. Ein solches Kompliment hatte ihr noch niemand gemacht.

»Du wirst es nicht glauben«, sprach Fritz leise weiter. »Aber das war das Erste, was ich gedacht habe, als du im Februar mit Peter ins Café kamst … frisch vom Bahnhof. Natürlich kannte ich dich da noch nicht, aber mittlerweile weiß ich, dass du nicht nur schön bist, sondern auch klug. Das ganze Frühjahr über wollte ich dich ansprechen, aber ich wusste nicht wie. Immer waren so viele Leute dabei.«

Vor allem Christine, dachte Cläre, doch sie sprach es nicht aus. Stattdessen sagte sie betont scherzhaft: »Aha, deshalb wolltest du also noch einen Spaziergang machen … hierher, in die nächtliche Einsamkeit.«

»Cläre, du bist der unromantischste Mensch, den ich kenne«, erwiderte Fritz in gespielter Verzweiflung. »Es kommt schließlich nicht jeden Tag vor, dass ich versuche, einer Frau zu gestehen, wie sehr sie mir gefällt, und du machst es mir nicht gerade leicht.«

»Es ist auch nicht so einfach, auf so ein Geständnis zu reagieren, wenn es das erste ist«, sagte Cläre leise. Einen Augenblick sahen sie sich an, dann kam Fritz näher. Ganz sacht berührten sich ihre Lippen. Sein Kuss war warm und ein wenig rau. Unwillkürlich berührten Cläres Finger seinen Oberkörper, und als Fritz sie an sich zog, ließ sie es geschehen.

21

Christine war am Vorabend aus Berlin zurückgekommen, und obwohl sie keinen Dienst im Café hatte, saß sie mit ihrer Mutter am breiten Tisch der Caféküche und schälte Kartoffeln für die Reiberdatschi, die es mittags geben sollte. Wastl war um diese Zeit noch nicht da, nur Irmi knetete Kuchenteig auf der Anrichte, ab und zu schwang die Flügeltür zum Gastraum auf, und Cläre, die an diesem Morgen bediente, trat ein. »Schön, dass du wieder da bist«, hatte sie am Vorabend zu ihr gesagt, als sie sich wiedergesehen hatten, und zu ihrer eigenen Überraschung hatte Christine sich darüber gefreut.

Nun stand Cläre an der Anrichte, denn ihr Frühdienst im Café war eben zu Ende gegangen. Statt gleich weiterzuziehen, lauschte sie Christines Erzählungen aus Berlin.

»Wie ist sie denn nun, die Verlobte von Peter?«, wollte Ricarda wissen.

»Ich habe sie ja nur einmal getroffen«, meinte Christine ausweichend. »Wir waren in einem sehr feinen Restaurant, das Gisela ausgesucht hatte. Eine vornehme Partie hat unser Peter da gemacht, das muss man ihm lassen.«

»Wird er sie zu meinem Geburtstag mitbringen? Habt ihr darüber gesprochen?«

Christine zuckte mit den Achseln. »Ich glaube, er weiß es

selbst noch nicht. Wenn ja, quartieren wir sie am besten im *Bayerischen Hof* ein.«

»Warum denn? Bei uns oben ist doch noch Platz für einen weiteren Gast.«

»Na ja«, sagte Christine grinsend. »Wenn du mich fragst, ist sie Eleganteres gewohnt. Eine typische Tochter aus besserem Hause eben.«

»Du tust ja gerade so, als ginge es bei uns drunter und drüber und als hättest *du* keine gute Kinderstube genossen.«

Christine wurde rot, denn sie fühlte sich an ihren Schlagabtausch mit Gisela im *Hotel Bristol* erinnert und an den Streit, den sie anschließend mit Peter gehabt hatte. Ob sie sich nicht einmal benehmen könne, hatte er gerufen und sie beschuldigt, immer alle an ihren eigenen überzogenen Maßstäben zu messen. »Müssen immer alle so sein, wie du es gerne hättest? Und wenn sie es nicht sind, stehen sie vor Christine wie vor dem Jüngsten Gericht?«, hatte er geschimpft. Es stimmte, sie hatte ihnen allen das Abendessen ruiniert. Nicht einmal zwei Stunden lang hatte sie ihrem Bruder zuliebe einfach nur nett und freundlich sein können. Aber davon erzählte sie ihrer Mutter nichts und hoffte inständig, dass auch Peter es nicht tun würde.

Vielleicht klang es deshalb so versöhnlich, als sie jetzt sagte: »Gisela ist nett, wirklich. Ein bisschen verwöhnt, aber nett.« Sie sah, dass ihre Mutter etwas erwidern wollte, doch in diesem Moment ging die Flügeltür auf, und Fritz stand in der Küche. Als er sie sah, blieb er stehen.

»Fritz!« Christine freute sich. Offenbar hatte er von ihrer Rückkehr gehört und war hier, um sie zu sehen. Es musste dringend sein, wenn er sofort in der Küche nach ihr suchte, denn das hatte er bisher noch nie getan.

»Servus, Christine, ich wusste gar nicht, dass du zurück bist.«

Christine stutzte. Erst jetzt bemerkte sie seine überraschte Miene. Er war also nicht ihretwegen hier? Aber wenn nicht, warum dann? Ihr Blick streifte den ihrer Mutter und wanderte dann weiter zu Cläre, die sich die Schürze abgebunden hatte und ihrem Blick auswich.

»Bis später«, sagte sie nur und ging auf Fritz zu.

»Schön, dass du wieder da bist, Christine«, sagte er mit einem verlegenen Lächeln. »Du musst mir alles über Berlin erzählen.« Dann verließ er mit Cläre die Küche.

Einen Augenblick jagten sich die Gedanken in Christines Kopf, schließlich wandte sie sich an ihre Mutter.

»Sind die beiden jetzt ein … also, wusstest du davon?«

»Ach, Christine.« Ricarda legte ihrer Tochter die Hand auf den Arm und drückte ihn. »Gewusst habe ich es nicht, aber geahnt … seit ein paar Tagen.«

Christine sah ihre Mutter nicht an, sondern nickte nur stumm.

Kurz darauf machte sich Christine auf den Weg zum Englischen Garten. Ins Atelier musste sie erst am nächsten Morgen wieder, und sie war froh, den Tag für sich zu haben. Jetzt war also eingetroffen, was sie instinktiv geahnt hatte. Fritz und Cläre waren ein Paar. Sie versuchte auszuloten, was sie empfand. War sie unglücklich? Eifersüchtig? Oder einfach nur wütend, weil Fritz sich ausgerechnet für Cläre entschieden hatte?

Im Park steuerte sie auf eine Bank zu. Obwohl sie gar nicht weit gelaufen war, fühlte sie sich müde. Nach wie vor empfand sie Cläre als Fremdkörper, der in ihrem Leben nichts verloren und ihr jetzt auch noch Fritz vor der Nase weggeschnappt hatte. Wer weiß, wie es ohne Cläre weitergegangen wäre mit ihnen … Plötzlich wünschte sie sich nichts mehr, als mit Peter über das ganze Elend reden zu können. Doch der war sicher noch immer verärgert, ihr Abschied auf dem Berliner Bahnhof war kühler ausgefallen als sonst. Dazu kam, dass er auffallend häufig das Gespräch auf Cläre gebracht hatte. Er hatte wissen wollen, wie es ihr ging, wie ihr Vorbereitungskurs gelaufen war. Gleich mehrmals hatte er sich danach erkundigt, ob sie schon Freunde in München gefunden habe. Und überhaupt, woher wusste er eigentlich von ihrem Vorbereitungskurs? Hatte ihre Mutter ihm davon geschrieben?

»Christine?«

Erschrocken sah sie auf. »Du?« Sie merkte selbst, dass es nicht gerade freundlich klang.

Max lachte unsicher. »Es gab schon mal Menschen, die sich mehr gefreut haben, mich zu sehen.«

Die Ironie entlockte Christine ein erstes Lächeln.

»Du siehst aus wie drei Tage Regenwetter«, bemerkte Max. »Aber ich fürchte, du wirst mir nicht sagen, wo du gerade mit deinen Gedanken warst. Weit weg jedenfalls. Ich musste dich dreimal rufen, bevor du mich gehört hast.«

Christine wusste nicht, was sie antworten sollte. »Ach, ich bin einfach noch mit den Gedanken in Berlin«, sagte sie lahm. An Max' Blick konnte sie erkennen, dass er ihr kein Wort glaubte.

»Magst du ein paar Schritte gehen?«, fragte er stattdessen. Obwohl es eine naheliegende Frage war, kam sie für Christine überraschend. Ihr erster Impuls war, Max abzuweisen. Sie wollte allein sein, hatte keine Lust auf Gespräche – und schon gar nicht mit Cläres Bruder, der wieder in dieser lächerlichen Uniformjacke steckte. Andererseits … Sie dachte an sein Gedicht auf dem Zettel, den er ihr vor ihrer Abreise zugesteckt hatte. Sie hatte es überraschend schön gefunden, so schön, dass sie es schon viele Male gelesen hatte und mittlerweile beinahe auswendig kannte.

»Ja, warum nicht.« Sie stand auf.

Zunächst gingen sie schweigend nebeneinanderher. Schließlich gab sich Christine einen Ruck: »Das Gedicht, das du mir auf die Zugfahrt mitgegeben hast, war übrigens … recht interessant. Schreibst du öfter?«

»Ja, manchmal.«

»Und wovon handelt dein letztes Gedicht?«

»Mein letztes?«, fragte Max eine Spur zu laut. »Äh, es war ein Herbstgedicht, glaube ich. Über einen Septembertag.«

»Du flunkerst, und es würde mich interessieren, warum«, neckte ihn Christine und wunderte sich, wie viel leichter sie sich plötzlich fühlte.

»Dann sind wir ja quitt. Oder hast du vorhin tatsächlich so traurig geschaut, weil du an Berlin gedacht hast?«

Christine lachte verlegen. Vor ihnen kam der Chinesische Turm in Sicht.

»Komm«, sagte Max. »Ich lade dich zu einem Kaffee ein. Auch wenn du mein Gedicht nicht schön fandst, sondern nur interessant.«

Plötzlich kam Christine sich schäbig vor. Sie, die von anderen immer absolute Ehrlichkeit forderte, hielt ihr Kompliment zurück, nur weil Max in einer Studentenverbindung war.

Sie blieb stehen und sah ihn an. »Es ist ein wirklich schönes Gedicht«, sagte sie ernst. »Ich habe es noch. Möchtest du es wiederhaben?«

»Nein, natürlich nicht, es ist für dich.« Die Worte *für dich* hatten einen seltsamen Klang, und plötzlich fielen Christine die Grübchen auf, die Max hatte, wenn er lächelte – so richtig lächelte, wie jetzt.

»Na, wie sieht es aus mit dem Kaffee?«, hakte er nach.

Christine versuchte sich an einer bedeutungsschwangeren Miene. »Ich weiß nicht, ob das geht.«

»Warum nicht?« Max' Stimme klang enttäuscht.

Doch um Christines Mundwinkel zuckte es. Sie hatte Mühe, ernst zu bleiben. »Es ist nur so ... Wenn meine Freunde mich mit dir im Biergarten sitzen sehen – in dieser Uniformjacke –, bekomme ich ganz schön was zu hören.«

»Und wenn meine Kameraden mich mit dir sehen, geht es mir genauso«, gab Max erleichtert zurück.

»Mit mir? Warum?«

Er lachte. »Mit deinen wilden Haaren und dem wilden Blick siehst du nach allem aus, was ihnen verdächtig ist.«

»Du meinst wie ein Blaustrumpf, der das Frauenwahlrecht fordert und am Ende sogar noch die SPD wählt und zu Friedenskundgebungen und Arbeiterdemonstrationen geht.«

»Schon allein, dass du einen Beruf hast«, fügte Max grinsend hinzu.

»Und demnächst findet im *Altschwabing* die Generalversammlung des Bayerischen Landesvereins für Frauenstimmrecht statt. Warte nur, vielleicht organisieren die dieses Jahr sogar einen Demonstrationszug durch München. Da wäre ich auf jeden Fall dabei.«

Max verzog das Gesicht. »Du hast recht. Die Einladung zum Kaffee war wohl doch ein voreiliger Schritt. Ich ziehe sie zurück.«

Einen Augenblick stutzte Christine. Meinte er das jetzt ernst? Plötzlich spürte sie, wie unrecht ihr das wäre, doch dann sah sie das Lachen in seinen Augen, und auch die Grübchen kehrten zurück.

»Und ich dachte immer, nur ich wäre gut darin, andere Leute zu foppen!«, rief sie lachend.

Max sah sie an, und sie spürte ein Kribbeln im Bauch, das sie beinahe aus der Fassung brachte. Entschlossen senkte sie den Blick.

»Na gut, gehen wir«, sagte sie betont burschikos. »Aber ich nehme einen extragroßen Kaffee mit Schuss. Komm, da hinten ist noch etwas frei.«

Sie lief los, und Max folgte ihr.

22

Gisela saß auf Peters Sofa und wartete. Seit er ihr den Zweitschlüssel für seine Wohnung gegeben hatte, musste sie nicht mehr auf der Straße warten oder ihn gar von der Arbeit abholen. Ihr Blick wanderte durch das Zimmer, das ihm als Wohn- und Arbeitsraum diente, und sie seufzte. Sie wusste wirklich nicht, wie man so leben konnte. Die Wohnung in dem noch relativ neuen Hansaviertel war viel zu klein für ihren Geschmack. Viel schlimmer aber waren die Möbel. Peter hatte nach seiner Ankunft bei Gebrauchtwarenhändlern das Nötigste zusammengetragen und widersetzte sich erfolgreich ihrem Wunsch, neue und schönere Stücke zu erwerben. Auf dem Sofa, auf dem vor ihnen wahrscheinlich schon Hinz und Kunz gesessen hatten, konnte sich Gisela überhaupt nur niederlassen, weil sie ein Tuch darübergebreitet hatte. Außerdem störte sie noch etwas anderes: Alles wirkte provisorisch, als wenn Peter nicht die Absicht hätte, auf Dauer in Berlin zu bleiben.

Sie setzte sich an seinen Schreibtisch und blickte aus dem Fenster. Hoffentlich ließ er sie nicht zu lange warten. In ihrer Langeweile zog sie die Schreibtischschublade auf. Ihr Blick fiel auf zwei Postkarten und ein in Papier gewickeltes Päckchen. Was es wohl enthielt? Doch die Anziehungskraft der Karten war stärker. Sie nahm sie, las und runzelte die Stirn. Eine Cläre aus München bedankte sich für eine Postkarte mit einer Praline und sprach von einem Einhorn, das sie als Maskottchen benutzte. In der zweiten Karte fragte sie Peter gar, wann er vorhatte wiederzukommen. Wer war diese Cläre? Und warum bezeichnete sie sich als Einhorn und Peter als Pferd? Sie überlegte. Nein, Peter hatte den Namen nie erwähnt, und doch standen sie ganz offensichtlich in Briefkontakt.

Mit noch immer gerunzelter Stirn griff sie nach dem Päckchen und wiegte es in der Hand. Was es wohl enthielt? Da drehte sich der Schlüssel im Schloss, und Peter trat ein. Rasch legte Gisela das Päckchen in die Schublade zurück, doch um sie zu schließen, war es zu spät, denn Peter stand bereits im Raum.

Sie beschloss, gleich zum Angriff überzugehen. »Wer ist Cläre?«

Peters Miene verdüsterte sich. »Du liest meine Karten?«

»Ich habe nach einem Stift gesucht und wusste nicht, dass du etwas vor mir zu verbergen hast«, antwortete Gisela spitz.

»Habe ich ja gar nicht. Cläre ist die Nichte von Luise. Sie wohnt seit letztem Februar bei meiner Mutter und meiner Schwester.«

»Seltsam, dass Christine diese Cläre gar nicht erwähnt hat.«

»Leider verstehen die beiden sich nicht so gut.«

»Du und Cläre dafür umso besser.«

»Du hast keinen Grund zur Eifersucht. Ich habe Cläre erst einmal gesehen, und du … du bist meine Verlobte.«

Gisela fand, dass Peters Stimme viel zu nüchtern klang. Viel besser hätte es ihr gefallen, wenn er zu ihr gekommen wäre und sie stürmisch geküsst hätte. Außerdem fand sie nichts Beruhigendes daran, dass Peter mit einer Frau korrespondierte, die er angeblich kaum kannte.

»Wann ist noch einmal der Geburtstag deiner Mutter?«, fragte sie plötzlich.

»Anfang Oktober.«

Wieder wartete Gisela vergeblich darauf, dass er sie fragte, ob sie ihn bei dieser Gelegenheit nach München begleiten wolle. Sie beobachtete ihn, wie er das Sakko auszog und sich den Schlips weitete. Na warte, dachte sie. Du weißt es noch nicht, aber dieses Mal wirst du nicht ohne mich nach München fahren!

»Magst du noch einen Tee?« Fritz deutete fragend auf Cläres leere Tasse.

»Nein, danke, ich muss gehen. Du weißt doch, dass schon bald die Generalversammlung des Bayerischen Landesvereins für Frauenstimmrecht bei uns stattfindet. Da gibt es noch viel vorzubereiten, und ich will Ricarda bei den Besorgungen helfen.«

»Schade.« Fritz zog sie noch ein wenig enger an sich heran. Cläre ließ es geschehen und streichelte ihm über den Rücken. Etwa eine Stunde hatten sie auf Fritz' Sofa an den Texten für seine neuesten Karikaturen gearbeitet, doch dann hatten ihre Hände Besseres zu tun gefunden.

Jetzt sah Fritz ihr in die Augen. »Schwarze Haare und blaue Augen … so sah in meinem Märchenbuch früher das Schneewittchen aus … nur dass du noch schöner bist.«

»Ich hoffe, das ist meine einzige Gemeinsamkeit mit Schneewittchen«, entgegnete Cläre. »Wenn du mich fragst, war sie ziemlich auf den Kopf gefallen. Ich konnte schon als kleines Mädchen nicht begreifen, wie man seine verkleidete Stiefmutter nicht sofort erkennen kann.«

Fritz seufzte, und Cläre wusste, warum. Immer wieder wich sie seinen Komplimenten mit saloppen Bemerkungen aus. Sie wusste selbst nicht, warum es ihr so schwerfiel, sich ihm zu öffnen. Einerseits mochte sie die körperliche Nähe zu ihm, andererseits fühlte sie einen inneren Widerstand, wann immer er von Gefühlen sprach. Wie zur Wiedergutmachung strich sie ihm durch die blonden Haare. Seine Lippen näherten sich, und sie küssten sich zärtlich. Vorsichtig strichen seine Hände über ihre Taille und wanderten langsam nach unten. Ihr Kuss wurde intensiver, doch als Cläre seine Fingerspitzen unter ihrem Blusensaum spürte, löste sie sich von ihm.

»Ich muss jetzt wirklich gehen«, sagte sie leise, ohne ihn anzusehen.

Fritz setzte sich auf und räusperte sich verlegen. »Ja, gut.«

Cläre strich ihre Kleidung glatt und stand auf. »Sehen wir uns morgen?«

Ein Lächeln erschien auf Fritz' Gesicht. »Natürlich.« Er erhob sich ebenfalls und nahm sie noch einmal in den Arm. »Ich werde dich vermissen.«

»Du Kindskopf …« Cläre zog ihren Mantel über und gab Fritz einen raschen Abschiedskuss.

Auf dem Weg zum Café war sie in Gedanken noch bei ihm. Wie offen und warmherzig er war. Fritz machte keinen Hehl daraus, dass er aufrichtig in sie verliebt war, auch wenn er das noch nicht explizit gesagt hatte – und wenn es nach ihr ging, durfte es auch so bleiben. Denn genau das war der Punkt. Gerade in Momenten echter Nähe tauchte vor ihrem inneren Auge das Gesicht von Peter auf. Das ärgerte sie, denn Peter lebte in Berlin – und er war verlobt. Daran änderte auch die Postkarte mit dem Einhorn nichts, die sie noch immer in ihrer Tasche mit sich herumtrug. Zwar würde er zum fünfzigsten Geburtstag seiner Mutter zu Besuch kommen, aber welchen Unterschied machten schon ein paar Tage? Immerhin hatte sie von Ricarda erfahren, dass er seine Verlobte nicht mitbringen würde.

Cläre rief sich zur Räson. Fritz war hier in München. Sie

mochte seine Lippen und seine Wärme, und von ihm im Arm gehalten zu werden hatte etwas Vertrautes und Inniges, das ihr gefiel. Nur dass sie in ihn verliebt war, konnte sie bisher nicht sagen. Es ist deine erste richtige Freundschaft mit einem Mann, schalt sie sich. Dass du verwirrt bist, ist doch kein Wunder. Sicher musst du ihn einfach nur noch besser kennenlernen. Echte Gefühle ließen sich nicht anknipsen wie elektrisches Licht.

Ihre Gedanken wanderten zu Christine. Fritz hatte ihr erzählt, was sich in den letzten Monaten zwischen ihnen abgespielt hatte. Bestimmt war ihre neue Freundschaft mit Fritz ein weiterer Grund, warum Christine sie nicht leiden konnte.

Vor Cläre tauchte die Haustür neben dem *Altschwabing* auf, und sie kramte den Schlüssel aus der Tasche. Inzwischen gab sie sich keine Mühe mehr, im Treppenhaus leise aufzutreten, um Frau Sedlmayr aus dem zweiten Stock zu entgehen. Es klappte ohnehin nie, denn Frau Sedlmayr schien hinter ihrer Wohnungstür zu leben, ja manchmal hatte Cläre sich schon vorgestellt, dass die Nachbarin mit einem Auge am Türspion festklebte.

Als sie auf dem Treppenabsatz des zweiten Stocks ankam und die charakteristische Bewegung hinter dem Spion sah, rief sie spontan: »Grüß Gott, Frau Sedlmayr. Ich werde jetzt etwa zwei Stunden zu Hause sein, danach komme ich wieder runter, um im Café zu arbeiten.«

Als sich die Tür öffnete, hatte Cläre ihr schon den Rücken zugewandt und war auf dem Weg nach oben.

»A freches Mundwerk ham S' bekommen, junges Fräulein. Scho ganz wie die andre da droben mit ihrer großen Goschn!«

Cläre drehte sich nicht um, denn darüber ärgerte sich Frau Sedlmayr am meisten. Was würde die Nachbarin wohl sagen, wenn sie von der geplanten Generalversammlung im *Altschwabing* wüsste? Sie stellte sich vor, wie Frau Sedlmayr am Fenster stand und rot anlief beim Anblick so vieler Blaustrümpfe, die sich in die Politik einmischten, anstatt sich zu Hause in ihren Wohnzimmern mit Stickmustern zu beschäftigen.

Während unten die Tür wieder zuklappte, schloss Cläre im dritten Stock auf. Die Wohnung wirkte leer, wenngleich auf dem Küchentisch eine halb volle Tasse Tee stand. Daneben lag ein aufgeschlagenes Fotoalbum, das sie noch nie gesehen hatte. Neugierig trat Cläre näher und setzte sich. Ob sie es sich ansehen durfte? Aber warum nicht? Schließlich lag es offen auf dem Tisch.

Sie blätterte zum Anfang des Albums und schmunzelte. Die ersten Fotografien zeigten Christine und Peter als Säuglinge und Kleinkinder und waren von Fotografen in Ateliers aufgenommen worden. Christine saß, ausstaffiert mit einem weißen Spitzenkleidchen, auf einem grimmig aussehenden Schaukelpferd aus Holz und machte einen Schmollmund. Bestimmt hatte der Fotograf alles gegeben, um ihr ein Lächeln zu entlocken, aber irgendwann hatte er vermutlich aufgegeben. Ihr Bruder trug einen Matrosenanzug und blickte direkt in die Linse des Fotoapparats. Obwohl er auf dem Bild höchstens fünf Jahre alt war, entdeckte Cläre Ähnlichkeiten mit dem erwachsenen Peter, den sie kannte. Unwillkürlich musste sie lächeln und blätterte weiter. Auf mehrere Fotografien der Geschwister als Kleinkinder folgten Bilder von Ricarda und ihren Eltern.

Doch dann änderte sich etwas. Die Bilder wurden persönlicher und zeigten die Kinder beim Spielen im Englischen Garten, im Tierpark und sogar im *Café Altschwabing*. Außerdem gab es Fotografien, auf denen Ricarda und ihre Kinder gemeinsam abgebildet waren. Diese Fotografien muss Luise gemacht haben, schoss es Cläre durch den Kopf. Von Ricarda wusste sie, dass Luise gerne fotografiert hatte. Es gab auch Bilder von den Kindern zusammen mit Cläres Tante, denen zu entnehmen war, wie sehr die beiden sie geliebt hatten. Vor allem Christine schmiegte sich eng an die stets freundlich lachende Frau, selbst als die Jahre vergingen und die Kinder älter wurden.

Cläre schlug eine weitere Seite um. Diese Bilder musste Christine gemacht haben, denn sie zeigten Ricarda und Luise zusammen im Park. Sie lachten und hielten sich um die Taille gefasst. Cläre lächelte, doch plötzlich blieb ihr Blick an einer anderen Fotografie hängen. Ricarda und Luise, in derselben Küche, in der sie nun saß. Die Belichtung war nicht besonders günstig, trotzdem konnte man die beiden gut erkennen. Auf einem Bild saßen sie nebeneinander und sahen sich tief in die Augen, auf dem nächsten gaben sie sich einen Kuss.

Cläre saß wie vor den Kopf gestoßen da. In all den Monaten hatte sie nicht gesehen, was doch so offensichtlich gewesen war. Das jahrelange Zusammenleben der beiden Frauen in einer Wohnung, die Tatsache, dass sie Peter und Christine gemeinsam großgezogen hatten. Und als Luise gestorben war, hatte Ricarda deren Elternhaus geerbt.

Wie konnte ich nur so blind sein?, dachte Cläre erstaunt. Erst jetzt wusste sie, was ihr Vater mit manchen Bemerkungen gemeint hatte. Und ihre Mutter? War die Liebesbeziehung ihrer Schwester zu einer Frau ein zusätzlicher Grund gewesen, warum sie eine Versöhnung abgelehnt und Luise nie in München besucht hatte?

»Was soll das? Was schnüffelst du in unseren Sachen?«

Erschrocken fuhr Cläre herum. Christine stand in der Tür. Sie musste in ihrem Zimmer gewesen sein. Wütend sah sie

Cläre an, dann war sie mit wenigen Schritten am Tisch, schlug das Fotoalbum zu und riss es an sich.

»Das ist privat!«, rief sie zornig. »Das ist meine Familie, nicht deine. Reicht es dir nicht, dass du dich in unser Leben drängst? Musst du auch noch in unserer Vergangenheit herumschnüffeln?«

Cläre stand auf. »Ich schnüffele nicht herum. Das Album lag aufgeschlagen auf dem Tisch.«

»Das gibt dir noch lange nicht das Recht, darin zu blättern. Merkst du eigentlich, wie du alles vergiftest? Genauso, wie deine Mutter das Verhältnis zu ihrer Schwester vergiftet hat. Jahrelang hat Luise darunter gelitten und wir mit ihr. Und jetzt, wo sie tot ist, tauchst du hier auf und drängst dich zwischen mich und meine Mutter. Ich …«

»Du bist ja verrückt!«, unterbrach Cläre sie zornig. »Du weißt genau, dass das nicht stimmt. Du lebst nur von deinen Vorurteilen gegen alle und jeden. Und dann behauptest du auch noch, du hättest unter dem Streit zwischen meiner Mutter und Luise gelitten? Glaubst du etwa, für mich und meinen Bruder war es schön, dass unsere Mutter von ihrer Familie enterbt wurde? Und wenn meine Mutter nicht zu einer Versöhnung mit Tante Luise bereit war, ist das wohl kaum meine Schuld. Ich hätte sie sehr gerne kennengelernt. Immerhin war sie meine Tante.« Sie unterbrach sich und fuhr dann langsam fort: »*Meine* Tante, nicht deine. Du bist vielleicht mit ihr aufgewachsen. Aber ich habe ein Recht darauf, mehr über sie zu erfahren. Und ganz offenbar wollte Luise mich kennenlernen. Ich bin ein Teil deiner Familie, ob dir das passt oder nicht!«

Mit geröteten Wangen starrten die beiden jungen Frauen sich an. Dann drehte Christine sich abrupt um und verließ die Küche. Cläre erwartete, dass sie die Tür mit einem Knall zuschlagen würde, doch sie drückte sie ganz leise ins Schloss.

Verärgert bemerkte Cläre, dass ihr eine Träne über die Wange lief. Heftig wischte sie sie ab. Was sollte nach diesem Streit aus ihr und Christine werden? Konnte sie überhaupt noch in der Wohnung bleiben? Sie spürte, wie ihr Zorn schwand und einer großen Müdigkeit wich. Ratlos ließ sie sich auf den Küchenstuhl sinken.

23

Obacht, Maderl!«, rief eine laute Stimme.

Erschrocken blieb Christine stehen. Im selben Moment ratterte ein Fuhrwerk an ihr vorbei, die Hufe der Pferde donnerten auf dem Pflaster. Das war knapp gewesen! War sie tatsächlich auf die Fahrbahn getreten, ohne zu schauen? Einen Augenblick blieb sie noch stehen, dann vergewisserte sie sich, dass die Straße frei war, und ging weiter. Der Weg zu Wassily Kandinskys Atelier war nicht weit – leider. Denn ausgerechnet jetzt, da sie endlich einen Termin für ihre sogenannten Aktionsfotografien gefunden hatten, war sie überhaupt nicht in Stimmung. Stattdessen wäre sie am liebsten ziellos durch die Stadt gelaufen, wie schon mehrfach in den letzten Tagen. Der Streit mit Cläre hatte sie mitgenommen, auch wenn sie anfangs noch davon überzeugt gewesen war, im Recht zu sein. Doch inzwischen war ihre Wut verraucht, und ihr war klar geworden, dass nicht alles, was Cläre gesagt hatte, falsch war. Luise war für sie wie eine zweite Mutter gewesen, aber es gab nichts daran zu rütteln, dass sie Cläres Tante war, und es war nicht Cläres Schuld, dass sie sich nicht hatten kennenlernen dürfen.

Als sie vor der Hausnummer 36 in der Ainmillerstraße stand, holte sie kurz Luft. Jetzt galt es, sich zu konzentrieren. Zu ihrer Überraschung öffnete nicht Kandinsky die Wohnungstür, sondern sein Malerfreund Franz Marc. Hinter ihm erschien Gabriele Münter, Kandinskys Gefährtin.

»Guten Tag, Christine. Kommen Sie doch herein!«, rief sie, während Marc sich mit einem Kopfnicken begnügte. Jetzt erschien auch Kandinsky auf Socken im Flur.

Marc grinste. »Sich beim Malen fotografieren lassen – so etwas kann auch nur dir eingebildetem Pfau einfallen.«

»Es war die Idee unserer jungen Fotografin hier«, protestierte Kandinsky. »Ich helfe ihr nur, ihr eigenes Talent zu entwickeln ... außerdem bist du ja nur neidisch.«

Marc lachte schallend, während sie gemeinsam den Salon betraten. Überall hingen Bilder. Einige konnte Christine klar Kandinsky zuordnen, andere nicht.

»Die dort vorne sind von mir«, sagte Münter, die ihrem Blick gefolgt war. »Möchten Sie eine Tasse Kaffee, bevor es losgeht?«

»Gerne, vielen Dank«, erwiderte Christine.

Die Malerin ging hinüber in die Küche.

»Wir sind schon nebenan im Atelier und bereiten alles vor«, erklärte Kandinsky, und im nächsten Moment stand Christine allein im Raum. Während Kandinsky mittlerweile fast ausschließlich abstrakt malte, hielt seine Gefährtin an realistischen Motiven fest, die sie vereinfacht, manchmal beinahe kindlich darstellte. Die starken Farben waren flächig aufgetragen und bildeten scharfe Kontraste. Ich wünschte, ich könnte malen, dachte Christine spontan. Das, was ich sehe, so wiedergeben, wie ich möchte.

Christine ging weiter durch den Raum und näherte sich den Bildern, die neben der offenen Ateliertür hingen.

»Wie groß ist dieses Gemälde jetzt genau?«, hörte sie Marc fragen.

»Einen Meter neunzig auf zwei Meter fünfundsiebzig«, antwortete Kandinsky. »Also über fünf Quadratmeter groß. Die Statuten der Künstlervereinigung besagen zwar, dass nur zwei Werke von insgesamt vier Quadratmetern bei der Ausstellung im Dezember dabei sein dürfen, aber in der Vergangenheit gab es ja auch schon Ausnahmen. Ich kann mir nicht vorstellen, dass sich die Mitglieder auf unserer nächsten Sitzung querstellen. Das wäre reine Prinzipienreiterei.«

»Da wäre ich mir nicht so sicher«, erwiderte Marc. »Deine oder, besser gesagt, unsere künstlerische Entwicklung sagt einigen schon länger nicht mehr zu. Außerdem lasten sie uns unsere Affinität zu ausländischen Künstlern an. Das Klima der Münchner Kunstwelt ist konservativer geworden. Wenn du Pech hast, werden sie die Größe des Bildes zum Anlass nehmen, dir eins auszuwischen, und es nicht zur Ausstellung im Dezember zulassen.«

»Wenn sie das tatsächlich tun, dann trete ich aus«, gab Kandinsky trotzig zurück. »Viel habe ich ohnehin nicht mehr mit den Kollegen gemein. Vielleicht wäre es sogar an der Zeit, dass wir uns selbstständig machen? Du, Gabriele, ich, unser Freund August Macke in Bonn und wer immer sich uns sonst noch anschließen mag. Wir gehen unsere eigenen Wege und wären frei von der ständigen Gängelei der Künstlervereinigung.«

»Lassen wir es auf uns zukommen«, beschwichtigte Marc. »Außerdem sollten wir die Konsequenzen bedenken. Wenn wir unter Protest die Gruppe verlassen und nicht mehr an der geplanten Ausstellung bei Thannhauser teilnehmen, wo stellen wir dann im Dezember aus? Oder etwa gar nicht mehr?«

»Du hast recht. Aber mach dir keine Sorgen. So weit wird es nicht kommen, ich habe da schon so eine Idee. Lass mich mal mit Heinrich Thannhauser sprechen.«

»Christine, Ihr Kaffee …«

Gabriele Münter war ins Wohnzimmer zurückgekehrt und reichte Christine eine dampfende Tasse. Kurz darauf betraten sie Kandinskys Atelier. Während Münter und Marc sich in zwei Sesseln niederließen, prüfte Christine die Lichtverhältnisse und baute ihr Stativ auf.

»Möchten Sie, dass ich eine bestimmte Pose einnehme?«, fragte Kandinsky.

Noch bevor sie antworten konnte, hörte sie Marc hinter sich lachen. »Das würde dir wohl so passen!«, rief er.

»Nein«, sagte Christine. »Was ich will, ist ja gerade nicht das statische Bild mit einer Pose, die wir uns schon im Voraus ausdenken und die Sie dann einnehmen, wie bei der traditionellen Porträtfotografie. Sie malen einfach. Vergessen Sie bitte, dass ich überhaupt da bin. Ich werde gleich mehrere Bilder machen, es kann also durchaus länger dauern. Worauf ich aus bin, sind Zufallsbilder, echte Momentaufnahmen. Und wenn wir Glück haben, werden ein paar von ihnen die tatsächliche Dynamik des Augenblicks einfangen. Die Atmosphäre, die Stimmung, die Sekunde, in der etwas geschaffen wird.«

Kandinsky lachte. »Wunderbar. Das heißt, ich muss nichts tun, was ich nicht sonst auch täte. Die ganze Arbeit und Verantwortung liegt bei Ihnen.«

»Genau.« Christine lächelte schief.

Kandinsky wandte sich der Leinwand zu, auf der bereits verschiedene Grundformen und Markierungen zu sehen waren. Dann tauchte er den Pinsel in blaue Farbe und begann, die Leinwand mit Zeichen und Formen zu füllen. Einige schienen sich anzuziehen, andere sahen aus, als sprengte eine innere Kraft sie auseinander. Immer leidenschaftlicher arbeitete er, seine Hand wechselte die Pinsel und Farben so schnell, dass Christine hinter ihrem Stativ vor Konzentration den Atem anhielt. Ab und zu trat Kandinsky zurück, kniff die Augen zusammen, betrachtete die Leinwand von allen Seiten und arbeitete dann umso konzentrierter weiter. Das ständige Klicken des Auslösers schien er gar nicht zu hören. Als Christine alle Filmrollen verbraucht hatte, stand ihr der Schweiß auf der Stirn. Sie hatte keine Ahnung, ob wenigstens ein paar der Fotografien dem entsprechen würden, was sie sich erhoffte, trotzdem fühlte sie sich glücklich.

Ihre Erschöpfung spürte sie erst, als sie wieder auf der Straße stand. Die Leidenschaft, die Kandinsky beim Malen überkommen hatte, hatte sich auch auf sie übertragen. Das ist die Fotografie, die ich machen will, dachte sie. Leben abbilden – und Bewegung! Sie dachte an die unglaubliche Spannung, die Intensität, die Kandinskys Inspiration im Atelier geschaffen hatte. Da war kein Abwägen mehr gewesen, kein langes Überlegen, wo der nächste Strich, der nächste Farbtupfer hinsollte. Er hatte es einfach gewusst. Ebenso wie sie intuitiv gefühlt hatte, wann sie auslösen musste – oder zumindest war es ihr so vorgekommen.

Erst als sie vor der Wohnungstür in der Schellingstraße stand, fiel ihr der Streit mit Cläre wieder ein, und ein Gefühl der Ernüchterung überkam sie. Sollte sie lieber ins Café gehen? Andererseits wusste sie nicht einmal, wo Cläre sich gerade aufhielt. Vielleicht war sie gar nicht zu Hause?

Unfug, dachte sie plötzlich. Umso besser, wenn sie zu Hause ist. Wir müssen das jetzt klären, ein für alle Mal, denn so geht es nicht weiter.

Energisch drehte sie den Schlüssel im Schloss. In der Wohnung war alles still, und Cläres Zimmertür war zu, aber ihr Mantel hing an der Garderobe. Christine brachte die Fotoausrüstung in ihr Zimmer, wusch sich Gesicht und Hände und ging dann zu Cläres Zimmertür. Vorsichtig sah sie durchs

Schlüsselloch. Tatsächlich, Cläre saß am Schreibtisch und arbeitete.

Bevor sie es sich anders überlegen konnte, klopfte sie an.

»Herein?«, rief Cläre.

Christine trat ein.

In Cläres Gesicht stand Überraschung, aber auch eine unübersehbare Ablehnung.

»Darf ich kurz reinkommen?«, fragte Christine trotzdem.

Cläre zuckte mit den Schultern. »Ich arbeite gerade.«

Unaufgefordert nahm Christine auf dem kleinen Sofa Platz. Selbst von hier konnte sie erkennen, dass die aufgeschlagenen Bücher Zahlenreihen und Gleichungen enthielten.

»Mathematik war nicht gerade mein Lieblingsfach«, versuchte sie den Einstieg. »Peter musste mir immer helfen, und ich glaube, ich habe ihn öfter mal zur Verzweiflung getrieben. Jedenfalls kannst du dich glücklich preisen, dass du dafür ein Talent hast.«

»Kein Talent ist besser als das andere«, sagte Cläre kurz angebunden und starrte weiter in ihre Bücher.

Sie macht es mir nicht leicht, dachte Christine.

»Weißt du eigentlich, dass dies früher das Mädchenzimmer deiner Mutter war?«, fragte sie schließlich.

Cläre fuhr zu ihr herum. »Dieses Zimmer? In dem wir jetzt sitzen? Davon hat deine Mutter gar nichts erzählt.«

Christine nickte erleichtert. »Es kann sein, dass meine Mutter das gar nicht weiß, aber Luise hat es mir einmal erzählt. Bevor du gekommen bist, war es eines unserer Gästezimmer, und als meine Mutter dir ausgerechnet dieses Zimmer gegeben hat, habe ich mich wieder daran erinnert. Da vorne muss ein großes Puppenhaus gestanden haben, das aber irgendwann ein böses Ende genommen hat, weil Luise und deine Mutter echtes Petroleum in die kleinen Lampen gefüllt und sie angezündet haben, um Licht ins Puppenhaus zu bekommen.«

»Um Himmels willen!«, rief Cläre.

»Zum Glück kam das Kindermädchen hereingestürzt und hat das Puppenhaus mit einer Bettdecke gelöscht, bevor der Brand übergreifen konnte. Aber das Puppenhaus war natürlich hin, und zur Strafe haben die beiden auch kein neues bekommen.«

»Ich wusste gar nicht, dass sie ein Kindermädchen hatten oder ein Puppenhaus. Eigentlich weiß ich gar nichts. Meine Mutter hat mir nie etwas erzählt«, sagte Cläre traurig.

»Hast du sie denn nie gefragt?«, wollte Christine wissen.

»Als ich noch jünger war, ständig. Aber sie fand immer einen anderen Grund, warum sie nichts erzählen wollte. Irgendwann sagte sie dann, sie habe bei der Heirat mit meinem Vater das Buch ihrer Vergangenheit zugeschlagen, und es sei nicht gut, immer wieder darin zu blättern. Da war ich schon etwas älter und wusste von der Enterbung. Und ich glaube, seitdem habe ich auch nie mehr nachgebohrt.«

»Das tut mir leid«, sagte Christine aufrichtig. »Sie muss sehr verletzt gewesen sein.«

Cläre nickte nachdenklich. »Andererseits konnte ihre Schwester Luise ja gar nichts dafür. Im Nachhinein frage ich mich wirklich, warum meine Mutter ihre harte Haltung nicht irgendwann aufgeben konnte. Ich wünschte, sie hätte es getan, dann wüsste ich jetzt so viel mehr von ihr. Leider hat mein Vater ihre Wut über die Jahre nur noch genährt, und wir Kinder waren zu jung, um uns einzumischen.«

»Luise hat der Kontakt mit ihrer Schwester sehr gefehlt«, sagte Christine. Sie schwieg ein paar Sekunden. »Aber was ich eigentlich sagen wollte: Es tut mir leid, wie ich mich dir gegenüber verhalten habe. Ich war eifersüchtig auf die Rolle, die du in Luises Leben gespielt hast, obwohl sie dich nicht einmal kannte, und auch darauf, wie gut du dich sofort mit meiner Mutter verstanden hast. Aber ich sehe ein, dass das ungerecht war. Vielleicht können wir ja noch mal von vorne …?«

Cläre nickte. »Das wäre schön.«

Christine strahlte. »Das wird ein echtes Geburtstagsgeschenk für meine Mutter. Und Peter wird auch staunen, wenn wir ihn gemeinsam vom Bahnhof abholen. Aber erst mal müssen wir die Generalversammlung im *Altschwabing* ausrichten. Puh, das wird eine Menge Arbeit, aber ich bin schon so gespannt. Mutter hat mir gesagt, dass wieder ein Demonstrationszug durch München zur Debatte steht. Das wollten sie vor ein paar Jahren schon mal machen, aber dann haben die meisten doch dagegen gestimmt … Cläre? Hörst du mir überhaupt zu?« Sie sah zu Cläre, die ins Leere starrte.

»Wann kommt dein Bruder am Bahnhof an?«, fragte sie, als hätte sie Christines letzte Worte gar nicht gehört.

Christine sah sie verwundert an. »Irgendwann am frühen Abend, glaube ich, warum?«

»Ach, nur so.«

»Du hilfst doch auch mit im Café während der Versammlung der Stimmrechtlerinnen, oder?«

»Ja, natürlich. Deine Mutter und ich haben vor ein paar Tagen schon Besorgungen dafür gemacht.«

Christine nickte befriedigt. »Warst du schon mal bei einer solchen Veranstaltung dabei?«

»Nein, wie denn auch? Bei uns in Kaufering gibt es so was doch gar nicht.«

Christine lachte. »Du wirst es interessant finden, da bin ich mir sicher.«

Es war ungewohnt gewesen, am nächsten Morgen in die Küche zu kommen und Christine mit ihrer Mutter am Frühstückstisch sitzen zu sehen. Fast hatte sie beim Aufstehen gefürchtet, Christine könne es sich über Nacht noch einmal anders überlegt haben. Doch sie wirkte unendlich erleichtert, die Bürde des eigenen Unfriedens endlich abgeworfen zu haben.

»Guten Morgen, Cläre!«, rief sie demonstrativ, als Cläre im Türrahmen erschien.

»Guten Morgen, Christine!«, gab Cläre zurück.

Ricarda sah erstaunt von einer zur anderen. »Nanu? Ein Wunder wird wahr! Habe ich etwas verpasst?«, fragte sie erfreut.

»Wir haben beschlossen, dass wir es leid sind, uns anzufeinden«, sagte Christine vergnügt. »Oder besser gesagt, *ich* habe eingesehen, dass ich es leid bin, *Cläre* anzufeinden.« Sie grinste schief.

»Dass ich diesen Tag noch erleben darf!«, rief Ricarda erleichtert. »Kommt her!« Sie legte jeweils einen Arm um die beiden jungen Frauen und drückte sie kurz.

»Versöhnung rechtzeitig zum Treffen der Frauenstimmrechtlerinnen heute Abend, jawoll!« Christine stand stramm und legte in soldatischer Manier die Hand an die Stirn.

Ricarda lachte. »Du Kindskopf! Wenn ich dich nicht hätte, um mir gute Laune zu machen, ich weiß auch nicht …«

Cläre betrachtete Mutter und Tochter. Endlich musste sie nicht mehr das Gefühl haben, zwischen ihnen zu stehen. Sie rechnete es Christine hoch an, über ihren eigenen Schatten gesprungen zu sein, erst recht jetzt, da Fritz sie hatte abblitzen lassen.

Den Morgen verbrachte Cläre mit Lernen, doch schon am frühen Nachmittag band sie sich im Café die Schürze um und half mit.

Nach und nach trudelten die ersten Damen ein. Da der Tag sonnig war, trugen die meisten von ihnen gerüschte Sonnenschirme. Bald war der einzige Schirmständer voll, weshalb Christine und Cläre einen Tisch in den Eingangsbereich zogen, auf dem sie abgelegt werden konnten. Cläre betrachtete die Damen verstohlen. Sie schienen durchweg dem gutbürgerlichen Milieu anzugehören, waren mittleren Alters und kannten sich alle untereinander.

»Du siehst ihre moderne Gesinnung schon daran«, flüsterte Christine ihr zu, »dass die meisten von ihnen kein Korsett mehr tragen oder höchstens ein leichtes Reformkorsett, das die Beweglichkeit weniger einschränkt. Für unsere Generation ist das beinahe normal, aber nicht für die unserer Mütter.«

»Ich bewundere Ihr Kleid, meine Teuerste«, sagte eben eine Dame mit perfekt nach oben frisiertem Haar zu einer Bekannten. »Schlicht und doch raffiniert. Verraten Sie mir Ihre Schneiderin? Sie ist doch hoffentlich in München ansässig.«

»Leider nein«, antwortete die Angesprochene geschmeichelt. »Dieses Kleid ist von Emmy Schoch aus Karlsruhe. Es ist dem viktorianischen *Tea Gown* nachempfunden, ganz ohne Korsett, aber ohne dabei auf Taille zu verzichten. Es gibt doch nichts Schlimmeres als diese reinen Reformkleider, um nicht zu sagen, Reformsäcke!«

»Da stimme ich Ihnen zu, meine Liebe. Oh, da kommt sie ja, unsere Frau Augspurg.« Die Köpfe fast aller Damen wandten sich zur Tür, als die Genannte mit einem Klingeln des Türglöckchens eintrat und die Anwesenden begrüßte.

»Die Frau mit dem dunkelbraunen Kurzhaarschnitt ist Anita Augspurg«, raunte Christine Cläre wieder zu. »Und die Dame neben ihr mit dem blonden welligen Haar ist ihre Gefährtin Lida Gustava Heymann.«

»Woher kennst du die nur alle?«, staunte Cläre.

»Anita Augspurg ist weit über München hinaus als Frauenrechtlerin und Aktivistin bekannt, aber ich kenne sie auch deshalb, weil sie eine großartige Fotografin ist«, sagte Christine stolz. »Sie und ihre frühere Gefährtin, Sophia Goudstikker, hatten gemeinsam ein Fotoatelier in der Von-der-Tann-Straße. Das Haus mit dem fantastischen Ornament, das wie ein geschwungener Drache aussieht.«

»Oh, das Haus kenne ich. Das ist ganz in der Nähe vom Studentenkorps meines Bruders!«, rief Cläre etwas zu laut und legte sich erschrocken die Fingerspitzen auf den Mund, doch keine der Frauen hatte ihre Bemerkung beachtet.

»Na, ihr beiden!« Ricarda klatschte fröhlich neben ihnen in die Hände. »Wie wäre es, wenn ihr Irmi und mir beim Kaffeeausschenken helfen würdet, anstatt hier ein Plauderstündchen abzuhalten? Und die beiden Damen dort hinten haben Limonade und Zwetschgenkuchen bestellt.«

»Das übernehme ich«, sagte Christine schnell und war schon weg.

Nach und nach hatten sich die Frauen bei angeregten Gesprächen gestärkt und gingen zum offiziellen Teil der Versammlung über.

Am Ende ergriff Anita Augspurg noch einmal das Wort. »Meine werten Damen, wir haben heute schon viel Wichtiges besprochen, aber ein Punkt auf unserer Tagesordnung fehlt noch. Ein Punkt, der mir persönlich sehr am Herzen liegt und den wir heute nicht zum ersten Mal diskutieren. Ich weiß, dass er für viele Anwesende sehr kontrovers ist. Lassen Sie uns trotzdem mit der größtmöglichen Offenheit darüber sprechen. Ich schlage vor, einen Demonstrationszug durch die Straßen Münchens zu veranstalten, um die Öffentlichkeit auf unsere Forderung nach dem Frauenwahlrecht aufmerksam zu machen. Wie Sie alle wissen, tun sich die Suffragetten in England mit spektakulären Aktionen hervor, und da wir den Kampf um das Wahlrecht nur gemeinsam gewinnen können, finde ich, es ist an der Zeit, dass auch wir deutschen Frauen unserer Stimme öffentlich Gehör verschaffen und nicht nur auf unseren Sitzungen.«

»Ein Demonstrationszug?«, meldete sich eine etwas beleibte Dame in einem dunkelblauen Samtkleid zu Wort. »Sie meinen zu Fuß? Das würde ich für höchst unpassend halten. Wie wir alle wissen, sind Demonstrationsveranstaltungen ein Mittel der Arbeiterbewegung und der Sozialdemokraten! Ich glaube nicht, dass wir uns mit diesen Gruppierungen gemein machen sollten.«

»Genau!«, rief nun auch eine andere. »Wir wollen schließlich keinesfalls verwechselt werden mit diesen radikalen Aufrührern! Schon aus Rücksicht auf unseren bürgerlichen Stand und das Prestige unserer Ehemänner. Mein Mann ist Zahnarzt, er hat einen Ruf zu verlieren.«

»Darf ich Sie daran erinnern, dass es auch in Berlin schon eine Demonstration gab«, warf Anita Augspurgs Gefährtin Lida Gustava Heymann ein. »Im letzten Jahr kam es nach einem Treffen des Berliner Vereins für Frauenstimmrecht zu einer spontanen Demonstration für ein allgemeines Wahlrecht. Sollen wir nicht auch können, was den Berlinerinnen möglich ist?«

»Aber das kann doch nicht unser Vorbild sein!«, rief eine Frau in einem leichten Chiffonkleid. »Diese Frauen sind durch weniger bürgerliche Viertel gezogen, und wenn ich mich richtig erinnere, wurde sogar die *Marseillaise* gesungen und Parolen skandiert wie: ›Weg mit unserem Reichskanzler Bethmann Hollweg!‹ Kein Wunder, dass das darauffolgende Treffen des Vereins in Anwesenheit der Polizei stattfand.«

»Aber in London sind solche Demonstrationen doch gang

und gäbe«, warf eine der jüngeren Damen ein, die Bloomers und eine Schiebermütze trug. »Schon vor ein paar Jahren gab es dort im Hyde Park eine Massenkundgebung mit einer halben Million Menschen. Außerdem veranstalten sie Autokorsos und verwenden Banner und Plakate. Und sie verteilen Aufklärungsmaterial! Ich finde, die englischen Suffragetten haben Mut. Warum haben wir den nicht?«

»Um Gottes willen, meine Verehrteste«, wehrte die Dame im blauen Samtkleid ab. »England als Vorbild. So weit kommt es noch. Solche Dinge mögen dort als gemäßigt gelten. Hier bei uns wären sie unerhört! Abgesehen davon, dass wir gar nicht die erforderliche Unterstützung haben, um so viele Menschen für unsere Sache auf die Straße zu bringen. Darüber hinaus widerstrebt es meiner Weiblichkeit, mich so zu benehmen.«

Der Blick der jungen Frau verdüsterte sich, und Lida Gustava Heymann sprang ein. »Wenn Sie einen Demonstrationszug für unangemessen halten, wie wäre es mit einer Demonstrationsfahrt? Wir könnten Landauer mieten und uns ganz standesgemäß mit Pferden durch die Straßen Münchens kutschieren lassen! Die Wagen könnten wir hübsch mit bunten Bändern schmücken. Etwa fünfzehn oder zwanzig Viersitzer müssten sich schon füllen lassen.«

Die anwesenden Damen begannen untereinander zu tuscheln.

»Für mich wäre das eine Alternative«, meinte eine ältere Dame. »Sicherlich gewagt, aber anständig. Eventuell würden mein Mann und ich sogar unseren eigenen Landauer zur Verfügung stellen. Mein Mann ist ja sehr progressiv eingestellt.« Sie lächelte. Nach und nach meldeten sich auch andere Damen zu Wort, weitere Gespanne wurden in Aussicht gestellt.

»Dann stimmen wir also ab?«, fragte Anita Augspurg erfreut.

Kurz darauf war die erste Demonstrationsfahrt des Bayerischen Landesvereins für Frauenstimmrecht beschlossene Sache. Als Termin wurde ein Tag im November festgelegt, um noch alles Nötige organisieren zu können.

»Ich werde auf jeden Fall an der Seite mitlaufen«, sagte Christine mit leuchtenden Augen.

»Ich auch, darauf kannst du dich verlassen«, gab Cläre zurück. »Ginge es nach mir, hätten wir auch die Berliner Fußmärsche und die Londoner Autokonvois. Wenn wir Frauen erst wählen können, dann können sich die Politiker nicht mehr erlauben, Mädchenbildung zu vernachlässigen, die Frauen unter unwürdigen Bedingungen arbeiten zu lassen, ihnen berufliche Chancen ganz zu verweigern oder ihnen grundlegende Bürgerrechte vorzuenthalten. Und ich könnte dann vielleicht nach meinem Studium an einem richtigen Gymnasium unterrichten.«

»Schön wär's«, stimmte Christine ihr zu. »Wenn die deutschen Mühlen nur nicht immer so langsam mahlen würden. Komm, die Ersten stehen auf. Lass uns beim Zusammenräumen helfen.«

»Oder wir lassen das Geschirr gleich stehen«, schlug Cläre schmunzelnd vor.

Christine sah sie verständnislos an.

»Ich meine für den Geburtstag deiner Mutter«, erklärte Cläre lachend.

Christine lachte laut auf. »Eine gute Idee. In diesen Tagen kommt aber auch alles Schlag auf Schlag.«

24

Dietrich Kühn stand am Fenster seines Büros im Hauptgebäude der AEG und sah seinem Kollegen Peter Tuchmann nach, der eilig das Werksgelände verließ. Heute wartete keine blonde, langbeinige Verlobte auf ihn.

Über kurz oder lang wird die ihn sowieso verlassen, den Juden, dachte er bei sich. Der hatte nicht genügend Schneid. Außerdem fehlten ihm der rechte Patriotismus, die Vaterlandstreue, die Stärke und Härte. Bald würde ein neuer Krieg kommen. Es war unausweichlich, um die Karten der Macht neu zu mischen und Deutschland endlich wieder den gebührenden Platz zuzuweisen. Aber dafür brauchte es Männer mit dem Herzen auf dem rechten Fleck, keine Waschlappen, Sozis und Kriegszweifler wie diesen Tuchmann – und schon gar nicht in verantwortungsvollen Positionen bei der AEG!

Längst war Peter Tuchmann aus seinem Blickfeld verschwunden. Dietrich Kühn wusste, dass er in den nächsten Tagen nicht wiederkehren würde. Offenbar hatte seine Mutter in München Geburtstag, und er hatte sich freigenommen, was er auch nur seiner ungerechtfertigt guten Beziehung zu ihrem Abteilungsleiter verdankte. Nun, das würde sich bald ändern.

Dietrich Kühn drehte sich um und verließ das Büro. Im Gebäude war es still. Auch die Sekretärin des Abteilungsleiters war gegangen. Vorsichtig öffnete Kühn die Tür zu ihrem Büro.

Auf dem Schreibtisch der Sekretärin sah Kühn die Mappe mit Peter Tuchmanns Bericht, die sie ihrem Vorgesetzten am nächsten Tag zur Durchsicht vorlegen würde.

Kühn nahm sie an sich und ging in sein Büro, wo er sie hastig durchblätterte. Ausgerechnet dem Kriegszweifler Tuchmann hatte der Abteilungsleiter die Aufgabe zugeteilt, das Produktionspotenzial der AEG im Kriegsfall zu errechnen und zu formulieren, welche Hilfe man sich im Ernstfall vom Ministerium erhoffte. Es ging um Rohstoffe, Transport, reibungslose Lieferketten – und Tuchmann schien seine Aufgabe gut gemacht zu haben, Kühn konnte keine fehlerhaften Behauptungen entdecken. Er verließ das Büro, öffnete die Tür zum Arbeitszimmer seines Kollegen und setzte sich an dessen Schreibmaschine. Dann griff er zu den Seiten mit den Berechnungen und Schlussfolgerungen. Wort für Wort formulierte er die Punkte neu, verringerte die anvisierten Kapazitäten, erfand Probleme, die es nie geben würde, und endete mit düsteren Prognosen. Endlich war er zufrieden. Leise schloss er Tuchmanns Tür hinter sich und platzierte die Mappe mit dem gefälschten Bericht erneut auf dem Schreibtisch der Sekretärin.

Tja, Tuchmann, dachte er, während er das Gebäude verließ. Karriere macht man eben nicht nur mit dem Köpfchen, sondern auch mit dem Herzen.

Hand in Hand stiegen Peter und Gisela am Bahnhof Westend aus der U-Bahn. Von der Sonne war nur noch ein roter Streifen zu sehen, und wo der Schein der elektrischen Straßenlaternen nicht hinreichte, lagen die parkähnlichen Vorgärten in tiefem Schatten. Bis zur Akazienallee in der Nähe des Spandauer Damms, wo Giselas Eltern in einer weißen Gründerzeitvilla lebten, war es nicht weit.

Entspannt schlenderten sie durch die von hohen Bäumen gesäumte Straße. Peter war guter Stimmung. Der Bericht für den Abteilungsleiter lag auf dem Schreibtisch der Sekretärin, und schon morgen würde er zu seiner Familie fahren. Mit der Aussicht auf die Tage in München konnte er dem Abend mit seinen zukünftigen Schwiegereltern gelassen entgegenblicken. Ein wenig wunderte er sich, dass Gisela in den vergangenen Wochen kein Wort mehr über den Geburtstag seiner Mutter verloren hatte. Aber wahrscheinlich war ihr selbst klar geworden, dass eine laute Feier im Café nicht der richtige Zeitpunkt für ein Kennenlernen war. Er war erleichtert, dass ihm etwaige Diskussionen erspart geblieben waren, und dachte an den Koffer, der bereits gepackt in seinem Wohnzimmer stand, darin ein Geschenk für seine Mutter, Schokolade für seine Schwester und – in einer Schachtel vor den Gefahren des Transports geschützt – Cläres Glasfigur.

In der Villa von Giselas Eltern öffnete ein Bediensteter die Tür und nahm ihnen Mantel und Hut ab. Frau Richter reichte ihm freundlich die Hand, auf der er einen Kuss andeutete. Der große Tisch im Esszimmer war bereits gedeckt. Die weiße Damasttischdecke glänzte, Silberbesteck und Gläser funkelten unter dem elektrischen Deckenleuchter. Erst jetzt legte Peters zukünftiger Schwiegervater die Abendzeitung beiseite und erhob sich aus dem Sessel.

Sie nahmen Platz, und ein junges Dienstmädchen brachte den ersten Gang. Peter hatte sich noch nicht an die ständige Anwesenheit von Dienstboten gewöhnt, und er wusste auch gar nicht, ob er das wollte, selbst wenn Gisela nicht vorhatte, nach der Heirat auf solche Bequemlichkeiten zu verzichten.

»Nun, was sagen Sie als Ingenieur zu unserem neuen Elbtunnel in Hamburg?«, wandte sich Bankier Richter an Peter. »Zwei Röhren, fast fünfhundert Meter lang und über zwanzig

Meter unter dem Flussspiegel. Ein Meisterwerk der Ingenieurskunst, um das uns ganz Europa beneidet. Deutschland zeigt mal wieder seine Vorherrschaft in Sachen Technik.«

»Ja, wirklich sehr beeindruckend«, pflichtete Peter ihm bei.

»Wäre die Konstruktion solcher Bauvorhaben nicht auch etwas für Sie? Damit könnten Sie sich einen eigenen Namen machen.«

»Oh, ich glaube, dass die AEG durchaus Möglichkeiten für außergewöhnliche Projekte bietet«, erwiderte Peter.

Giselas Vater winkte ab. »Natürlich, da haben Sie ja recht. Die AEG ist einer unserer wichtigsten Konzerne und wird im Kriegsfall einer der größten Rüstungslieferanten sein. Sie weiten jetzt auch auf den Bereich Flugzeuge aus?«

»Ja«, bestätigte Peter und tupfte sich die Lippen mit der Serviette ab. »Aber dazu kann ich nicht viel sagen, Sie verstehen …«

»Oh, natürlich.« Herr Richter lachte verschwörerisch. »Betriebsgeheimnisse.«

»Trotzdem hoffe ich, dass der Kriegsfall nicht eintritt«, warf Peter ein.

»Wer hofft das nicht … Aber seien wir doch ehrlich. Friedensdemonstrationen wie die am Treptower Park vor einigen Wochen werden ihn wohl kaum verhindern. Ein paar Sozis, die auf sich aufmerksam machen wollen, mehr nicht.«

»Es müssen immerhin an die zweihunderttausend Menschen gewesen sein. Ich kann mir nicht vorstellen, dass das alles Sozialdemokraten waren«, bemerkte Peter, obwohl ihn der Verlauf des Gesprächs an den Zusammenstoß zwischen Christine und Gisela erinnerte. Seine Verlobte schien Ähnliches zu befürchten, denn sie sah ihn warnend an.

»Natürlich waren das Sozis«, entgegnete Giselas Vater. »Sobald es irgendwo einen Radau gibt, kommen die Ratten von überallher aus ihren Löchern und fühlen sich stark. Aber das kann auch nicht darüber hinwegtäuschen, dass es eine belanglose Minderheitspartei ist, die sich ständig profilieren will.«

»Ach, Werner, lass uns bei diesem schönen Abendessen von etwas anderem reden«, mischte sich Frau Richter ein und wandte sich an Peter.

»Wir freuen uns, dass Gisela morgen endlich Ihre Familie kennenlernen wird, nicht wahr, Werner?« Sie sah ihren Mann an, der etwas Unverständliches vor sich hin brummte.

Peter blickte seine zukünftige Schwiegermutter ratlos an. Wovon redete sie? Gisela schenkte sich Wasser nach, als hätte sie nichts gehört.

»Natürlich hoffen wir, dass es bald ein offizielles Treffen unserer beiden Familien geben wird«, fuhr Giselas Mutter fort. »Wir hatten an Weihnachten gedacht, hier bei uns in Berlin, zusammen mit Ihrer Mutter und Ihrer Schwester. Ein Kennenlernen vor der Hochzeit im nächsten Jahr. Ich greife doch nicht vorweg, wenn ich ›nächstes Jahr‹ sage?« Sie lächelte schelmisch.

Peter sah Hilfe suchend zu Gisela. Die stieß ihn leicht unter dem Tisch an. »Natürlich nächstes Jahr, Mutter. Und deshalb hat Peter mich auch gebeten, nach München mitzukommen, damit ich sehe, wo er aufgewachsen ist. Aber das schließt ja ein Treffen an Weihnachten in Berlin nicht aus, oder, Liebling?« Sie sah ihn auffordernd an.

Peter wusste nicht, ob er verärgert oder beschämt sein sollte. Hatte Gisela sich das Treffen mit seiner Familie tatsächlich so sehr gewünscht? Aber es auf diese Art herbeizuführen …

»Ja, warum nicht. Natürlich, Weihnachten ist ein Fest, das wir …«

»O ja, wir wissen doch, dass Sie in Ihrer Familie kein Weihnachten feiern«, unterbrach Giselas Mutter ihn sofort. »Aber

Sie kommen ja aus einer so offenen jüdischen Familie, da wird Ihnen ein Weihnachtsfest doch keine Probleme bereiten.« Sie lachte kurz auf. »Und wenn Sie beide erst mal verheiratet sind, müssen Sie ohnehin gewisse Entscheidungen fällen, allein schon im Hinblick auf zukünftige Kinder.«

»Sie reisen doch erster Klasse morgen?«, wechselte Giselas Vater das Thema.

»Natürlich, Vater, ich habe die Karten selbst gekauft.«

Peter nickte mechanisch. Er spürte, wie Gisela seine Hand nahm und drückte.

»Ich freue mich so auf morgen, Liebling«, sagte sie und strahlte ihn an.

»Ich auch«, erwiderte er schwach, doch in seinem Kopf überschlugen sich die Gedanken.

Zum Glück trat in diesem Moment das Dienstmädchen ein, um den Hauptgang anzukündigen.

25

Neben Christine am Bahnsteig zu stehen und gemeinsam auf Peters Zug zu warten, war ungewohnt, aber nach ihrer Versöhnung war die monatelange Anspannung tatsächlich von ihnen abgefallen und hatte einer vorsichtigen Leichtigkeit Platz gemacht. Immer wieder sah Cläre verstohlen auf ihre Armbanduhr. Sie dachte an Fritz. Er war enttäuscht gewesen, dass sie es vorgezogen hatte, mit Christine zum Bahnhof zu gehen, anstatt mit ihm an den Texten zu ein paar neuen Zeichnungen zu arbeiten. Sie hatte behauptet, dass sie Christines Wunsch, Peter gemeinsam zu überraschen, unmöglich ausschlagen könne. Doch wenn sie ehrlich war, freute sie sich, Peter schon am Bahnhof wiederzusehen. Zu Cläres Überraschung wirkte Christine nervös und sah ständig auf die große Bahnhofsuhr, doch sie wollte nicht fragen.

Endlich ertönte aus der Entfernung ein lang gezogener Pfiff. Dampfend und fauchend fuhr der Zug ein. Kaum waren die Waggons zum Stehen gekommen, sprangen die ersten Türen auf. Frauen und Männer mit Koffern und Hutschachteln kletterten auf den Bahnsteig, Kofferträger eilten herbei und boten ihre Dienste an. Cläre und Christine hielten gespannt Ausschau.

Plötzlich entfuhr Christine ein »O nein …«.

Cläre folgte ihrem Blick – und verstand. »Ist das … seine

Verlobte?«, fragte sie verwirrt. »Ich wusste gar nicht, dass sie mitkommt.«

»Ich auch nicht.«

Cläre sah Christine prüfend an. Es war noch gar nicht lange her, dass sie Gisela in Berlin kennengelernt hatte, aber besonders erfreut wirkte sie nicht über das unverhoffte Wiedersehen.

Doch plötzlich grinste Christine sie an. »Na ja, dann lernt ihr alle sie jetzt auch mal kennen.« Sie zuckte amüsiert mit den Schultern. »Komm ...«

Cläre folgte ihr. Auch Peter hatte sie gesehen und winkte. Falls er über das doppelte Empfangskomitee erstaunt war, ließ er es sich nicht anmerken.

»Christine, Cläre!«, rief er übertrieben fröhlich. »Schaut mal, wer mitgekommen ist.«

Cläre bemühte sich um ein freundliches Lächeln, aber die Enttäuschung war stärker. Verstohlen betrachtete sie Gisela, während Christine die Verlobte ihres Bruders betont höflich begrüßte.

Gisela war tatsächlich eine Schönheit. Das ist also Peters Typ, dachte Cläre. Das völlige Gegenteil von mir: blond, langhaarig, vor allem aber elegant. Dann rief sie sich zur Räson. Es gab wirklich keinen Grund, unhöflich zu sein! Sie streckte Gisela die Hand zum Gruß hin. Noch nie hatte sie eine Hand gedrückt, die in einem cremefarbenen Seidenhandschuh steckte.

Gisela lächelte sie gewinnend an. »Und Sie sind also Cläre, die Mathematikstudentin. Wie interessant!«

Cläre nickte. Sie wusste nicht, was sie auf diese Bemerkung antworten sollte, aber Gisela hatte sich schon wieder Peter zugewandt.

»Schatz, ein Kofferträger ...«

»Natürlich, sofort.« Peters Blick blieb an Cläre hängen. Sie waren die Einzigen, die sich noch nicht begrüßt hatten. »Servus, Cläre«, sagte er leise. Mehr schien ihm nicht einzufallen.

»Servus.« Cläre lächelte, doch Giselas Anwesenheit nahm ihr die Ungezwungenheit. Einen Augenblick blieben ihre Blicke aneinander hängen, dann drehte Peter sich um und winkte nach einem Kofferträger.

Die Begrüßung durch Ricarda im *Café Altschwabing* verlief herzlich. Obwohl Peters Mutter ebenso überrascht war wie Cläre und Christine, drückte sie Gisela spontan an sich. Die lachte erschrocken auf und hielt dabei ihren Hut fest.

»Das ist also das berühmte *Altschwabing*!« Giselas Blick wanderte durch das Café, das zu spätnachmittäglicher Stunde schon gut besucht war. Rauchschwaden hingen in der Luft, es roch nach Kaffee, Bier und Kartoffelsuppe mit Speck. »Wie rustikal!«, rief sie. »Und Ihre Gäste scheinen von überallher zu kommen.«

Tatsächlich waren Fetzen von Italienisch und Russisch zu hören. Cläre hielt nach Fritz und der *Simplicissimus*-Gruppe Ausschau, doch die arbeiteten offenbar in ihren Büroräumen.

Oben in der Wohnung richtete Christine eilig das letzte freie Zimmer für Gisela her. Anschließend machten sich die beiden Weitgereisten ein wenig frisch und begaben sich dann zu den anderen in die Küche des Cafés, wo Irmi schon den großen Tisch zum Abendessen hergerichtet hatte. Giselas Wangen waren gerötet, und es war offensichtlich, dass sie nicht damit gerechnet hatte, in der lebhaften Caféküche zu essen.

»Kartoffelsuppe mit Speck, oh, so etwas habe ich auch schon mal gegessen … ich glaube, in einem Ausflugslokal am Wannsee. Aber die war nicht halb so gut!«, rief Gisela nach den ersten Löffeln.

»Es freut mich, dass es Ihnen schmeckt«, sagte Ricarda freundlich.

Cläre fragte sich, was für Suppen man wohl im Hause des Bankiers aß. Auf der Speisekarte eines Münchner Feinschmeckerrestaurants hatte sie einmal etwas von Hummersuppe gelesen. Ob Peter so etwas mochte? Verstohlen sah sie zu ihm hinüber, wie er sich eben die zweite Portion aus der Terrine nahm.

Mittlerweile hatte Ricarda begonnen, mit ihrem Gast Konversation zu machen.

Es stellte sich heraus, dass Gisela belesen war und sich in den Berliner Museen bestens auskannte. Was es in den Münchner Kunstsammlungen zu sehen gab, wusste sie ebenfalls.

»München ist in ganz Deutschland als Kunststadt berühmt«, erklärte sie. »Eine meiner Privatlehrerinnen hat München als deutsches Paris bezeichnet. Sie hat mir viele Bilder von Gemälden gezeigt, die man hier findet, vor allem in der Alten Pinakothek.«

»Dann möchten Sie sicher morgen vor meiner Feier die Museen besuchen?«, fragte Ricarda erfreut.

Gisela lächelte verlegen. »Morgen ist Samstag und die einzige Gelegenheit für mich, vor unserer Abreise am Sonntagmorgen noch die berühmten Münchner Kaufhäuser zu erkunden.«

»Sie haben recht«, meinte Ricarda. »Auch diesbezüglich hat München einiges zu bieten. Leider kann ich Sie nicht begleiten. Christine und ich haben noch viel für die Feier vorzubereiten, aber Peter zeigt Ihnen, was immer Sie sehen möchten.«

»Ach, mit Männern einkaufen zu gehen ist immer eine Qual, das kennen Sie ja sicher.« Gisela richtete ihren Blick auf Cläre. »Würden *Sie* mich vielleicht begleiten wollen?« Ohne eine Antwort abzuwarten, wandte sie sich an Ricarda. »Ich darf Ihnen Cläre doch sicher entführen?«

»Ich sehe nicht, was dem im Wege stünde«, meinte Ricarda und sah Cläre an. »Was meinst du dazu?«

Cläre war zu perplex, um zu reagieren, doch letztlich hatte sie keine Wahl.

»Ich gehe so gut wie nie in die Kaufhäuser. Ich weiß gar nicht, wo da oben und unten ist. Aber gut, ja, natürlich, ich begleite Sie gern.«

Das ist sie also, diese Cläre, dachte Gisela am nächsten Morgen, als sie nach dem Besuch des Kaufhauses Hermann Tietz am Bahnhofsvorplatz zum Oberpollinger spazierten. Unscheinbar war sie und weit davon entfernt, ein Einhorn zu sein. Ihr einfallsloses Kleid war nicht einmal maßgeschneidert, sondern eines von diesen Konfektionsdingern, die man nun überall kaufen konnte. Das einzig Interessante an ihr war der auffällige Kontrast zwischen den schwarzen Haaren und den blauen Augen, das musste sie ihr neidlos zugestehen.

Auch die Konversation mit Cläre war wenig inspirierend. Man merkte, dass sie von Privatlehrern auf dem Land unterrichtet worden war, die ihr wohl das nötigste Fachliche beigebracht hatten, nicht aber, wie man sich gepflegt unterhielt und in Gesellschaft bewegte. Sie hatte es absichtlich darauf angelegt, den Vormittag mit Cläre zu verbringen, um ihr auf den Zahn zu fühlen, denn die Postkarten, die sie in Peters Schreibtischschublade gefunden hatte, hatten sie beunruhigt. Doch welche Befürchtungen sie auch immer gehabt haben mochte, sie waren verflogen.

»Was empfehlen Sie mir denn im Oberpollinger?«, fragte sie nun mit gewinnendem Lächeln. »In welcher Abteilung sollen wir anfangen?«

Cläre schwieg und schien nachzudenken. »Warum fangen wir nicht unten an, also im Parterre, und arbeiten uns dann nach oben vor?«, meinte sie schließlich.

Gisela schüttelte innerlich den Kopf. Als Begleitung für einen erfolgreichen Einkaufsbummel war Cläre wirklich nutzlos – Mathematikstudium hin oder her.

Cläre dagegen dachte an die vielen Einkäufe aus dem Kaufhaus Hermann Tietz, die noch am Nachmittag in die Schellingstraße geliefert werden würden. Ob Peter noch einen zusätzlichen Koffer besaß? In ihr bisheriges Gepäck würden Giselas neue Schätze niemals hineinpassen.

»Sehen Sie nur«, rief Gisela und deutete auf eine goldene Haarspange mit eingesetztem Halbedelstein. Die Blicke der Verkaufsdamen in der Galanterieabteilung des Oberpollinger folgten ihr aufmerksam. Offenbar erkannten sie in Gisela die perfekte Kundin.

»Ja, die ist schön«, bestätigte Cläre mit Blick auf die Spange. »Allerdings haben Sie bei Tietz ja fast die Gleiche gekauft.«

»Ach ja, stimmt. Das hatte ich ganz vergessen«, meinte Gisela enttäuscht. »Aber die Farbe des Steins auf dieser hier ist so viel hübscher.« Plötzlich kam ihr eine Idee. »Ich kaufe die Spange einfach für Sie!«

»Das müssen Sie nicht. Ich …«

»Keine Widerrede – es macht mir Freude.«

Cläre wollte ihr erklären, dass sie mit ihren relativ kurzen Haaren wenig Verwendung für Haarspangen hatte, doch Gisela winkte bereits eine der Verkaufsdamen heran.

Cläre unterdrückte ein Seufzen. Gisela hatte in den letzten drei Stunden mehr Geld ausgegeben, als ihr Vater in einer Woche mit seinem Wirtshaus einnahm, von ihrem eigenen monatlichen Verdienst im Café ganz zu schweigen, und obwohl

Gisela großzügig war und offenbar Freude daran hatte, andere zu beschenken, waren Cläre die gedankenlosen Ausgaben nicht geheuer.

Sie stellte sich vor, wie Peter mit Gisela in Berlin Unter den Linden entlangflanierte, die Auslagen der Geschäfte betrachtete und ihr jeden Wunsch von den Augen ablas. Würde ihn ein solches Leben glücklich machen? War das tatsächlich seine Welt?

Ich habe Peter falsch eingeschätzt, dachte Cläre. Sie hatte geglaubt, dass sie beide sich ähnlich seien, aber das war offenbar Unsinn, und sie fragte sich, warum der Gedanke so wehtat.

»Schauen Sie, hier ist noch etwas für Peters Schwester und seine Mutter.« Gisela zeigte ihr die neueste Ausbeute.

Cläre nickte. »Wirklich hübsch, aber jetzt sollten wir langsam nach Hause fahren«, sagte sie.

An der Glastür des *Café Altschwabing* hing ein Schild: *Heute geschlossene Gesellschaft.* Cläre drückte auf die Klinke, doch die Tür ging nicht auf.

»Ich komme!«, rief Christine, die sie von innen gesehen hatte. Um ihren Hals hingen mehrere Girlanden, mit denen sie offenbar den Raum dekorieren wollte. »Hilfst du mir?«, fragte sie Cläre. Die versprach, sich mit dem Umziehen zu beeilen.

Als sie ins Lokal zurückkam, erklang Musik. Cläre blieb erstaunt stehen. Peter spielte Geige und wurde von Fritz auf dem Klavier begleitet. Sie übten anscheinend ein Geburtstagsständchen ein. Während Cläre die gefalteten Servietten auf den Tischen verteilte, sah sie immer wieder zu den beiden hinüber. Als Peter schließlich sein Instrument einpackte, ging sie zu ihnen.

»Ich wusste gar nicht, dass du Klavier spielst. Warum hast

du das bisher noch nie getan?«, fragte sie und legte Fritz, der noch auf dem Klavierhocker saß, bewusst den Arm um die Schultern. Sie wusste nicht, warum, aber nach dem Morgen mit Gisela wollte sie, dass Peter es bemerkte.

Fritz drehte sich zu ihr um und umfasste ihre Taille. »Heute Abend wirst du mich dafür umso mehr hören«, sagte er lachend.

Aus dem Augenwinkel nahm Cläre Peters überraschten Blick wahr. »Hoffentlich hast du trotzdem Zeit zum Tanzen, Fritz«, sagte sie fröhlich.

»Natürlich, was denkst du denn?«

Peter hatte seinen Geigenkasten geschlossen, schien sich aber nicht zum Gehen durchringen zu können, sondern sah noch immer verstohlen zu ihnen hinüber, während er die Notenhefte durchblätterte.

»Ich muss weitermachen«, sagte Cläre betont vergnügt und ging.

»Du bist mit Cläre zusammen?«, fragte Peter seinen alten Freund wie beiläufig, als Cläre außer Hörweite war.

»Seit ein paar Wochen, ja.«

»Narrenglück«, meinte Peter. »Echtes Narrenglück.« Er hörte selbst, wie wenig schmeichelhaft es klang.

Sein Freund sah ihn mit einer Mischung aus Verständnislosigkeit und Irritation an. »Wie meinst du das?«, fragte er misstrauisch.

Peter schüttelte den Kopf. »Schmarrn. Hör nicht auf mich. Ich meinte nur, dass Cläre eine ganz besondere Frau zu sein scheint.«

»Das ist sie«, bestätigte Fritz geschmeichelt. »Und du hast dir offenbar die schönste Dame in ganz Berlin ausgesucht … und die reichste.«

Peter nickte lahm und fragte sich, warum das Kompliment ihm nichts bedeutete. Er sah zu Gisela, die ebenfalls nach unten gekommen war und Christine die letzten Girlanden reichte. Sie hatte sich umgezogen, aber offenbar besaß sie kein Kleid, das nicht zu fein gewesen wäre für ihr gemütliches, wenn auch elegantes Café. Dass seine beinahe burschikos gekleidete Schwester neben ihr stand, machte die Sache nicht besser.

Peter nahm den Geigenkoffer und ging in die Küche, um zu fragen, wo seine Hilfe gebraucht wurde.

Wenige Stunden später war der Gastraum fertig geschmückt. Irmi und Rosi trugen die Platten mit Kanapees zu den Tischen, die in einer langen Reihe zu einem Büfett aufgestellt worden waren. Es gab Schnittchen, Senfeier, Leberkäs und Kartoffelsalat, außerdem kalten Braten mit Meerrettich- und Remouladensoße. Dazu hatte Ricarda ganze Körbe von weißem und dunklem Brot kommen lassen. Die Lampen an den Wänden waren mit bunten Tüchern verhängt, die dem Lokal eine schummrig-bunte Atmosphäre verliehen. Die eine Hälfte des großen Raums war völlig leer geräumt. Hier sollte der Tanz stattfinden.

»Ja mei«, sagte Ricarda gerührt. Das war einer der wenigen Ausdrücke, die sie sich als Württembergerin aus dem Bayrischen angeeignet hatte. Ihre Hand griff nach Christines Arm. Den ganzen Nachmittag hatte sie nur in der Küche werkeln dürfen, da die Dekoration des Cafés eine Überraschung sein sollte. »Wie viel Arbeit ihr euch gemacht habt!«, rief sie, doch sie kam nicht dazu, sich ausgiebiger zu bedanken, denn von draußen klopfte es an die Glastür, und sie ließ die ersten der geladenen Stammgäste ein.

Etwa eine Stunde später war das Café so gut wie voll, und

noch immer kam Ricarda aus dem Händeschütteln nicht heraus.

»Verehrter Herr Heyse, verehrte Frau Heyse.« Sie strahlte den alten Nobelpreisträger und seine Frau an, die gemeinsam mit den jüngeren Schriftstellerkollegen Ernst von Wolzogen und Frank Wedekind eingetroffen waren. »Wie schön, dass Sie kommen konnten.«

»Das konnte ich eigentlich gar nicht«, brummte Heyse. »Mein armer Hund musste allein zu Hause bleiben, denn meine werte Frau Gattin hat es sich natürlich nicht nehmen lassen, mich heute Abend zu begleiten. So ein Opfer bringe ich nur für Sie, werte Frau Ricarda.« Heyses Augen funkelten, während seine Frau den Kopf schüttelte.

»Was mein Mann damit sagen will, ist, dass wir Ihnen von Herzen alles Gute wünschen«, sagte sie und nahm Ricardas Hände in ihre.

»Ich weiß es zu schätzen«, entgegnete Ricarda lachend, denn sie kannte Heyses eigenwillige Art.

»Männer, die sich einen Hund anschaffen, werden halt wunderlich«, bemerkte Ernst von Wolzogen süffisant.

»Nicht mehr als Männer, die sich schöne Frauen anschaffen«, gab Heyse zurück, der Wolzogens Vorliebe für die Damenwelt kannte. »Kommt jetzt endlich der Blumenstrauß?«

»Oh, natürlich.« Frank Wedekind überreichte Ricarda einen kunstvoll gebundenen Strauß, hinter dem ihr Gesicht beinahe verschwand. Sie bedankte sich herzlich.

»Ich habe eine kleine Rede vorbereitet«, raunte der Verleger Reinhard Piper der Gastgeberin zu. »Falls jetzt alle da sind, sollte ich sie vielleicht sofort halten, bevor der Abend zu feuchtfröhlich wird?«

»Hoffentlich ist sie nicht zu lang«, bemerkte Wolzogen.

»Solange darin der Kaiser nicht erwähnt wird und wir ein

Glas Likör in der Hand halten, kann er reden, so viel er will«, brummte Heyse.

»Haben Sie diese Herren tatsächlich eingeladen?«, erkundigte sich Piper bei Ricarda, die laut lachte.

Christine hatte das Ende des Dialogs mit angehört. »Mit Likör können wir dienen, der Rede steht also nichts im Weg«, sagte sie und drehte sich zu den Gästen um, von denen viele schon am Büfett standen.

»Alle aufhören zu kauen!«, rief sie in ihrer unbekümmerten Art durch den großen Raum. »Es gibt eine Rede!«

Allmählich trat erwartungsvolle Stille ein. Die Maler Wassily Kandinsky und Franz Marc applaudierten, als Reinhard Piper nach vorne trat. Im Hintergrund klappte Fritz den Deckel des Klaviers auf, und Peter packte seine Geige aus.

Piper strich sich einmal über das kantige Kinn und räusperte sich. Cläre stellte sich zu Christine und Ricarda. Sie erwartete, dass der Verleger ein Papier aus der Tasche seines Sakkos ziehen würde, doch das tat er nicht. Aus dem Augenwinkel sah sie, dass Gisela in Peters Nähe stand.

»Sehr geehrte Frau Tuchmann, liebe Frau Ricarda«, hob er an. »Wir sind heute hier versammelt, weil Sie einen runden Geburtstag feiern. Fünfzig Jahre werden Sie, und in diesem Alter werden die meisten Menschen weise. Aber nur die können es werden, die es noch nicht sind.« Er machte eine Pause und sah kurz in die Runde gespannter und lächelnder Gesichter. »Unsere Ricarda Tuchmann ist es längst«, fuhr er fort und erntete den ersten leisen Beifall. »Sonst würde sie es mit solch kapriziösen und ungehobelten Gästen wie uns kaum aushalten.«

Einige lachten.

»So soll ein Russe einmal seine eigene Suppe mitgebracht haben.«

»Das war keine Suppe, das war Borschtsch!«, rief Kandinsky. »Außerdem ist das Jahre her.«

»Und ein anderer Bekannter von mir saß neulich ganz plötzlich unterm Tisch zu meinen Füßen. Nein, er war nicht betrunken! Zumindest nicht genug, um seine Ehefrau zu übersehen, die im Lokal stand, um ihn zu suchen. Da war diplomatisches Geschick gefordert. In der Zeit, in der unsere Ricarda sie zu einem Kräuterlikör einlud und sie in ein Gespräch über verschiedene Rezepte für Senfeier verwickelte, hatte seine nicht mehr ganz heimliche Geliebte die glückliche Eingebung, das Lokal zu verlassen.« Alle lachten laut.

»Liebe Frau Ricarda«, sprach Piper weiter. »Sie verurteilen niemanden. Wer in Ihr Café kommt, kommt in sein zweites Zuhause und trifft hier seine zweite Familie – für manche mag es sogar die erste und einzige sein. Der alleinige Unterschied: Zu Hause wird immer mal gestritten, während hier drinnen Friede und Freude herrschen. Bei Ihnen kann man seinen Ideen freien Lauf lassen, diskutieren, dichten, Pläne schmieden. Wem in seiner Kammer oder seinem Atelier nichts mehr einfällt, der kommt hierher und wird voller Enthusiasmus für seine Arbeit wieder nach Hause gehen. Manche Ideen sind vielleicht nur Flausen, andere mögen irgendwann die Welt revolutionieren. Von Erich Mühsam«, er drehte sich zu dem Mann mit dem struppigen Bart um, »wissen wir, dass er gerade an einer solchen Welterneuerung arbeitet. Schon so mancher Funke ist übergesprungen in diesem wunderschönen Raum bei Bier und Ihrer einzigartigen Kartoffelsuppe, und heute ist der richtige Moment, Ihnen, liebe Frau Ricarda, für all das zu danken.«

Er deutete eine Verbeugung an, um zu zeigen, dass er geendet hatte, und wie auf Kommando stimmten Fritz und Peter ein erstes kurzes Geburtstagsständchen an.

Cläre sah, wie Christine den Arm um ihre Mutter legte, die sich gerührt über die Augen wischte. Zum Anlass der Feier hatte Ricarda zum ersten Mal seit Luises Tod die Trauerfarbe Schwarz abgelegt. Bestimmt vermisste sie ihre Gefährtin, und für einen kurzen Moment stellte sich Cläre vor, ihre Tante wäre bei diesem großen Fest dabei.

Nach der Rede sprachen die Gäste durcheinander und kommentierten Pipers Worte. Auf den Tellern häuften sich Eier, kalter Braten und Kuchen in bunter Reihenfolge. Die offizielle Geburtstagstorte aus der Konditorei sollte erst später angeschnitten werden, aber Irmi und Rosi hatten zusätzlich noch einige Leckereien gebacken.

Irgendwann rief einer: »Musik! Was ist das hier für eine faule Gesellschaft!« Andere gaben ihm recht.

Cläre sah, wie Fritz auf das große Grammofon zuging, das er für den Abend ausgeliehen hatte. Er nahm die Schallplatten in Augenschein und schien sich nicht entscheiden zu können. Cläre ging zu ihm hinüber.

»Nimm die hier, auf die kann jeder tanzen«, riet sie ihm, und er legte *Glücklich ist, wer vergisst* aus der *Fledermaus* auf. Einige Paare formierten sich schon, und über den Trichter waren die ersten kratzenden Laute zu hören.

»Mademoiselle, darf ich bitten?« Fritz reichte ihr mit einer Verbeugung die Hand, und Cläre machte einen artigen Knicks. Er war ein guter Tänzer, aber die Fläche war einfach zu klein für die vielen ausgelassenen Paare.

Cläre sah Ricarda mit Erich Mühsam, der sie beinahe grimmig, aber dafür mit umso mehr Energie vor sich herschob. Der Zwicker war ihm heruntergerutscht, und sein Bart schien Ricarda zu kitzeln, immer wieder wandte sie den Kopf von der einen in die andere Richtung. Christine tanzte mit Kandinsky, doch zu Cläres Erstaunen war sie nicht ganz bei der Sache, sondern schaute immer wieder zur Tür, als würde sie noch jemanden erwarten.

Cläres Augen blieben wiederholt an Peter und Gisela hängen. Sie waren ein schönes Paar, das war nicht zu leugnen, ebenso wenig wie die Tatsache, dass Gisela tanzen konnte. Kein Wunder, dachte Cläre. An gesellschaftlichen Anlässen hatte es einer wie ihr in Berlin sicher nicht gemangelt. Im nächsten Moment ärgerte sie sich über sich selbst. Konnte sie Gisela etwa nicht gönnen, dass sie Peters Verlobte war?

Fritz legte eine neue Platte auf und schwang Cläre eifrig herum, und als die ersten Paare schon eine Pause machten und das Getränkebüffet belagerten, um sich an Likör, Limonade, Bier und Wein zu bedienen, forderte erst Franz Marc, dann der Verleger Albert Langen sie zum Tanzen auf.

Plötzlich ging die Tür auf, und Max trat ein.

Na, da bin ich ja mal gespannt, was für eine Entschuldigung er hat, dachte Cläre. Sie sah zu Christine, doch die schien Max' Eintreten gar nicht bemerkt zu haben. Ausgerechnet jetzt hatte sie aufgehört, zur Tür zu sehen, und schäkerte stattdessen mit einem jungen italienischen Maler, der mit den Tanzschritten nicht zurechtkam und von Christine angewiesen werden musste.

Als das Tanzlied zu Ende war, bedankte Cläre sich bei Langen und trat zu ihrem Bruder ans Büfett.

»Wo warst du denn so lange? Wir dachten schon, du kommst nicht mehr. Christine hat mir Löcher in den Bauch gefragt.«

»Christine? Wirklich?« Einen Augenblick hellte sich Max' Miene auf, doch sofort verdüsterte sie sich wieder. »Meine Kameraden ...«, sagte er, und Cläre merkte ihm an, dass er wütender war, als er ihr zeigen wollte. »Roland hat gesehen, dass ich ohne die Uniformjacke ausgehen wollte, und dann wollten sie natürlich wissen, wohin.«

»Und, hast du's ihnen gesagt?«

»Natürlich.« Max funkelte sie an. »Hältst du mich für so feige?«

»Sei doch nicht gleich sauer«, beschwichtigte Cläre ihn. »Aber was war dann? Wollten sie unbedingt, dass du Farbe bekennst?«

»Schlimmer.«

Max war mit seinem Teller und einem Glas Bier zu den Tischen gegangen, an denen nur noch vereinzelt Gäste saßen, da die meisten standen oder tanzten. Hier war es ein wenig ruhiger. Cläre sah ihn erwartungsvoll an.

»Sie haben mich in meinem Zimmer eingesperrt, um mich vor den Schwabyloner Schlawinern zu bewahren«, berichtete Max. »Ich glaube, am Anfang war es noch halb scherzhaft gemeint, aber dann kamen Werner und Wilhelm dazu, und plötzlich hörte der Spaß auf. Erst als Ernst von der Sache Wind bekam, haben sie mich wieder rausgelassen, und ich bin gegangen. Ehrlich gesagt, halte ich das nicht mehr lange aus dort im Verbindungshaus. Ich muss sehen, dass ich etwas anderes finde.«

»Ich bin ganz deiner Meinung. Nur Vater wird wenig begeistert sein.«

»Das sagst ausgerechnet du.« Max grinste. »Du hast dich ja in der letzten Zeit auch nicht mehr besonders darum geschert, was Vater gern hätte.«

»Stimmt«, meinte Cläre und erwiderte sein Grinsen.

Während Max den Rest seines Biers austrank, wanderte sein Blick zum Büfett, wo Christine mit dem jungen Italiener stand.

»Wer ist das?«, fragte er.

»Ich kenne ihn nicht mit Namen, aber er kann nicht tanzen«, meinte Cläre schulterzuckend.

»Ich schon. Wir sehen uns später, Schwesterherz.«

Lächelnd sah Cläre ihm nach. Es war lange her, dass sie Max zuletzt ohne die Uniform seiner Studentenverbindung gesehen hatte, und sie fand, dass er fesch aussah. Erst recht jetzt, da er seine Haare wieder etwas hatte wachsen lassen.

»Cläre«, sagte jemand in ihrem Rücken.

Erschrocken wandte sie sich um. »Ach, du bist es.«

Ohne zu fragen, setzte Peter sich neben sie. Ein Schweigen entstand, das Cläre traurig machte. Zum ersten Mal seit seiner Ankunft hatten sie die Möglichkeit, sich kurz unter vier Augen zu unterhalten, und nun hatten sie sich offenbar nichts zu sagen.

»Hat das Semester schon angefangen?«, fragte er schließlich, als hätte er ihre Gedanken gelesen.

»Diese Woche«, antwortete Cläre. »Zwei Seminare hatte ich schon.«

»Und?« Peter sah sie interessiert an. Sein Gesicht war vom Tanzen gerötet, der Schlips saß lockerer als sonst, und die dunkelblonden Haare fielen ihm wirr in die Stirn. Cläre fand, dass ihm das Lässige gut stand.

»Das eine hält Professor Loibl, bei dem ich im Sommer schon den Vorbereitungskurs hatte, und da sitzen auch einige bekannte Gesichter … das ist gut. Bei dem anderen bin ich wieder mal willkommene Zielscheibe für Spott und Hohn. Aber irgendwann wird das auch besser werden.«

Peter lächelte. »Spätestens, wenn du sie alle in Grund und Boden rechnest.«

»Woher willst du wissen, dass ich das kann?«

»Ricarda hat einen der Professoren des Gymnasiums getroffen, bei denen du die Prüfung gemacht hast. Er hat dich in den höchsten Tönen gelobt.«

Cläre runzelte die Stirn. Das hatte Ricarda ihr gar nicht erzählt.

»Und bei dir? Wie läuft es bei der AEG?«, wechselte Cläre das Thema.

»Es könnte alles so gut sein, wenn unsere Politiker nicht bei jeder Gelegenheit mit Krieg drohen würden. Du hast es ja selbst geschrieben … Die AEG wäre im Kriegsfall ein wichtiger Rüstungsproduzent, und der Vorstand trifft bereits entsprechende Vorbereitungen.« Es war das erste Mal, dass Peter ihre Korrespondenz erwähnte, und Cläre spürte, dass sie errötete.

»Vorbereitungen für den Krieg? Aber so weit ist es doch noch lange nicht«, entgegnete sie.

In diesem Moment wurde ein neues Musikstück aufgelegt: *Nach Hause gehn wir nicht!* Schon den Refrain sangen viele Gäste mit, und bei der Zeile »Denn unser Stammlokal ist einfach ideal« stimmte das halbe Café ein.

»Kriege brauchen leider keine guten Gründe«, sagte Peter und beugte sich ein bisschen näher, um trotz des Gesangs zu Cläre durchzudringen. »Sie werden von Menschen gemacht, die sie wollen. Das ist alles. Auch bei der AEG gibt es mehr als genug davon, und selbst diejenigen, die sich den Krieg nicht explizit wünschen, sind nicht notwendigerweise gegen ihn. Meine Vorgesetzten sehen einen Krieg als materielle Herausforderung, mehr nicht. Sie wollen vorbereitet sein, als würde es sich um eine x-beliebige Erhöhung der Nachfrage handeln. Ich habe in den letzten Wochen nichts anderes getan, als einen Bericht für das Ministerium vorzubereiten, in dem ich darlegen musste, was die AEG im Kriegsfall leisten kann und welche staatlichen Hilfen wir dafür benötigen.«

Cläre schüttelte ungläubig den Kopf, doch dann dachte sie an ihre kriegsbegeisterten Kommilitonen und an Max' deutschnational gesinnte Kameraden. Peter hatte recht, es musste nur genügend Menschen geben, die den Krieg wollten, und er würde kommen, egal, wie unsinnig die Argumente waren, die seine Befürworter ins Feld führten. Cläre war so in Gedanken versunken, dass sie Peters langen Blick gar nicht bemerkt hatte.

»Woran denkst du?«, fragte sie erschrocken, als sie aufsah und ihre Augen sich trafen.

»Ich wundere mich nur, wie leicht es ist, mit dir zu reden«, sagte Peter ganz leise, da die Musik gerade eine Pause machte. »Wir haben uns so lange nicht gesehen, aber es fühlt sich an, als würden wir ständig miteinander sprechen.« Dass er Gespräche über seine Arbeit, die Politik oder gesellschaftliche Fragen mit seiner Verlobten ausklammern musste, sagte er nicht explizit, doch nach dem Vormittag mit Gisela konnte sich Cläre das auch so denken.

»Das liegt an unserer seitenweisen Korrespondenz«, versuchte Cläre, ihre Verlegenheit mit einem Scherz zu überspielen, doch Peter lachte nicht. Im Gegenteil, Cläre fand, dass seine Augen traurig aussahen. Sie hatte sich so auf ihr Wiedersehen gefreut, und tatsächlich, die unerklärliche Vertrautheit zwischen ihnen war dieselbe wie bei ihrem ersten Treffen, nur dass ihr Zusammensein nichts Ungezwungenes mehr hatte – dafür sorgten allein schon die Gedanken an Fritz und Gisela, die sich nur wenige Meter entfernt mit anderen Gästen unterhielten.

In diesem Augenblick legte jemand eine Platte mit einem langsamen Stück auf. Auf der Tanzfläche formierten sich die Paare neu. Nicht weit von ihr bat ihr Bruder Christine um den Tanz, und zu ihrer Überraschung reichte sie ihm die Hand. Ernst von Wolzogen forderte Gisela auf, mit der er schon die ganze Zeit gesprochen hatte. Die schien zu zögern und sah zu ihnen herüber. Wo ist Fritz?, schoss es Cläre durch den Kopf. Tatsächlich löste der sich aus einer Gruppe von Bekannten und steuerte auf sie zu.

»Würdest du mir diesen Tanz schenken?«, hörte sie Peters Stimme. Er sprach hastig, möglicherweise hatte er Fritz ebenfalls bemerkt.

»Ich?«, fragte sie überrascht. Dann nickte sie.

Peter nahm ihre Hand und führte sie auf die Tanzfläche. Fritz war erstaunt stehen geblieben, und Cläre wich seinem Blick aus.

»Ich bin keine geübte Tänzerin«, entschuldigte sie sich. Plötzlich überkam sie die Befürchtung, Peter zu enttäuschen. Bei den Tanzveranstaltungen, an denen sie in ihrem Leben teilgenommen hatte, hatte sie hauptsächlich bedient.

»Und ich habe zwei linke Füße«, entgegnete Peter lächelnd.

Als er die Hand auf ihren Rücken legte, fühlte sie jede einzelne seiner Fingerspitzen. Ihr wurde warm. Wie oft hatte sie Fritz in den letzten Wochen berührt, ohne auch nur annähernd so stark zu empfinden. Peters Duft war derselbe, den sie schon bei ihrem ersten Treffen wahrgenommen hatte. Verwundert bemerkte sie, dass ihr die Tanzschritte automatisch gelangen. Es war ein langsames Lied, wie gemacht für Paare. Sie hing an Peters ernsten graugrünen Augen und vergaß jedes Gefühl für die anderen um sich herum. Beinahe atemlos spürte sie, wie Peter sie enger zu sich zog. Es ist nicht recht, schoss es ihr durch den Kopf, doch sie leistete keinen Widerstand. Stattdessen strich ihre Hand leicht über seinen Rücken, und für den Bruchteil einer Sekunde blieb er stehen, aber dann ging der Tanz weiter. Als das Lied zu Ende war, ließ Peter ihre Hand nicht los.

»Ich werde Fritz suchen, und du solltest zu Gisela gehen«, sagte sie leise und wollte ihm die Hand entziehen, doch Peter hielt sie fest.

»Komm mit, Cläre«, sagte er. Ohne eine weitere Erklärung zog er sie nach draußen, schloss die Haustür zu den

Wohnungen auf und stieg die Treppen in den dritten Stock hoch.

»Was machen wir hier?«, fragte Cläre alarmiert, als er durch die dunkle Wohnung zu seinem Zimmer ging, wo er Licht machte.

»Ich habe noch etwas für dich, und wer weiß, ob sich bis morgen Vormittag noch eine Gelegenheit bietet, es dir zu geben.« Er öffnete den Schrank und reichte ihr ein kleines Päckchen, das er unter einem Kleidungsstück versteckt hatte. Als er es ihr gab, berührten sich ihre Fingerspitzen. Es war pure Elektrizität, und Cläre hatte das Gefühl, am ganzen Körper zu vibrieren. Die Tatsache, dass sie mit ihm in seinem Zimmer alleine war, ließ den Wunsch, ihn an sich zu ziehen, beinahe übermächtig werden. Peter musste es ähnlich gehen, denn er stand viel zu dicht bei ihr.

»Mach auf«, drängte er. Sie löste das Papier. »Ein Einhorn gab es nicht«, sagte er rau. »Aber das hier … das Pferd, du weißt schon, das bin ich.«

In Cläre tobten die Gefühle. Seine Lippen kamen näher. Für einen Moment wollte sie der eigenen Sehnsucht nachgeben, doch dann trat sie einen Schritt zurück.

»Das geht nicht.« Sie wickelte die Figur wieder ein und gab sie ihm zurück.

»Warum nicht?«, fragte er bestürzt. »Es ist doch nur ein Geschenk.«

Da wurde die Wohnungstür aufgeschlossen, und Schritte erklangen im Flur. »Peter?«, hörte sie Giselas Stimme. »Bist du hier?«

»Ihretwegen«, sagte Cläre leise. »Und wegen Fritz. Außerdem kennen wir uns doch kaum.«

»Ich kenne dich …«, sagte Peter noch, da ging die Tür auf.

»Was ist hier los?«, fragte Gisela.

Peter wirkte wie erstarrt, doch Cläre sagte: »Peter wollte mir eines seiner Mathebücher aus der Schulzeit ausleihen, aber jetzt findet er es nicht.« Sie wandte sich an Peter. »Vielleicht morgen früh? Und wenn nicht, ist es auch nicht schlimm.«

Sie drehte sich um und verließ das Zimmer.

»Lass uns auch zurück nach unten gehen, Gisela«, hörte sie Peter sagen, als sie die Wohnungstür öffnete.

Unwillkürlich blieb sie stehen.

»Noch nicht … wenn wir schon mal einen Augenblick alleine sind.«

»Gisela, jetzt ist vielleicht nicht der richtige Zeitpunkt, unten warten die Gäste auf uns.«

»Ach komm, du bist schließlich nicht das Geburtstagskind. Für Cläre hattest du ja auch Zeit. So, und jetzt komm her – und leg endlich dieses dämliche Päckchen weg.«

Cläre schloss die Wohnungstür hinter sich. Mit brennenden Wangen betrat sie wenig später die Gaststube. Was geschah in diesem Augenblick oben in Peters Zimmer? Sie konnte den Gedanken daran kaum ertragen. Gleichzeitig machte sie sich Sorgen um Fritz. War er ihr böse wegen des gestohlenen Tanzes?

Zu ihrer Erleichterung kam er lächelnd auf sie zu. »Wo warst du denn? Ich habe dich gesucht. Außerdem hast du mir den schönsten Tanz vorenthalten.« Fritz' vertrauensvolle Fröhlichkeit tat weh, doch zugleich wirkte sie ansteckend.

»Dann müssen wir das eben nachholen, aber nicht hier. Komm, lass uns draußen ein paar Schritte machen. Ich brauche frische Luft nach dem Trubel.«

Cläre zog ihn zu den Mantelständern. Sie spürte, dass sie rausmusste. Ein wenig Ruhe und mit Fritz alleine sein, das würde jetzt guttun. Zumal Peter und Gisela jeden Augenblick wiederkommen konnten. Ihr war klar, dass sie keinem von beiden an diesem Abend noch einmal in die Augen sehen wollte.

»Du bist so still«, sagte Fritz, nachdem sie eine Weile wortlos nebeneinander hergelaufen waren. »Hat dir die Feier etwa nicht gefallen?«

Er wärmte Cläres Hand, die in der kalten Luft kühler wurde. Es war nach Mitternacht, und selbst im lebhaften Schwabing waren die Straßen so gut wie leer. Bis zu Fritz' Haus war es nicht mehr weit.

»Nein, natürlich hat mir die Feier gefallen. Ich fand sie sogar wunderschön. Es muss Ricarda nach dem Verlust von Luise Kraft geben, so viele Freunde zu haben, die sie lieben und schätzen.«

»Ja, bestimmt.«

Wieder trat Stille ein. Cläre versuchte, sich auf die warme Vertrautheit von Fritz zu konzentrieren, trotzdem wurde sie das Prickeln nicht los, das der Tanz mit Peter, die Nähe seines Körpers, die Berührung seiner Hände ihr verursacht hatten. Sie ärgerte sich über sich selbst. Peter würde morgen wieder abreisen … und dann? Sollte sie auf das nächste Kärtchen von ihm warten? Es war nicht recht von ihm gewesen, ihr ein Geschenk mitzubringen. Was wollte er damit bezwecken? Wollte er sich eine Geliebte anschaffen, noch bevor er in den Hafen der Ehe einlief? Schon zu Weihnachten sollten Ricarda und Christine in Berlin Giselas Eltern kennenlernen. Was immer sie in den letzten Monaten gedacht oder empfunden hatte, es war Unsinn. Und ihr Tanz? Das war die größte Dummheit von allem gewesen. Außerdem war sie mit Fritz befreundet und froh darum, denn sie mochte ihn wirklich.

Fritz war vor der Tür zu seinem Haus stehen geblieben und wandte sich ihr zu.

»Es war keine gute Idee von dir, mich zu begleiten«, sagte er.

»Jetzt musst du in der Dunkelheit alleine nach Hause zurückgehen … Aber weißt du was? Ich begleite dich einfach wieder zurück.« Lächelnd legte er die Hände auf ihre Taille.

»Das brauchst du nicht …«

»Doch, ich will aber …«

Cläre legte ihm den Zeigefinger auf die Lippen. »Still … ich habe eine bessere Idee. Niemand geht heute Nacht mehr in die Schellingstraße zurück.«

Fritz brauchte eine Sekunde, bis er verstanden hatte. »Bist du dir sicher?«, fragte er leise.

Cläre nickte. »Erinnerst du dich? Wir haben noch ein Tänzchen nachzuholen …« Dann küsste sie ihn.

26

Peter hatte zwei Nächte lang kaum geschlafen, als er am Montag nach der Geburtstagsfeier frühmorgens seine Berliner Wohnung verließ. Alles war schiefgelaufen während ihres Besuchs in München. Nur eine Gewissheit hatte er jetzt: Er war in Cläre Wiesner verliebt. Doch was nützte das? Sie hatte sein Geschenk zurückgewiesen und klar gesagt, dass er zu Gisela gehörte und sie zu Fritz. Und auch seine Hoffnung, am Morgen vor der Abreise noch einmal mit ihr reden und sich wenigstens für sein offenbar unpassendes Verhalten entschuldigen zu können, hatte sich nicht erfüllt. Wie um ein Zeichen zu setzen, hatte Cläre die Nacht bei Fritz verbracht. Zum ersten Mal, wie Christine verwundert bemerkt hatte.

Peter erinnerte sich nicht, wann er das letzte Mal so niedergeschlagen gewesen war – und natürlich spürte Gisela seine Anspannung. Seit der Abreise aus München hatte er das Gefühl, bei Gisela unter kühler Beobachtung zu stehen. Kaum am Bahnhof angekommen, hatte sie sich eine Mietdroschke genommen und war zu ihren Eltern gefahren.

Er beschloss, sich auf seine Arbeit zu konzentrieren. Ob der Abteilungsleiter seinen Bericht schon durchgesehen hatte? Als er kurz darauf den Korridor betrat, wo sich sein Büro befand, fühlte er sich besser. Hier war seine Arbeit, hier wusste er, was er zu tun hatte.

Ein Kollege kam ihm entgegen.

»Guten Morgen«, grüßte Peter freundlich, doch der Kollege murmelte nur etwas Unverständliches, sein Blick blieb auf den Boden geheftet, während er an ihm vorbeiging. Peter schüttelte amüsiert den Kopf. Die Laus, die dem Kollegen über die Leber gelaufen sein musste, war offenbar noch größer als seine eigene.

Vor ihm ging eine Tür auf, und ein zweiter Kollege trat heraus. Als er ihn sah, blieb er stehen. Einen Augenblick starrte er Peter an, dann warf er einen hastigen Blick in seine Mappe, griff sich an den Kopf und kehrte in sein Büro zurück.

Was ist bloß los heute Morgen?, dachte Peter verwirrt. Er klopfte an die Tür des Vorzimmers, in dem die Sekretärin saß.

»Guten Morgen, Fräulein Schmidt.«

»Guten Morgen.« Das Gesicht der jungen Dame färbte sich blutrot.

»Hatten Sie ein schönes Wochenende?«, fragte Peter, während er sich schon Hut und Mantel auszog.

»Ja, doch«, sagte die Frau, dann räusperte sie sich. »Herr Tuchmann, Sie mögen bitte zum Chef kommen.«

»Ja, natürlich. Ich bringe nur eben meine Sachen weg.« Peter ging auf seine eigene Bürotür zu.

»Sie sollten sofort zu ihm gehen.«

Peter blieb stehen und drehte sich zu Fräulein Schmidt um. Der schien die Situation peinlich zu sein. Peter verstand nicht, warum.

»Sie meinen, in diesem Augenblick? Mit Mantel und Hut?« Er lächelte schief.

Aber Fräulein Schmidt blieb ernst. »›Auf der Stelle‹, hat er gesagt.« Sie stand auf. Verdutzt folgte Peter ihr.

»Setzen Sie sich, Herr Tuchmann«, sagte Heinrich Albrecht grußlos, als seine Sekretärin Peter kurz darauf die Tür aufhielt.

»Guten Morgen«, sagte Peter und nahm Platz.

Albrecht öffnete eine Mappe und hielt mehrere Seiten hoch. »Was ist das hier? Was bezwecken Sie damit?«, fragte er barsch.

Peter schüttelte kaum merklich den Kopf. »Das scheint mein Bericht für das Ministerium zu sein«, sagte er verunsichert. »Ich verstehe nicht …«

»Ich auch nicht!« Albrecht warf den Bericht vor sich auf den Tisch. »Und deshalb wüsste ich gerne, was Sie sich dabei gedacht haben, Herr Tuchmann. Halten Sie mich wirklich für so dumm? Haben Sie tatsächlich geglaubt, dass ich den Bericht ungelesen und ungeprüft ans Ministerium weiterleite?«

Peter sah ihn ratlos an. »Natürlich nicht. Ist mir bei einer Berechnung ein Fehler unterlaufen? Oder fehlt eine Seite?«

»Ach, hören Sie doch auf mit der Scharade, Tuchmann!«, rief der Abteilungsleiter zornig. »Soll ich Ihnen die Punkte in Ihrem Bericht einzeln aufzählen? Aber das wird wohl nicht nötig sein. Sie kennen ja Ihre eigenen Zahlen. Aktuelle Produktionskapazitäten, Stückzahlen, Fertigungszeiten, Transportwege und natürlich die entsprechenden Prognosen für eine Produktionserhöhung im Kriegsfall. All Ihre Zahlen sind frei erfunden, Tuchmann, und viel zu niedrig. Selbst der derzeitige Zustand entspricht nicht der Realität. Wenn man Ihren Bericht liest, könnte man meinen, wir wären ein mittelständisches Provinzunternehmen, mit dem man im Ernstfall nicht rechnen kann. Und genau das war ja wohl Ihre Absicht, Tuchmann. Sie haben versucht, uns beim Ministerium zu diskreditieren!«

Peter war völlig vor den Kopf gestoßen. »Das kann nicht sein«, brachte er hervor. »Ich habe alle Zahlen mehrfach geprüft und meine Berechnungen nach allen Seiten abgesichert. Bitte, darf ich den Bericht sehen? Vielleicht kann ich Ihnen anhand konkreter Zahlen darlegen …«

»Was wollen Sie mir anhand konkreter Zahlen darlegen?«, rief Albrecht erbost. »Dass die AEG eine Bruchbude ist?«

»Aber das zeigen meine Zahlen doch gar nicht!«, rief Peter verwirrt und streckte die Hand aus. »Bitte, nur ein kurzer Blick.«

Widerwillig reichte der Abteilungsleiter ihm den Bericht. Peter überflog die Seiten. Gab es tatsächlich Tippfehler, die er nicht bemerkt hatte? Er spürte, wie das Blut laut in seinen Ohren pulsierte.

»Das …«, stammelte er verständnislos, »das ist nicht mein Bericht. Das sind nicht meine Zahlen.«

»Wir konnten anhand einer Probeseite zweifelsfrei feststellen, dass dieser Bericht mit Ihrer persönlichen Schreibmaschine getippt wurde, worum ich Sie aus Gründen der Vertraulichkeit ja auch gebeten hatte«, sagte Albrecht schneidend. »Leugnen ist also zwecklos.«

Peter schüttelte verzweifelt den Kopf. Auch er konnte anhand des leicht hängenden Buchstabens h erkennen, dass es sich um seine Schreibmaschine handelte, dennoch – der Bericht war nicht von ihm. Er war eine Fälschung. Irgendjemand musste ihn …

»Jemand muss meinen Bericht auf meiner Schreibmaschine mit anderen Zahlen nachgeschrieben und die Berichte anschließend ausgetauscht haben. Unsere Büros sind nicht abgeschlossen. Irgendjemand muss meinen Bericht genommen und …«

»Wie erbärmlich muss man sein, diesen bodenlosen Akt auch noch jemand anderem in die Schuhe schieben zu wollen? Stehen Sie dazu, Tuchmann. Was Sie hier versucht haben, ist Sabotage. Ihr Mangel an deutschnationaler Gesinnung ist ja in der Belegschaft weithin bekannt, ebenso wie Ihre naive Friedensschwärmerei. Aber dass Sie so weit gehen würden, Ihr eigenes Unternehmen zu verraten und damit letztlich auch Ihr Vaterland, das hätte ich nicht für möglich gehalten. Und jetzt sind Sie nicht einmal in der Lage, dafür geradezustehen, sondern wollen die Schuld auf einen Kollegen abwälzen!« Albrecht legte die Fingerspitzen vor seiner Brust zusammen und fixierte Peter mit kaltem Blick. »Feige sind Sie, Tuchmann. Feige und hinterlistig. Sie wissen, dass ich nichts gegen Juden habe und persönlich nichts darauf gebe, was man so über sie sagt. Aber leider muss ich feststellen, dass Sie ebendiese Gemeinplätze aufs Unschönste bestätigt haben.«

Peter sah seinen Vorgesetzten fassungslos an. Er hatte Heinrich Albrecht immer geschätzt. Diese Worte aus seinem Mund zu hören, nachdem ein anderer ihn offenbar ans Messer geliefert hatte, verletzte ihn zutiefst.

»So, und da ist es plötzlich wieder«, sagte er, ohne nachzudenken. »Juden haben kein Vaterland, das sie schätzen. Und sie sind feige. Nur deshalb wollen sie keinen Krieg. Und wenn ich Ihnen sage, dass ich diesen Bericht nicht verfasst habe«, er warf die Seiten vor Albrecht auf den Schreibtisch, »dann bin ich ein gewissenloser Lügner.« Er schüttelte den Kopf und unterdrückte die Tränen, die er vor seinem Abteilungsleiter auf keinen Fall zulassen wollte. »Herr Albrecht, ich fürchte, dass ich unter diesen Umständen nicht länger für die AEG arbeiten kann.«

Albrecht lächelte gehässig. »Wenn Sie glauben, sich so aus der Affäre ziehen zu können, haben Sie sich getäuscht«, sagte er kalt und hielt Peter einen Umschlag hin. »Hier ist Ihre Kündigung. Sie können froh sein, dass wir Sie nicht anzeigen. Melden Sie sich bei Fräulein Schmidt. Es liegen noch einige Dokumente bereit, vornehmlich Geheimhaltungserklärungen, die Sie unterschreiben müssen, und dann will ich Sie hier nicht mehr sehen.«

Einen Augenblick saß Peter noch wie erstarrt, dann stand er mechanisch auf und verließ das Büro seines Vorgesetzten wie ein geprügelter Hund.

»Wie konntest du uns das antun? Ausgerechnet jetzt, da mein Vater in einer Woche Geburtstag hat!« Giselas Stimme war schrill.

»Du und deine Familie!«, rief Peter erbost. »Du tust gerade so, als ob ich mich hätte rausschmeißen lassen, um euch eins auszuwischen. Aber es geht nicht immer nur um dich und deine Eltern. Verstehst du überhaupt, was hier los ist? Jemand hat meinen Bericht manipuliert, um mich loszuwerden. Das ist kriminell. Ich bin hier das Opfer! Aber wenn nicht mal meine eigene Verlobte das versteht …«

»Wenn du nicht immer überall herausposaunen würdest, dass du gegen den Krieg bist, hätte das gar nicht passieren können. Dann hätte niemand Grund gehabt, dich loswerden zu wollen.«

Peter sah sie sprachlos an. »Ich fasse es nicht! Jetzt ist es sogar meine Schuld, dass jemand meinen Bericht gefälscht hat? Und überhaupt … Bist du etwa nicht gegen den Krieg?«

»Natürlich sind Kriege unschön, aber selbst meine Mutter sagt, dass Kriege zum Zyklus des Lebens dazugehören. Sie dienen der Erneuerung. Klar ist, dass die AEG im Kriegsfall eine enorme Rolle für die Rüstung spielen wird, da müssen die Mitarbeiter natürlich loyal sein. Hättest du nicht einfach mal den Mund halten können, statt immer den Moralapostel zu spielen wie deine Schwester? Und wenn wir mal ehrlich sind, hat das Deutsche Kaiserreich doch ganz recht, wenn es in der Welt den Einfluss und Respekt einfordert, der ihm zusteht. Niemand will den Krieg, aber wenn er doch nötig sein sollte, dann ist das eben so.«

»Dann ist das eben so? Ich glaube, du weißt gar nicht, wovon du sprichst. Vielleicht solltest du nicht alles nachplappern, was dein Vater und seine Freunde bei einer Zigarre so von sich geben!« Peter wurde immer wütender.

Der Hieb saß. Ruhig und beinahe hasserfüllt sah Gisela ihn an. »So, du glaubst also, ich würde alles nur nachplappern. Für eine eigene Meinung bin ich offenbar zu dumm. Aber deine Schwester, die darf ihre Meinungen haben … oder vielleicht muss man ja demnächst sogar Mathematik studieren, um von dir ernst genommen zu werden.«

»Jetzt fang nicht schon wieder davon an. Ich weiß wirklich nicht, was meine Schwester oder Cläre oder deine Familie mit meiner Kündigung zu tun haben. Und von dir hätte ich erwartet, dass du auf meiner Seite stehst, anstatt mir Vorhaltungen zu machen. Schließlich hat die Kündigung nichts mit meiner Leistung zu tun. Sie ist rein politisch motiviert. Und dann kommt noch dazu, dass ich Jude bin. Selbst das wurde mir vorgehalten. Ein Jude darf nicht gegen den Krieg sein, sonst heißt es sofort: Ihr seid alle feige Vaterlandsverräter.«

»Ich stehe auf deiner Seite«, sagte Gisela kalt, »solange du auf der Seite meiner Familie stehst. Wir haben hier in der Stadt einen Ruf zu verlieren. Willst du dazugehören? Dann pass dich gefälligst ein bisschen an. In der Tat sollten sich gerade die Juden ihrer Vaterlandspflicht bewusst sein und sich nicht auf die Seite derer schlagen, die Deutschlands Einigkeit und Stärke mit ihrem ewigen Neinsagen und ihren ständigen Protesten untergraben. Und jetzt hör auf zu jammern. In einer Woche ist die Geburtstagsfeier meines Vaters. Hast du dir schon überlegt, wie das aussieht, wenn herauskommt, dass die AEG meinen Verlobten vom Hof gejagt hat? Was gedenkst du zu tun?«

»Ich gedenke, jetzt allein zu sein«, sagte Peter völlig ruhig.

»Und mir durch den Kopf gehen zu lassen, was du da eben gesagt hast.«

Er holte Giselas Mantel und Hut und reichte sie ihr wortlos. Sie zog sich an und verließ die Wohnung, ohne ihn auch nur eines weiteren Blickes zu würdigen.

»Fräulein Tuchmann, i hob an Brief für Sie!«, rief der Postbote Christine entgegen, als sie mit Cläre auf die Straße trat. Es war ein grauer Tag, und auch die Temperaturen waren herbstlich. Der Postbote reichte Christine das Kuvert. Sie sah auf den Absender, dann zu Cläre.

»Ein ungewöhnlich dicker Brief für meinen sonst so schreibfaulen Bruder. Und das, obwohl er gerade erst hier war. Hoffentlich ist nichts passiert?«

»Mach ihn doch auf«, schlug Cläre vor.

»Nein, jetzt nicht. Ich will ihn in Ruhe lesen, und wir sind schon spät dran. Komm.«

»Wo findet das Treffen noch mal statt?«, fragte Cläre, die in Gedanken noch immer bei dem Brief war.

»In der Brienner Straße. Da ist der Verein für Fraueninteressen vor einem Jahr hingezogen. Du erinnerst dich doch noch an Anita Augspurg, oder? Sie war einer der führenden Köpfe bei der Generalversammlung in unserem Café.«

»Natürlich erinnere ich mich«, meinte Cläre beinahe entrüstet. »Aber heute Abend treffen sich ja nicht die Frauenstimmrechtlerinnen, oder?«

»Nein, heute Abend trifft sich der Verein für Fraueninteressen. Das ist wieder etwas anderes«, erklärte Christine. »Aber Anita Augspurg setzt sich für alle Gebiete weiblicher Gleichberechtigung ein.«

»Und was macht dieser Verein konkret?«, hakte Cläre nach. Christine hatte erst am Abend zuvor die Ankündigung für die

Veranstaltung des Vereins gesehen und hatte Cläre zum Mitkommen gar nicht erst überreden müssen. Seit sie der Generalversammlung der Frauenstimmrechtlerinnen beigewohnt hatte, interessierte sie sich noch mehr für diese Themen. Bis dahin war ihr nicht bewusst gewesen, wie viele Frauen sich bereits aktiv für die weiblichen Rechte engagierten.

»Der Verein leistet ganz praktische Hilfestellung für Frauen, wie zum Beispiel Berufsberatung und Arbeitsvermittlung, aber es gibt auch eine Rechtsschutzstelle. Die leitet übrigens Sophia Goudstikker, Frau Augspurgs ehemalige Gefährtin. Die Mitglieder des Vereins setzen sich beispielsweise für verbesserte Arbeitsbedingungen von berufstätigen Frauen ein wie Fabrikarbeiterinnen und Kellnerinnen. Wir sind ja nur ein kleines Café, und meine Mutter bezahlt Irmi und Rosi gut, aber in den großen Brauereien geht es anders zu. Wenn sie Glück haben, kriegen die Kellnerinnen da freie Kost und Logis, aber so gut wie kein Gehalt. Sie arbeiten zwischen vierzehn und neunzehn Stunden am Tag, sechs oder sogar sieben Tage die Woche und leben vom Trinkgeld – oder was glaubst du, warum sie sich jedes Gegrabsche der männlichen Gäste gefallen lassen müssen?«

»Das ist ja furchtbar!«, rief Cläre. »Das wusste ich nicht. Umso wichtiger ist also das heutige Thema des Abends. Wenn die Mädchen eine bessere Bildung und Ausbildung bekommen, müssen sie sich als Erwachsene nicht mehr auf diese Weise ausbeuten lassen.«

»Ja, es wäre ein Anfang.« Christine seufzte. »Und darüber hinaus müssten dann auch die besseren Berufe für Frauen geöffnet werden, die bislang nur den Männern vorbehalten sind. Aber du hast schon recht. Die Mädchenbildung ist ein ganz wichtiger Punkt.«

»Ich bin jedenfalls aufgeregt«, gab Cläre zu. »Die Frau, die heute Abend spricht, hat Mathematik und Physik studiert. Ich bin gespannt, was sie zu sagen hat.«

Die Räume des Vereins für Fraueninteressen in der Brienner Straße waren gut besucht, und Cläre staunte, als sie unter den vielen anwesenden Frauen einen männlichen Stammgast aus dem *Altschwabing* entdeckte. Sie nickte ihm freundlich zu.

»Der Verein akzeptiert auch Männer als Mitglieder«, erklärte Christine. »Und Ernst von Wolzogen interessiert sich für alles, was in unserer Gesellschaft passiert. Hast du seinen Roman gelesen? *Das dritte Geschlecht*? Da geht es auch um die emanzipierte Frau. Allerdings nimmt er uns da ganz schön auf die Schippe.«

Cläre schüttelte den Kopf. Es gab noch so viel, was sie nicht kannte.

»Ach, ein neues Gesicht!« Eine gut aussehende Dame mittleren Alters begrüßte Cläre erfreut. »Ich bin Carry Brachvogel.« Cläre stellte sich kurz vor. »Wie schön, dass Sie gekommen sind«, sagte Carry Brachvogel und wandte sich dann an Christine. »Wie geht es Ihrer Mutter? Ich wäre so gerne zu ihrer Geburtstagsfeier gekommen, aber ich hatte eine dringende Verpflichtung.« Sie wechselten ein paar Worte.

»Carry Brachvogel ist Schriftstellerin und hat einen der angesehensten literarischen Salons in München«, flüsterte Christine Cläre zu, als die Dame wieder gegangen war.

Cläres Augen leuchteten. Die Frauen um sie herum unterhielten sich angeregt, lachten und scherzten. Sie strahlten Energie und Tatkraft aus, und zum ersten Mal keimte Zuversicht in Cläre auf, dass sich in ihrer eigenen Zukunft tatsächlich etwas bewegen würde. Wahlrecht und Bildung für Frauen, eine gesetzliche Gleichstellung und gleichberechtigte Teilnahme am gesellschaftlichen und politischen Leben. Obwohl die Frauen ihrer Generation immerhin schon die Möglichkeit hatten, an der Universität zu studieren, vermittelten die meisten ihrer männlichen Kommilitonen und Professoren ihr das Gefühl, eine unerwünschte Ausnahme oder Entartung zu sein, die nur ihre Zeit verschwendete und es ohnehin zu nichts bringen würde. In diesem Verein dagegen war die Vision einer anderen Zeit zum Greifen nah.

Jetzt erklang ein Glöckchen, und die Anwesenden strebten auf die Stühle zu, die in dem angrenzenden Saal aufgestellt waren. Eine etwa dreißigjährige Frau mit dunklen Augen und Haaren und hohen Wangenknochen trat ans Rednerpult.

»Schön, dass Sie alle gekommen sind an diesem grauen Nachmittag«, hob sie an. »Viele von Ihnen kenne ich ja bereits von früheren Veranstaltungen des Vereins, andere Gesichter sind mir neu, und es freut mich, dass mein heutiges Thema so großes Interesse weckt. Ich danke Ika Freudenberg und Sophia Goudstikker für die Einladung zu diesem Vortrag.« Sie blickte lächelnd auf die beiden Angesprochenen in der ersten Reihe.

»Für alle, die mich noch nicht kennen: Mein Name ist Marie Zehetmaier, und ich hatte das große Glück, in eine Zeit hineingeboren zu werden, in der Frauen bereits studieren dürfen. Seit 1903 sind Frauen nun also regulär an der Ludwig-Maximilians-Universität zugelassen und seit 1905 auch an der hiesigen Technischen Hochschule.« Sie hob die Arme. »Das haben wir unserem Prinzregenten Luitpold zu verdanken!« Die Damen im Publikum applaudierten.

»Aber wie kann es angehen«, fuhr sie mit kämpferischer Stimme fort, »dass es keine Mädchengymnasien gibt, die uns mit dem nötigen Abitur ausrüsten?«

Marie Zehetmaier referierte das Dilemma, das Cläre nur zu gut bekannt war.

»Will ein Mädchen die Reifeprüfung machen, muss es sich mithilfe teurer Gymnasialkurse oder Privatunterricht vorbereiten und sie dann als externer Prüfling an einem Knabengymnasium ablegen.« Sie legte eine Kunstpause ein. »Und ganz im Ernst: Welches Mädchen tut das schon?«

Aus dem Publikum war Gelächter zu hören. Wenn die wüssten, dachte Cläre.

»Abgesehen davon, dass es den meisten Familien an den finanziellen Mitteln fehlt, wählen auch die Wohlhabenden selten diesen Weg. Vielen reicht die Höhere Töchterschule völlig aus. Solche Institute gibt es überall, und da noch immer die Meinung vorherrscht, Mädchen müssten nur die Art von Bildung besitzen, die ihnen später in einer Ehe von Nutzen ist, um bei Tisch und im Salon eine gute Figur zu machen, kommen die meisten Familien gar nicht auf die Idee, ihre Töchter zusätzlich zu fördern. Aber können wir es diesen Familien tatsächlich verdenken? Denn was machen die jungen Frauen nach einem Studium an der Universität, solange die meisten höheren Berufe per Gesetz den Männern vorbehalten sind? Deshalb fordere ich: Es muss Mädchengymnasien geben, die es den Mädchen und ihren Familien leicht machen, das Abitur abzulegen – und es muss berufliche Chancen geben, die Abitur und Studium für Mädchen und ihre Familien attraktiv machen!«

Großer Applaus erscholl, aber Frau Zehetmaier hatte noch etwas hinzuzufügen. »Ich möchte mit einer positiven Nachricht schließen. Ein Beispiel gibt es nämlich bereits, das Mut macht! Am Institut der Englischen Fräulein in Regensburg wurden erstmals Gymnasialkurse angeboten, sodass die Mädchen sich nun tatsächlich auf ihrer eigenen Schule aufs Abitur vorbereiten und dort auch geprüft werden können. Wir hoffen, dass dies schon bald keine Ausnahme mehr sein wird!«

Die Frauen im Publikum jubelten, und ihre Aufregung übertrug sich auf Cläre. Was ihr bisher als individuelle Schwierigkeit erschienen war, ging in Wahrheit eine ganze Gesellschaft an – eine Gesellschaft, die sich ändern musste.

Als Christine und Cläre nach dem Vortrag und einer angeregten Diskussion auf die Straße traten, war es bereits dunkel. Drei Wachtmeister standen unweit des Eingangs und beobachteten die herauskommenden Frauen mit feixenden Gesichtern.

»Sie beobachten uns immer noch, obwohl unsere Vereine und Versammlungen längst nicht mehr illegal sind«, hörte Cläre eine Frau hinter sich flüstern.

»Haben Sie nichts Besseres zu tun?«, wandte sich Christine an die Wachtmeister.

»Hat des werte Fräulein gar was anzumerken?« Einer der Wachtmeister, der den gleichen Zwirbelbart trug wie der Kaiser, kam breitbeinig auf sie zu.

Cläre versuchte, Christine weiterzuziehen, doch die blieb stehen.

»Sie sehen aus, als würden Sie öfter mal Bier trinken«, redete Christine sich um Kopf und Kragen. »Warum gehen Sie nicht in eine Wirtschaft, statt hier im Dunkeln anständigen Damen aufzulauern?«

»Festnehmen wegen Beleidigung der Staatsgewalt!«, brüllte der Wachtmeister aufgebracht. Seine beiden Kollegen traten näher und packten Christine rechts und links am Arm.

»Lassen Sie mich!«, schrie die.

Ein paar der anwesenden Frauen versuchten, mit den Polizisten zu verhandeln, doch es war umsonst. Hilflos und wütend musste Cläre mitansehen, wie Christine abgeführt wurde.

Was soll ich nur tun?, dachte sie panisch. Zu Ricarda laufen? Den Polizisten und Christine auf die Wache folgen? Plötzlich fiel ihr Max ein. Er war erst im zweiten Jahr seines Jurastudiums, aber wahrscheinlich konnte er von ihnen allen am besten einschätzen, ob die Polizei tatsächlich etwas gegen Christine in der Hand hatte. Außerdem war er Korpsstudent. So etwas machte sich bestimmt gut auf einer erzkonservativen Wache. Cläre machte sich eilig auf den Weg.

Völlig erschöpft kam sie in der Königinstraße an und betätigte den schweren Türklopfer. Zunächst rührte sich nichts. Ungeduldig klopfte Cläre Sturm. Sie wusste nicht, ob ihr Bruder zu Hause war, aber irgendjemand musste schließlich da sein!

Endlich wurde die Tür von einem jungen Mann geöffnet. Als er sie sah, erschien eine steile Falte zwischen seinen Augen. Cläre kam ihm zuvor. »Ich weiß, dass Frauen keinen Zutritt haben, aber ich bin die Schwester von Max Wiesner. Ich muss ihn dringend sprechen. Sofort.«

»Max ist jetzt nicht abkömmlich«, erklärte der Mann kühl. »Wir haben eine Besprechung. Da herrscht Anwesenheitspflicht.«

»Zefix no amoi!« Cläre fluchte selten, aber sie hatte genug von diesen Spielchen. Ohne den Mann anzusehen, drängte sie sich an ihm vorbei in die Vorhalle.

»Moment!«, rief der empört und wollte sie packen, doch sie entwischte ihm.

Aus dem unteren Stockwerk kamen Stimmen, und Cläre folgte ihnen die Treppe hinunter. Erst als sie in dem großen Versammlungsraum stand, blieb sie stehen. Sofort wandten sich ihr alle Gesichter zu. Max stand erschrocken auf.

»Sie ist einfach reingelaufen«, rechtfertigte sich der Student hinter ihr.

»Keine Sorge«, sagte Cläre patzig. »Ich habe nicht das geringste Interesse an Ihrer Versammlung. Ich muss nur meinen Bruder sprechen.«

Max ging mit ihr nach oben. Auf dem Bürgersteig erklärte Cläre ihm in knappen Worten, was geschehen war.

»Was? Christine wurde verhaftet?«, rief er entgeistert. Er überlegte, dann sagte er: »Du hast recht. Ich gehe sofort auf die Wache, die für die Brienner Straße zuständig ist. Ich hole nur noch meine Kappe und den Mantel. Und du gehst bitte nach Hause und sagst Ricarda Bescheid. Aber bitte kommt nicht dazu. Ich muss das alleine regeln.«

Unruhig wartete Max mehrere Stunden im Vorzimmer der Wache, aber als der zuständige Beamte sich schließlich dazu bequemte, ihn vorsprechen zu lassen, war er wenigstens vorbereitet. Wenn es stimmte, was Cläre ihm erzählt hatte, war Christine am Tatbestand der Beleidigung gegen die Staatsgewalt gerade noch mal vorbeigeschlittert. Trotzdem würden die beleidigten Wachtmeister versuchen, sie so lange wie möglich dazubehalten. Da er noch kein Anwalt war, musste er die Karte des Korpsstudenten spielen, um sie auf seine Seite zu ziehen. Dem selbstgefälligen und in seine Autorität verliebten Mann Honig um den gezwirbelten Bart zu streichen war keine schöne Aufgabe, aber es war der einzige Weg, Christine eine Nacht in der Zelle zu ersparen.

Und es funktionierte. Einer der Wachtmeister füllte ein Formular aus, während ein anderer Christine holte.

Als sie hereingeführt wurde, war sie leichenblass.

»Du?«, fragte sie und blieb wie angewurzelt stehen, dann wandte sie abrupt den Blick ab.

Auch als sie kurz darauf auf der Straße Richtung *Café Altschwabing* gingen, sagte sie kein Wort. Irgendwann hielt Max das Schweigen nicht mehr aus. Am liebsten hätte er sie spontan in den Arm genommen, aber ihre Verschlossenheit verunsicherte ihn.

»Das war knapp. Bitte mach so was nie wieder, hörst du?«, sagte er schließlich, um das Schweigen zu brechen.

»Keine Sorge, Vati, beim nächsten Mal passe ich besser auf.«

Ihr schneidender Ton ließ Max zusammenfahren. Seit ihrem zufälligen Treffen am Bahnhof, dem Kaffee im Englischen Garten und dem Tanz beim Geburtstag ihrer Mutter hatte er den Eindruck gehabt, sie wären sich nähergekommen. Was war denn jetzt schon wieder schiefgelaufen?

»Bitte, Christine.« Er fasste sie am Arm und brachte sie dazu, stehen zu bleiben. »Jeden Tag wandern Hunderte nach Stadelheim, die das eigentlich gar nicht verdienen, und selbst ein, zwei Tage in einer Zelle dort sind schlimm genug.«

»Und was erwartest du jetzt von mir?«, fuhr Christine dazwischen. »Dankbarkeit? Ich habe dich jedenfalls nicht um deine Hilfe gebeten. Aber gut, Max. Vielen Dank.«

»Was soll das?«

»Ihr habt euch sicher gut verstanden, oder? So von Korpsuniform zu Polizeiuniform … Was hast du ihm versprochen? Dass du in Zukunft besser aufpassen wirst auf deine renitente kleine Freundin? Die Mühe kannst du dir beim nächsten Mal sparen. Ich brauche keinen Korpsstudenten, der sich als mein Retter aufspielt und mir hinterher noch Vorhaltungen macht.«

Max glaubte seinen Ohren nicht zu trauen. Ja, er hatte die Rolle des konservativen Korpsstudenten gespielt, um Christine aus dem Gewahrsam zu holen, aber was spielte das für eine Rolle? Sie war wieder frei – und nur das zählte, oder? Ärger stieg in ihm hoch.

»Wenn du das so siehst, tut es mir tatsächlich leid, dass ich meinen Abend dafür verschwendet habe«, sagte er kalt.

»Na siehst du, dann verstehen wir uns ja«, meinte Christine patzig.

»Allerdings.« Max drehte sich auf dem Absatz um und ließ sie stehen.

Einige Sekunden war Christine wie versteinert.

»Max?«, rief sie dann. »Bitte bleib … ich …« Ihre Stimme klang kläglich, aber Max sah sich nicht mehr um und verschwand hinter einer Hausecke.

Verloren stand Christine auf dem dunklen Bürgersteig. Tränen liefen ihr über die Wangen. Was hatte sie nur getan? Die wenigen Stunden in der Sammelzelle der Wache waren die Hölle gewesen. Dazu die Ungewissheit, ob sie tatsächlich angeklagt und nach Stadelheim geschickt werden würde. Sie war Max von Herzen dankbar, dass er sie da herausgeholt hatte. Warum um Himmels willen konnte sie das nicht einfach zeigen? Stattdessen hatte sie ihn beleidigt. Würde er jetzt überhaupt noch mit ihr reden? Es überraschte sie selbst, wie unglücklich sie diese Aussicht machte.

Als Korpsstudent stand Max für alles, was sie und ihre Freunde verachteten und bekämpften. War das der Grund, warum sie ihn so vehement von sich weggestoßen hatte, obwohl sie ihm am liebsten in die Arme gefallen wäre?

Es dauerte eine Weile, bis Christine sich so weit gefangen hatte, dass sie nach Hause gehen konnte.

Als sie die Wohnungstür in der Schellingstraße öffnete, stürzten Cläre und ihre Mutter auf sie zu.

»Christine! Um Himmels willen, was tust du nur?«, rief Ricarda in einer Mischung aus Erleichterung und Verzweiflung und schloss ihre Tochter in die Arme.

Christine drückte ihre Mutter fest.

»Hat Max es also geschafft!« Ricarda wischte sich mit dem Handrücken über die Augen. Dann sah sie sich um. »Hast du ihn denn gar nicht mitgebracht?«, fragte sie.

Christine schüttelte stumm den Kopf.

»Na, dann komm erst mal rein«, meinte ihre Mutter und wollte sie in die Küche ziehen. »Ich mache dir einen Tee.«

Doch Christine winkte ab. »Entschuldige, aber ich muss mich hinlegen. Ich erzähle euch morgen alles, ja?«, sagte sie schwach.

Ricarda strich ihrer Tochter liebevoll über die widerspenstigen Locken und nickte.

In ihrem Zimmer zog sich Christine aus und legte sich unter die Decke. Wieder und wieder dachte sie an die bösen und ungerechten Worte, die sie Max an den Kopf geworfen hatte. Tränen der Scham und Wut flossen über ihre Wangen. Impulsiv war sie schon immer gewesen, aber meistens bestand ihr Problem darin, dass sie zu unverblümt ihre Meinung sagte – ohne Rücksicht auf Verluste. Diesmal aber hatte sie nicht ihre Meinung gesagt, sie hatte gelogen! Nichts von dem, was sie Max an Beleidigungen an den Kopf geworfen hatte, entsprach der Wahrheit, und das war unverzeihlich.

Sie setzte sich im Bett auf und griff zu einem gerahmten Bild von Luise, das auf dem Nachttisch stand. »Ach, Luise«, flüsterte sie, während sie es umdrehte und einen zusammengefalteten Zettel löste, den sie hinten in den Rahmen geklemmt hatte. Es war die alte Quittung, auf die Max vor ihrer Fahrt nach Berlin sein Gedicht geschrieben hatte. Sie las es, dann legte sie den Zettel unter das Kopfkissen, schloss die Augen und schlief vor Erschöpfung ein.

27

Peter stand am Erkerfenster des sogenannten Roten Salons, in dem die Richters ihre Gäste empfingen, und sah auf den parkähnlichen Garten hinaus. Nur schemenhaft waren die Umrisse der Platanen in der Dunkelheit zu erkennen. Das Licht aus dem Salon beleuchtete schwach ein für den Winter vorbereitetes Blumenbeet. Die Stimmen der beinahe hundert Geburtstagsgäste drangen zu ihm, aber er drehte ihnen hartnäckig den Rücken zu, den Blick unverwandt nach draußen gerichtet. Zu seinem Unbehagen hörte er zwei unbekannte Männerstimmen näher kommen.

»Das sogenannte Ende der Marokkokrise ist in Wahrheit der Beginn einer neuen deutschen Schmach«, sagte der eine Mann. »Sie haben uns ein wertloses Stück Land in Französisch-Kongo vor die Füße geworfen, das Frankreich selbst nicht gebrauchen kann. Dazu ein Bruchteil dessen, was wir gefordert hatten, und kein Vergleich zu Südmarokko mit seinen Bodenschätzen. Wie stehen wir jetzt auf der Weltbühne da? Mit heruntergelassenen Hosen, Verehrtester. Unser Reichskanzler und der Kaiser haben sich als zahnlos erwiesen, und England und Frankreich lachen sich ins Fäustchen.«

»Da stimme ich Ihnen zu. Wenn es nach mir gegangen wäre, hätten wir es zum Äußersten kommen lassen. Eine Schande, dass unser Reichskanzler sich in seiner Schwäche ausgerechnet mit den Sozialdemokraten gemein macht. Wann soll der Marokko-Kongo-Vertrag unterzeichnet werden?«

»In einigen Wochen, denke ich.«

Die beiden Männer zogen weiter. Peter dachte an das, was Gisela über den Krieg gesagt hatte. Auch ihre Mutter empfand ihn als notwendigen Teil des Lebenszyklus. Konnte man wirklich so denken? Den sicheren Tod Hunderttausender einfach so in Kauf nehmen? Und war er der Einzige auf dieser Feier, der die Dinge anders sah?

Ich stehe auf deiner Seite, solange du auf der Seite meiner Familie stehst, hatte Gisela erst vor einer Woche zu ihm gesagt. Danach hatten sie sich bis zum heutigen Abend nicht mehr gesehen, und dementsprechend kühl war die Begrüßung ausgefallen. Statt sich wie sonst bei gesellschaftlichen Anlässen an seiner Seite zu zeigen, ließ sie ihn mit den überwiegend unbekannten Gästen allein.

Peter dachte an Christine. Mittlerweile musste sie den Brief bekommen haben, mit dem er sich seine Wut und Verzweiflung von der Seele geschrieben hatte. Ob bereits ein Brief von ihr auf dem Weg zu ihm war? Er konnte sich nicht erinnern, je so sehr auf eine Antwort von jemandem gewartet zu haben. Es war weniger der Verlust seiner Stelle bei der AEG, der ihm zusetzte. Zu sehr hatte er selbst in der letzten Zeit mit der Arbeit dort gehadert. Aber die Art und Weise, wie er sie verloren hatte – durch den hinterhältigen Betrug eines Kollegen –, machte ihn noch immer fassungslos. Dazu die Bereitwilligkeit seines Vorgesetzten, den gefälschten Bericht als seinen zu akzeptieren und ihn sogar als feigen Juden zu beschimpfen.

Noch einmal ging er die Möglichkeiten durch, die ihm jetzt offenstanden. Er konnte in Berlin bleiben, sich eine neue Stelle suchen und das tun, was Gisela ihm geraten hatte: den Mund halten, sich anpassen und ihren Eltern nach dem Mund reden, um so das Recht zu erwerben, deren Tochter zu heiraten. Aber genau das war der Punkt. Er wollte sich nicht verbiegen. Allein die Vorstellung ekelte ihn an, sich in Zukunft mit Menschen wie denen, die jetzt um ihn herum Champagner schlürften, über die aktuellen politischen Entwicklungen austauschen zu müssen.

Und dann war da noch Cläre … Seit er sie am Münchner Bahnhof wiedergesehen hatte, war ihm klar geworden, dass er sich zu ihr hingezogen fühlte. Es war verrückt, denn natürlich hatte Cläre recht: Sie kannten sich kaum. Trotzdem hatte ihr Tanz alles verändert. Er sehnte sich nach ihr – und daran änderte weder seine Beziehung zu Gisela noch Cläres Freundschaft mit Fritz etwas. Ich liebe Gisela nicht, dachte er niedergeschlagen. Und ich hätte es längst spüren müssen. Zu dumm nur, das Cläre offenbar Fritz liebte.

»Peter, Sie sondern sich ab auf meiner Geburtstagsfeier.« Werner Richter war von hinten an Peter herangetreten.

Der drehte sich erschrocken um. »Sie haben so einen schönen Garten«, sagte er, weil ihm nichts Besseres einfiel.

»Ja, ja, den haben wir.« Werner Richter nickte. »Aber er bedarf auch einer Menge Pflege. Ich beschäftige zwei Gärtner, was mich nicht wenig kostet.« Er räusperte sich. »Überhaupt ist das Leben teuer. Unsere Frauen sind sich darüber gar nicht so recht im Klaren, aber wir arbeitenden Männer, die das Geld für all das hier verdienen, wissen, dass es nicht auf den Bäumen wächst, oder?« Er versuchte sich an einem jovialen Grinsen, aber Peter war misstrauisch. Es war ungewöhnlich, dass Giselas Vater mit ihm auf Augenhöhe sprach, und dass er es ausgerechnet jetzt tat, nachdem er seine Stelle verloren hatte, war unerwartet. Oder hatte er ihn falsch eingeschätzt?

»Trotzdem«, fuhr der Bankier fort, ohne sich an Peters Schweigen zu stören, »so ist es nun mal. Wir müssen unseren

Damen etwas bieten, oder nicht? Und dafür müssen wir schon mal Opfer bringen, uns einfügen.«

Peter setzte ein Lächeln auf. Jetzt wusste er, in welche Richtung das Gespräch gehen würde, auch wenn Giselas Vater es nicht konkret ansprach.

»Man hat mir gefälschte Dokumente untergeschoben«, sagte er kühl, denn auf Reden durch die Blume hatte er keine Lust. »Ich habe meine Stelle zu Unrecht verloren.«

»Ob man der Richtige ist für eine Stelle oder nicht, hängt nicht immer nur von der fachlichen Qualifikation ab«, erwiderte Giselas Vater kühl. »Für eine renommierte Firma wie die AEG sind gerade jetzt in unserer angespannten politischen Lage auch Gesinnungsfragen von eminenter Bedeutung. Die Frage für Sie, Peter, ist, ob Sie sich ändern können.«

»Ändern?«, fragte Peter spitz.

»Sagen wir, ob Sie patriotischer werden können … deutscher.«

»Ich bin ebenso deutsch wie Sie«, sagte Peter ungläubig. »Und ich verstehe nicht, warum Menschen wie Sie denken, man würde sein Vaterland nicht lieben, nur weil man ihm keinen verheerenden Krieg wünscht.«

Giselas Vater verzog keine Miene. »Ebendas ist der Punkt, Peter. Menschen wie ich haben Vertrauen in die Kraft und Stärke unseres Deutschen Reichs. Unsere deutschen Männer, unsere technische Überlegenheit, die Vormacht unserer neuen Flotte. Menschen wie Sie sehen Schwäche, wo ich Stärke sehe.« Er zuckte mit den Schultern. »Und wer nicht für uns ist, ist gegen uns.«

»Ich bin doch nicht gegen Deutschland!«, protestierte Peter verärgert.

»Das ist Ansichtssache. Ihr Mangel an Vertrauen ist eine gefährliche Schwäche. Eine Krankheit, die dem Reich schadet, und das läuft auf das Gleiche hinaus. Deshalb haben Sie auch Ihre Stelle bei der AEG verloren.« Er machte eine kurze Pause und sagte dann mit seltsamer Stimme: »Wenn ich auf Ihrer Seite sein soll ... bei der Suche nach einer neuen Arbeitsstelle, aber auch anderweitig ...« Er machte eine vage Geste in den Raum hinein, und Peter verstand sofort: Es ging um seine Verlobung mit Gisela. »Wenn ich das tun soll, dann muss ich wissen, wen ich unterstütze. Verstehen Sie mich nicht falsch. Meine Frau und ich sind sehr tolerant. Wir waren bereit, Sie in unsere Familie aufzunehmen, trotz gewisser Ungleichheiten ... Aber unsere Toleranz ist kein Freibrief. Treffen Sie Ihre Entscheidung, fragen Sie sich, wo Sie stehen wollen. In der Welt da draußen und hier bei uns, dann sprechen wir weiter.«

Werner Richter klopfte Peter auf die Schulter, dann ging er ohne ein weiteres Wort.

Peter wusste nicht, was er denken sollte. Er fühlte sich gedemütigt, gleichzeitig verstärkte sich seine Abscheu gegenüber dieser Welt, in der alles seinen Preis hatte, selbst die Liebe.

Liebe? Peter schüttelte den Kopf. Was Gisela betraf, empfand er nur noch Ernüchterung. Er ließ den Blick über die Gäste schweifen. Herausgeputzte Damen in langen seidenen Abendkleidern, mit tadellos gesteckten Frisuren und Kopfschmuck. Herren im Frack, mit gestutzten und gezwirbelten Bärten, Zwickern und Geheimratsecken. Die Herrschaften unterhielten sich angeregt, in den Händen Champagnergläser. Peters Augen fanden Gisela. Sie sprach mit einem jungen Mann, den Peter schon einmal kennengelernt hatte. Ein Freund aus Kindertagen, hatte sie damals gesagt, aber Peter hatte das Gefühl gehabt, dass das aktuelle Interesse des Freundes an Gisela nichts Kindliches mehr hatte. Jetzt sah Gisela zu ihm herüber, und ihre Blicke trafen sich, doch schon im nächsten Augenblick wandte sie sich erneut ihrem Freund zu, lachte über etwas, das er sagte, und legte ihm dabei die Hand auf den Arm – eine Geste, die offenbar für Peter als Publikum bestimmt war. Gisela sprach eine andere Sprache als ihr Vater, aber was sie sagte, war das Gleiche: Es ist deine Entscheidung. Frag dich, wo du stehen willst.

Peter musste nicht mehr überlegen. Er wusste, wo er stehen wollte, auch wenn das ganz neue Probleme aufwarf. Ohne dass ihn jemand beachtet hätte, durchquerte er den Salon und betrat die Eingangshalle.

»Ich hätte gerne meinen Hut und Mantel, Anton«, sagte er zu dem Bediensteten, der an der Garderobe stand.

»Sie verlassen uns bereits?«, fragte dieser erstaunt.

»Ja, leben Sie wohl, Anton.«

Der Diener deutete eine Verbeugung an und überreichte ihm die Kleidung. Peter zog den Mantel über, setzte sich den Hut auf und trat in die dunkle Stille des Gartens hinaus.

Dass Fritz seit der Nacht nach Ricardas Geburtstagsfeier auf der Straße regelmäßig Cläres Hand hielt, war neu, und sie ertappte sich bei dem Bedürfnis, sie ihm zu entziehen. Es war ihr nicht unangenehm, doch war ihre Freundschaft mit Fritz damit in eine Phase eingetreten, zu der sie sich nicht bereit fühlte.

Jetzt weiß auch der Letzte, dass wir ein Paar sind, dachte sie, als sie an diesem sonnigen Oktobernachmittag von einem Spaziergang durch Schwabing zurück in die Schellingstraße kamen. Doch wenn Cläre ehrlich war, ging es ihr nicht um die Meinung der Leute, zumal Händchenhalten ja auch vor einer Verlobung nichts Verbotenes war.

Sie warf Fritz einen verstohlenen Seitenblick zu. Die Schiebermütze war ihm leicht auf die Seite gerutscht, was ihm einen verwegenen Ausdruck verlieh, und sie mochte sein Gesicht im

Profil. Auch jetzt wirkte er so gut gelaunt, wie er schon den ganzen Nachmittag gewesen war, und Cläre wünschte sich, dasselbe auch von sich sagen zu können.

Aber letztlich hatte sie sich diese Suppe eingebrockt, sie ganz allein. Fritz hatte sie nicht darum gebeten, nach der Feier zu ihm aufs Zimmer zu kommen und bei ihm zu übernachten. Im Gegenteil, er war über ihre Initiative mehr als erstaunt gewesen. Am nächsten Tag hatte sie sich vor sich selbst damit herauszureden versucht, dass sie am Vorabend Alkohol getrunken hatte – und man wusste ja, welchen Einfluss der auf das Urteilsvermögen ausübte! Aber das war nicht die ganze Wahrheit.

In Wirklichkeit hatte sie sich Fritz gegenüber schuldig gefühlt – nicht, weil zwischen ihr und Peter tatsächlich etwas vorgefallen wäre. Natürlich nicht, ein Tanz war ein Tanz, und sein Geschenk hatte sie nicht angenommen! Aber da war diese Sehnsucht gewesen. Die Sehnsucht nach Peter und seinen Berührungen. Das war der Grund, warum sie die Nacht bei Fritz verbracht hatte. Sie hatte sich selbst beweisen wollen, dass nichts geschehen war, dass der Tanz nichts bedeutete und ihre Gefühle für Fritz ebenso stark sein konnten. Doch es hatte nicht geklappt. Die Erinnerung an den Tanz mit Peter und den Moment in seinem Zimmer hielt sich hartnäckig. Zum Glück war er wieder in Berlin, und sie konnte ihren Gefühlen für Fritz Zeit geben.

»Du bist so still, Cläre«, sagte er jetzt.

»Still vergnügt«, konterte sie und lächelte.

Fritz lächelte zurück, doch es lag etwas Prüfendes in seinem Blick. Ob er bemerkt hatte, dass sie sich seit ihrer gemeinsamen Nacht zurückgenommen hatte? Er bedrängte sie nicht, aber sie konnte auch nicht erwarten, dass ihre Nachdenklichkeit und ihr Mangel an Initiative ihm nicht auffielen.

Mittlerweile waren sie an der Haustür neben dem *Altschwabing* angekommen.

»Wenn das Wetter so schön bleibt, könnten wir in den nächsten Tagen einen Ausflug mit dem Rad machen«, schlug er vor. »Vielleicht zum *Neudecker Garten* am Auer Mühlbach oder in den Biergarten vom Radlwirth?«

»Gerne«, sagte Cläre. Sie gab Fritz einen schnellen Kuss und wollte ihm die Hand entziehen, die er noch immer hielt, doch er ließ sie nicht los und zog sie ein paar Meter weiter in die Hofeinfahrt.

»Nur einen Kuss«, flüsterte er und legte den Arm um sie. Cläre ließ es zu. »Du könntest noch mit zu mir kommen«, schlug Fritz vor. »Nicht über Nacht natürlich, nur für ein paar Stunden. Du musst doch heute nicht mehr im Café arbeiten.«

»Nein, aber für die Universität – und das nicht wenig«, erwiderte Cläre ausweichend.

Sie gab ihm einen kurzen Kuss zum Abschied, dann löste sie sich von ihm und ging auf die Wohnungstür zu.

In ihrem Zimmer setzte sie sich an den Schreibtisch und schlug die Bücher auf. Während der Professor, den sie bereits aus dem Vorbereitungskurs kannte, sie offenbar schätzen gelernt hatte und die spitzen Bemerkungen ihrer Kommilitonen unterband, hatte der zweite es sich zum Ziel gemacht, nach möglichen Schwächen zu suchen. Niemand musste so oft an der großen Tafel vorrechnen wie sie, aber Cläre hatte nicht vor, sich eine Blöße zu geben, auch wenn sie noch mehr Zeit in die Vorbereitung der Seminare stecken musste als zuvor.

Sie begann mit einem mathematischen Problem, fand die Lösung, rechnete sie durch und prüfte das Ergebnis. Irgendetwas stimmte nicht. Sie wollte sich erneut daranmachen, als sie hörte, wie im Flur die Wohnungstür geöffnet wurde.

Beinahe dankbar für die Ablenkung stand sie auf und trat aus ihrem Zimmer.

»Peter …?«

Überrascht blieb sie im Türrahmen stehen und fühlte sofort die Röte in den Wangen, doch Peter lächelte nur schwach. Cläre erinnerte sich an Christines Andeutungen. Offenbar war Peter in Berlin etwas sehr Unangenehmes widerfahren, aber mehr hatte Christine nicht sagen wollen. Falls diese Angelegenheit der Grund für seinen spontanen Besuch war, musste es etwas Ernstes sein.

»Du siehst müde aus«, sagte sie, als Peter unschlüssig im Gang stehen blieb. »Komm, ich mache uns einen Kaffee.«

Kurz darauf saßen sie in der Küche am Tisch. Nach ein paar Schlucken Kaffee wirkte Peter etwas entspannter.

»Das tut gut«, sagte er. »Man sollte Kaffee offiziell zur Medizin erklären.«

»Lieber nicht«, erwiderte Cläre lächelnd. »Dann würde er wahrscheinlich noch teurer werden.«

Eine Weile saßen sie sich schweigend gegenüber und nippten an ihren Tassen.

»Du fragst dich sicherlich, warum ich so unverhofft hier auftauche«, begann er schließlich.

»Christine sagte, du hättest Schwierigkeiten am Arbeitsplatz. Hat es damit zu tun?«

Peter nickte und blickte in seine Tasse. »Ich wollte nicht, dass meine Mutter es erfährt, bevor ich entschieden habe, wie es weitergehen soll. Es sind mehr als nur Schwierigkeiten. Man hat mir gekündigt.«

»Was?«, rief Cläre ungläubig.

Peter fasste kurz zusammen, was passiert war.

»Das ist ja unglaublich. Du musst dich wehren, dir einen Anwalt nehmen«, meinte Cläre entsetzt. »Vielleicht kann

Giselas Vater mit seinen Kontakten dir einen guten besorgen.«

Peter schüttelte den Kopf. »Wir haben uns getrennt.«

»Was?« Auch diese zweite Nachricht traf Cläre aus dem Nichts.

Peter sah sie nicht an. »Nach dem Geburtstag ihres Vaters haben wir noch einmal miteinander geredet, aber uns ist beiden klar, dass es nicht genügend Gemeinsamkeiten zwischen uns gibt ... und dass unsere Gefühle nicht tief genug sind, um die Unterschiede zu überbrücken. Gisela hat eingesehen, dass ich nie der Mann sein werde, der zu ihrer Familie passt – weder in materieller noch in politischer Hinsicht.«

Cläre hatte Peter sprachlos zugehört. Was Christine in aller Kürze angedeutet hatte, war in Wahrheit ein Kollaps seines gesamten Lebens in Berlin.

»Meine Mutter wird traurig sein«, schloss er. »Sie war so stolz auf meine gute Anstellung.«

»Du wirst eine neue finden«, sagte Cläre fest. »Es gibt genügend Firmen in München, die dich mit Kusshand nehmen werden.« Sie erschrak. Peter hatte gar nichts davon gesagt, dass er dauerhaft nach München zurückkehren wollte. Und wenn ja, was würde das für sie bedeuten?

»Ich glaube eher, dass es schwer sein wird. Ich werde erklären müssen, warum die AEG mir gekündigt hat, und natürlich habe ich kein Empfehlungsschreiben bekommen.«

Cläre strich ihm spontan über die Finger, doch bevor er nach ihrer Hand greifen konnte, hatte sie sie schon wieder zurückgezogen. Sie spürte, dass seine Augen auf ihr ruhten, und starrte auf die Kaffeetasse.

Peter war frei – doch sie war es nicht. Sie ärgerte sich über den Zwiespalt, den sie empfand. Dabei war es noch gar nicht lange her, dass sie mit Fritz nach Hause gegangen war. Und sie mochte ihn doch auch! Cläre verstand sich selbst nicht mehr.

Zum Glück drehte sich in diesem Moment ein Schlüssel im Schloss der Wohnungstür, und Christine trat ein.

»Peter!«, rief sie, als sie ihren Bruder am Küchentisch sitzen sah. »Hast du meinen Antwortbrief bekommen? Ich hatte so gehofft, dass du nach Hause kommst!« Sie warf ihre Tasche auf den Boden, stürzte in die Küche und umarmte ihren Bruder stürmisch. Cläre betrachtete die beiden und konnte nicht umhin, Christine zu beneiden.

28

Das Wetter half auch nicht. Der Regen hatte aufgehört, doch der nächste Schauer kündigte sich bereits an. Peter beschloss, sich in ein Café zu setzen – allerdings nicht ins *Altschwabing*, denn er wollte allein sein und nachdenken. Über das jüngste Vorstellungsgespräch, das er vor zwei Stunden gehabt hatte, seine Aussichten – einfach alles.

Er steuerte das erstbeste Café an, das vor ihm auftauchte, griff nach einer Zeitung, die im Foyer an ihrem Haken hing, und suchte sich einen Platz.

Glück gehabt, dachte er, als kurz darauf ein weiterer Schauer niederprasselte. Bislang war der November schön gewesen, aber heute entsprach das Wetter seiner Stimmung. Tage voll grundlegender Entscheidungen lagen hinter ihm. Er hatte Berlin den Rücken gekehrt und sogar schon seine Wohnung aufgelöst. Die Dinge, die er nicht hatte verkaufen können, hatte er mithilfe von Freunden nach München geschafft.

Peter bestellte sich einen Kaffee mit Schuss und schlug die Zeitung auf. Unter der Rubrik »Stellenanzeigen« fanden sich weniger Angebote als erhofft, und eine erste Durchsicht ergab nichts Interessantes.

Beim Gedanken an Cläre wurde seine Stimmung noch trüber. Seit seiner Rückkehr ging sie ihm aus dem Weg. Sie verbrachte ihre Zeit an der Universität, im Café, in der Bibliothek oder bei Fritz. Nur selten gelang es ihm, in der Wohnung ein paar Worte mit ihr alleine zu wechseln. Cläre war in Fritz verliebt, und für sie war ihr Tanz eben nur ein Tanz gewesen.

Er nippte an dem heißen Getränk und sah wieder in den Regen hinaus. Wo sie und Fritz am Vorabend wohl gewesen waren? Im *Altschwabing* jedenfalls nicht, und da das Wetter schlecht gewesen war, waren sie wohl zu ihm gegangen. Lange hatte er wach gelegen und auf die Wohnungstür gehorcht – und tatsächlich war sie irgendwann hinter Cläre ins Schloss gefallen. Du musst aufhören, an sie zu denken, schalt er sich. Und ganz abgesehen davon, würdest du wirklich einem guten Freund die Frau ausspannen? Er kannte die Antwort schon, sie lautete Ja, solange er sicher sein konnte, dass Cläre ihn genauso mochte wie er sie. Aber danach sah es ja leider nicht aus.

Peter suchte in der Zeitung nach einem Artikel, der ihn ablenken könnte, aber er wurde nicht fündig – ganz im Gegenteil. »Das Nobel-Komitee verleiht der französischen Wissenschaftlerin Marie Curie den Nobelpreis für Chemie«, las er staunend, und sofort waren seine Gedanken wieder bei Cläre. Das war ja unglaublich! Erst 1903 war Marie Curie zusammen mit ihrem Mann und dem Kollegen Henri Becquerel für die Erforschung von Strahlenphänomenen mit dem Nobelpreis für Physik ausgezeichnet worden. Der jetzige Nobelpreis war also schon ihr zweiter! Voller Bewunderung las er den Rest des Artikels. Marie Curie war ordentliche Professorin an der Sorbonne – die erste zwar, aber immerhin. Da waren die Franzosen den Deutschen um Längen voraus.

Verärgert schüttelte er den Kopf. Um wie viel Begabung und erstklassige Forschung das Deutsche Reich sich brachte, indem es seinen Frauen eine wissenschaftliche Karriere verweigerte! Doch es war hoffentlich nur eine Frage der Zeit, bis sich das änderte. Er konnte es kaum abwarten, Cläre von dem Artikel zu berichten.

Peter sah auf die Uhr. Er wusste, dass Cläre jetzt eine Vorlesung hatte, doch was hinderte ihn daran, sie anschließend abzuholen? Die Frage, was er sich davon erhoffte, schob er beiseite. Immerhin wollte er ihr ja nur die frohe Botschaft von Marie Curies Auszeichnung überbringen.

Cläre saß wie immer in der Mitte der steil aufsteigenden Bankreihen im großen Hörsaal. Wie schon in ihrem Vorbereitungskurs war sie unter den Studenten auch jetzt die einzige Frau. Die hämischen Bemerkungen vom Anfang des Semesters hatten nachgelassen, man ließ sie in Ruhe, trotzdem spürte sie bei vielen eine gewisse Ablehnung – als stellte ihre bloße Anwesenheit in einem Raum, der Symbol männlicher intellektueller Überlegenheit war, eine Gefahr dar.

Cläre hatte ihr Notizheft geöffnet und die Stifte aus dem Etui geholt. Um sie herum unterhielten sich die Kommilitonen über das schlechte Wetter, das letzte Wochenende und die bevorstehende Stunde. Plötzlich wurde im oberen Teil des Saals die Tür aufgerissen. Ein Mitstudent trat ein und rief: »Wisst ihr schon das Neueste?«

»Jetzt mach's nicht so spannend!«, meinte ein junger Mann in ihrer Nähe.

»Ihr werdet es nicht glauben, aber die Schweden haben dieser Marie Curie gerade ihren zweiten Nobelpreis verliehen.«

Sekundenlang herrschte Stille, dann rief ein Student mit weißblonden Haaren: »Marie Curie? Wer ist das denn?« Allgemeine Heiterkeit brach aus.

»Die Franzosen schätzen halt ihre Frauen auch außerhalb der Küche!«, rief jetzt einer mit Blick auf Cläre.

»Ja«, antwortete ein anderer. »Und wenn sie so weitermachen, steht in ihren Küchen bald keine mehr, die ihnen abends auch nur ein Spiegelei brät. Dann ist Schluss mit dem Essen wie Gott in Frankreich.« Auch seine Bemerkung erntete Applaus.

»Wer weiß, mit wem die alles poussiert hat, um den Preis zu bekommen!«, bemerkte ein Student aus den unteren Bankreihen.

Cläre spürte, wie Zorn in ihr aufstieg. »Wie redet ihr denn? Habt ihr gar keinen Anstand?«, rief sie erbost. Doch ihr Kommentar blieb unbeachtet, als gäbe es sie gar nicht.

»Poussieren?«, antwortete stattdessen ein anderer junger Mann auf den vorherigen Kommentar. »Du glaubst, einen Nobelpreis gibt es nur fürs Poussieren? Ich denke doch, für so eine Auszeichnung muss etwas Handfesteres her.«

Fuchsteufelswild sprang Cläre auf, doch bevor sie sich erneut einmischen konnte, ertönte von der oberen Tür die Stimme des Professors. »Fräulein Wiesner, bitte setzen Sie sich. Schultz und Gebhardt – Sie packen Ihre Sachen. Raus aus meinem Hörsaal!«

Die beiden Studenten, die eben noch die anzüglichen Scherze gemacht hatten, erstarrten. Langsam ging Professor Rodepeter die Treppe hinunter und blieb hinter seinem Pult stehen.

»Madame Curie ist eine international anerkannte Wissenschaftlerin und Kollegin, vor der unreife Jüngelchen wie Sie den Hut ziehen sollten. Na, was ist?« Er blickte zu den noch immer reglos dastehenden Studenten. »Meine Herren, ich behalte mir vor, weitere Schritte gegen Sie einzuleiten wegen unangemessener und unzüchtiger Rede gegenüber einer Respektsperson. Und bis dahin will ich Sie in meinem Hörsaal nicht mehr sehen.« Als die beiden sich noch immer nicht rührten, erhob er seine Stimme: »Raus!«

Erst jetzt packten sie hastig Stifte und Hefte in ihre Mappen.

»Eines noch!«, rief der Professor, als die beiden die Tür am Ende der Treppe schon fast erreicht hatten. »Entschuldigen Sie sich in aller Form bei der hier anwesenden Dame für Ihr loses Mundwerk.«

Die beiden Männer standen wie angewurzelt da. Der eine öffnete den Mund, doch es kam nichts heraus.

»Ich bitte um Eile«, rief der Professor. »Ich habe eine Stunde abzuhalten.«

»Ich bitte um Verzeihung«, sagte jetzt einer der Studenten.

»Ich entschuldige mich ebenfalls«, fügte der andere hinzu.

»Gut, dann können wir ja endlich zur Tagesordnung übergehen. Wie wir bereits letzte Woche gelernt haben, gibt es in der linearen Algebra drei Wege …«

Die Tür war hinter den beiden Männern ins Schloss gefallen, und Cläre versuchte, sich auf die Lektion zu konzentrieren. Als das Seminar vorbei war, hatte die Freude über die gute Nachricht die unschöne Szene beinahe verdrängt. Beschwingt lief sie die Treppe ins Erdgeschoss hinunter, um sie herum so viele Mitstudenten, dass Peter sie beinahe nicht gesehen hätte.

Schon seit zehn Minuten wartete er in der Nähe des Haupteingangs. Zunächst war alles still gewesen, doch dann hatten sich in den ersten Sälen die Türen geöffnet, und nun wimmelten die Korridore und Treppen von jungen Männern. Er spähte in alle Richtungen, und endlich sah er sie. Ganz allein kam sie die Treppe herunter, um sich herum kleine Grüppchen von Kommilitonen, die scherzten und sich unterhielten. Täuschte er sich, oder warfen ihr einige der Studenten neugierige Blicke zu? Cläre schien es nicht zu bemerken, doch sie sah fröhlich aus. Als sie ihn entdeckte, winkte sie ihm zu.

»Du kommst immer noch als Einzige ganz allein aus dem Hörsaal«, sagte Peter zur Begrüßung. »Immer noch das Einhorn unter Pferden.«

»Wenn jemand ein Einhorn ist, dann Madame Curie«, entgegnete sie. »Hast du schon gehört? Sie hat ihren zweiten Nobelpreis erhalten.«

»Ach, du weißt es schon. Ich habe es gerade in der Zeitung gelesen und wollte es dir sofort sagen.«

»Du bist extra deshalb hierhergekommen?«

»Ich wollte, dass du es so schnell wie möglich erfährst«, behauptete Peter, denn die Überbringung dieser Neuigkeit war ein guter Vorwand gewesen, sie zu sehen. »Lass es uns feiern«, schlug er vor. »Ich lade dich in ein Café ein.«

»Oh, tut mir leid, aber das geht nicht …«

»Ich werde dir nicht zu nahe treten«, unterbrach Peter sie leise.

Cläre errötete, und ihre Blicke verfingen sich ineinander. Peter verspürte den unbändigen Wunsch, ihre Hand zu nehmen und sie aus dem Trubel des Gebäudes nach draußen zu ziehen, irgendwohin, wo sie in Ruhe miteinander reden konnten.

Erst als jemand sie von der Seite anrempelte, kehrten sie ins Hier und Jetzt zurück.

»Das ist es nicht«, sagte Cläre. »Hast du vergessen, dass heute Abend im *Altschwabing* die Sitzung der Neuen Künstlervereinigung München stattfindet? Zuerst werden sie essen, und dann stimmen sie darüber ab, wer an ihrer Ausstellung im Dezember teilnimmt. Ricarda braucht unsere Hilfe bei der Vorbereitung.«

»O nein!«, rief Peter. »Mutter hat mich gebeten, in der Küche zu helfen. Das hätte ich über dem Vorstellungsgespräch beinahe vergessen.«

»Wie ist es denn gelaufen?«

Peter zuckte missmutig mit den Schultern und ging auf den Ausgang zu. Cläre blieb an seiner Seite. »Sobald sie hören, dass ich nicht selbst gekündigt habe, sehe ich ihnen an, dass meine Bewerbung keine Chance hat. Und so viele freie Stellen in vergleichbaren Positionen gibt es nicht.«

»Ich bin mit dem Fahrrad hier«, sagte Cläre. »Weißt du was? Ich habe eine Idee. Komm, du kannst dich nützlich machen.«

Peter verstand nicht, was sie meinte, aber er folgte ihr zu einem Laternenpfahl, an dem ihr Fahrrad lehntc. Mit dem Ärmel wischte sie notdürftig den Sattel ab, dann hielt sie Peter den Lenker hin.

»Du fährst, und ich sitze auf dem Gepäckträger.«

»Das mache ich gern. Nur schade, dass es kein Herrenrad ist.«

»Warum? Auf einem Damenrad fährt es sich doch genauso gut«, meinte Cläre.

»Natürlich, aber auf einem Herrenrad hättest du vor mir auf der Stange gesessen. Es wäre fast so gewesen, als hielte ich dich in den Armen.«

Sie senkte den Blick. »Du wolltest mir doch nicht zu nahe treten«, sagte sie leise.

»Entschuldige.« Peter hielt das Fahrrad, während sie sich auf den Gepäckträger schwang. Als er losfuhr, wackelte es ein wenig. Cläre hielt sich spontan an ihm fest und ließ nicht mehr los, bis sie in der Schellingstraße ankamen.

Schnell zogen sich Peter und Cläre in der Wohnung um.

»Na endlich, da seid ihr ja!«, rief Ricarda, als sie das Café betraten. »Peter, du kannst Irmi beim Kartoffelschälen helfen. Bei dem furchtbaren Wetter heute wird unsere Kartoffelsuppe bestimmt besonders gut ankommen. Christine ist gerade unterwegs und besorgt zusätzlichen Speck. Cläre, lauf doch bitte zum Delikatessen-Rübsam und bitte sie, noch zwanzig Flaschen Rotwein zu liefern. Dieses Künstlervolk trinkt ja doch gerne Wein. Rosi, warte …« Schon hatte Ricarda sich umgedreht und erteilte weitere Anweisungen.

Als Cläre von der Besorgung zurückkam, war auch Christine wieder da. Die beiden begrüßten sich, dann ging Cläre ins Hinterzimmer, um ihren Mantel abzulegen. Dort war Peter gerade dabei, frische Küchenhandtücher aus einem Schrank zu nehmen.

Einen Augenblick zögerte Cläre, dann gab sie ihrem Impuls nach. »Schau mal, ich habe dir was mitgebracht«, sagte sie.

Peter sah sie fragend an, und beinahe hätte Cläre es sich anders überlegt, doch dann griff sie in die Manteltasche. »Hier, für dich«, sagte sie und reichte Peter die Praline so schnell, dass ihre Finger gegen seine stießen. »Jetzt sind wir quitt.«

»Nussnugat«, las er auf dem Stanniolpapier, mit dem die Schokolade umwickelt war.

Cläre wurde nervös. »Also, ich dachte, du magst Nussnugat. Schließlich hast du mir mal eine Nussnugatpraline geschenkt, und normalerweise verschenkt man ja gern, was man selber mag.« Sie spürte, wie sie rot wurde. Eigentlich hatte sie ihm nur kurz die Praline geben wollen. Diese ganzen Erklärungen führten in die falsche Richtung. »Ich muss in die Küche«, sagte sie schnell.

Im Gastraum arbeitete sie mit Christine Hand in Hand. Sie schoben die Tische zusammen, damit die Mitglieder der Vereinigung miteinander essen konnten. Vor den Scheiben des Cafés war es dunkel geworden, und der Glanz der erleuchteten Wandlämpchen und stilvollen Deckenleuchter ließ den noch leeren Innenraum in erwartungsvoller Vorfreude erstrahlen. Christine und Cläre steckten kleine Rosen und Tannengrün in die Väschen.

»Die Zweige haben Irmi und Rosi heute Morgen auf Mutters Anweisung im Englischen Garten stibitzt«, erklärte Christine lachend.

Aus der Küche duftete es nach ausgelassenem Speck. Cläre, die noch nicht viel gegessen hatte, knurrte der Magen, aber sie würde sich noch gedulden müssen. Überhaupt konnten sie an einem Abend wie diesem immer nur abwechselnd kurze Pausen machen.

Schließlich trudelten die ersten Künstler ein und nahmen Platz. Neben Kandinsky, Münter und Marc war auch der Galerist Heinrich Thannhauser gekommen, da die Ausstellung, für die an diesem Abend die Gemäldeauswahl getroffen werden sollte, in seinen Räumlichkeiten stattfinden würde.

Nach und nach stieg der Geräuschpegel im Innenraum des Cafés. Es wurde diskutiert, gelacht und gescherzt. Endlich schien die Versammlung komplett zu sein. Essen und Getränke wurden bestellt, und die ersten Flaschen Wein waren im Nu leer. Christine, Cläre und Ricarda brachten reichlich gefüllte Suppenteller und frisches Brot an die Tische, während Peter an der Spüle arbeitete, damit das Geschirr nicht ausging.

»Als ich bei Kandinsky war, um ihn zu fotografieren, habe ich ein Gespräch mitgehört«, raunte Christine Cläre zu, als sie zwischendurch kurz durchatmen konnten. »Jetzt sieht bei denen alles aus wie eitel Sonnenschein, aber offenbar kriselt es in dem Verein.«

»Ich bin mal gespannt, welche Bilder für die Ausstellung vorgeschlagen werden«, meinte Cläre.

Endlich war es so weit, und der offizielle Teil der Sitzung begann. Ein Maler namens Adolf Erbslöh, der nach Kandinskys Rücktritt am Anfang des Jahres den Vorsitz der Vereinigung übernommen hatte, bat um Ruhe, und der Schriftführer, ein Mann namens Alexander Kanoldt, saß mit Stift und Schreibblock da, um die Sitzung zu protokollieren.

»Nach unserer erfolgreichen Ausstellung im letzten Jahr bei unserem sehr verehrten Thannhauser«, Erbslöh zeigte auf den Galeristen, und vereinzelter Beifall erklang, »stehen wir kurz vor einer weiteren Demonstration unserer künstlerischen Schaffenskraft. In wenigen Wochen werden wir der Welt erneut zeigen, was hier in München an Kunst entsteht.«

»Ganz schön pathetisch«, flüsterte Peter, den die Neugier aus der Küche getrieben hatte, Cläre zu.

»Ich glaube, das finden nicht nur wir. Schau mal …« Sie wies mit dem Kopf in Richtung Marc und Kandinsky.

»Gemäß unserer Regelung darf jedes ordentliche Mitglied der Vereinigung zwei Werke auf unseren Ausstellungen präsentieren, solange diese zusammen nicht mehr als vier Quadratmeter groß sind.«

Christine stupste Cläre wissend an, als Kandinsky und Marc bei Erbslöhs einführenden Worten die Köpfe zusammensteckten.

»Ich habe die Vorschläge mitgebracht, die ihr eingereicht habt«, fuhr Erbslöh fort. Er nannte einen Namen nach dem anderen und beschrieb die eingereichten Werke anhand der beiliegenden Fotografien.

»So weit, so gut«, sagte er schließlich. »Was die eben genannten Werke angeht, bestehen keine Einwände. Dafür sehe ich ein Problem mit dem letzten Bild der Ausstellung, der *Komposition V* unseres Mitglieds Wassily Kandinsky.« Er wandte sich an den russischen Maler. »Dein Gemälde, Wassily, ist zu groß. Eigentlich müsste dir das doch aufgefallen sein – schließlich hast du selbst unsere Vier-Quadratmeter-Klausel ins Leben gerufen.«

»Oh, aufgefallen ist mir das durchaus, aber wollen wir wirklich Quantität über Qualität stellen, Adolf?« Kandinsky lehnte sich scheinbar gelassen auf seinem Stuhl zurück. »Meine *Komposition V* ist das beste Bild, das ich im Augenblick zu bieten habe, das müsste doch schwerer wiegen als ein paar zusätzliche Zentimeter. Was sagt ihr anderen dazu?« Er sah in die Runde. Einige nickten, doch der Großteil der Anwesenden mied seinen Blick.

»Es kommt genau so, wie Marc und Kandinsky es vorhergesehen haben«, flüsterte Christine Cläre zu, doch die lauschte nur gespannt.

»Für mich – und ich spreche für die meisten Kollegen hier – verlieren die Begriffe ›gut‹ oder ›schlecht‹ ihre Bedeutung, wenn man auf der Leinwand nicht mehr erkennen kann, was dargestellt ist«, bemerkte Erbslöh.

Kandinskys Oberkörper schnellte aus der lässig zurückgelehnten Haltung nach vorne, und sein Gesicht färbte sich rot.

»Ein solch reaktionäres Urteil ausgerechnet von einem Künstlerkollegen zu hören enttäuscht mich maßlos«, sagte er mit vor Ärger bebender Stimme.

»Nimm es uns nicht übel«, mischte sich nun der Schriftführer Kanoldt ein. »Wir sind hier alle moderne Maler. Aber wenn ein Bild überhaupt nicht mehr verständlich ist … Ich höre schon wieder die Kritiker, die sich in den Zeitungen das Maul über uns zerreißen. Schon nach der letzten Ausstellung vor einem Jahr haben sie uns als verrückt und als Morphium- und Haschischtrunkene bezeichnet.«

»Aber das hat uns doch damals auch nicht gestört«, mischte sich Franz Marc heftig ein. »Malen wir aus einem inneren Drang heraus, oder malen wir, was den Kritikern gefällt, damit wir lobend in der Zeitung erwähnt werden? Da können wir ja gleich irgendein Almidyll mit Kuh einreichen, das sich die braven Bürger in die gute Stube hängen. Wenn euch das genügt, bitte, uns jedenfalls nicht. Wir wollen mehr.«

»Ihr haltet euch wohl für etwas Besseres«, konterte Erbslöh unerwartet heftig. »Sind wir anderen in der Vereinigung euch plötzlich nicht mehr gut genug? Steht ihr deshalb über den Regeln, die für uns alle gelten?« Er schien zu überlegen. »Gut, ich schlage eine Abstimmung vor«, sagte er schließlich. »Wer dafür ist, dass Wassilys *Komposition V* trotz des zu großen Formats teilnimmt, schreibt ein Ja auf einen Zettel. Wer es ablehnt, ein Nein.«

Kanoldt bereitete Zettel und Stifte vor, und Ricarda stellte eine Schüssel bereit, in welche die Männer die Stimmzettel werfen konnten. Als alle ihre Stimme abgegeben hatten, wurde ausgezählt.

»Mit großer Mehrheit abgelehnt«, verkündete Erbslöh kurz darauf mit unverhohlener Befriedigung. »Es steht dir natürlich frei, Wassily, ein anderes, passenderes Bild einzureichen.«

»Wenn ich es hier mit Erbsenzählern zu tun habe, die ein Bild nicht aufgrund seiner Qualität, sondern nach seiner Größe beurteilen, dann haben wir wohl endgültig nichts mehr gemeinsam«, erklärte Kandinsky. »Ich trete aus der Neuen Künstlervereinigung München aus – mit sofortiger Wirkung.«

»Ich ebenfalls!«, rief Marc. »Und ich gehe davon aus, dass uns noch einige folgen werden, die heute nicht anwesend sind.«

»Auch ich verlasse die Künstlervereinigung«, verkündete Gabriele Münter. Ein paar weitere Mitglieder hoben die Hände, doch es war eine Minderheit.

»Dann seid ihr eben nicht an unserer Ausstellung beteiligt«, erwiderte Erbslöh. »Seht doch selbst, wo ihr unterkommt.«

»Halt.« Bei Erbslöhs letzten Worten sprang Kandinsky auf. »Das ist nicht allein eure Entscheidung, sondern auch unsere – und die unseres werten Galeristen.« Er wandte sich an Thannhauser. »Nachdem aus einer Künstlervereinigung nun zwei geworden sind, bitte ich Sie darum, Ihre Räumlichkeiten unter den beiden Gruppen aufzuteilen und unsere Bilder gleichzeitig, aber separat auszustellen.«

»Was heißt hier zwei Vereinigungen?«, rief Kanoldt.

»Wir gründen eine eigene Gruppe«, erklärte Marc. »Sie wird den Namen ›Der Blaue Reiter‹ tragen, wie der Almanach, den wir in Kürze bei Reinhard Piper herausgeben werden.«

»Das habt ihr euch doch nicht gerade eben ausgedacht«, zischte Erbslöh. »Gebt es zu, ihr seid bereits mit diesem Plan hierhergekommen.«

Kandinsky zuckte mit den Schultern. »Jetzt verdreh bitte nicht die Tatsachen, Adolf. Ihr wart es doch, die auf Prinzipien beharrt habt.« Er wandte sich wieder an Thannhauser, dessen Mangel an Verblüffung Erbslöh recht gab.

»Meine Räumlichkeiten den beiden Gruppen separat zur Verfügung zu stellen scheint mir in der Tat die beste Lösung zu sein. Die Neue Künstlervereinigung München wird keinen Schaden davontragen, und ›Der Blaue Reiter‹ wird dadurch nicht benachteiligt. Meine Herren …« Er stand auf. »Als Galerist fühle ich mich Ihnen allen verpflichtet. Lasst uns deshalb nicht im Streit auseinandergehen und noch einmal auf den Erfolg der bevorstehenden Ausstellungen anstoßen. Frau Tuchmann? Dürften wir vielleicht noch ein paar Flaschen von diesem wunderbaren Rotwein haben, mit dem wir heute schon Bekanntschaft machen durften?«

Ricarda, Cläre und Christine eilten in die Küche.

»Ein hitziges Völkchen, diese Künstler«, bemerkte Ricarda kopfschüttelnd.

»Allerdings«, antwortete Christine. »Aber sie trinken gerne Rotwein. Und davon können wir profitieren.«

Ricarda lachte.

29

»Ich habe Angst, dass ich etwas falsch mache«, sagte Cläre nervös, als sie wenige Tage nach der spannungsreichen Sitzung der Künstler mit Christine in der Dunkelkammer des Fotoateliers Girmer & Lenbach stand, in dem Christine arbeitete. Es war Sonntag, und wie immer nutzte Christine den arbeitsfreien Tag für ihre eigenen Fotografien.

»Wenn du es genau so machst, wie ich es dir gezeigt habe, kann nichts passieren«, antwortete Christine mit einem kurzen Seitenblick auf Cläre. »Na also, sieht doch gut aus!«

Auf dem Bild waren die immer schärfer hervortretenden Umrisse eines Arbeiters zu erkennen, der im Hof der Augustinerbrauerei mit einem Fass hantierte.

»Deine Fotografien sind etwas ganz Besonderes«, bemerkte Cläre. »Wirklich, solche Bilder sieht man selten. Das ist etwas ganz anderes als die langweiligen Porträts der meisten Fotografen.«

»Danke.« Christine strahlte. »Habe ich dir eigentlich je die Fotografien gezeigt, die ich von Wassily Kandinsky gemacht habe? Du weißt schon, an dem Tag, an dem wir beide uns versöhnt haben.«

»Nein, die kenne ich noch nicht.«

Sofort ging Christine zu einer Schublade und zog eine Mappe heraus. »Hier.«

Cläre besah sich die Bilder. »Die sind großartig«, flüsterte sie ehrlich beeindruckt. »Falls Kandinsky je so richtig berühmt werden sollte, werden diese Fotografien um die ganze Welt gehen. Wer weiß, wie viel sie eines Tages wert sind.«

Christine lachte. »Ein schöner Traum, aber wahrscheinlich leider nur ein Traum. Mir selber gefallen Kandinskys Bilder, und soweit ich weiß, ist er in Künstlerkreisen längst sehr bekannt, aber beim zahlenden Publikum kommen sie offenbar nicht so gut an. Wie auch, wenn selbst seine Malerkollegen in der Künstlervereinigung seine abstrakten Bilder nicht zu schätzen wissen? Du hast ja diesen Erbslöh neulich gehört. Bilder müssen verständlich bleiben. Man muss erkennen, was abgebildet ist, dann ist alles gut.«

»Damit hat die Fotografie ja zum Glück kein Problem. Hast du schon Ideen für neue Motive?«, fragte Cläre.

»Natürlich. In Kürze findet doch die Demonstrationsfahrt für das Frauenwahlrecht statt. Ich bin so aufgeregt. Natürlich vor allem wegen der Fahrt selbst, aber gleichzeitig kann ich sicher auch ein paar interessante Bilder machen.«

»Bestimmt«, pflichtete Cläre ihr bei. »Und wenn du deinen Fotoapparat mitnimmst, musst du dich gut benehmen, damit ihm nichts passiert.«

Christine sah sie erstaunt an. »Wie meinst du das?«

»Na ja, ich bin mir sicher, dass eine Menge Polizisten dabei sein werden, in erster Linie, um uns zu schützen, wahrscheinlich aber auch, um ein Auge auf die wild gewordenen Weibsbilder zu haben. Wir könnten auch gleich meinen Bruder als Rechtsbeistand mitnehmen. Vielleicht gelingt es ihm ja das nächste Mal, dich rauszuhauen, noch bevor du überhaupt auf die Wache geführt wirst.«

Es war als Scherz gemeint, doch Christines Gesicht verdüsterte sich.

»Habe ich etwas Falsches gesagt? Hast du schlimme Erinnerungen an die Stunden in der Zelle?«, fragte Cläre verunsichert.

Christine schüttelte den Kopf. »Hat Max dir eigentlich etwas erzählt über den Abend?«, fragte sie zögerlich.

»Nein, was denn?«

Christine seufzte. »Ich glaube, ich habe ihn sehr verletzt … und das, obwohl ich eigentlich, also … obwohl ich ihn …« Einen Augenblick hingen die Worte noch erwartungsvoll in der Luft, dann rief Christine betont fröhlich: »So, jetzt lass uns hier aufräumen. Und dann sehen wir, ob die Gäste im Café uns noch etwas von Rosis Sandkuchen übrig gelassen haben!«

Cläre lachte und überlegte, ob sie nachhaken sollte. Längst war ihr aufgefallen, dass Max das *Altschwabing* mied und ihre diesbezüglichen Fragen abblockte. Sie fragte sich, was am Abend der Verhaftung zwischen den beiden vorgefallen war, aber wenn Christine nicht darüber sprechen wollte, musste sie das wohl akzeptieren.

»Was ist nur los heute? Gibt es in der Gegend keine anderen Cafés mehr, dass sie alle bei uns sitzen?«, rief Ricarda wenige Tage später in gespielter Empörung, als sie mit einer langen Liste neuer Bestellungen die Tür zur Küche aufstieß.

»Ich hätte eine kleine Bitte, Cläre«, sagte sie. »Kannst du im Hof nachsehen, ob einer der Nachbarsjungen da ist? Gib ihm ein bisschen Geld, er soll beim Bäcker vierzig Brezen und zehn Brote kaufen. Was ich heute Morgen bestellt habe, wird uns niemals bis Küchenschluss reichen. Und einen frischen Hefezopf kann er auch gleich mitbringen. Der Herr Rittlinger vom Tabakladen ist gerade mit seiner Mutter und seiner Tante gekommen. Wenn die keinen Zopf bestellen, fress ich einen Besen.«

»Das mach ich. Soll ich den Besen auch gleich mitbringen?«, konterte Cläre und nahm das Tablett mit Getränken, die an den Tisch der Verleger Albert Langen und Reinhard Piper gehen sollten.

»Du hast es gut«, meinte Langen zu seinem Kollegen, während Cläre die Gläser abstellte. »Dir sitzt nicht ständig die Zensur im Nacken. Du verlegst, was du willst, und verdienst in aller Seelenruhe.«

Piper lachte. »Tu doch nicht so, Albert. Du könntest doch gar nicht leben ohne deine Satire. Und so seelenruhig ist mein Leben auch nicht. Dieser Almanach von Franz Marc und Wassily Kandinsky wächst sich finanziell zum Risiko aus. Sonderwünsche, was das Format angeht, dazu die vielen Abbildungen. Die Sache wird teuer für mich und, wie ich fürchte, auch für die Autoren. Wer weiß, ob das Geld durch den Verkauf wieder reinkommt.«

»Aber schön ist es doch, unserer künstlerischen Avantgarde eine Plattform zu bieten, oder nicht?«

»Das auf jeden Fall«, bestätigte Piper und bedankte sich bei Cläre. »Könnten Sie uns bitte auch noch zwei Butterbrezen bringen?«

Cläre erschrak. »Richtig, die Brezen sollte ich holen lassen … Sie kommen so schnell wie möglich.« Cläre verabschiedete sich von den verdutzten Männern und lief zur Kasse, wo sie ein paar Münzen herausfischte. Dann eilte sie in den Hof.

Sie hatte den spielenden Jungen eben das Geld übergeben, als ein Arm sich von hinten auf ihre Schulter legte.

»Hast du mich erschreckt, Fritz!«, rief Cläre.

Er gab ihr einen kurzen Kuss auf den Mund.

»Dein Chef ist schon hier«, berichtete sie. »Habt ihr eine Besprechung?«

»Eigentlich nicht. Ich bin hier, weil ich dich für heute Abend zum Essen einladen will.«

»Zum Essen? Hier im Café oder woanders?«, fragte Cläre.

»Keines von beiden. Ich dachte an das *Chez Fritz*. Ich habe eingekauft.«

»Du willst für mich kochen?«, fragte Cläre erstaunt. »Kannst du das überhaupt? Du isst doch sonst immer im Café?«

Fritz lachte. »Du hast recht. Ein Meisterkoch bin ich nicht. Aber ich möchte es trotzdem versuchen ... Sag nicht Nein«, bat er, als er ihr zweifelndes Gesicht sah.

Einen Augenblick zögerte Cläre noch. Nach ihrer ersten gemeinsamen Nacht vor über zwei Monaten waren sie und Fritz nicht mehr intim gewesen, doch seit Peters Rückkehr aus München hatte sie Fritz wieder häufiger in seiner Wohnung besucht – um Peter aus dem Weg zu gehen und um ihrer Freundschaft mit Fritz eine Chance zu geben. Natürlich wertete Fritz das als gutes Zeichen, und bei ihren letzten privaten Treffen hatte er sich ganz offensichtlich Hoffnung auf mehr gemacht – doch dazu war Cläre weiterhin nicht bereit. Dennoch wollte sie ihn nicht vor den Kopf stoßen.

»Gut, ich komme, aber jetzt muss ich wieder rein.« Als Cläre die Tür zum Café aufdrückte, stieß sie auf Max, der gerade herauskam.

»Nanu? Du warst doch vorhin noch nicht hier. Suchst du mich?«, fragte Cläre, während Fritz Max mit einem Kopfnicken grüßte und sich zu seinen Kollegen setzte.

Max wirkte verlegen, und Cläre kam ihm zu Hilfe. »Du suchst Christine, oder?«, fragte sie geradeheraus.

Er verzog das Gesicht. Cläre seufzte. Langsam hatte sie genug von dem Hin und Her.

»Was in Gottes Namen ist zwischen euch vorgefallen nach Christines Verhaftung?«, fragte sie, obwohl sie eigentlich überhaupt keine Zeit für das Thema hatte. Beinahe war sie erleichtert, als Max erneut abwinkte. »Die übliche Mauer des Schweigens, sowohl bei dir als auch bei Christine«, bemerkte sie spitz. »Und ich habe jetzt wirklich Wichtigeres zu tun, aber wenn du sie sehen willst, morgen findet die Demonstrationsfahrt für das Frauenwahlrecht statt. Da wird sie ganz bestimmt sein.«

»Als ob man sich da unterhalten könnte«, antwortete Max. »Aber ich hatte ohnehin vor, morgen dabei zu sein.«

»So, so.« Cläre lächelte vieldeutig.

Max schnaubte unwillig und ging.

Als Cläre Fritz nach dem Abendessen den letzten Topf zum Abtrocknen reichte, war sie ziemlich erschöpft. Ricarda hatte recht gehabt, der Andrang im Café war außergewöhnlich gewesen, und mit dem Abendessen bei Fritz hatte sie ganz schön nachhelfen müssen, bis das Essen auf dem Tisch gestanden hatte. Doch es hatte geschmeckt, und Fritz war bester Laune.

»Meine Kochkünste sind noch ausbaufähig«, meinte er. »Aber mit deiner Hilfe wird das schon werden. Und vielleicht können wir ja tatsächlich bald zusammen deinen Vater in Kaufering besuchen. Das legendäre Gulasch von eurer Köchin Erna, von dem du immer schwärmst, würde mich sehr interessieren.«

»Ja, warum nicht«, meinte Cläre vage.

Fritz hatte den letzten Teller weggeräumt und setzte sich auf das Sofa. Zögernd folgte sie ihm.

»Schön, dass du da bist«, sagte Fritz leise. Er legte seine Arme um sie und zog sie an sich. Dann küsste er sie lange und zärtlich, aber plötzlich wurde sein Kuss leidenschaftlicher, seine Hände tasteten nach ihren Brüsten.

»Fritz, nicht … nicht heute.«

Er löste sich von ihr. »Nicht heute?«, fragte er mit rauer Stimme. »Warum nicht?«

»Ich bin müde«, sagte Cläre, während sie nach einer anderen Ausrede suchte, doch sie fand keine. »Außerdem ist morgen die Demonstrationsfahrt für das Frauenwahlrecht, da will ich nicht zu spät ins Bett gehen.«

Fritz lachte. »Das ist ein Spaziergang durch die Stadt, kein Hürdenlauf. Außerdem könntest du hier übernachten, dann müsstest du später nicht nach Hause …«

Er sah sie fragend an, doch sie schwieg zu seinem Vorschlag.

»Cläre, willst du mir nicht sagen, was wirklich los ist? Zuerst wollte ich es nicht wahrhaben, aber seit unserer gemeinsamen Nacht bist du so zurückhaltend. Wir sehen uns, ja, und du bist hier bei mir. Trotzdem kommst du mir irgendwie anders vor.«

»Ich bin nicht anders als vor jener Nacht«, beharrte Cläre. »Die Ausnahme war die Nacht selbst. Jetzt bin ich wieder die Alte.«

Fritz sah sie nachdenklich an. »Das stimmt nicht. Du warst offener vorher … herzlicher. Jetzt habe ich oft das Gefühl, dass du mit deinen Gedanken ganz woanders bist, selbst wenn du neben mir sitzt. Außerdem verstehe ich nicht, dass du diese Nacht so sehr bereust. Schließlich hast *du* den Vorschlag gemacht, über Nacht zu bleiben. Ich habe dich doch nicht bedrängt, oder?«

»Nein, das hast du nicht«, beteuerte Cläre. »Und du hast ja recht, ich wollte das. Aber wir hatten beide etwas getrunken. Ich weiß auch nicht … Eigentlich wollte ich diesen Schritt noch nicht gehen. Es ist einfach passiert. Und jetzt …«

»Jetzt wäre es dir lieber, es wäre nie geschehen«, sagte Fritz niedergeschlagen.

»Es war einfach zu früh«, sagte Cläre.

»Auch das, was ich dir in jener Nacht gesagt habe? Dass ich dich liebe?«

Cläre schlug die Augen nieder. »Ja, vielleicht … Ist Liebe nicht eigentlich etwas, das erst mit der Zeit wächst?«

»Für mich nicht«, sagte Fritz.

Cläre sah auf ihre Hände und schwieg.

»Und was erwartest du jetzt von mir?«, wollte Fritz wissen.

»Lass uns langsam vorangehen, so wie bisher«, schlug sie vor.

»Gut, wie du willst.« Er schwieg eine Weile, doch dann sagte er mit einem Hauch von Irritation in der Stimme: »Das Ganze hat aber nicht zufällig etwas damit zu tun, dass Peter dich vor Kurzem von der Hochschule abgeholt hat? Ich saß in einer Trambahn, die zufällig an euch vorbeifuhr, und habe euch gesehen. Ihr saht so glücklich aus. Du hinten auf dem Gepäckträger und er auf deinem Rad. Ihr wirktet, als hättet ihr ewig so weiterfahren können. Eigentlich wollte ich nichts sagen, weil mir das dumm vorkam, aber als ich euch so gesehen habe, da habe ich fast gedacht …«

»Peter war zufällig in der Gegend!«, rief Cläre wütend. »Hätte ich etwa sagen sollen, dass ich jetzt mit keinem anderen Mann mehr nach Hause gehen darf, weil mein Fritz so eifersüchtig ist?« Sie stand auf und zog sich ihren Mantel an.

»Was braust du denn so auf?«, fragte er hitzig. »Habe ich etwa ins Schwarze getroffen?«

»Gute Nacht«, sagte Cläre kurz angebunden und öffnete die Tür.

»Komm schon.« Fritz stand auf. »Geh nicht im Streit.«

Doch Cläre drehte sich nicht mehr um. Als die Haustür hinter ihr ins Schloss fiel, spürte sie die Novemberkälte auf ihrem erhitzten Gesicht. Ohne nach rechts und links zu sehen, hastete sie die Straße hinunter, als könne sie auf diese Weise nicht nur Fritz, sondern auch sich selbst hinter sich lassen.

In dieser Nacht schlief Cläre unruhig. Das Gefühl trieb sie um, alles falsch gemacht und Fritz unnötig verletzt zu haben. Sie fragte sich, was sie selbst nun eigentlich wollte – jenseits all dessen, was sie für ihre Pflicht hielt. Noch immer steckte Peters Postkarte in ihrem Portemonnaie. War sie nicht der beste Beweis für ihre Unaufrichtigkeit? Doch sie konnte nicht aus ihrer Haut. Je länger sie Fritz vormachte, dass ihre Gefühle für ihn nur eine Frage der Zeit seien, desto schuldiger machte sie sich – und desto hartnäckiger wollte sie es sich selbst beweisen.

Immer wieder wälzte Cläre sich von der einen auf die andere Seite. Als sie am nächsten Morgen aufstand und sich für die Demonstrationsfahrt der Frauen vorbereitete, war sie geradezu erleichtert. Die Nacht war herum, und sie hatte etwas vor, was sie ablenken würde.

Christine war in Hochstimmung und redete unentwegt. Im Vergleich zu seiner Schwester war Peter schweigsam.

»Vielleicht sollte ich erst gar nicht zu dem Vorstellungsgespräch gehen«, sagte er in eine von Christines Redepausen hinein. »Es wird ja doch wieder nichts dabei herauskommen, und ich würde euch viel lieber begleiten. Es ist doch wichtig zu zeigen, dass es auch Männer gibt, die das Frauenwahlrecht unterstützen.«

»Das ist edel von dir, Peter«, sagte Ricarda mit unverkennbarer Ironie. »Aber es kommt gar nicht infrage.«

Cläre betrachtete Peter verstohlen. Wie so oft fiel ihr Blick auf seine feingliedrigen Hände, und sofort dachte sie wieder an ihren Tanz auf Ricardas Geburtstag.

Als sie kurz darauf zu dritt beim *Schwabinger Großwirt* ankamen, standen die achtzehn von Pferdegespannen gezogenen Viersitzer, die sich Landauer nannten, bereits in der Umgebung des Wirtshauses. Da es zwar kühl, aber sonnig war, hatten die Kutscher die Verdecke geöffnet, und auf den Sitzen lagen warme Decken für die Damen bereit. Alle Wagen waren mit bunten Herbstgirlanden geschmückt, und auf großen Tafeln prangte die Aufschrift »Frauenstimmrecht«. Die bürgerlich gekleideten Frauen in ihren bis auf die Knöchel fallenden Kostümen, Schnürstiefeln, größeren und kleineren Hüten waren zu zahlreich, um auf den Wagen Platz zu finden, viele von ihnen würden laufen müssen.

Bei ihrer Ankunft herrschte bereits helle Aufregung. Eine solche Aktion hatte es in München noch nie gegeben. In anderen Großstädten ja, organisiert durch die SPD und die Arbeiterbewegung, aber hier in Bayern – und dann auch noch von bürgerlichen Damen der besseren Kreise? Das war tatsächlich unerhört.

Ricarda blieb stehen. »Wer hätte gedacht, dass sie tatsächlich alle kommen!«, rief sie. Ihre Augen glänzten feucht.

»Hast du etwa daran gezweifelt?«, fragte Christine so stolz, als wäre es ihr Verdienst.

»Wenn ich ehrlich bin, ja. Die meisten gut situierten Damen unserer Münchner Gesellschaft sind ja nicht gerade revolutionär gesinnt, sondern eher traditionell. Ich hatte befürchtet, dass einige es sich noch mal überlegen oder sich von ihren Ehemännern davon abbringen lassen.«

»Was für eine Revolution?«, rief Christine. »Die Forderung nach einem Wahlrecht für Frauen ist doch nichts Revolutionäres! Es steht uns zu, und das begreifen langsam auch die bürgerlichen Frauen. Schaut mal, da vorne sind Anna Lenbach und Bertha Girmer … und dahinten stehen Anita Augsburg und ihre Gefährtin Lida Gustava Heymann.«

Christine ging zu den beiden Fotografinnen und begrüßte sie, kehrte jedoch schnell wieder zu ihrer Mutter und Cläre zurück. Die ersten Damen hatten in den Landauern Platz genommen, die anderen formierten sich um die Gespanne, um neben ihnen herzulaufen. Endlich setzte sich der Zug in Bewegung. Ziel der Fahrt war der Chinesische Turm im Englischen Garten, und bis dahin würden sie durch einige der prominentesten Straßen Münchens ziehen.

»Eigentlich wollten Max und Fritz auch mitlaufen«, meinte Cläre.

»Sollen wir noch einen Moment warten?«, fragte Christine.

»Nein«, erwiderte Cläre so schnell, dass Christine sie überrascht ansah. Dabei zeigte sie nicht, wie erleichtert sie selbst über die Entscheidung war.

Es fühlte sich wunderbar an, inmitten all dieser Frauen zu laufen. An ihren Gesichtern konnte man die Aufregung erkennen, aber auch den Stolz darüber, die Zweifel überwunden zu haben und vor aller Augen für etwas Neues, Großes zu kämpfen.

Am Straßenrand begannen sich Menschentrauben zu bilden. In regelmäßigen Abständen standen Polizisten, die für einen reibungslosen Ablauf sorgen sollten, auch wenn nicht alle von ihnen darüber glücklich zu sein schienen.

Die Gesichter der Zuschauer auf den Bürgersteigen zeigten Staunen, aber auch Wohlwollen. Trotzdem mangelte es nicht an spöttischen Bemerkungen. »Das sind doch nur die Weibsbilder, die keinen Mann abgekriegt haben«, hörte Cläre jemanden rufen, doch niemand schien sich darum zu kümmern. Immer wieder fotografierte Christine die Demonstrationsfahrt.

Als sie den Chinesischen Turm erreichten, ließen sich etliche Frauen im Biergarten nieder, um zu feiern. Auch Ricarda gesellte sich zu ein paar Bekannten. Plötzlich erspähte Cläre Max und fasste Christine am Arm.

»Schau mal, da hinten ist mein Bruder. Er ist also doch gekommen.«

Christine sah sich um und erschrak. »Er ist in seiner Uniform mitgelaufen? Der Wahnsinnige. Wenn du mich fragst, kann er froh sein, dass ihn niemand von den reaktionären Zuschauern böse angegangen ist.«

»Komm, wir begrüßen ihn«, sagte Cläre statt einer Antwort, doch in diesem Augenblick wurden die Stimmen zweier Männer laut.

»So verschwendet ein Verbindungsbruder also seine Zeit und beschmutzt eine ehrenvolle Uniform!«

»Vom Leib reißen sollte man sie dir!«

Zu Christines großem Schreck waren zwei Korpsstudenten an Max herangetreten. Den Farben nach mussten sie einer anderen Studentenverbindung angehören, doch das spielte keine Rolle.

»Lasst den jungen Mann in Ruhe. Der weiß wenigstens, was sich dem weiblichen Geschlecht gegenüber gehört!«, rief eine ältere Dame, die in der Nähe stand. Zur Untermauerung ihrer Worte schwang sie ihren geschlossenen Schirm, doch die beiden Korpsstudenten beachteten sie nicht.

Jetzt hatten sie Max erreicht, der offenbar nicht wusste, wie er sich verhalten sollte. Ohne Vorwarnung spuckte einer der Männer ihn an. Als der andere ihn am Kragen packte, wehrte Max sich.

»Nimm deine dreckigen Hände von unseren sauberen Uniformen!«, rief der erste und versetzte Max einen solchen Stoß, dass der nach hinten fiel. Dabei schlug sein Kopf hart auf dem Boden auf.

»Max!«, rief Cläre. Zusammen mit Christine drängte sie sich durch die Menge zu ihrem Bruder vor. Ein paar Frauen beugten sich schon besorgt über den auf dem Boden Liegenden, andere hatten die beiden Korpsstudenten abgedrängt und umzingelt. Jetzt endlich erschienen auch drei Wachtmeister.

Die Korpsstudenten verzogen sich, und die Polizisten versuchten nicht, sie aufzuhalten.

»Max«, flüsterte Christine und schob ihre Hand vorsichtig unter seinen Hinterkopf. »Kannst du mich hören?«

Doch Max war bewusstlos.

»Hilfe! Wir brauchen einen Arzt!«, rief Ricarda, die ihrer Tochter gefolgt war.

»Bitte, Max«, flehte Christine. »Bitte, wach auf. Es gibt etwas, was ich dir dringend sagen muss …«

»Wie geht es ihm?« Christine sprang auf, als der Arzt und Cläre aus Max' Zimmer traten. Auch Ricarda war aufgestanden. Cläre war blass, aber ruhig.

»Es geht ihm gut. Er hat nur eine leichte Gehirnerschütterung und wird morgen wieder entlassen«, erklärte sie.

»Gott sei Dank. Kann ich ihn einen Augenblick alleine sehen?«, fragte Christine zu aller Überraschung.

»Natürlich.« Cläre lächelte. Auch Ricarda nickte und strich ihrer Tochter über den Arm. »Na, geh schon.«

»Du sahst schon mal hübscher aus«, versuchte Christine ihren Schreck zu verbergen, als sie Max mit einem weißen Kopfverband im Krankenhausbett liegen sah.

Max lächelte schwach. »Dafür warst du noch nie hübscher als jetzt.«

»Unfug.« Christine wurde blutrot. »Was hast du dir nur dabei gedacht, deine Korpsuniform anzuziehen«, schimpfte sie, um ihre Verlegenheit zu überspielen. »Es ist ein Wunder, dass du erst ganz am Schluss angegriffen wurdest. Für deinesgleichen ist die Unterstützung des Frauenwahlrechts nichts weniger als Hochverrat an der männlichen Autorität und Würde.«

»Ich wollte zeigen, dass es auch unter ›meinesgleichen‹ solche gibt, die keine Angst vor gleichberechtigt wählenden

Frauen haben. Und vielleicht wollte ich es auch dir beweisen. Wir sind nicht alle gleich, auch wenn viele …« Er hielt inne. »Ich werde übrigens aus der Victoria austreten.«

Christine hatte sich auf den Stuhl neben seinem Bett gesetzt.

»Meinetwegen musst du das nicht mehr tun … und du musst mir auch nichts beweisen. Ich glaube, ich kenne dich gut genug mittlerweile.«

»Gut genug für was?«, fragte Max mit halb verschmitztem, halb unsicherem Lächeln.

Einen Augenblick sahen sie sich schweigend in die Augen. Zärtlich berührte Christine eines seiner Grübchen mit den Fingern. »Gut genug, um dir zu sagen, dass ich dich mehr als nur ein bisschen mag. Und ich hoffe, dass es dir genauso geht«, sagte sie leise.

»Ich darf meinen Kopf noch nicht bewegen. Aber wenn du ein bisschen näher kommst, zeige ich es dir.«

Christine stand auf und beugte sich über ihn. Max zog sie langsam zu sich herunter, bis ihre Lippen sich zärtlich berührten.

30

Cläre klopfte gedankenverloren mit ihrem Bleistift auf das Heft vor sich. Während ihrer Vorbereitungen für das Seminar am nächsten Tag hatte sie konzentriert gearbeitet, aber jetzt gingen ihre Gedanken zu Fritz. Hatte sie ihn auf der Demonstrationsfahrt für das Frauenwahlrecht einfach übersehen, oder war er tatsächlich nicht gekommen? Egal wie, dachte sie. In jedem Fall machte er sich rar, weil sie so aufgebraust war. Und seine Frage nach Peter hatte sie, wenn sie ehrlich war, auch nicht aus der Welt geschafft. Wie auch … Sie wusste, dass es an ihr war, ihn aufzusuchen, aber sie scheute ein erneutes Gespräch.

Cläre fröstelte. Sie ging zum Ofen und spähte hinein. Das Feuer war ausgegangen. Seufzend erhob sie sich, um in der Küche alte Zeitungen zu holen, die sie zum Anfeuern brauchte. Zurück im Zimmer, schichtete sie Briketts in den Ofen und löste ein paar Seiten aus einer Tageszeitung, als eine Überschrift sie innehalten ließ.

»Marie Curie – wie eine Ausländerin eine französische Familie zerstört«, las sie entgeistert. Der Artikel war ihr entgangen, sie hatte in der letzten Zeit kaum Gelegenheit zum Zeitunglesen gehabt. Beim Lesen der Zeilen wurde ihr heiß vor Ärger. Immer wieder wurde ein französischer Journalist zitiert, der in einer Zeitschrift namens *L'Action française* alle Register gegen die weibliche Wissenschaftlerin zog. Anlass war offenbar, dass sie ein Verhältnis mit einem verheirateten Kollegen eingegangen war, dessen Frau inzwischen die Scheidung eingereicht hatte – und schon erinnerte man sich in der Presse daran, dass Marie Curie in Polen geboren war … eine »Fremde«, wie der Journalist nicht müde wurde zu betonen.

»Ich fass es nicht!«, rief Cläre empört und schlug vor Wut das Ofentürchen zu.

»Alles in Ordnung?«

Peter steckte den Kopf zur Tür herein, ohne anzuklopfen.

»Wusstest du das? Über Marie Curie?« Sie reichte ihm den Artikel, den Peter rasch überflog.

»Eine solche Hetzkampagne!«, rief Cläre zornig. »Und das nur, weil sie sich mit einem verheirateten Mann eingelassen hat. Der Mann wird natürlich nicht verurteilt, sondern sie! Und dann die Worte, mit denen sie sie betiteln. Dieselben, die ich auch schon im Hörsaal gehört habe. Blaustrumpf, pah! Ich dachte, das wäre in Frankreich anders. Immerhin unterrichtet Madame Curie an der Sorbonne. Sie hat zwei Nobelpreise, und trotzdem muss sie sich auf dieselbe erniedrigende Art und Weise beschimpfen lassen.«

»Du hast recht«, sagte Peter kopfschüttelnd. »Das ist eine Schmutzkampagne. Schau mal hier. Irgendjemand hat ausgegraben, dass ihr zweiter Vorname Salomea ist, und jetzt fragen sie sich allen Ernstes, ob sie vielleicht Jüdin ist – als ob das irgendeine Rolle spielen würde.«

»Genau wie bei dir in der AEG«, sagte Cläre böse. Sie stand auf und ließ sich auf das kleine Sofa fallen, das in ihrem Zimmer an der Wand gegenüber dem Bett stand. Peter setzte sich neben sie.

»Stimmt, wenn sie einen unrechtmäßig beschuldigen wollen, erinnern sie sich gerne daran, dass man Jude ist, oder sie fragen sich, ob man es sein könnte. Dabei ist Marie Curie gar keine Jüdin, das weiß ich zufällig. Aber das ist völlig egal, zumal es nichts mit den eigentlichen Vorwürfen zu tun hat.«

Cläre konnte sehen, dass der Artikel kaum verheilte Wunden in Peter aufriss.

»Das ist unsere Gesellschaft«, fuhr er bitter fort. »Nicht nur hier in Deutschland, sondern offenbar auch in Frankreich. Wir sind zersplittert in unzählige Grüppchen. Bist du Sozialdemokrat oder Zentrumspartei? Bist du kaisertreu? Ein Patriot oder ein Pazifist und Vaterlandsverräter ... was wiederum auf Sozi hinausläuft. Bist du Münchner oder Preuße? Und wenn du Münchner bist, bist du ein echter oder ein vor drei Generationen zugezogener? Und dann wird es noch komplizierter, denn am Ende bist du sogar noch eine Frau? Eine, die studieren will oder sogar wählen? Dann gehörst du nämlich zum sogenannten dritten Geschlecht, bist also eigentlich gar keine Frau mehr. Oder bist du Jude? Na, denen kann man sowieso nicht trauen. Wir beäugen uns gegenseitig, und das Einzige, was uns von dem Hass aufeinander ablenken kann, ist der Hass auf die, die noch weniger dazugehören ... die Engländer, Franzosen und Russen, die uns notorisch etwas Böses wollen, die unsere Größe als Nation nicht anerkennen, denen wir es ständig zeigen müssen.«

Peter hatte sich in Rage geredet, doch jetzt lehnte er sich erschöpft nach vorn, stützte seine Ellenbogen auf die Knie und legte den Kopf in die Hände.

»Glaubst du, die Sorbonne könnte Marie Curie wegen dieser Geschichte entlassen?«, fragte Cläre.

Peter schüttelte den Kopf. »Das kann ich mir nicht vorstellen, dazu ist sie zu gut. Die ganze wissenschaftliche Welt würde sich empören, wenn das geschähe.«

In ihrem Kopf führte Cläre den Gedanken zu Ende: Peter

hatte keine mächtigen Fürsprecher hinter sich gehabt, als man ihn in eine Falle gelockt und entlassen hatte. Intuitiv streckte sie die Hand aus und strich ihm zart mit den Fingerspitzen über den Rücken. Es hatte eine tröstende Geste sein sollen, stattdessen wurde es genau das, was sie bislang so sorgsam vermieden hatte. Peter zuckte unter ihrer Berührung zusammen, und Cläre zog erschrocken die Hand zurück. Bevor er sich zu ihr umdrehen konnte, stand sie auf und setzte sich an den Schreibtisch.

»An was arbeitest du gerade?«, fragte Peter, nachdem er sich wieder gefangen hatte.

»Ich habe mich für mein Algebraseminar vorbereitet«, antwortete Cläre. »Es vergeht kaum eine Sitzung, ohne dass ich an die Tafel gerufen werde.«

Peter stand auf und trat an den Tisch. »Hm«, meinte er nach kurzer Betrachtung ihrer Berechnungen. »Dass deine Lösung richtig ist, weißt du selbst. Aber dein Weg dahin … da gäbe es noch eine elegantere Variante.«

»Eleganter?« Cläre blickte auf ihr Heft. »Ich sehe nicht, was du meinst.«

Peter zog sich einen Stuhl heran. »An dieser Stelle.« Er tippte mit dem Finger auf einen Punkt in ihrem Rechenweg. »Da könnte man noch auf anderem Weg zum selben Ziel gelangen.«

Cläre dachte nach, und Peter ließ ihr Zeit.

»Ich glaube, ich weiß, was du meinst«, sagte sie schließlich, »aber diese Methode haben wir noch nicht durchgenommen.« Sie erklärte ihm, was sie sich vorstellte, und Peter nickte.

»Sehr gut, genau das ist es. Soll ich dir zeigen, wie das geht?«

»Gerne!«

Peter erklärte. Dann gingen sie gemeinsam verschiedene Beispiele durch. Draußen dämmerte es, Schneeflocken trieben gegen das Fenster, doch sie waren zu beschäftigt, um sie zu bemerken. Der Ofen bullerte, und im Zimmer war es wieder angenehm warm.

»Das ist das erste Mal, dass ich hoffe, nach vorne gerufen zu werden«, sagte Cläre schließlich. »Danke, damit werde ich Eindruck machen.«

»Das hast du längst.«

»Ja, sicher …« Cläre grinste ironisch.

»Ich meine es ernst. Du glaubst, es wäre Schikane, wenn du jedes Mal nach vorne musst, und vielleicht war es ja am Anfang wirklich eine Art Prüfung. Aber mittlerweile weiß dein Professor längst, dass du dein Handwerk beherrschst. Ich glaube nicht, dass er dich blamieren will. Ich denke eher, er ruft dich auf, weil er weiß, dass du es kannst. Am Ende ist doch nichts lästiger als ein Student, der den anderen an der Tafel etwas vorrechnen soll und dabei nicht weiterkommt.«

Cläre dachte nach. Ganz überzeugt war sie von Peters Gedankengang nicht, aber er war auch nicht völlig abwegig, zumal Professor Rodepeter seine Kollegin Marie Curie so vehement vor den hässlichen Bemerkungen der Kommilitonen verteidigt hatte. Die beiden hatten beim Rektor vorsprechen müssen und einen offiziellen Verweis bekommen. Jetzt konnten sie sich kein weiteres Fehlverhalten mehr erlauben, wenn sie nicht exmatrikuliert werden wollten.

»Schau mal, es schneit«, sagte Peter plötzlich. Mittlerweile war es dunkel geworden, und vor der Scheibe blitzten immer wieder weiße Flocken auf. Einen Augenblick betrachteten sie das Treiben.

»Als es letzten Dezember schneite, starb Luise«, sagte Peter nachdenklich. »Ich kann kaum fassen, dass sie nun schon ein Jahr nicht mehr bei uns ist. Es waren schlimme Wochen im Dezember, genau zu der Zeit, als alle Chanukka und Weihnachten feierten. Wer weiß, wie es diesmal wird. Meine Mutter ist stark, sie hat sich in die Arbeit gestürzt, und das Café und die vielen Menschen, die sie lieben und brauchen, geben ihr Halt, aber sie leidet noch immer sehr unter Luises Tod – mehr, als sie nach außen hin zeigt.«

Cläre nickte schweigend.

»Wie verbringt ihr eigentlich Weihnachten in Kaufering?«, wechselte Peter das Thema.

»Bis zum frühen Nachmittag ist das Lokal geöffnet, danach sind wir in der Familie unter uns, packen Geschenke aus und essen zu Abend. Als meine Mutter noch lebte, gingen wir auch in die Mitternachtsmesse, aber letztes Jahr hat uns allen die Kraft dazu gefehlt.«

Peter nickte. »Da haben deine Mutter und ihre Schwester jahrzehntelang nicht mehr miteinander gesprochen, und dann sterben sie beide kurz nacheinander.«

»Daran habe ich auch schon gedacht«, sagte Cläre. »Ich weiß, es ist Unsinn, aber manchmal denke ich, dass meine Mutter ihre Schwester vielleicht am Ende doch noch zu sich gerufen hat.«

»Und Luise ist gekommen«, fügte Peter hinzu. »Ich finde, das hat etwas Tröstliches.«

»Ja.«

Schweigend saßen sie da und sahen in das Schneetreiben hinaus.

»Warte«, sagte Peter plötzlich und knipste die elektrische Schreibtischlampe aus. »Bei Licht sieht man die Flocken so schlecht.«

»Wir könnten uns auch kurz ans Fenster stellen«, schlug Cläre vor.

»Ja, warum nicht.«

Cläre wusste, dass es besser wäre, Peter aus dem Zimmer

zu schicken, als dicht neben ihm am Fenster zu stehen und die Schneeflocken zu betrachten, aber sie konnte sich dem Wunsch, ihn bei sich zu behalten, nicht entziehen. Sie trat ans Fenster und öffnete es. Kalte Luft schlug ihnen entgegen, unter ihnen leuchtete eine zarte weiße Schneedecke im Licht der Straßenlaternen. Cläre empfand die kalte Luft als wohltuend auf ihrem heißen Gesicht. Eine Böe wehte zu ihnen herein, und sie lachten.

»Halt still.« Eine Schneeflocke hatte sich auf Peters rechte Wimper gesetzt. Cläre streckte ihren Zeigefinger aus und nahm sie vorsichtig auf ihre Fingerspitze, wo sie schmolz. Peter sah sie unverwandt an, und sie erwiderte seinen Blick.

In diesem Augenblick ging die Wohnungstür, und Sekunden später erklang Christines Stimme. »Cläre? Bist du da? Ich habe Fritz mitgebracht!«

Erschrocken trat Cläre einen Schritt zurück und schloss das Fenster. Peter knipste das Licht wieder an.

»Ja, ich komme.« Verwirrt und niedergeschlagen ging Cläre auf die Tür zu. Was, wenn Fritz einfach in ihr Zimmer gekommen wäre? Wie hätte sie ihn davon überzeugen können, dass es völlig normal war, in einem dunklen Zimmer eine Schneeflocke auf Peters Wimpern zu berühren? Am Ende hätte sie ihm gestehen müssen, dass sie diese plötzliche Lust am Leben, die Leichtigkeit und Zärtlichkeit bei Fritz einfach nicht empfand.

31

»So, noch ein letztes Bild, dann ist es geschafft. Paul, sieh doch deinen Vater einmal an. Stell dich ein wenig seitlich hin …« Christine ging zu dem Dreijährigen und brachte ihn und seinen Vater in die richtige Position, dann kehrte sie zum Stativ mit der Kamera zurück und schoss die Bilder, bevor der Kleine ungeduldig werden konnte.

Der war in der Tat froh, dass die langweilige Fotografiererei vorbei war. Sein Vater hob ihn zur Belohnung hoch, warf ihn in die Luft und fing ihn wieder auf. Christine sah ihnen lächelnd zu. Dass Väter mit ihren Kindern alleine zum Porträtieren kamen, war selten. Plötzlich kam ihr eine Idee.

»Entschuldigung, hätten Sie vielleicht noch eine Minute Zeit? Ich würde Ihnen gerne einen Vorschlag machen. Würden Sie Ihren Sohn vielleicht noch einmal hochwerfen? Ein-, zweimal, wenn es geht? Ich würde gerne von diesem besonderen Moment eine Fotografie machen. Es ist nicht ganz einfach, und ich kann nicht versprechen, dass die Bilder etwas werden, aber wenn ja, erhalten Sie sie natürlich kostenlos obendrein. Wissen Sie, ich habe mich nämlich auf Aktionsfotografie spezialisiert.«

Der Vater sah Christine verblüfft an. »Das klingt interessant, was meinst du, Paul?«

Christine kehrte zu ihrer Kamera zurück. Sie sorgte für eine stärkere Beleuchtung und bereitete alles vor, danach gab sie dem Mann genaue Anweisungen und schließlich das Startsignal. Bald waren die Bilder im Kasten, und der Vater machte sich mit seinem Sohn auf den Weg. Christine hatte keine Ahnung, ob die Bilder etwas geworden waren, aber sie war gespannt.

»So, so, missbrauchst du also unsere geschätzten Kunden für deine experimentellen Zwecke.«

Christine erschrak, aber Anna Lenbach lächelte, als sie gemeinsam mit Bertha Girmer aus dem Nebenraum auf Christine zukam.

»Wir haben alles beobachtet«, fuhr sie fort. »Glaubst du, die Belichtungszeit war kurz genug?«

»Ich weiß es nicht«, sagte Christine ehrlich. »Aber der Gedanke ist mir gekommen, als ich die beiden zusammen sah, und selbst wenn es nichts wird, hat es den Kunden hoffentlich nicht zu viel Zeit gekostet.«

»Ich bin gespannt«, meinte Anna Lenbach. »Das Motiv war ja wirklich ganz reizend. Falls ein schönes Bild dabei herauskäme, wäre das natürlich eine ganz besondere Art von Porträt, mit dem unser Atelier durchaus werben könnte.«

»Wenn Sie nichts dagegen haben, könnte ich ja auch mit den anderen Kunden in Zukunft etwas experimentieren«, schlug Christine eifrig vor. »Natürlich nur, wo es sinnvoll ist und die Kleidung es zulässt.«

»Und wo es von den Kunden und Kundinnen gewünscht wird«, fügte die etwas konservativer eingestellte Bertha Girmer hinzu.

»Falls Christine mit diesen Fotografien Erfolg haben sollte, könnte ich mir sogar vorstellen, dass sich das herumspricht und dass wir Kunden bekommen, die genau diese Art von

Porträt wünschen«, hielt Anna Lenbach dagegen. »Wie könnten wir diese Art von Porträt denn nennen?«

»Bewegte Porträts?«, schlug Christine spontan vor.

Anna Lenbach klatschte in die Hände. »Na, was sagst du, Bertha, das klingt doch vielversprechend, oder nicht?«

»Jetzt schauen wir erst mal, was aus diesen Fotografien wird, bevor wir Wolkenbilder malen.«

»Ich bin optimistisch«, meinte Christine, obwohl die Bemerkung mehr als gewagt war. »Mittlerweile habe ich mit bewegten Motiven schon einige Erfahrung.«

»Das ist richtig«, bestätigte Anna Lenbach. »Ich gebe neidlos zu, dass du viel gelernt hast und immer besser wirst. Deine Bilder von diesem russischen Maler ... wie hieß er noch gleich?«

»Kandinsky.«

»Genau, von diesem Kandinsky, die waren wirklich sehr suggestiv.«

»Ich würde diese Art von Fotografien so gerne einmal ausstellen«, sagte Christine schnell, bevor der Mut sie womöglich wieder verließ. »Es gab ja in den letzten Jahren auch in anderen Städten schon Ausstellungen weiblicher Fotografen. Leider weiß ich nicht, woher ich die Räumlichkeiten nehmen könnte.«

Bertha Girmer wiegte nachdenklich den Kopf. »Die bisherigen Ausstellungen waren allerdings durchweg Sammelausstellungen mehrerer Fotografinnen. Eine Einzelausstellung wäre in der Tat ungewöhnlich.«

»Natürlich könnten wir das Thema der Räumlichkeiten einmal im Verein für Fraueninteressen ansprechen«, meinte Anna Lenbach. »Vielleicht können die helfen?«

»Das ist eine hervorragende Idee, meine Liebe.« Nun strahlte auch Bertha Girmer. »Wir werden das beim nächsten Treffen zur Sprache bringen.«

»Oh, wirklich? Vielen Dank!« Christine wäre den beiden Fotografinnen beinahe um den Hals gefallen.

»Natürlich tun wir das nur für den guten Ruf unseres Ateliers«, erklärte Anna Lenbach lachend. »Und damit Sie, Christine, nach Ihrer Zeit hier bei uns eine Festanstellung in Erwägung ziehen, nicht wahr, Bertha?« Sie sah wieder zu Christine. »Das wollten wir Ihnen nämlich heute Abend vorschlagen.«

Christine war sprachlos. »Das wäre ja wunderbar«, brachte sie schließlich heraus. »Natürlich sage ich zu! Ich weiß gar nicht, wie ich Ihnen danken soll!«

Auf dem Heimweg wäre Christine am liebsten gerannt, wenn der festgetretene Schnee auf den Bürgersteigen nicht so vereist gewesen wäre. Sie konnte ihr Glück kaum fassen. Natürlich blieb die Selbstständigkeit in einem eigenen Atelier ihr höchstes Ziel, aber bis dahin war eine richtige Anstellung in einem so angesehenen Atelier wie dem Girmer & Lenbach eine großartige Chance. Was Max wohl dazu sagen würde? Sie konnte es kaum erwarten, ihm davon zu berichten, aber zunächst war ihre Mutter an der Reihe.

Im Café begrüßte sie Cläre, die jetzt am frühen Nachmittag bediente. »Ist meine Mutter hier?«, wollte sie wissen.

»Die ist bei der Brauerei, mal wieder verhandeln wegen der Preise und Liefermengen.«

Christine war enttäuscht. »Na ja, dann gönne ich mir erst mal einen Mokka. Keine Sorge, ich mache ihn mir selbst«, sagte sie und steuerte auf die Theke zu.

Kurz darauf setzte sie sich mit der Tasse an ihren persönlichen Stammtisch am Fenster, der zum Glück nicht belegt war, denn um diese Uhrzeit war im *Altschwabing* am wenigsten los – die sogenannte Ruhe vor dem Ansturm des späten Nachmittags und des Abends.

»Möchtest du dich nicht zu mir setzen?«, fragte sie Cläre, als die in ihre Nähe kam. »Die Tische sind alle mehr als sauber, und ansonsten hast du doch gerade nicht so viel zu tun.«

»Vielleicht später.« Cläre lächelte knapp und wienerte weiter die Tischplatten.

Christine lehnte sich zurück und sah nach draußen. Schneeberge türmten sich an den Rändern der vereisten Straße. Langsamer als sonst und mit unsicheren Schritten zogen zwei Braune ein mit Kohle beladenes Fuhrwerk vorbei.

Da schepperte es laut. Christine sah sich um. Paul Heyse, der an seinem Tisch eingenickt war, erwachte und setzte sich verwirrt auf, während sein Dackel seelenruhig weiterschlief.

»O nein.« Cläre bückte sich und sammelte wahllos die größeren Scherben der Kaffeekanne auf, die in einer braunen Pfütze lagen.

»Es kommt gleich ein neuer!«, rief Christine den jungen Leuten am Ecktisch zu, denen Cläre gerade einen Kaffee hatte bringen wollen.

Bald darauf hatte Christine den Boden sauber gemacht, und Cläre hatte den Gästen eine neue Kaffeekanne hingestellt. Leise wandte sich Christine an Irmi und bat sie, für einen Augenblick Cläres Arbeit zu übernehmen.

»Komm«, sagte sie und zog Cläre mit sich an ihren Tisch. »Ich glaube, du brauchst eine Pause.«

Cläres Wangen waren noch immer von dem Schreck gerötet.

»Geht es dir gut?«, fragte Christine vorsichtig.

»Ja, doch … ich bin wohl nur ein bisschen müde«, antwortete Cläre ausweichend.

»Weißt du, dass ich schon als Kind immer an diesem Tisch saß und Hausaufgaben gemacht habe? Wenn Mutter nicht hingeschaut hat, habe ich mir vom halben Café helfen lassen.

Meine Aufsätze in Deutsch waren die besten in der Klasse, woran der Mann da hinten nicht ganz unbeteiligt war.« Sie deutete mit dem Kopf auf Paul Heyse, der sein Nickerchen fortsetzte.

Cläre lächelte wehmütig. »Das hat Ricarda mir schon mal erzählt«, sagte sie. »Manchmal wünschte ich mir, ich wäre auch bei mir zu Hause, wo alles so vertraut und klar und einfach ist.«

Christine sah sie überrascht an. »Einfach? Ich hatte immer das Gefühl, dass dein Leben in Kaufering alles andere als einfach war. Was dann ja bedeuten würde, dass es hier noch schwerer ist.« Christine beugte sich vor. »Sag mal, Cläre, was ist denn los? Du wirkst so nervös und irgendwie traurig. Ist etwas mit Fritz?«

Cläre seufzte. Ganz kurz schweifte ihr Blick durchs Lokal, doch es waren noch immer keine neuen Gäste gekommen, und Irmi stand arbeitslos an der Theke.

»Ich finde es so unpassend, ausgerechnet mit dir über meine Probleme mit Fritz zu reden«, brachte sie schließlich hervor.

»Wieso ausgerechnet mit mir?«

»Na warum wohl. Du warst doch selber einmal in Fritz verliebt, bevor er und ich ein Paar wurden.«

»Ach so.« Christine zuckte mit den Schultern. »Da mach dir mal keine Gedanken. Ich mochte Fritz, das stimmt, und vielleicht hätte ich mich sogar in ihn verlieben können, vielleicht aber auch nicht. Wir waren schon so lange befreundet, und erst jetzt, wo Max und ich uns nähergekommen sind, spüre ich, was zwischen Fritz und mir damals gefehlt hat.«

»Gut, dass du das sagst. Ich hatte immer ein schlechtes Gewissen.«

»Das hat aber doch hoffentlich nichts mit euren Problemen zu tun, oder?«, fragte Christine besorgt.

»Nein, aber eine Ähnlichkeit gibt es schon. Auch zwischen

mir und Fritz gibt es so etwas wie ›ungleiche Gefühle‹.« Cläre verzog das Gesicht. »Es ist wie bei einer falschen Rechenaufgabe. 2 + 1 = 0.«

Christine sah sie verständnislos an.

»Wenn du die stärkeren Gefühle der einen Person mit den schwächeren der anderen addierst, ergibt es am Ende trotzdem Null«, erklärte Cläre. »Es stimmt einfach nicht.«

»Das ist seltsam«, sagte Christine ernst. »Ich hatte wirklich das Gefühl, dass Fritz dich mehr als nur gern hat. Er sucht unentwegt deine Nähe und wirkt immer so glücklich, wenn ihr zusammen seid.« Einen Augenblick sah sie Cläre an und dachte über ihre eigenen Worte nach, dann fiel der Groschen.

»Au weh, jetzt verstehe ich. Diesmal ist es andersherum. *Du* bist dir nicht sicher!«

Cläre nickte.

Wieder entstand eine kurze Pause, doch dann sagte Christine fest: »Aber so schlimm ist das doch gar nicht. Sag ihm einfach, wie die Dinge liegen. Freuen wird es ihn nicht, aber so was passiert eben, und er wird schon darüber hinwegkommen. Schuldgefühle musst du deswegen ja nicht haben. Du hast dich schließlich in keinen anderen verliebt. Am besten, du sprichst noch heute mit ihm. Je eher, desto besser. Du wirst sehen, dann hörst du auf, dir den Kopf zu zerbrechen und unsere armen Kaffeekannen zu zerdeppern.«

Cläre rang sich ein kleines Lächeln ab. Was Christine sagte, stimmte alles – bis auf den fehlenden Grund für die Schuldgefühle. Wenn du wüsstest, dachte sie. Doch Christine von ihren Gefühlen für Peter zu erzählen brachte sie nicht über sich – ebenso wenig, wie sie es bei ihrer Aussprache mit Fritz über sich gebracht hatte.

32

Peter zog sich den Mantel an, nahm seinen Hut und suchte nach den Handschuhen, dann steckte er den Kopf durch die Küchentür. Der Raum war leer, auf dem Tisch stand noch eine halb volle Tasse Kaffee. »Mutter?«, rief Peter leise in die Wohnung hinein, doch es kam keine Antwort. Von plötzlicher Sorge erfasst, klopfte er an die Schlafzimmertür und öffnete sie auf eine undeutliche Antwort hin. Er erschrak. Seine Mutter saß an ihrem Frisiertisch, ihr Rücken war gebeugt, und ihr liefen Tränen über die Wangen. In der Hand hielt sie eine gerahmte Fotografie von sich und Luise, die Christine nicht lange vor Luises Tod von den beiden gemacht hatte.

»Mutter.« Peter ging neben ihr in die Knie, warf den Hut auf den Boden und schlang einen Arm um sie.

»Jetzt ist es beinahe ein Jahr her«, sagte seine Mutter schluchzend. »Ich kann es gar nicht fassen, es kommt mir vor, als wäre es gestern gewesen. Vorhin beim Frühstück dachte ich plötzlich: Wie schön, jetzt kommen wieder unsere beiden liebsten Feste, Chanukka und Weihnachten, und ich weiß auch schon, was ich Luise schenken werde. Erst in dem Moment wurde mir klar, dass es Luise nicht mehr gibt. Ist das nicht verrückt? Und Weihnachten gibt es für uns auch nicht mehr ohne sie.« Nun flossen die Tränen noch stärker, und sie drückte die Hand ihres Sohnes.

»Falls Cläre an Weihnachten hier sein sollte, könnten wir mit ihr feiern«, sagte Peter hilflos. Es tat weh, seine sonst so starke Mutter so unglücklich zu sehen. Er griff nach der Fotografie, die seine Mutter und Luise in den Isarauen zeigte. Sie lehnten mit den Rücken aneinander und lachten in die Kamera wie zwei ausgelassene junge Mädchen. Vor ihnen auf den weißen Kieseln lag ein Strauß aus Wildblumen, die sie beim Spaziergang gepflückt hatten, hinter ihnen war das Wasser zu erkennen.

»Was ist der schönste Augenblick, an den du dich mit ihr erinnern kannst?«, wollte Peter wissen und fragte sich im nächsten Moment, ob er die Trauer seiner Mutter damit noch verstärkte, doch das schien nicht der Fall zu sein.

»Unsere Schneewanderung an Chanukka vor zwei Jahren«, antwortete sie, ohne nachzudenken. »Erinnerst du dich? Luise hatte mich überredet, das *Altschwabing* einfach mal zwei Tage zuzumachen.«

»Ja, das war wunderbar. Wir sind mit dem Zug bis nach Tegernsee gefahren und von dort auf verschneiten Wegen hoch auf die Neureuth gelaufen.«

»Und dort haben wir gegessen, die Chanukkakerzen angezündet, mit den anderen Gästen gesungen und auch dort geschlafen.«

»Im Stall neben unserem Zimmer gab es sehr gesprächige Esel. Viel Schlaf haben wir nicht abbekommen in der Nacht.«

Peters Bemerkung entlockte seiner Mutter ein erstes zaghaftes Lachen. »Der Himmel war so tief und blau, und der Schnee wurde nur vom Mond und den Sternen erleuchtet. Es war unglaublich.«

»Und wenn wir das dieses Jahr wieder machen?«, schlug Peter vor. »Wir alle zusammen, zum Andenken an Luise? Die achte Chanukkakerze wird am 22. Dezember angezündet. Es ist noch genug Zeit, um alles zu organisieren.«

»Ach, Peter, ich weiß nicht … ohne Luise …«

»Mutter.« Peter gab sich nicht geschlagen. »Ich glaube, es würde uns allen guttun. Wir täten es für sie, um ihr zu zeigen, dass wir sie nicht vergessen werden.«

Seine Mutter schwieg, doch schließlich nickte sie zaghaft. »Vielleicht hast du recht. Wir könnten der Wirtin der Hütte telegrafieren und anfragen, ob sie Schlafplätze frei hat.«

»Das mache ich noch heute«, sagte Peter und streichelte ihr über den Arm.

»Du hast ja deinen Mantel an«, bemerkte sie plötzlich. »Wolltest du ausgehen?«

Peter stand auf. »Kann ich dich allein lassen? Ich bin mit einem meiner ehemaligen Professoren an der Technischen Hochschule verabredet, um ihn zu fragen, ob er noch Vorschläge hat … du weißt schon, wo ich mich noch bewerben könnte.«

Sie drückte seine Hand. »Du wirst wieder eine gute Anstellung finden, Peter«, sagte sie lächelnd. Dann machte sie eine Kopfbewegung zur Tür. »Und jetzt ab mit dir. Und danke, dass du deine alte Mutter getröstet hast.«

Peter hob seinen Hut auf und drückte seiner Mutter einen Kuss auf die Stirn. Dann ging er.

Zum Glück kam die Trambahn, als er gerade die Haltestelle erreichte. Zu Fuß kam man auf den vereisten Bürgersteigen in diesen Tagen nur noch langsam voran, und mit dem Fahrrad zu fahren war völlig ausgeschlossen.

Als er endlich vor dem Büro seines ehemaligen Professors stand, war er nur zehn Minuten zu spät. *Rudolf Camerer – Professor für Maschinenbaukunde* stand auf dem Schild neben der Tür.

»Bitte entschuldigen Sie vielmals die Verspätung«, sagte Peter beim Eintreten, doch Professor Camerer winkte ab. Er war selbst erst knapp über vierzig, und Peter war in seinen letzten Studienjahren unter seinen ersten Studenten gewesen.

Der Professor nahm eine Flasche und zwei Gläser aus einem Schrank. »Es ist noch früh, aber es ist so schön, einen meiner besten Studenten wiederzusehen, dass wir eine Ausnahme machen dürfen, oder?« Er zwinkerte Peter zu, der Mantel und Hut abgelegt hatte und dankend das Sherryglas entgegennahm.

»So«, sagte Camerer. »Sie sind offenbar auf Heimatbesuch. Wie geht es Ihrer verehrten Frau Mutter und Ihrer Schwester?«

Peter berichtete und erkundigte sich höflich nach der Familie seines Professors.

»Wie lange hat die AEG Ihnen freigegeben?«, wollte Camerer wissen. »Ich kann mir nicht vorstellen, dass die Sie lange entbehren wollen.«

»Das Gegenteil ist der Fall. Ich wurde entlassen.«

Dem Professor schien es zunächst die Sprache verschlagen zu haben, doch schließlich fragte er: »Was in aller Welt ist passiert, Herr Tuchmann?«

Peter berichtete detailliert.

»Das ist ja infam!«, rief Camerer erbost. »Ich habe gute Bekannte unter den Professoren in Berlin, die ausgezeichnet vernetzt sind. Ich werde Himmel und Hölle in Bewegung setzen. Die Entlassung muss rückgängig gemacht werden. Hinterhältiger Betrug! Und dann noch antisemitische Bemerkungen? Das hätte ich nicht für möglich gehalten – aber heutzutage passiert ja wieder einiges, was man nicht für möglich hält. Trotzdem. So etwas geht einfach nicht!« Der Professor hatte Mühe, sich zu beruhigen.

Schließlich gelang es Peter, seinen erregten Redefluss zu bremsen. »Bitte unternehmen Sie nichts, Professor Camerer«, sagte er dringlich. »Ich hatte mir anfangs auch überlegt, rechtliche Schritte einzuleiten. Aber selbst wenn ich Erfolg haben sollte, würde ich unter den gegebenen Umständen tatsächlich noch einmal dort arbeiten wollen? Erschwerend kommt hinzu, dass die AEG sich für einen möglicherweise bevorstehenden Krieg wappnet. Natürlich kann man das der Firma unter den angespannten politischen Verhältnissen in Europa nicht vorwerfen, aber als Pazifist hat man da einen schweren Stand. Deshalb habe ich beschlossen, in München zu bleiben und hier nach einer Stelle zu suchen – was sich allerdings schwierig gestaltet. Bislang habe ich nur Absagen erhalten. Kein Wunder, mir wurde gekündigt, und ich habe kein Referenzschreiben. Das macht keinen guten Eindruck. Langsam frage ich mich, ob mich überhaupt noch jemand nehmen wird.« Er lächelte schief.

»Es müsste jemand sein, der Sie bereits kennt und um Ihre herausragenden Fähigkeiten weiß.«

»Fällt Ihnen da vielleicht jemand ein? Jemand, der noch einen Ingenieur sucht?«

»O ja.« Camerer lächelte. »Ich selbst!«

Peter sah ihn verständnislos an. »Sie?«

»Man könnte sogar sagen, dass Ihr Rausschmiss in dieser Hinsicht ein Glücksfall für mich wäre. Haben Sie schon das große neue Laboratorium in der Hochschulstraße gesehen, das unser großartiger Architekt Friedrich von Thiersch gebaut hat?«

»Nur von außen. Es ist tatsächlich beeindruckend.«

Professor Camerer lächelte zufrieden. »Ich wurde mit der Gründung eines Hydraulischen Instituts betraut, das dort seinen Sitz haben soll, und ich suche noch nach einem geeigneten Assistenten. Ich gedenke mich der Untersuchung verschiedenster hydraulischer Probleme zu widmen und kann Ihnen ohne jede Übertreibung sagen, dass unser Laboratorium das größte in ganz Europa sein wird. Wären Sie an der Stelle interessiert?«

»Interessiert?«, rief Peter erregt. »Natürlich, Herr Professor Camerer! Würden Sie mich wirklich in Betracht ziehen?«

»Wenn Sie die Stelle haben möchten, gehört sie Ihnen. Über das Gehalt müssen wir natürlich noch mit der Hochschule reden.«

Sie besprachen noch verschiedene weitere Punkte.

Als Peter endlich wieder auf dem verschneiten Vorplatz des Hochschulgebäudes stand, war er beinahe euphorisch. Er hatte eine neue Stelle – und nicht nur das! Er würde mit seinem geschätzten Professor an dem neu gegründeten Hydraulischen Institut arbeiten. Peter konnte sein Glück kaum fassen. Um sich ein wenig zu fangen, beschloss er, einen Spaziergang durch die Innenstadt zu machen. Außerdem musste er noch dem Besitzer der Almhütte telegrafieren. Vielleicht konnte die Nachricht von seiner neuen Stelle auch seiner Mutter neuen Mut geben. Und was würde Cläre sagen? Er konnte es kaum erwarten, ihr davon zu erzählen, gleichzeitig empfand er Unsicherheit. Was bedeutete diese Anstellung für seine Gefühle, jetzt, da endgültig feststand, dass er in München bleiben würde? Er dachte an den Abend in Cläres Zimmer. Die Art, wie sie seinen Rücken mit den Fingerspitzen berührt hatte, hatte nichts Freundschaftliches mehr gehabt. Und kurz danach hatte sie zart seine Wimper berührt, auf die sich eine Schneeflocke gesetzt hatte. Ja, sie tat alles, um ihm zu zeigen, dass Fritz ihr Freund war, dennoch konnte er einfach nicht glauben, dass sie nichts für ihn empfand.

Mehr um sich abzulenken, blieb er vor der Auslage des Kaufhauses Oberpollinger stehen. Wie immer waren die Schaufenster besonders detailreich und liebevoll gestaltet, denn dafür war der Oberpollinger berühmt. Schaufensterpuppen in warmen Anzügen, Kleidern und Mänteln spazierten auf künstlichem Schnee vor einer städtischen Kulisse. In einem zweiten Schaufenster ging es um Wintersport. Skier, Schuhe und die entsprechende Kleidung wurden angeboten, zwei Schaufensterpuppen hatten Eislaufkufen unter den Schuhen, und es gab Schlitten in unterschiedlichen Größen.

Peters Blick fiel auf ein Paar Winterwanderschuhe für Damen in sattem Rotbraun. Wieder dachte er an Cläre. Sie ist nicht deine Freundin, rief er sich zur Räson. Plötzlich erschien ihm die Aussicht, in München zu bleiben, weniger verlockend. Vor seinen Augen erschien ihr Gesicht im dunklen Zimmer. Das schwache Licht der Straßenlaterne hatte den Kontrast zwischen ihrer hellen Haut und den schwarzen Haaren noch verstärkt, und auch in ihren Haaren hatten sich Schneeflocken verfangen. Vor allem aber erinnerte er sich an ihre Augen. Nichts hatte in jenen Sekunden zwischen ihnen gestanden, das hatte er deutlich gespürt.

Wie so oft in diesen Wochen überkam ihn eine große Sehnsucht. Ich bin verliebt, dachte er bitter. Und diesmal hatte es nichts mit Äußerlichkeiten zu tun. Er war fasziniert von Cläres Klugheit und Unabhängigkeit. Er liebte ihre ironischen Bemerkungen, ihren scharfen Verstand, ihr Lächeln. Aber was nützte ihm dieses Wissen? Solange Cläre an Fritz festhielt, waren ihm die Hände gebunden. Schließlich kannte er Fritz seit Jahren, sie waren Freunde – und jetzt das! Peter beschloss, sich zurückzunehmen. Kein romantisches Hinausschauen ins Schneegestöber, keine Tänze und auch kein gemeinsames Lösen mathematischer Probleme. Einen Augenblick stand Peter noch vor den solide gearbeiteten Wanderstiefeln, dann riss er seinen Blick los und ging weiter.

33

Die Schneewanderung war beschlossene Sache, doch in den Tagen davor stand noch ein weiterer Termin an. Die Ausstellungen der Neuen Künstlervereinigung München und der eben erst gegründeten Gruppe »Der Blaue Reiter« um Franz Marc und Wassily Kandinsky wurden beide in der Galerie Thannhauser gehängt, allerdings in separaten Räumen.

Am Eröffnungsabend machten sich Christine, Cläre, Max, Fritz und Peter gemeinsam zum Arco-Palais in der Theatinerstraße auf, wo sich Thannhausers Moderne Galerie befand. Christine und Max gingen Hand in Hand, Peter hatte sich zu ihnen gesellt, die drei redeten und scherzten. Ein paar Meter hinter ihnen gingen Cläre und Fritz.

Seit ihrem Streit hatte Fritz sich ihr gegenüber stark zurückgenommen. Ihre Aussprache hatte vieles ausgespart, und Cläre spürte seine Zweifel, wenn sie ihm versicherte, dass sie einfach mehr Zeit brauchte. Seitdem hatte ihr Zusammensein etwas Abwartendes. Peter dagegen schien sie zu meiden, was sie traurig machte. Trotzdem war es ihr recht, denn sie hatte entschieden, dass Fritz eine ernsthafte Chance verdient hatte. Sie konnte ihm jetzt unmöglich den Laufpass geben und sich Peter an den Hals werfen – als hätte sie schon die ganze Zeit nur auf dessen Rückkehr gewartet.

Als das erst vor einem Jahr fertiggestellte vierstöckige Arco-

Palais in Sicht kam, nahm Cläre bewusst Fritz' Hand und drückte sie. »Ich freue mich auf die Ausstellung, und du?«, fragte sie.

»Ich auch.« Er erwiderte ihren Händedruck.

In der Vorhalle der Galerie stand eine junge Dame, die ihnen Mäntel und Hüte abnahm. Cläre betrachtete die Fresken, die die vier Jahreszeiten darstellten und die sie bei ihrem ersten Besuch kaum wahrgenommen hatte, dann gingen sie hinein. Zuerst wollten sie die Bilder ihrer Stammgäste besuchen, die in einem eigenen Stockwerk ausgestellt waren.

Etwa dreißig Besucher füllten die Räume der Ausstellung um Marc und Kandinsky, darunter bekannte Gesichter wie die Verleger Reinhard Piper, Georg Hirth und Albert Langen, ein paar junge Künstler und Journalisten. Natürlich waren auch die ausstellenden Künstler selbst da, denn nach dem Austritt von Marc und Kandinsky hatten noch weitere Maler die Neue Künstlervereinigung verlassen.

Der Galerist war in heller Aufregung und eilte unentwegt zwischen den Räumen hin und her.

»Da haben Sie mir etwas Schönes eingebrockt«, hörte Cläre ihn zu Marc sagen. »Es hätte alles so ruhig und einfach sein können mit einer einzigen Ausstellung heute Abend.«

Marc schlug ihm auf die Schulter. »Wir sind Ihnen sehr verbunden, verehrter Thannhauser. Und die Eröffnungsrede übernehmen ja immerhin wir selbst.«

Thannhauser tupfte sich mit einem weißen Stofftaschentuch die hohe Stirn ab. »Das ist auch das Mindeste«, sagte er lächelnd.

Cläre und die anderen hatten nicht viel Zeit, sich die Bilder anzusehen, bevor Marc mit einem Löffel gegen ein Glas schlug und die Besucher um sich versammelte.

»Einer der Blauen Reiter möchte sprechen«, scherzte ein Besucher, den Cläre nicht kannte.

Marc vergewisserte sich, dass der Galerist anwesend war, dann begann er: »Meine lieben Gäste und Freunde, wie schön, Sie alle zu sehen. Auch über Ihren Besuch, Herr Gruber, freue ich mich. In der Zeitungskritik unserer letzten Ausstellung haben Sie uns ein Übermaß an Fantasie bescheinigt. Ich hoffe, wir werden Sie auch heute nicht enttäuschen.« Ein paar Anwesende lachten, und der Kunstkritiker, der offenbar nicht ganz ohne Humor war, verbeugte sich lächelnd.

»Wie bereits alle Anwesenden hier wissen, sind einige Künstler unlängst aus der Neuen Künstlervereinigung München ausgetreten, darunter meine Wenigkeit und mein Freund Wassily Kandinsky, aber auch Gabriele Münter, Thomas de Hartmann, Alfred Kubin und Henri Le Fauconnier. Allerdings geht unser Austritt nicht einher mit der Gründung einer neuen Vereinigung oder Gegenbewegung. Wir wollen keine Statuten und Regeln aufstellen oder uns einer bestimmten Kunstrichtung verschreiben, denn wir wollen niemandem in der Kunst vorschreiben, wie er zu arbeiten hat. Stattdessen wollen wir die Vielfalt künstlerischer Ausdrucksmöglichkeiten propagieren – und wer weiß, vielleicht findet sich ja gerade in dieser Vielfalt eine verborgene innere Gemeinsamkeit. Ebendiesem Thema wird übrigens auch unser Almanach verpflichtet sein, der unserem Verleger Reinhard Piper schon gehöriges Kopfzerbrechen bereitet.«

Piper machte eine zustimmende Handbewegung.

»Dieser Almanach«, fuhr Marc fort, »soll das Einende in der Verschiedenartigkeit aufzeigen – in den Ausdrucksformen der heutigen Kunst und Musik, aber auch epochenübergreifend. Er wird den Titel *Der Blaue Reiter* tragen und erscheint …« Er wandte sich wieder an Piper: »Wann war noch mal der genaue Termin?«

»Mai wird es schon werden, bei den ständigen Änderungen

und Sonderwünschen!«, rief der Verleger, und die Gäste lachten.

Marc kam zum Ende. »Nun möchte ich Sie nicht länger von dem eigentlichen Grund Ihres Kommens abhalten: den Bildern. Ich gestehe, dass der Austritt aus der Künstlervereinigung für Wassily und mich nicht ganz unvorbereitet kam, weshalb wir auch keine Mühe hatten, für unsere eigene Ausstellung einen großen Kreis hervorragender Künstler zu finden. Besonders möchte ich an dieser Stelle an unseren verehrten Henri Rousseau erinnern, der leider vor etwas mehr als einem Jahr von uns gegangen ist, dessen Genie aber heute Abend unter uns weilt. Auch ein weiterer französischer Maler ist vertreten, Robert Delaunay, dazu solch starke junge Maler und Malerinnen wie Gabriele Münter und Elisabeth Epstein, August Macke, Heinrich Campendonk und Wladimir Burljuk.«

Marc hob sein Glas. Sein Gesicht war auf einmal ernst. »Meine Damen und Herren, nun will ich noch eines Mannes gedenken, der viel für die Kunst in Berlin, aber auch hier in München getan hat. Vor wenigen Wochen ist Hugo von Tschudi gestorben, der Direktor der Neuen Pinakothek. Die moderne Kunst und gerade auch wir jungen Künstler verdanken ihm viel, weshalb wir unseren Almanach, den *Blauen Reiter*, ihm widmen werden. Auf Hugo von Tschudi!«

Eine andächtige Stille entstand. Schließlich wandte sich Marc wieder an sein Publikum. »So, und nun erkläre ich die Ausstellung für eröffnet. Und öffnen Sie nicht nur Ihre Augen, sondern all Ihre Sinne und Ihre Herzen. Wundern Sie sich nicht, wenn Sie heute Abend einer ausgelassen springenden gelben Kuh begegnen, wenn sich die Pfeiler eines gotischen Kirchenschiffs dynamisch zu biegen scheinen oder wenn Sie in Landschaften eintreten, die aus farbigen Flächen und Formen bestehen. Finden Sie den Resonanzpunkt in sich selbst, der die

Farben und Formen vor Ihnen zum Klingen bringt!« Noch einmal hob er sein Glas: »Prost!«

Die Besucher tranken, dann verteilten sie sich vor den Gemälden.

»Welches ist denn nun das Bild, das von der Künstlervereinigung abgelehnt wurde?«, wollte Fritz von Cläre wissen. Die führte ihn hin.

»Hier. Es heißt *Komposition V* oder auch *Das Jüngste Gericht.*«

Fritz betrachtete das abstrakte Gemälde genau. Unterschiedlich starke schwarze Linien und Striche gaben den farbigen Flächen Struktur und Dynamik.

»Ich finde es wunderbar«, sagte Fritz schließlich. »Auch wenn ich beim besten Willen kein Jüngstes Gericht erkennen kann.«

Cläre hatte den Kopf zur anderen Seite des Raums gewandt, wo Max und Christine vor Marcs Bild *Die gelbe Kuh* standen. Christine versuchte offenbar, die Bewegung des Tiers mit seinem durchgedrückten Rücken und den weit von sich geworfenen Beinen nachzuahmen, und Max hatte Mühe, sich ein Lachen zu verkneifen. Jetzt legte er den Arm um ihre Schultern und drückte sie an sich. Ein wenig abseits stand Peter verloren neben dem turtelnden Paar. Plötzlich trafen sich ihre Blicke.

»Cläre? Was denkst du über das Bild?«, hörte sie Fritz fragen.

»Was? Ach so.« Sie drehte sich um. »Ich finde es fantastisch. Und mir macht es nichts aus, dass wir keine konkreten Dinge erkennen können. Es gibt so viel abstrakte Schönheit in der Natur um uns herum. Symmetrie und Dynamik, die nichts Bestimmtes darstellt und die wir trotzdem bewundern. Warum also suchen wir in Gemälden immer Häuser, Bäume und Menschen?«

»Da stimme ich dir zu.«

Sie lächelten sich an.

»Sollen wir weitergehen?«, fragte Cläre. »Ich habe vorhin die gotische Kirche gesehen, von der Franz Marc gesprochen hat.«

»Ja, gut.«

Ein Seitenblick auf Peter zeigte Cläre, dass er wieder in ein Bild vertieft war, während Max und Christine noch immer Arm in Arm vor Marcs *Gelber Kuh* standen und sich eifrig unterhielten.

Entschlossen griff Cläre nach Fritz' Hand und überlegte, was sie ihm sagen könnte. Vielleicht, dass es schön sei, gemeinsam diese Ausstellung zu genießen? Oder dass ihr die Bilder wirklich gefielen? Aber dann ließ sie es.

»Komm. Ich glaube, da vorne hängt das Bild«, sagte sie stattdessen und zog ihn mit sich.

34

Wenige Tage nach der Ausstellungseröffnung war der achte Tag des jüdischen Lichterfests Chanukka, und nur zwei Tage später war Heiligabend.

Alle feiern wir das Licht in dieser Welt in seinen dunkelsten Monaten, dachte Cläre voller Vorfreude, während sie am Abend vor der Winterwanderung den Rucksack packte. Sie dachte an ihr trauriges Weihnachtsfest im vergangenen Jahr, kurz nach dem Tod ihrer Mutter. Auch dieses Mal würden Max und sie über die Feiertage zu ihrem Vater fahren, doch Cläre hatte sich vorgenommen, sich nicht von den Erinnerungen niederdrücken zu lassen. Gerade in diesen Tagen dachte sie viel an ihre Mutter und an das, was sie sich selbst, aber auch ihren Kindern durch ihre unversöhnliche Haltung versagt hatte. Schon viel früher hätten sie zusammen mit den Verwandten in München feiern und gemeinsam Schönes erleben können, so, wie sie und Max das nun taten.

Es war noch dunkel, als sie morgens am Hauptbahnhof in die Bayerische Maximiliansbahn stiegen, die sie nach Holzkirchen bringen würde. Von da aus sollte es weitergehen bis nach Tegernsee, wo der Ausgangspunkt für die Hüttenwanderung auf die Neureuth war. Sie waren zu acht, denn auch die beiden Fotografinnen Anna Lenbach und Bertha Girmer hatten sich angeschlossen.

Cläre saß an Fritz gelehnt auf der harten Holzbank. Trotz des Wintermantels und der dicken Strümpfe fror sie und rieb sich die Finger in den Wollhandschuhen. Fritz legte den Arm um sie. Er war gut gelaunt, und auch Cläre hatte sich fest vorgenommen, den Tag zu genießen.

Kaum war die Bahn angefahren, packten Ricarda und die beiden Fotografinnen die ersten Essenspakete aus.

»Wer möchte ein hart gekochtes Ei? Oder ein Butterbrot?«

»Mutter, wir sind noch nicht mal in den Münchner Vororten«, meinte Christine kopfschüttelnd. Von allen Anwesenden liebte sie das frühe Aufstehen am wenigsten.

»Ich nehme beides, danke!«, erwiderte Max lachend. Doch kaum hatte Ricarda ihm das Essen gereicht, griff Christine zu dem Brot. »Hm, lass mal probieren.«

»Du bist einfach furchtbar!«, rief Max in gespielter Empörung und nahm ihr das Brot wieder ab. Ein kleines Gerangel entstand, bis Ricarda auch Christine ein Brot in die Hand drückte.

Cläre lächelte in sich hinein. Die beiden kamen ihr vor wie zwei alberne Kinder. Sie empfand sich selbst und Fritz als erwachsener und vernünftiger. Oder konnte sie dieser Art von Geplänkel einfach nichts abgewinnen?

Während der Zug stampfend über die Gleise ruckelte, begleitet vom gelegentlichen schrillen Pfeifen der Lokomotive, wurde es draußen hell. Tief verschneit lagen die Felder und kleinen Wäldchen vor ihnen. Ab und zu sahen sie ein Fuhrwerk zwischen einem Dorf und dem nächsten, ansonsten ließ nur der aus den Schornsteinen der Häuser aufsteigende Rauch erkennen, dass hier Menschen lebten, die jetzt gerade ihr Frühstücksgeschirr wuschen und sich an ihr Tagwerk machten.

Als sie in Tegernsee aus dem Zug stiegen, war sogar die Sonne durch die Wolken gebrochen. Der dunkelblaue See funkelte mit den schneebedeckten Wiesen und Dächern um die Wette.

Sie folgten der Ausschilderung zum Neureuthhaus, wo sie am Abend übernachten würden. Die leicht bergauf führenden Straßen mündeten in einen Bergwald. Der Forstweg war geräumt, der Schnee von vielen Füßen festgetreten, denn es hatte in den letzten Tagen nicht mehr geschneit. Immer steiler wurde der Weg, und in der weißen, wattigen Stille der schwer beladenen Bäume hörten sie nur ihren eigenen Atem. Nur wenn sie stehen blieben und die beiden Thermoskannen mit heißem Tee und Kaffee die Runde machten, wechselten sie bewundernde Worte über die Schönheit des Winterwalds.

»Wo haben Sie denn diese wunderbaren heißen Flaschen her?«, erkundigte sich Anna Lenbach begeistert bei Ricarda.

»Die gibt es erst seit ein paar Jahren zu kaufen, und sie waren nicht billig. Ich habe ihre Anschaffung mit unserem Café gerechtfertigt, obwohl ich sie dort, ehrlich gesagt, kaum benutze«, antwortete Ricarda stolz.

»Aber für eine Winterwanderung sind sie ideal«, rief nun auch Bertha Girmer. »Liebling, so eine brauchen wir auch! Dann können wir uns den Kaffee für den ganzen Tag mit ins Atelier nehmen, und er bleibt immer heiß.«

»Gehen Sie zum Oberpollinger«, riet Ricarda. »Beim Hermann Tietz gibt es sie auch, glaube ich.«

Peter trat mit der Thermoskanne zu Cläre, und als sie ihm ihre Tasse reichte, berührten sich für den Bruchteil einer Sekunde ihre Fingerspitzen. Cläre sah Peter an, doch der tat, als hätte er es nicht bemerkt. Im Gegenteil, Cläre fand, dass er genauso verschlossen wirkte wie in den ganzen letzten Tagen. Seine Wangen waren gerötet, doch das war der Kälte zuzuschreiben. Verwundert bemerkte sie seine hellen Bartstoppeln, denn sie kannte ihn eigentlich nur perfekt rasiert.

»Tee oder Kaffee?«, wandte er sich an Fritz, kaum dass er Cläre die gefüllte Tasse zurückgegeben hatte, und fügte hinzu: »Es ist herrlich hier oben, nicht wahr?«

»Wie die Sonne zwischen den Bäumen hindurchscheint und den Schnee leuchten lässt – wunderschön«, antwortete Fritz.

Peter geht mir tatsächlich aus dem Weg, dachte Cläre zum wiederholten Mal in diesen Tagen, und es ärgerte sie, dass diese Tatsache sie so traf. Tat sie nicht selbst das Gleiche?

Schließlich endete der Bergwald, und sie traten hinaus auf die verschneiten Almwiesen. Die Luft war klar und klirrend kalt, doch der Anstieg hatte für warme Füße gesorgt, und als das Unterkunftshaus vor ihnen auftauchte, beschlossen sie, nur kurz ihr Gepäck abzustellen und dem weiteren Wegweiser zur Gindelalmschneid zu folgen. Dort, auf etwas mehr als dreizehnhundert Metern Höhe, eröffnete sich ihnen das erhabene Panorama der verschneiten Voralpenkette im Sonnenschein. Tief unter ihnen lag der dunkle Tegernsee.

Erst am Nachmittag kehrten sie in der Neureuth ein.

»Mei, is des schee, Frau Ricarda, wieder ein Chanukkafest in unserem Haus«, begrüßte sie die rotbackige Wirtin Frau Sonnbichler. »Aber heut ganz allein, wo ist denn die werte Frau Luise?«

Als sie sah, dass Ricardas Augen sich spontan mit Tränen füllten, zog sie offenbar die richtige Schlussfolgerung. »Kommen S' mal her.« Sie griff nach Ricardas Händen und drückte sie fest. »Wie schön, dass mir heut alle z'samm an sie denken.«

Cläre hatte befürchtet, dass die Ankunft auf der Neureuth alte Wunden bei Ricarda aufreißen könnte, doch es war offenbar gut, wieder hier zu sein. Christine hatte ihr schon in München von der Wirtin erzählt, deren zupackende Herzlichkeit den Abend vor zwei Jahren zu etwas Besonderem gemacht hatte.

»Ach du liebes bisschen!«, rief Christine aus, als sie kurz

darauf mit dem kleinen Chanukka-Kerzenleuchter, den sie extra zur Feier des Abends mitgebracht hatten, in die Gaststube kam.

Cläre sah sie erschrocken an. »Was ist denn?«

Aber Christine hatte sich schon an die Gastwirtin gewandt. »Frau Sonnbichler, erinnern Sie sich, wie wir vor zwei Jahren den achten Tag unseres jüdischen Lichterfests gefeiert haben? Mit diesem Leuchter?«

Die Wirtin lachte. »Freilich. So a Fest gab's ja vorher noch nie heroben. Und i weiß au noch, worum's geht. Die Juden ham sich von einer Zwangsherrschaft befreit, noch bevor unser Herr Jesus Christus auf die Welt kam, aber im Tempel in Jerusalem war's Lampenöl aus, und trotzdem hat der kloane Rest acht Tag gebrannt, bis neues Öl gemacht werden konnt.«

»Das haben Sie sich aber gut gemerkt, Frau Sonnbichler«, sagte Christine beeindruckt. »Und wir sind jetzt in einer ähnlichen Lage. Ich fürchte, bei uns sind die Kerzen aus … Na ja, ich habe vergessen, sie mitzubringen.«

Frau Sonnbichler stemmte die Hände in die Hüften. »Was machen mir denn do? Sind des ganz normale Kerzen?«

»Ganz normale, solange sie alle gleich lang sind«, antwortete Christine hoffnungsfroh. »Aber wir brauchen neun Stück. Acht sind für die acht Festtage, und mit der neunten, dem ›Diener‹, zünden wir die anderen an.«

»Dann schau i, was mir hier haben«, sagte die Wirtin und machte sich an einer Vitrine zu schaffen.

»Frau Sonnbichler, Sie sind ein Schatz!«, rief Christine, als die Wirtin ihr ein ganzes Paket Kerzen reichte.

»So dunkel, wie's heroben im Winter wird, können mir nie genug haben von denen«, erklärte Frau Sonnbichler.

Wie schön, dachte Cläre andächtig, als Ricarda eine Stunde später einen Segensspruch sprach und mit der neunten Kerze die restlichen acht anzündete. Das Licht in der guten Stube war schummrig, und die Kerzen auf dem Leuchter hatten etwas Feierliches. Auf der anderen Seite des Raums hing ein großer Adventskranz aus duftenden Tannenzweigen, auf dem drei Kerzen brannten. Der Weihnachtsbaum stand auch schon im Raum, war aber noch nicht geschmückt. Das würde erst in zwei Tagen geschehen – dann war Heiligabend.

An einem Tisch in der Nähe der Tür begann der Sohn der Wirtin leise Zither zu spielen. Cläre sah in die Gesichter der Umstehenden, auf denen der warme Kerzenschein lag. Frau Sonnbichler hatte zufrieden die Hände auf dem Schoß verschränkt, Anna Lenbach und Bertha Girmer lehnten sich auf der Bank aneinander, Max und Christine hielten sich an der Hand. Jetzt legte Peter den Arm um seine Mutter. »Frohes Chanukka«, wünschte er leise und drückte sie. Er sah zu Cläre hinüber, wandte sich aber sofort wieder ab, als ihre Blicke sich kreuzten. Unwillkürlich griff Cläre nach der Hand von Fritz, der neben ihr stand, und ärgerte sich gleichzeitig darüber. Wem musste sie etwas beweisen? Peter? Fritz? Oder sich selbst?

»So, und jetzt tauschen wir unsere kleinen Geschenke aus«, sagte Ricarda sichtlich gerührt. »Für uns sind es Chanukkageschenke, für Cläre, Max und Fritz schon gleich die Weihnachtsgaben. Ihr dürft mit dem Öffnen natürlich auch bis Heiligabend warten, wenn ihr möchtet.«

Das lehnten die drei rundweg ab. Es folgte eine andächtige Stille, in der nur das Rascheln von Papier und einzelne Ausrufe zu hören waren.

»Ein dunkelblauer Schal. Der ist wunderschön! Ich werde ihn gleich morgen umbinden«, sagte Cläre und nahm Fritz kurz in den Arm. »Aber du hast mein Geschenk noch gar nicht aufgemacht.«

Fritz packte ein dünnes Büchlein aus.

»Gefällt es dir?«, fragte sie.

»Julius Kurth«, las er. »Ein Buch über japanische Holzschnitte. Vielen Dank, Cläre, ich hatte das Buch im Laden schon so oft in der Hand, aber dann war ich immer so knapp bei Kasse.« Er blätterte darin. »Die japanische Kunst ist wirklich faszinierend.«

»Es freut mich, wenn ich das Richtige gefunden habe.« Cläre lächelte.

»Du hast da übrigens noch ein Geschenk liegen«, bemerkte Fritz.

»Von dir?«

»Nein, keine Ahnung.«

»Das ist von mir«, hörte sie Peters Stimme über den Tisch. Er musste ihnen zugehört haben.

Cläre löste vorsichtig das Papier und öffnete die kleine Schachtel.

»Was ist es denn? Zeig her«, meinte Fritz ungeduldig.

Cläre hob das Pferd aus mundgeblasenem Glas heraus. Sie war verwirrt. Das Pferd, das bin ich, hatte Peter gesagt. Galt das immer noch? Und was hatte es zu bedeuten, dass er es ihr noch einmal schenkte? Sie sah ihn an, und wieder trafen sich ihre Blicke.

»Erinnerst du dich …?«, fragte Peter, als hätte er ihre Gedanken erraten.

»Ja.« Sie riss den Blick los und betrachtete wieder das Pferdchen. »Danke, Peter.«

»Woran erinnerst du dich?«, wollte Fritz wissen.

»Ach, nur an etwas, über das wir mal gesprochen haben … etwas über Pferde und Esel«, antwortete Cläre ausweichend. Das Einhorn ließ sie lieber weg.

Der helle Körper des Tiers leuchtete hübsch im Kerzenschein. Zart strich sie mit dem Zeigefinger über das kühle Glas des Pferdchens. Als sie wieder aufsah, stellte sie fest, dass Fritz zu Peter hinüberschaute. Sein Blick hatte etwas Forschendes. Peter, der sich gerade mit seiner Mutter unterhielt, bemerkte es nicht.

»Was hast *du* Peter eigentlich geschenkt?«, fragte Fritz plötzlich.

»Ach, sein Geschenk habe ich zu Hause vergessen«, log Cläre. In Wahrheit hatte sie es sich im letzten Moment vor der Feier anders überlegt und sein Geschenk schnell in die Tasche ihres Mantels geschoben, der in der Nähe des Eingangs an einem Haken hing.

Sie hatte ihm eine jener Schneekugeln besorgt, die man seit ein paar Jahren zur Dekoration kaufen konnte. Die meisten von ihnen enthielten außer dem künstlichen Schnee noch Figuren, Häuser oder Miniaturkirchen. Diese aber hatte nur Schnee enthalten und sie sofort an ihren gemeinsamen Augenblick vor dem geöffneten Fenster erinnert, als Cläre ihm die Schneeflocke von der Wimper genommen hatte. Jetzt, vor Fritz' prüfendem Blick, war sie froh über ihre Entscheidung, auch wenn die Lüge ihr unangenehm war. Wer vergaß schon ein Weihnachtsgeschenk zu Hause? Kein Wunder, dass Fritz sie verwundert ansah, doch er sagte nichts.

»Das Essen wär dann fertig!«, erklang die Stimme der Wirtin, und kurz darauf saßen sie alle um den großen Tisch in der Mitte des Raums.

Später setzte Fritz sich ans Klavier und begann zu spielen. Nach dem dritten Lied forderte Max Christine zum Tanzen auf, und auch Anna Lenbach und Bertha Girmer wagten es, das Tanzbein zu schwingen.

»Ach herrje«, rief Cläre plötzlich. »Ich muss einen Ohrring verloren haben.«

»Ach, Kindchen, das tut mir leid«, sagte Ricarda. »Ich fürchte, den findest du nicht wieder.«

»Vielleicht schon«, meinte Cläre. »Kurz bevor wir heute Nachmittag hier ankamen, war mir so warm, dass ich die Mütze abgenommen habe, und in dem Moment hatte ich ihn noch, da bin ich mir sicher. Ich muss ihn auf den letzten fünfzig Metern verloren haben.«

»Dann suchen wir ihn morgen früh gleich als Erstes.«

Cläre nickte. »Die Ohrringe sind von meiner Mutter.« Sie zeigte auf den zweiten, eine kleine cremefarbene Perle, eingefasst in Silber. »Morgen haben wir mehr Licht, aber wenn es über Nacht schneit? Dann finden wir ihn niemals. Ich nehme mir eine Laterne und gehe die paar Schritte ab … Nein, Ricarda, bleib sitzen, ich bin sofort wieder da.«

Ricarda setzte sich wieder, doch kaum war Cläre aus der Gaststube verschwunden, sah sie ihren Sohn tadelnd an.

»Und du schaust in dein Bier, als wäre die Weisheit der Welt darin zu finden«, sagte sie streng. »Was ist eigentlich los mit dir? Du bist schon den ganzen Tag so maulfaul, und jetzt das. Habe ich dir keine Manieren beigebracht? Du hättest Cläre anbieten müssen, sie nach draußen zu begleiten. Fritz spielt Klavier, Max tanzt. Soll deine alte Mutter etwa in die Kälte hinaus, weil mein Sohn nicht weiß, was sich gehört?«

»Mutter, ich dachte nur …«, setzte Peter an, doch er brach ab. Wie sollte er ihr erklären, warum er so schlechter Stimmung war? Dass es ihm wehgetan hatte, Cläre den ganzen Tag mit Fritz zu sehen und dass sie sein Geschenk zu Hause vergessen hatte, falls es überhaupt eines gab?

»Du lässt dir jetzt sofort eine Laterne geben und gehst ihr nach«, sagte seine Mutter.

Peter stand auf und holte sich die Lampe. Als er kurz darauf die Eingangstür öffnete, schlug ihm eisige Luft entgegen. Wo das Licht der Hüttenfenster nicht hinreichte, war die Nacht tiefschwarz. Er folgte dem festgetretenen Pfad, auf dem Cläre ihm vorausgegangen sein musste, und tatsächlich entdeckte er sie in einiger Entfernung im Schein ihrer Laterne. Sie bewegte sich langsam, den Kopf auf den festgefrorenen Weg gerichtet, den sie am Nachmittag von der Gindelalmschneid heruntergekommen waren. Peter schloss zu ihr auf.

»Du? Schickt dich etwa deine Mutter?«, fragte Cläre schnippisch.

»Ich kann auch wieder gehen«, entgegnete er, begann aber ebenfalls nach dem Ohrring zu suchen. Schweigend leuchteten sie den Weg ab.

»Ich habe ihn«, sagte Cläre plötzlich. »Was für ein Glück.« Sie hob ihn auf und machte auf dem Absatz kehrt, um zurückzugehen.

»Warum bist du eigentlich so abweisend?«, fragte er.

»Das sagt der Richtige.« Cläre blieb stehen. »Du gehst mir seit Wochen aus dem Weg.«

»Es ist ja auch schwierig, an dich heranzukommen, wenn du immer nur an Fritz' Hand hängst.«

»Du versuchst es ja gar nicht!«, rief Cläre wütend.

Peter trat näher. »Was willst du eigentlich, Cläre?«, fragte er halb verärgert, halb verzweifelt.

»Gar nichts.«

»Na, dann wäre das ja geklärt.« Wütend wandte er sich ab und ging zur Hütte zurück.

»Warte.« Mit wenigen Schritten war Cläre bei ihm und fasste ihn am Ärmel. »Ich habe dein Geschenk nicht vergessen«, sagte sie leise. Einen Moment zögerte sie noch, dann griff sie schnell in die Manteltasche und zog ein Päckchen heraus, das sie ihm reichte.

Verwundert stellte Peter seine Laterne ab und öffnete das Geschenk. Zuerst wusste er nichts damit anzufangen, doch Cläre nahm ihm die Kugel ab und schüttelte sie. Feiner Schnee rieselte durch das Wasser im Glas. Peter verstand sofort.

»Warum sollte ich diese Kugel nicht bekommen?«, fragte er.

Cläre hob hilflos die Schultern. »Ich hatte Angst, dass du etwas in ihr sehen würdest, was …«

»Was nicht da ist? Oder was du nicht zeigen willst?«

Sie sah ihn so verzweifelt an, dass Peter nicht anders konnte. Er trat auf sie zu, zog ihr Gesicht zu sich heran und küsste sie. Impulsiv schlang Cläre ihre Arme um ihn und erwiderte seinen Kuss. Selbst als sich ihre Lippen voneinander lösten, ließ sie ihn nicht los.

»Wir müssen wieder rein«, sagte Cläre nach einer Weile. »Sonst werden sie uns suchen.«

»Du musst mit Fritz sprechen«, erwiderte Peter.

»Und was soll ich ihm sagen? Dass er nur ein Lückenbüßer war, weil du in Berlin mit einer anderen Frau verlobt warst?« Cläre löste sich von ihm.

»War es denn so?«

»Natürlich nicht!«, rief Cläre entrüstet, doch ihre Augen sprachen eine andere Sprache.

Eine Weile standen sie schweigend da.

»Weißt du, Fritz hat nichts falsch gemacht«, erklärte Cläre. »Ich hätte mich gar nicht auf ihn einlassen dürfen – und jetzt soll er den Preis dafür zahlen?«

»Cläre? Peter?« Hinter ihnen erklangen die Stimmen von Ricarda und Fritz.

»Hier sind wir.« Peter wickelte die Schneekugel wieder in das Seidenpapier und gab sie Cläre zurück. »Du brauchst sie mehr als ich«, sagte er leise. »Zur Erinnerung an das, was ich bin … und das, was du bist … und wir zusammen.«

Er bückte sich nach den Laternen und reichte ihr die eine. Dann ging er zum Haus zurück.

35

Es war eisig, als Cläre mit dem großen Korb nach draußen ging, um Feuerholz zu holen. Rechts und links des schmalen Pfads, der vom Wirtshaus ihres Vaters zum Schuppen führte, türmte sich der Schnee. Max hatte gerade Holz gehackt. Er hatte sich die Jacke ausgezogen, sein Atem kam weiß und stoßweise in der klirrenden Kälte. Jetzt half er ihr, das Holz in den Korb zu laden, und trug ihn ins Wirtshaus. Gerade als sie am Hintereingang standen, hörten sie in der Wirtsstube das neu angeschaffte Telefon läuten. Für Gäste war das Lokal am Nachmittag des Heiligen Abends bereits geschlossen, und ansonsten schien niemand in der Nähe zu sein. Lotte, die junge Frau aus dem Ort, die dem Vater seit Cläres Weggang im Wirtshaus zur Hand ging, hatte frei, und die Köchin Erna war vermutlich in der Küche beschäftigt. Max setzte den Korb ab und eilte das Treppchen hinauf.

»Falls es für mich sein sollte – ich bin nicht da!«, rief Cläre. »Sag, ich bin im Holzschuppen.«

Max reagierte nicht, doch als Cläre ihm in die Gaststube folgte, hörte sie ihn die Nachricht weitergeben. »Nein, sie ist gerade im Holzschuppen«, sagte er. »Ich glaube, sie muss da etwas Wichtiges machen. Ich fürchte, im Augenblick kann sie nicht kommen.«

Ach du liebe Güte, dachte Cläre. Etwas Wichtiges machen

im Holzschuppen? Aber sie konnte ihrem Bruder die miserable Ausrede kaum übel nehmen. Max war eine grundehrliche Haut. Allein die Tatsache, dass er überhaupt für sie log, war ein brüderlicher Liebesbeweis.

»Das war Fritz«, sagte er, sobald er eingehängt hatte. »Er ist jetzt noch etwa zwei Stunden im *Altschwabing* und bittet dich, ihn dort anzurufen.«

Cläre schwieg und schichtete die Holzscheite neben dem Ofen auf. Max kniete sich neben sie, um ihr zu helfen.

»Cläre«, fing er an. »Du und Fritz …«

Erneut klingelte das Telefon. Cläre zuckte regelrecht zusammen.

»Was mache ich, wenn er es noch mal ist?«, fragte Max irritiert.

»Ich bin im Schuppen«, wiederholte Cläre fest. »Auch für alle anderen.«

»Wirtshaus *Vier Jahreszeiten*, ja bitte? Ja, ich bin's, Max. Cläre? Nein, die ist im Holzschuppen … Leider nicht, der ist ziemlich weit weg … Also dann … Ja, danke, Grüße auch an Ricarda … und sag Christine, dass ich sie nachher anrufe.«

Max kam zu ihr zurück. »Diesmal war es Peter«, sagte er. »Was ist da eigentlich los? Ist mir was entgangen?«

»Ach, gar nichts«, wiegelte Cläre ab und stand auf.

Zum Glück trat in diesem Moment ihr Vater in die Stube. Er legte den Arm um seine beiden Kinder. »Ihr wisst gar ned, wie froh ich bin, dass ihr hier seid's.«

Cläre gab ihm einen Kuss auf die Wange. »Wir auch, Vater«, sagte sie. »So, und jetzt helfe ich Erna in der Küche, damit die auch nach Hause kann.«

Wenige Stunden später saßen sie beim Weihnachtsessen, vor sich die feinen Teller mit dem zarten Blumenmuster, die ihre Mutter immer nur an Festtagen herausgeholt hatte. Während Cläre ihnen Petersilienkartoffeln und Blumenkohl auf die Teller gab, befreite Michael Wiesner den Karpfen von Haut und Gräten.

»Aus unserm neuen Karpfenteich«, sagte er stolz. »Ein echtes Prachtexemplar. Ich hab ihn vorhin noch gewogen. Knapp über drei Kilo. Wenn mir nachher den Obermüller Schorsch in der Christmette sehn, sag ich ihm des gleich. Der wird neidisch sein.«

»Eigentlich soll man seinen Nächsten an Weihnachten ja nicht ärgern«, lachte Cläre. »Läuft es denn gut, das Geschäft mit den Karpfen?«

»Hervorragend!« Ihr Vater strahlte. »Forellenzüchter haben wir ja grad genug, aber ich bin der einzige Karpfenzüchter im Umkreis von zwanzig Kilometern.« Er hob sein Glas, das zur Feier des Tages mit Weißwein gefüllt war. »Auf eure selige Mutter«, sagte er ernst. »Im Herzen ist sie immer bei uns … jeden Tag.«

»Jeden Tag«, antworteten Max und Cläre gleichzeitig.

»Und wie geht's dir jetzt an der Hochschule, Cläre?«, wollte ihr Vater wissen. »Wird aus meiner Tochter vielleicht bald eine Studienrätin?«

»Das wohl kaum«, meinte Cläre, doch sie wollte die Stimmung nicht damit trüben, dass sie ihrem Vater die beruflichen Beschränkungen in Erinnerung rief, denen die Frauen nach wie vor unterlagen. »Meine Professoren sind zufrieden. Vor zwei Wochen hatte ich zwei Examen. Wir haben die Ergebnisse noch nicht, aber ich habe ein gutes Gefühl.«

»Cläre ist eine Streberin«, erklärte Max grinsend, aber sie wusste, dass er es gut meinte.

»Und einen Verehrer hast vielleicht auch schon?«, hakte der Vater nach. »Vielleicht einen ebenso gebildeten aus deinen Kursen oder gar einen jungen Professor?«

Cläre kannte die Frage, denn ihr Vater hatte sie schon häufiger gestellt, aber bislang hatte sie sie immer ohne die geringsten Gewissensbisse verneint. Heute dagegen war ihr das Lügen unangenehm.

»Nein, wirklich nicht«, sagte sie irritierter als geplant.

Doch ihr Vater ließ nicht locker. »Und da ist gar keiner, der dir gefallen tät?«

Hilfesuchend sah Cläre zu Max, der den Wink verstand und das Thema wechselte.

»Habe ich dir eigentlich schon von meiner neuen Vermieterin erzählt, Vater? Sie macht mir morgens immer einen extrastarken Kaffee und gibt mir sogar noch ein Butterbrot mit für den Tag.«

»Hm«, machte sein Vater. »Mir hätt's ja besser gefallen, wenn du in der Studentenverbindung geblieben wärst. Aber was soll's, euch jungen Leut kann man halt nix mehr vorschreiben. Ihr tanzt uns Alten sauber auf der Nas rum.«

»So alt bist du doch noch gar nicht«, wandte Cläre lachend ein.

In diesem Moment schrillte erneut das Telefon.

»Das ist sicher einer, der uns was wünschen will«, brummte Michael Wiesner, stand auf und hob den Hörer ab. »Grüß Gott, Fräulein Christine! Danke, Ihnen auch … Ah, geh, Sie feiern ja gar kein Weihnachten, verzeihen Sie …« Christine schien etwas zu sagen, dann rief der Vater Max an den Apparat. »Dein Fräulein möcht dich sprechen«, sagte er halb belustigt, halb mürrisch. Dass Max sich ausgerechnet mit der Tochter der Frau eingelassen hatte, die ihm vor einem Jahr die Pistole auf die Brust gesetzt hatte, hatte er noch nicht ganz verwunden, obwohl Cläre wusste, dass er seine damalige Entscheidung nicht bereute.

»Das Fräulein klingt wie die Frau Mutter«, meinte er, als er an den Tisch zurückkam. »Eine mit Haaren auf den Zähnen. Aber ich soll dich herzlich von ihr grüßen, Cläre. Sie wünscht dir frohe Weihnachten.«

Max rief seinen Vater noch mal ans Telefon. »Ricarda möchte dich sprechen … also, Frau Tuchmann.«

»Was?« Michael Wiesner nahm den Hörer. »Guten Abend, Frau Tuchmann … Danke, das ist sehr freundlich. Ihnen auch noch ein frohes Chanukka nachträglich, sagt man das so? Meine Tochter hat mir davon erzählt.«

Er schwieg, offenbar hatte Ricarda einiges zu sagen. Max und Cläre sahen sich fragend an.

»Versprechen kann ich nichts«, fuhr der Vater fort. »Sie wissen schon, ich hab ja selber eine Wirtschaft. Die ist heut Abend geschlossen, aber am Silvesterabend kann ich die nicht einfach zusperren. Und ich kann ja schlecht alles den Angestellten überlassen an so einem wichtigen Tag im Jahr. Wenn da was schiefgeht, das bringt Unglück. Aber ich denk drüber nach und lass es Sie wissen.« Sie verabschiedeten sich, und der Vater hängte den Hörer ein.

»Sie hat mich zur Silvesterfeier ins *Altschwabing* eingeladen«, erzählte er, als er an den Tisch zurückkam. »Ich soll mit euch nach München kommen in ein paar Tagen. Aber hier in Kaufering gibt's auch Leut, die das neue Jahr im Lokal feiern wollen. Da fühl ich mich verpflichtet.«

»Ich könnte auch hierbleiben«, schlug Cläre spontan vor. »Dann helfe ich dir im Lokal. Außerdem bist du dann nicht allein.«

Der Vater lächelte. »Das ist lieb von dir, aber du weißt ja, was hier los ist an Silvester. Allein werd ich da kaum sein. Du solltest in München bei deinen neuen Freunden feiern. Ihr jungen Leut müsst an solch einem Abend unter euch sein. Ich hab hier alle Hilfe, die ich brauch.«

Cläre nickte. Ihr Vater hatte recht. Am liebsten wollte sie das neue Jahr im *Café Altschwabing* einläuten. Die Sache hatte nur einen Haken. Bei ihrer Rückkehr würde sie einer Entscheidung nicht länger ausweichen können. Mit Gewissensbissen dachte sie daran, dass sie Fritz nicht zurückgerufen hatte. Er musste längst wissen, dass etwas im Argen war, aber das machte es keineswegs leichter. Doch ließ ihr Herz ihr überhaupt noch eine Wahl?

36

Als Christine das Café von der Küche her betrat, waren fast alle Tische besetzt. Viele junge Künstler und Literaten, die in kleinen, zugigen Zimmern lebten, waren froh, dass ihr Stammcafé auch an den Weihnachtsfeiertagen geöffnet hatte. Der große Keramikofen heizte gut ein, man war in Gesellschaft Gleichgesinnter, und obwohl die Wirtin Frau Ricarda selbst nicht Weihnachten feierte, brannten die Kerzen auf dem schön geschmückten Christbaum in der Ecke.

Die Maler und Verleger, die Christine am besten kannte, waren nicht im Café, dafür saß der alte Paul Heyse mitsamt dem Dackel an seinem Stammtisch, denn von seinem täglichen Spaziergang durch Schwabing und die Maxvorstadt konnte ihn nichts abbringen. Auf ihn hatte Christine gewartet.

»Herr Heyse.« Sie setzte sich neben ihn. »Ich habe etwas für Sie … zu Weihnachten. Nur eine Kleinigkeit.«

Der alte Schriftsteller lächelte hintergründig. »Für die vielen guten Deutschnoten damals, die du nur mir verdankst, kannst du mich tatsächlich gar nicht genug beschenken.«

»Eben, das weiß ich doch«, meinte Christine, während er das Geschenk auspackte.

»Ein Taschenkalender? Was soll ich in meinem Alter noch da reinschreiben? Etwa meine Termine zum Kaffeetrinken im *Altschwabing*?« Doch sein grimmiges Lächeln vertiefte sich, als er sah, dass der Kalender Zeichnungen von Hunden aller Art enthielt. Christine spürte, dass er sich freute.

»Frohe Weihnachten, Herr Heyse, und ganz herzliche Grüße auch an Ihre Frau Gemahlin.« Sie stand auf.

»Danke für das hübsche Präsent. So, und jetzt muss ich gehen, denn an den Feiertagen schaut meine werte Frau Gemahlin besonders auf die Uhr.« Er weckte seinen schlafenden Hund und verabschiedete sich.

Gerade als Paul Heyse gegangen war, betrat Fritz das Café. Er grüßte Christine nur knapp aus der Entfernung und ging auf das Fernsprechgerät an der Wand zu. Dort wählte er und wartete, doch offenbar war er nicht erfolgreich. Schließlich gab er auf und kam zu Christine an den Tresen.

»Es wurde nicht abgenommen«, sagte er ohne weitere Erklärung und wollte die Münze für das Gespräch schon wieder einstecken, doch dann schob er sie Christine zu.

»Einen Kaffee«, meinte er.

Christine gab ihm die Münze zurück. »Du kriegst einen Mokka aufs Haus, weil Weihnachten ist. Warst du bei deiner Familie in Augsburg?«

»Nur gestern, am ersten Weihnachtsfeiertag, länger halte ich es da nicht aus.« Seine Miene verdüsterte sich noch mehr. »Hast du eigentlich mal mit Cläre gesprochen in diesen Tagen? Ich habe es schon mehrfach probiert, aber entweder ist sie nicht zu sprechen, oder es geht niemand ran.«

Christine stellte ihm eine Tasse dampfenden Mokka hin. »Wir haben am Heiligen Abend nach dem Abendessen im Wirtshaus angerufen, aber nur kurz mit Max und seinem Vater gesprochen. Sag mal, hattet ihr Streit?«

»Eigentlich nicht, obwohl … Ach, ich weiß nicht …« Er nippte an seinem Kaffee. »Sag mal, Christine, könntest du nicht mal mit Cläre sprechen?«

»Kommt nicht infrage«, sagte Christine fest. »Du und Cläre, ihr müsst miteinander reden, und zwar je eher, desto besser.«

»Wie denn, wenn sie nicht da ist, nicht ans Telefon geht, nicht zurückruft?«

»Es gehen regelmäßig Züge nach Kaufering«, sagte Christine nüchtern.

»Du meinst, ich sollte …?« Fritz sah Christine überrascht an.

»Warum nicht?«

Fritz dachte einen Augenblick nach, dann beugte er sich vor und drückte Christine einen Kuss auf die Wange. »Danke, das ist eine gute Idee.« Er sprang auf und lief hinaus.

Christine sah ihm kopfschüttelnd hinterher.

»Besuch für dich, Cläre!«, rief Michael Wiesner, als er Fritz in die Wirtshausküche führte. Cläre säuberte gerade die Anrichte, während Erna neue Holzscheite in den Ofen legte.

Das triumphierende Gesicht des Vaters sprach aus, was er dachte: Da ist er also, der geheime Verehrer aus München. Cläre fühlte, wie sie errötete.

»Oh, Fritz, das ist ja eine Überraschung«, brachte sie heraus. »Wieso hast du nicht angerufen?« Wie dumm die Bemerkung war, fiel ihr erst auf, als sie ihr schon herausgerutscht war. »Ich muss leider noch arbeiten«, fuhr sie fort, um sich Zeit zum Nachdenken zu verschaffen.

»Ach, mir san doch hier so gut wie fertig«, meinte Erna. »Mit dem Rest komm ich scho allein zurecht.«

»Da hörst du's«, meinte ihr Vater zufrieden. »So, und jetzt sei nicht unhöflich und kümmere dich um deinen Gast. Mir hat sich der junge Mann ja schon vorgestellt.«

Mit hochrotem Gesicht lief Cläre in ihr Zimmer, um sich umzuziehen. Das kommt davon, wenn man andere schlecht behandelt, dachte sie. Ich gehe nicht ans Telefon und rufe nicht zurück. Dass Fritz jetzt so unverhofft hier auftaucht, geschieht mir ganz recht.

Kurz darauf waren die beiden dick eingepackt unterwegs zu den Fischteichen. Cläre hatte vorgeschlagen, einen Spaziergang zu machen. Es war ein traumhafter Wintertag, und außerdem ließ es sich beim Gehen besser schweigen. Und genau das taten sie jetzt. Der Schnee knirschte hörbar unter ihren Sohlen, als sie den ersten der beiden Teiche erreichten.

»Sollen wir rüber zum Waldrand gehen?«, fragte Cläre. »Der eine Weg ist geräumt.«

Fritz stimmte zu. Am Waldrand angekommen, steuerte Cläre einen Stapel gefällter Baumstämme an, wischte den Schnee weg und setzte sich. Fritz tat es ihr gleich.

»Dein Schweigen spricht Bände«, sagte er.

»Ich freue mich wirklich, dich zu sehen.«

Fritz lachte auf. »Ach ja? Das habe ich gar nicht bemerkt.«

»Es tut mir leid, dass ich dich nicht zurückgerufen habe«, sagte Cläre. Eine Ausrede ersparte sie sich. Sie fühlte, wie ihre Zehen in den Schuhen kälter wurden, und es fiel ihr auf, dass nicht einmal ihre weißen Atemwolken sich berührten. Dazu saßen sie zu weit voneinander entfernt.

»Sag mal, Cläre, was ist zwischen dir und Peter vorgefallen in der Nacht auf der Neureuth, als du nach draußen gegangen bist, um deinen Ohrring zu suchen? Und sag jetzt bitte nicht, dass da nichts war, denn seitdem bist du wie ausgewechselt. Das gilt übrigens auch für Peter. Ihr habt kaum noch ein Wort gesprochen, weder miteinander noch mit irgendjemand anderem. Danach bist du nach Kaufering gefahren und warst nicht mehr zu erreichen. Ich bin zwar verliebt, aber weder blind noch blöd, also sag mir bitte ganz ehrlich: Hast du dich in Peter verliebt?«

Cläre hatte mit vielem gerechnet, nicht aber damit, dass Fritz ihr die Wahrheit auf den Kopf zusagen würde. Dennoch war sie beinahe erleichtert.

Sie nickte langsam. »Ja, ich glaube schon.«

»Du glaubst?«

»Ich weiß es.«

Schweigen trat ein. Offenbar musste Fritz das Gesagte erst einmal verdauen.

»Und wie lange hast du diese Gefühle schon?«, fragte er schließlich. »Seit er wieder in München ist oder sogar noch länger?«

Die Frage tat weh, und Cläre war sich nicht sicher, ob sie selbst die genaue Antwort kannte.

»Ich weiß nicht, ab wann man von Gefühlen sprechen kann, aber ein bisschen mochte ich ihn von Anfang an.«

»Und er dich offenbar auch.«

»Fritz«, bat Cläre. »Ich habe mich nicht nur mit dir eingelassen, weil Peter in Berlin gelebt hat und verlobt war.«

»Ach nein?«, fragte Fritz bitter und zog die Schultern hoch, als würde er frösteln.

»Ich mochte dich wirklich … und ich *mag* dich immer noch.«

»Aber eben nicht genug … nicht so wie ihn. Nein, Cläre, das machst du mir nicht vor. Wäre Peter von Anfang an hier in München gewesen, dann wäre aus uns beiden niemals ein Paar geworden. Ich war nur die zweite Wahl für dich – eine Art Platzhalter. Wer weiß, vielleicht hätte es ja trotzdem klappen können. Es war eben Pech für mich, dass er zurückgekommen ist.«

Cläre schwieg betreten.

»Nur eines verstehe ich nicht«, sinnierte Fritz weiter. »Warum hast du mit mir geschlafen in der Nacht nach Ricardas

Feier? Da war Peter doch schon da. Wenn ich mich recht entsinne, habt ihr sogar miteinander getanzt.«

Cläre starrte auf ihre eiskalten Fußspitzen. Sie kannte die Antwort nur zu gut, aber sie war zu verletzend, also schwieg sie.

Fritz sprach es aus. »Du wolltest dir selbst etwas beweisen, oder?«

»Es tut mir leid«, sagte sie und nahm zaghaft seine Hand. »Ich wollte dich nicht verletzen, aber genau das habe ich getan.«

Fritz entzog ihr die Hand und starrte auf die verschneiten Felder. In der Stille war nur ihr Atem zu hören.

»Und am Abend auf der Neureuth?«, hakte er nach. Seine Stimme klang mutlos.

»Erst haben wir uns gestritten, und dann hat Peter mich … dann haben wir uns geküsst. Aber ich habe ihm gesagt, dass ich dir nicht wehtun will.«

»Glaubst du wirklich, du tust mir damit einen Gefallen? Glaubst du, das ist die Art von Freundschaft … von Liebe, die ich will?«

Cläre schüttelte wortlos den Kopf. »Und jetzt? Was passiert jetzt?«

Fritz zuckte mit den Schultern. »Nichts leichter als das. Wir werden denselben Weg zurückgehen, auf dem wir hergekommen sind. Ich werde in einen Zug steigen und nach München zurückfahren. In ein paar Tagen werdet ihr, du und Max, nachkommen. Peter und du, ihr werdet ein Paar werden. Wir werden alle zusammen im *Café Altschwabing* das neue Jahr einläuten, du und er glücklicher als ich, aber so ist das halt. Dann kommt der Januar, und es wird eine neue Ausgabe des *Simplicissimus* geben, du wirst wieder an die Hochschule gehen, an manchen Tagen wird Peter dich abholen, an anderen nicht.

Ich dagegen werde nicht mehr kommen und irgendwann vergessen, wann deine Kurse sind. Dann wird es Frühling werden und dann Sommer …«

»Was die Silvesterfeier im *Altschwabing* angeht«, sagte Cläre. »Ich bin mir noch gar nicht sicher, ob ich kommen werde. Hier gibt es auch viel zu tun, und ich glaube, ich muss erst mal über alles nachdenken, bevor ich wiederkomme.«

Fritz zuckte nur mit den Achseln, und Cläre wusste, was er meinte: Ihn betraf die Entscheidung nicht mehr.

Ein paar Minuten saßen sie noch schweigend in der hereinbrechenden Dämmerung.

»Sollen wir zurückgehen?«, fragte Cläre. »Du kannst auch über Nacht bei uns bleiben, falls kein Zug mehr geht.«

Fritz nahm ihre Hand. »Danke, aber es fährt noch ein Zug, und es ist besser, wenn ich den nehme.«

Er zog sie hoch. Ein paar Meter noch hielt er ihre Hand, dann ließ er sie los. Es fühlte sich seltsam an. Erst jetzt empfand Cläre den Bruch zwischen ihnen, und es stimmte sie traurig. Wie die Landschaft doch manchmal unseren Gefühlen gleicht, dachte sie verwundert. Der Schnee hatte sein gleißendes Funkeln verloren. Bläulich leuchtete er in der hereinbrechenden Dämmerung. In ihrem Rücken flog ein wilder Taubenschwarm aus dem Wald auf und überholte sie mit raschem Flügelschlag. Nur die bereits erleuchteten Fenster des Wirtshauses hatten nichts Melancholisches. Sie versprachen Wärme, Leben, den Trost anderer Menschen. Ob auch Fritz heute Abend die Gesellschaft seiner Freunde im Café suchen würde? Sie wünschte es sich, doch sie hatte nicht mehr das Recht, ihn danach zu fragen.

37

Sie ist nicht mitgekommen?«, rief Peter entgeistert. »Was soll das heißen? Bleibt sie etwa über Silvester in Kaufering? Aber warum?«

Max sah Peter ratlos an. Seine Schwester hatte ihm notgedrungen erzählt, dass sie sich von Fritz getrennt hatte, nachdem der vor wenigen Tagen wie ein begossener Pudel nach München zurückgefahren war. Aber darüber, was sich zwischen ihr und Peter abspielte, konnte er weiterhin nur spekulieren.

»Sie wollte meinem Vater helfen«, wiederholte er Cläres wenig überzeugende Ausrede.

Peter wandte sich Christine zu. »Ich hätte doch nach Kaufering fahren sollen. Warum habe ich mich nur von dir überreden lassen, es nicht zu tun?«

»Weil du weißt, dass ich recht habe, großer Bruder«, gab Christine zurück. »Wenn sie dich jetzt sehen wollte, wäre sie mit Max zurückgekommen. Gib ihr Zeit, sie wird schon ihre Gründe haben. Immerhin hat sie sich gerade von Fritz getrennt.« Sie nahm ein Küchenhandtuch vom Haken und warf es Peter zu. »So, und jetzt trockne mal die Teller ab. Heute Abend wird hier mächtig was los sein, da muss vorher alles picobello aussehen.«

Wie aufs Stichwort trat Ricarda mit Rosi in die Küche.

»Wie schön, dass ihr Zeit habt, so einträchtig zu plaudern«, rief sie in gespielter Entrüstung. »Christine, im Café sitzen die ersten Gäste und wollen bestellen. Peter, kannst du Irmi bei der Zubereitung der Senfeier helfen? Du siehst doch, dass Wastl mit dem Gulasch genug zu tun hat.«

»Christine hat mich zum Tellerabtrocknen verdonnert«, erwiderte Peter lahm.

»Das könnte ich übernehmen«, bot Max an.

»Einen netten Freund hast du da.« Ricarda legte den Arm um Christines Schultern und drückte sie. »Den darfst du behalten.«

Christine errötete ganz entgegen ihren Gewohnheiten.

»Holz und Briketts brauchen wir auch noch«, mischte sich Wastl ein.

Ricarda klatschte in die Hände. »Da hört ihr's, Kinder, auf geht's! Es ist der letzte Tag des Jahres, da wird nicht geschlafen, denn das neue müssen wir uns erst noch verdienen.«

»Maderl, bringst mir noch a bisserl von dem Tabak?«, rief der Schmied, der mit seinem Gesellen und dem Lehrling vor einer Maß im Wirtshaus saß. »Aber den guaten, ned den trockenen.«

»Als hätt ich dir je einen trockenen gebracht, Schorsch!«, erwiderte Cläre, während sie die Schublade in der Theke öffnete, wo ihr Vater den Tabak aufbewahrte. »Für dich doch immer nur das Beste!«

Der Schmied lachte. »A rechte Münchnerin is sie g'worden, unsere Cläre. Nie um eine Antwort verlegen.«

Cläre brachte dem Schmied das Gewünschte, dann nahm sie weitere Bestellungen auf. Es war noch nicht viel los in der Gaststube. Ein paar Gäste hatten mittags etwas gegessen, jetzt würde es bis zum Abend ruhig bleiben.

Sie sah auf die Uhr. Ihr Vater hatte nur noch kurz eine Rechnung begleichen wollen – das gehörte sich so, bevor das neue Jahr anbrach –, doch jetzt war er schon über eine halbe Stunde weg. Da ging die Tür zur Gaststube auf, und ihr Vater kam herein. Er grüßte die neuen Gäste, wechselte ein paar Worte mit dem Schmied und trat an die Theke.

»Passt alles?«, fragte er, als Cläre beim Bierzapfen ein Maßkrug umfiel, was sonst nie vorkam.

»Ja, ja, passt schon«, antwortete sie und wischte den Boden auf. Ohne ihren Vater anzusehen, brachte sie den gefüllten Maßkrug zu dem Gast, der das Bier bestellt hatte. Vor dem Fenster dämmerte es bereits.

»Ich mach fünf Minuten Pause«, sagte Cläre, als sie zum Tresen zurückkam, und zog sich ins Hinterzimmer zurück. Seit ihrer Trennung von Fritz schwankte ihre Stimmung im Stundentakt. Schuldgefühle wechselten sich ab mit Momenten der Hoffnung. Hatte sie das Recht, mit Peter glücklich zu werden … einfach so, nachdem sie Fritz so wehgetan hatte?

Unbemerkt war ihr Vater in den Raum getreten. »Ich hab gleich gewusst, dass es ned gut von dir war hierzubleiben«, sagte er.

»Was meinst du?«, fragte Cläre, obwohl sie es genau wusste.

»Du gehörst nach München heut Abend. Traurig bist und fahrig, weil du mit den Gedanken woanders bist. Reut's dich doch, dass du den jungen Herrn weggeschickt hast?«

Cläre schüttelte stumm den Kopf.

»Magst mir ned sagen, was los ist und warum du noch hier bist? Vor was läufst denn davon?«

»Die Frage ist wohl eher, vor wem …«, murmelte Cläre.

»Ja, gibt's da noch wen anders, von dem ich nix weiß?«, rief ihr Vater.

»Peter, den Bruder von Christine.«

»Den Ingenieur? Den Sohn von der Frau Ricarda? Ja, seid's ihr denn von allen guten Geistern verlassen? Der Max mit der Christine und du mit dem Peter? Ja, gibt's denn in ganz München keinen anderen feschen Kerl?« Doch seiner Stimme war anzuhören, dass die Verzweiflung nur gespielt war.

»Ach, ich weiß ja auch nicht.«

»Und was ist mit dem Burschen? Will er denn?«

»Ich denke schon.«

»Dann weiß ich erst recht ned, was du hier noch machst. Trotzdem, deine Mutter tät sich im Grab rumdrehen bei dieser Familienzusammenfügung.«

»Das glaube ich nicht«, sagte Cläre. »Weißt du, was ich denke? Vielleicht hätten wir ihr helfen sollen, den Konflikt mit ihrer Schwester zu überwinden, anstatt sie in ihrer Sturheit zu bestätigen.«

Ihr Vater nickte nachdenklich. »Das geht wohl vor allem auf meine Kappe«, meinte er schließlich. »Du und der Max, ihr hattet damit ja nix zu tun. Aber jetzt zu dir.« Er griff in die Innentasche seiner Joppe und zog ein Stück Papier heraus, das er ihr reichte.

»Ein Fahrschein nach München? Für heute Abend noch?« Cläre konnte es kaum glauben.

»Vor einem Jahr hat die Frau Tuchmann mich zu meinem Glück zwingen müssen, und jetzt tu ich's mit dir«, meinte ihr Vater nur.

Plötzlich fiel eine Zentnerlast von Cläre ab. Es war entschieden. Impulsiv fiel sie ihrem Vater um den Hals. »Danke!«

»Gern geschehen. Und jetzt pack deine Sachen. Der Rudi bringt dich zum Bahnhof.«

Im *Café Altschwabing* waren mittlerweile die Abendgäste eingetrudelt. Einer nach dem anderen war mit der kalten Abendluft durch die Tür geweht, hatte sich den Schnee von den Schuhen geklopft und den Mantel abgelegt. Wer von den Herren einen feinen Anzug hatte, trug ihn. Wer nicht, kam in seinem besten Hemd und der besten Jacke. Die Kleider der Frauen waren eleganter als sonst, lang und fließend, Ärmel und Hals mit Spitzen abgesetzt. Schließlich feierten auch die Schwabinger nur einmal im Jahr Silvester.

Ricarda und ihre Helfer hatten zur Feier des Abends ein Büfett aufgebaut. Es gab kalte Platten mit Schinken und Braten, Fleischpflanzerln, Kartoffelsalat, Brezen, Käse, Obst und Kuchen. Zwischen den Platten lagen Luftschlangen, und die daneben aufgebauten Gläser waren allesamt frisch poliert. Auf den weiß gedeckten Tischen standen Leuchter mit weißen und dunkelroten Kerzen, die eine feierliche Stimmung erzeugten. Damit Christine und Peter am heutigen Abend nicht arbeiten mussten, hatte Ricarda für die letzten Stunden des Jahres zwei zusätzliche Mädchen engagiert.

Die meisten Gäste waren altbekannt. Eben häuften die Verleger Reinhard Piper und Albert Langen Meerrettich neben die Rindfleischscheiben auf ihren Tellern. Als ihr Kollege Georg Hirth süßen Senf von einem Holzlöffel auf seinen Teller klatschte, spritzte es gehörig.

»Herrgott, Georg!«, rief Piper, der einen Klecks abbekam.

»Ach geh, das krieg ich wieder raus.« Hirth nahm eine weiße Serviette und wollte wischen, aber Piper wich ihm aus.

»Untersteh dich, du machst es nur noch schlimmer. Wie steh ich denn jetzt da, wenn ich nachher einen Toast ausbringen möchte?«

»Einen Toast? Auf wen denn diesmal?«, fragte Hirth.

»Aufs alte und neue Jahr, du wirst schon sehen.«

Plötzlich erklang Tanzmusik aus dem Grammofon. Einige Gäste hatten schon fertig gegessen und standen auf. Franz Marc verbeugte sich vor Christine und bat sie um einen Tanz.

»Wie läuft die Ausstellung?«, fragte sie, während sie von dem Maler herumgeschwungen wurde.

»Ein wirtschaftlicher Erfolg ist sie nicht, wenn Sie das meinen. Aber damit war auch nicht zu rechnen. Nur unser französischer Freund Delaunay konnte drei seiner vier Bilder verkaufen. Aber die Ausstellung geht ja anschließend auch noch in andere Städte, nach Köln und in die Neue Galerie nach Berlin. Wichtig ist, dass die Menschen unsere Bilder sehen und sich mit ihnen auseinandersetzen.«

»Da haben Sie recht.«

»Wo steckt eigentlich Ihre Freundin Cläre? Ich habe Sie noch gar nicht gesehen heute Abend.«

»Oh, die ist bei ihrem Vater in Kaufering, der hat nämlich auch ein Lokal«, erklärte Christine. Das Lied endete, und Marc bedankte sich höflich.

Erhitzt setzte sich Christine an den Tresen und ließ den Blick durchs Lokal schweifen. Max tanzte mit Irmi, die gerade eine Pause machte. Ein junger Maler pustete Luftschlangen nach einer ebenso jungen Frau, die seine Freundin sein mochte oder auch nicht. An einem kleinen Tisch prosteten sich Gabriele Münter und Franz Marcs Gefährtin Maria zu. Um sich trotz der Musik und der lebhaften Stimmung unterhalten zu können, mussten sie die Köpfe zusammenstecken.

Auch Fritz entdeckte sie im Kreis seiner *Simplicissimus*-Gruppe. Sie hatten sich zuvor schon kurz begrüßt. Jetzt lachte er über etwas, das der Karikaturist Olaf Gulbransson zum Besten gab. Bestimmt war es ihm ganz recht, dass Cläre in Kaufering geblieben war.

Aber wo war Peter? Sie konnte ihn nirgends entdecken und

erinnerte sich auch nicht, ihn in der letzten Stunde gesehen zu haben. Besorgt ging sie in die Küche.

Tatsächlich, da saß er, vor sich ein Buch, in dem er aber nicht zu lesen schien.

»Das ist jetzt nicht dein Ernst«, sagte Christine und setzte sich auf den Stuhl neben ihn. »Es ist Silvester, all unsere Freunde und Bekannten da draußen feiern, und Mutter hat extra zwei zusätzliche Mädchen kommen lassen, damit wir beide freihaben.«

»Das hätte sie sich sparen können, dann hätte ich wenigstens was zu tun.«

»Ach, Peter. Ist es so schlimm? Eigentlich sieht es doch ganz gut aus für dich und Cläre. Immerhin sind sie und Fritz kein Paar mehr.«

»Aber warum kommt sie dann nicht zurück? Du glaubst doch nicht wirklich, dass sie nur ihrem Vater helfen will. Sie geht mir aus dem Weg.«

»Gib ihr Zeit«, riet Christine. »Und jetzt schlägst du das Buch zu und reißt dich zusammen.«

»Ich glaube, ich mache einen Spaziergang«, meinte Peter. »Die kalte Luft wird mir guttun.«

»Tu, was du nicht lassen kannst, solange du um Mitternacht wieder hier bist«, erwiderte Christine in ihrem besten Befehlston.

Peter lachte, doch wirklich froh klang es nicht.

Mit hochgestelltem Mantelkragen, den Hut tief im Gesicht, lief Peter durch die verschneiten Straßen der Maxvorstadt. Vor fast einem Jahr hatte er Cläre zum ersten Mal getroffen. Er hatte sie am Bahnhof abgeholt, und sie hatte nichts als einen kleinen Koffer in der Hand gehabt. Und obwohl sie sich an jenem Tag nur wenige Stunden gesehen hatten, hatte er sie nicht mehr vergessen können. Immer wieder hatte er sich gefragt, was sie wohl machte oder was sie zu diesem oder jenem sagen würde. Doch letztlich war sein Leben in Berlin gewesen. Dort hatte er eine gute Stellung gehabt – und eine Verlobte. Er dachte an Gisela. Sie hatten so wenig zueinander gepasst, und trotzdem hatte er eine Zeit lang geglaubt, dass sie heiraten würden.

Erstaunt blieb Peter stehen, als er sich unverhofft auf dem Bahnhofsvorplatz wiederfand. Es mussten seine Gedanken an die erste Begegnung mit Cläre gewesen sein, die ihn hierher gelenkt hatten. Der Platz war so gut wie leer. Zwei Trambahnen warteten an ihren Haltestellen. Drei Droschkenfahrer saßen dick eingemummt auf ihren Gefährten. Über die Pferde hatten sie Decken gelegt, denn es gab keine Kundschaft. Diejenigen, die das alte Jahr nicht zu Hause ausklingen ließen, hatten ihr Ziel für den heutigen Abend längst erreicht. Erst nach Mitternacht würde es wieder lebhafter werden.

Von Melancholie getrieben betrat Peter den Bahnhof. Ein Zug musste eben eingefahren sein, denn die hohe Innenhalle war von frischem Dampf erfüllt, eine Maschine fauchte noch, und einige Menschen kletterten aus den Waggons hinter der Lok. Peter trat nicht näher, sondern beobachtete die Frauen und Männer aus der Entfernung. Sobald sie am Ende des Bahnsteigs ankamen, trennten sich ihre Wege. Einige Fahrgäste kamen ihm entgegen – mögliche Kundschaft für die dösenden Droschkenfahrer. Unter ihnen war auch eine junge Frau, die eilig näher kam … und plötzlich stehen blieb. Konnte das sein?

»Cläre?«

»Peter!« Sie klang genauso überrascht wie er.

Ohne nachzudenken, lief er los, Cläre kam ihm entgegen, den Koffer hatte sie fallen lassen. Er nahm sie in seine Arme.

Ein paar Sekunden gab er sich damit zufrieden, sie an sich zu drücken, dann suchte er ihren Mund und küsste sie zärtlich.

»Ich frag dich gar nicht erst«, flüsterte er, als sie ihre Lippen voneinander lösten. »Ich halte dich einfach nur fest und lasse dich nicht mehr los.«

Als Antwort drückte Cläre ihn noch fester an sich.

Als die beiden im *Altschwabing* ankamen, war es schon halb zwölf. Ricarda, Max und Christine begrüßten sie mit großem Hallo, und auch mit Fritz wechselte Cläre ein paar Worte.

»Es ist gut, dass du gekommen bist«, sagte er. »Es war dumm, dir Schuldgefühle zu machen. Es hat halt nicht sollen sein, und das Leben wird weitergehen.«

Sie wurden davon unterbrochen, dass jemand laut hörbar mit einem Löffel gegen ein Glas schlug.

»Eine Rede!«, rief ein Gast. »Ruhe!«, forderte ein anderer. Endlich wurde es leiser.

Reinhard Piper hatte sich erhoben. »Wir sind schon ganz erschöpft vom Tanzen und von diesem außerordentlich guten Essen. Trotzdem sollten wir uns noch einmal auf das besinnen, was hinter uns liegt, bevor wir in einer halben Stunde das neue Jahr einläuten. Wo stehen wir an diesem letzten Tag des Jahres 1911?« Er griff zu einer Zeitung, die neben ihm auf dem Tisch lag.

Im Café war es mucksmäuschenstill geworden. Fritz hatte sich wieder zu seinen Freunden gesellt, und Peter nahm Cläres Hand.

»Beim Aufräumen der Zeitungen in meinem Büro sind mir noch einmal die Schlagzeilen der letzten Wochen ins Auge gefallen«, fuhr Piper fort, »und es kam mir die Idee für ein paar Worte an diesem denkwürdigen Abend.«

Albert Langen und Wassily Kandinsky klatschten spontan.

Piper winkte ab. »Keine Vorschusslorbeeren«, rief er amüsiert. »Geht es Ihnen auch so, dass Sie manchmal das Gefühl haben, das Ereigniskarussell unserer Zeit drehe sich schneller und schneller? Wir nehmen Fahrt auf, das war mein Eindruck heute Morgen, als ich die Zeitungen der letzten Wochen durchsah. Erleichtert können wir sicher sein, dass der deutsche Kreuzer *Berlin*, der im Juli die *Panther* in Marokko abgelöst hat und seitdem dort vor Anker lag, endlich wieder abgezogen wurde. Die europäische Diplomatie hat noch einmal gesiegt, die Marokkokrise ist beendet, doch wer sich jetzt schon freut, muss nur eine neuere Zeitung zur Hand nehmen. Da äußert sich der französische Premierminister Caillaux in der Abgeordnetenkammer in Paris. Sein Ziel, sagt er, sei die Errichtung eines großen französischen Reichs in Nordafrika, und ich fürchte, dass diese Aussicht für unseren Kaiser und unsere Politiker ein rotes Tuch ist. Man darf also gespannt sein, wie es weitergeht auf der politischen Bühne.«

Piper trank einen Schluck Wasser, ehe er weitersprach.

»In nur wenigen Wochen wird der deutsche Reichstag neu gewählt, und wir dürfen jeden Tag in den Wahlaufrufen der verschiedenen Parteien lesen, welche anderen Parteien sie als Gegner und Feinde betrachten. Gut, dass die hitzige Stimmung durch eine andere Notiz abgekühlt wird. Der Norweger Roald Amundsen hat nämlich vor einigen Tagen den Südpol erreicht … die Engländer, so erfahren wir, sind noch unterwegs. Erinnern Sie mich … was wollten wir noch gleich am Südpol?« Seine Zuhörer lachten, doch Piper ließ sich nicht unterbrechen. »Das Gleiche fragt sich offenbar auch der englische König selbst, denn Georg V. hält es eher mit den warmen Gefilden. Eben erreicht uns die Kunde, dass er in Indien den Grundstein für die zu errichtende neue Hauptstadt Neu-Delhi gelegt hat. Hat Indien denn noch keine Städte – und brauchen wir deshalb eine neue?, fragt sich der Zeitungsleser noch verwundert, als er staunend zur Kenntnis nimmt, dass die Vereinigten Staaten planen, im nächsten Jahr 47,2 Millionen US-Dollar für den Panamakanal auszugeben, das sind, wie die Zeitung zu berichten weiß, etwa 198,6 Millionen Mark. Aber dieser Kanal soll uns viel Gutes bringen, so hört man, und dann ist es ja auch nicht unser Geld.« Piper erntete schallenden Applaus.

»Fest steht also: Unseren Freunden vom *Simplicissimus* wird der Stoff für bissige Satire auch weiterhin nicht ausgehen. Etwas bleibt sich immerhin gleich, und das ist beruhigend. Aber jetzt steht Mitternacht vor der Tür«, verkündete Piper. »Und ich ende mit einer Notiz von heute, die manch einer vielleicht noch gar nicht gelesen hat. Aufgrund der anhaltenden Stürme an der britischen und französischen Kanalküste in den letzten Tagen sind nämlich heute massive Teile der weißen Klippen von Dover ins Meer gestürzt. Ein Schelm, wer das als böses Omen für das kommende Jahr nimmt. Quo vadis? Wohin gehen, wohin schwanken, wohin treiben wir in diesem neuen Jahr? Sicher ist nur, dass das europäische Schiff auf unruhiger See fährt, und das, wie es den Anschein hat, ohne klares Ziel und mit höchst uneinigen Kapitänen, die sich gegenseitig das Steuer aus der Hand reißen.« Piper machte eine kleine Pause und sprach dann die letzten Worte: »Hat er die alten Zeitungen nun alle weggeworfen, werden Sie sich fragen? Das habe ich und bin nun bereit für das neue Jahr, was immer es bringen möge – aber bitte mit Champagner!«

Das war das Stichwort. Während die meisten Gäste noch lachten und klatschten, rief Ricarda ihren Helfern zu: »Schnell, holt die kalt gestellten Flaschen!«

In Windeseile wurden die feinen Kristallgläser befüllt und verteilt.

»Zehn!«, schrie plötzlich eine Männerstimme. »Neun, acht!« Die anderen Gäste fielen mit ein. »Fünf, vier, drei, zwei, eins, null! Willkommen, 1912!«

Peter drehte sich zu Cläre um und küsste sie auf den Mund. »Ich liebe dich«, sagte er leise.

»Ich liebe dich auch«, erwiderte sie, ohne zu zögern.

Ihre Gläser klirrten, und sie stießen an. Die Gäste um sie herum taten das Gleiche. Cläres Augen wanderten zu Ricarda, die Max umarmte. Fritz prostete ihr von Weitem zu, und sie erhob ihr Glas in seine Richtung.

Plötzlich stand Christine neben ihr. »Unser Schiff fährt auf unruhiger See«, zitierte sie Pipers Worte. »Wie recht er hat.«

»Ja«, sagte Cläre. »Aber ich habe keine Angst, solange wir alle beieinander sind … Auf uns!« Sie stieß mit Christine an, dann umarmten sie sich fest.

NACHWORT

Die Jahre vor dem Ersten Weltkrieg üben seit Langem eine große Faszination auf Historikerinnen, Autoren und Leserinnen aus. Was ist es, das uns so fasziniert? Ist es das Wissen um den bevorstehenden »Weltenbrand«, der eine ganze Epoche unwiederbringlich beendete?

Sicher ist, dass Europa in diesen Jahren die ersten tastenden Schritte in die Moderne macht. Dazu gehört, dass alles hinterfragt und lang Bewährtes auf den Kopf gestellt wird. Gedichte müssen nicht mehr schön sein, sondern können Ekel erregen, wie Gottfried Benn in seinem 1912 erschienenen Gedichtband *Morgue* zeigt. In den Konzertsälen provozieren Arnold Schönberg und Alban Berg das Publikum mit atonaler Musik. Maler malen nicht mehr, wie sie sollen, sondern wie sie wollen.

In Europa und in den Vereinigten Staaten brechen sich modernes Leben, Denken und Arbeiten Bahn, und die künstlerische Produktivität erreicht einen schwindelnden Höhepunkt. Die Menschen dieser Jahre schwanken in ihrer Einschätzung der eigenen Gesellschaft. Den einen sind Schnelllebigkeit und Wandel Zukunftsversprechen, andere erschrecken sie. Wer mit der Zeit gehen will, hat es an den Nerven – der Begriff Neurasthenie, eine Art nervliche Erschöpfung und Überreiztheit, ist in aller Munde. Schon zwanzig Jahre zuvor konstatierte Max Weber, man habe den Eindruck, als säße man in einer Eisenbahn mit großer Fahrtgeschwindigkeit, ohne zu wissen, ob auch die nächste Weiche richtig gestellt sei.

Im Jahr 1914 zählt München circa 645 000 Einwohner, und man fühlt sich – in vieler Hinsicht zu Recht – als Großstadt. Dass Berlin ein Jahr zuvor die zwei Millionen übersprungen hat, ist unwichtig, denn man hat andere Qualitäten. München ist »Kunststadt« und bereit, mit dem preußischen Konkurrenten um den Titel zu kämpfen.

Bereits 1907 sind zwei Drittel der Münchner Altstadt und halb Schwabing elektrifiziert, es gibt eine Kanalisation, und immer mehr Menschen können sich eine Wohnung mit Wasseranschluss und Toilette leisten, wenn auch häufig nur im Treppenhaus. Wer das Geld hat, reist mit der Eisenbahn nach Italien, wer nicht, nimmt das Fahrrad oder die elektrische Straßenbahn, um ins Grüne zu fahren. Von der Tram gibt es 1906 bereits zwanzig Linien, die Hin- und Rückfahrt kostet zwanzig Pfennig, was nach wenig klingt, aber für einen Arbeiter mit einem Durchschnittslohn von drei Mark am Tag immer noch viel ist. Ein Auto hat nur eine Handvoll Menschen. Bis 1910 sind etwa 1300 Automobile in München gemeldet, und die Stadt sieht sich gezwungen, eine Höchstgeschwindigkeitsgrenze von zwölf Stundenkilometern einzuführen, um Fußgänger und Fuhrwerke zu schützen.

Die gesellschaftlichen Neuerungen werden vor allem den männlichen Münchnern zunehmend unheimlich. Nicht nur, dass die Reformmode die Frauen vom Korsett befreit, nun wollen sie auch Fahrrad fahren, das Abitur und eine Ausbildung machen, ja, sogar an der Universität studieren – und was kommt als Nächstes? Etwa das Wahlrecht? Ungefähr siebenhundert Studenten hat München zu dieser Zeit, die meisten von ihnen natürlich noch männlich. Gerade der gesellschaftliche Wandel hinkt dem technologischen und wirtschaftlichen hinterher, doch er ist unübersehbar – gerade in Schwabing, wo ohnehin diejenigen leben, denen gesellschaftliche Regeln und traditionelle Lebensmuster wenig bedeuten. Die meisten Felder und Wiesen Schwabings werden in diesen Jahren von der Großstadt geschluckt, und doch hat es etwas von seinem dörflichen Charakter bewahrt. Das Ruhige, Gemütliche ist es auch, was die Münchner Boheme so an ihrem Schwabing schätzt. Mit Montmartre wird der Stadtteil verglichen, andere geben ihm schillernde Namen wie »Wahnmoching« oder »Schwabylon«.

Doch wer waren die Maler und Literaten, die in den Jahren vor Ausbruch des Krieges die beliebten Cafés wie das *Altschwabing*, das *Simplicissimus* oder das *Café Stefanie* in Schwabing und der Maxvorstadt bevölkerten? Die Maler Wassily Kandinsky und Franz Marc sind aus der deutschen und europäischen Kultur nicht mehr wegzudenken. Thomas Theodor Heine und der Norweger Olaf Gulbransson zeichnen die bissigsten Karikaturen im Kaiserreich für die Satirezeitschrift *Simplicissimus*, deren Maskottchen, die rote Bulldogge, jeder Bigotterie den Kampf ansagt und Obrigkeit, Kirche und Militär den Spiegel vorhält. Der Verleger Reinhard Piper beschäftigt sich intensiv mit zeitgenössischer Kunst. In den Jahren 1911/12 bereitet ihm vor allem ein Projekt Kopfzerbrechen, das ihm von den damals noch fast unbekannten und höchst umstrittenen Malern Wassily Kandinsky und Franz Marc ans Herz gelegt wurde. Es handelt sich um einen Almanach, mit dem der eben ins Leben gerufene Blaue Reiter seine Ansichten zu Kunst, Geist und Leben in die Welt schicken will.

Die im Roman beschriebenen Jahre waren im wahrsten Sinne des Wortes eine Zeit, die Funken sprühte. An einigen von ihnen entzündete sich kurz darauf der sogenannte Weltenbrand des Ersten Weltkriegs.

Die meisten der im Roman beschriebenen historischen Ereignisse, wie zum Beispiel der »Panthersprung«, die Ausstellung des Blauen Reiter oder die Protestfahrt der Münchner Stimmrechtlerinnen basieren auf historischen Fakten, wenngleich aus erzählerischen Gründen an manchen Stellen in die tatsächliche Chronologie eingegriffen wurde.

Ich möchte mich herzlich bei allen bedanken, die mich bei der Arbeit an diesem Roman unterstützt haben. Dieser Dank gilt ganz besonders meinem Agenten Dr. Uwe Neumahr für seine hervorragende Arbeit, aber auch Anne Scharf, meiner Lektorin im Piper Verlag, und Annika Krummacher für die große Mühe und Sorgfalt, mit der die beiden die Entstehung eines jeden Buchs begleiten. Darüber hinaus danke ich meiner Mutter und meinem Mann für ihre stets konstruktive Kritik und Unterstützung.